ラーラ・プレスコット
吉澤康子 訳

あの本は読まれているか

The Secrets We Kept
Lara Prescott

東京創元社

あの本は読まれているか　＊　目次

あの本は読まれているか

マットへ

秘密のことを知っている人たちと
いっしょにいたい。
さもなければ、ひとりがいい。
——ライナー・マリア・リルケ

登場人物

イリーナ・ドロツドヴァ……CIAのタイピスト、諜報員
イリーナの母……亡命ロシア人。仕立て屋
サリー・フォレスター……CIAの受付嬢、諜報員
ベヴァリー（ベヴ）……サリーの友人
ノーマ・ケリー……CIAのタイピスト、アイルランド系
ジュディ・ヘンドリクス……CIAのタイピスト
ゲイル・カーター……CIAのタイピスト、黒人女性
リンダ・マーフィー……CIAのタイピスト、既婚者
キャシー・ポッター……CIAのタイピスト
ウォルター・アンダーソン……CIAの管理職
フランク・ウィズナー……CIA秘密工作員の創始者
ロニー・レイノルズ……CIAの人事課職員
テディ・ヘルムズ……CIA秘密工作員
ヘンリー・レネット……CIA秘密工作員

アレン・ダレス……………………………………………………………ＣＩＡ長官
チョーサー……………………………………………………………………ＭＩ６の一員
ボリス・レオニドヴィッチ・パステルナーク………………詩人、作家
オリガ・フセーヴォロドヴナ・イヴィンスカヤ……………ボリスの愛人
イーラ……………………………………………………………………………オリガの娘
ミーチャ………………………………………………………………………オリガの息子
アナトリ・セルゲイエヴィッチ・セミョーノフ……………オリガの尋問者
ジナイダ………………………………………………………………………ボリスの妻
ジャンジャコモ・フェルトリネッリ………………………………イタリアの出版社の経営者
セルジオ・ディアンジェロ………………………………………………モスクワ放送局員、著作権代理人
アントン・ヴラドレン…………………………………………………モスクワ放送局員
コンスタンティン・アレクサンドロヴィッチ・フェージン……作家
ニーナ・タビゼ………………………………………………………………ボリスの親友の妻
ディミトリ・アレクセイエヴィッチ・ポリカルポフ………共産党中央委員会文化部長

プロローグ　タイピストたち

わたしたちは一分間に百語をタイプし、一字のミスもしなかった。そろいのデスクには、ミント色のタイプライター〈ロイヤル・クワイエット・デラックス〉と、ウェスタン・エレクトリック製のダイヤル式黒電話と、黄色の速記用メモ用紙の束がそれぞれ置かれていた。指は目にもとまらぬ速さでキーの上を飛び、絶え間なくカタカタと音をたてた。タイプの手を止めるのは、電話に出るか、煙草を吸うときだけ。なかには、タイプの手を休めずにどちらもやってのける者さえいた。

男たちは十時ごろに出社してくる。ひとり、またひとりと、彼らはわたしたちを自分のオフィスへ引き入れる。隅に押しやられている小さな椅子に、わたしたちは腰かける。彼らは大きなマホガニー材の机について座るか、絨毯《じゅうたん》の上を行ったり来たりしながら、天井に向かって話す。わたしたちはじっと耳を傾け、記録する。彼らの覚書、報告書、原稿、昼食の注文を耳にする、たったひとりの聞き手なのだ。たまに、彼らから存在を忘れられる場合すらあり、そんなときはよけいな情報まで知ることになった。だれがだれを妨害しようとしているか、だれが権力を利用して弾圧行為をしているか、だれが不倫をしているか、だれが力を持ち、だれが干されているか、などなど。

彼らはわたしたちを名前ではなく、髪の色や体の特徴で呼ぶことがあった。たとえば、金髪、赤毛、巨乳。こちらも、彼らにこっそりと名前をつけていた。欲張り、口臭、出っ歯というふうに。

わたしたちは女の子と呼ばれていたけれど、それはふさわしい言葉ではなかった。わたしたちはラドクリフ、ヴァッサー、スミスといった一流大学を出てCIAに就職しており、だれもが一族で最初の大卒の娘だった。中国語を話せる者も、飛行機を操縦できる者もいたし、ジョン・ウエインよりも巧みにコルト１８７３を扱える者もいた。けれど、面接のときに聞かれたのは、「きみ、タイプはできる？」だけだった。

タイプライターは女のために作られたと言われている。リズミカルにキーを打つには女性らしい指使いが必要で、細い指がタイプに向いているのだと。車や爆弾やロケットは男のもので、タイプライターは女の道具なのだと。

まあ、それはさておき、これだけはいえる。タイプするとき、わたしたちの指先は脳の延長となり、彼らが発する言葉――彼らが忘れないうちにとわたしたちに話す言葉は、瞬時にキーに叩きつけられて用紙に印字される。そんなふうに口述タイプの仕組みについて考えると、なんとなく美しいもののように思えてくる。なんとなく。

とはいえ、わたしたちは緊張型頭痛だの、手首の痛みだの、悪い姿勢だのに憧れたりしたかしら？　男子の倍も懸命に勉強した高校時代に夢見ていたものが、これ？　大学の合格通知が入っていた分厚い封筒をあけたとき、思い描いていたのは事務の仕事だった？　卒業式会場となったアメフト競技場中央の50ヤードラインに並ぶ、あの白い木製の椅子に、角帽とガウン姿で座り、前途洋洋たることを示す巻かれた卒業証書を受け取ったとき、自分の未来にあるのはどこだと思った？

わたしたちの大半が、タイプ課での仕事を一時的なものと見なしていた。たとえタイピスト同士でも口に出しはしなかったけれど、ほぼ全員が信じていたのだ。これは大学を卒業したての男たちが手に入れるものへの第一歩だと。いずれ幹部職員《オフィサー》になり、柔らかな光を放つ照明、高級な絨毯、木製のデスク、自分たちの言葉を書き取ってくれるタイピスト付きの、専用オフィスを持つのだと。その最初の一歩が、これだと思っていたのだ。最終到達点ではなく。散々あれこれ聞かされていたというのに。

ほかには、初めての仕事としてではなく締めくくりとしてCIAにたどりついた女たちもいた。OSS（戦略諜報局）の残りものとでも言うべき、戦時中は伝説的な存在だった女たちである。彼女たちはタイプ課、あるいは記録部、さもなくばどこかの隅っこに何もすることなく存在する遺物となっていた。

ベティがそうだ。戦時中は秘密工作員で、新聞に記事を掲載したり、飛行機から宣伝ビラをまいたりして、敵の士気に大きな打撃を与えた。ビルマ（ミャンマーの旧称）のどこかにある橋を通過する補給列車を爆破した男にダイナマイトを調達してやったのは、彼女だったらしい。わたしたちには何が真実で何がそうでないか、わからなかったけれども。そういう古いOSSの記録は、消えてしまう傾向があったからだ。ただ、わかっていたのは、ここCIAでのベティはわたしたちと机を並べ、戦時中に同僚だったアイビーリーグ出身の男たちは上司になっているということだった。

同様の机をあてがわれているヴァージニアのことも、頭に浮かぶ。季節を問わず分厚い黄色のカーディガンを羽織り、頭の上でお団子にまとめた髪に鉛筆を突き刺していた。机の下には、毛羽だった片方だけの青いスリッパがあった。もう一方は不要なのだ。左脚は子どものころの狩猟事故で切断されていたから。ヴァージニアは自分の義肢をカスバートと呼び、酒を飲みすぎるとそれをはずして持たせてくれた。ヴァージニアがOSS時代の話をすることはほとんどなく、人づてに彼女のスパイ時代の武勇伝を聞いていなければ、よくいる年配の女性職員だと思ったことだろう。けれど、わたしたちはいろいろな話を聞いていた。たとえば、彼女が乳しぼり女に扮《ふん》し、牛の群れとフランスのレジスタンス闘士ふたりを率いて国境を越えたときのことや、ゲシュタポがカスバートをつけた彼女を連合国側でもっとも危険なスパイのひとりと呼んでいたことなどを。わたしたちは廊下でヴァージニアとすれ違ったり、同じエレベーターに乗りあわせたり、E通りと二十一番街の角で十六番バスを待っている彼女を見かけたりした。わたしたちは足を止めて尋ねたかった。彼女がナチスと戦っていたころのことを。そして、自分の席で次の戦争が起こるのを待ちながら、あるいは、だれかにもう帰宅していいよと言われるのを待ちながら、いまも当時のことを思い出すのかどうかを。

CIAは長年、OSSの女たちをお払い箱にしようとしていた。新たな冷戦において、彼女たちは不要だったのだ。かつて引き金をひいた指先は、いつのまにかタイプライターにふさわしいものになってしまったようだった。

とはいえ、不平など言えた？　悪い仕事ではなかったし、就職できて幸運だったから。それに、政府のおおかたの仕事よりも面白かったのは間違いない。農務省だったら？　内務省だったら？　どれほど退屈かわかったものじゃない。

SRことソ連部は、わたしたちの第二の故郷となった。そして、男の職場として知られていたCIAで、わたしたちは独自のグループを作った。自分たちをタイプ専門家集団と考えるようになり、そのおかげで強くなれた。

加えて、通勤事情も悪くなかった。天気の悪い日にはバスや路面電車に乗り、天気のいい日には歩いて通った。わたしたちのほとんどは、ジョージタウン、デュポンサークル、クリーブランドパーク、カテドラルハイツなど、中心部の周辺に住んでいた。横になるとまさに頭が壁につき、反対側の壁には爪先がつくほど狭い、エレベーターなしのアパートでのひとり暮らしだ。マサチューセッツ大通りにわずかに残っていた賄《まかな》い付きの、並んだ二段ベッドや十時半の門限がある下宿で暮らしている者もいた。部屋を折半で借りている者もけっこういて、ルームメイトはほかの政府機関に勤めるアグネスだのペグだのという名前の女性で、いつも洗面所にピンクのヘアカーラーを置きっぱなしにしたり、バターナイフの裏側にピーナッツバターをこびりつかせておいたり、ろくにくるんでいない生理用ナプキンを洗面所横の小さなゴミ箱に捨てたりするような人たちだった。

当時、既婚者はリンダ・マーフィーだけで、しかも結婚したてだった。結婚した女たちはいつも遠からず辞めていった。なかには、妊娠するまでがんばる者もいたが、たいていは婚約指輪をつけるようになるとすぐに退職を考えはじめる。送別会は休憩室で、〈セーフウェイ〉のシートケーキ（大きな長方形の焼き皿で焼いたケーキ）を囲んだ。男たちもやってきてケーキをひと切れ食べ、きみが辞めるのはとても寂しいなどと言うのだけれど、後任の新しい女の子はどれほど若いかを考えて目を輝かせるのを、わたしたちは見逃さなかった。わたしたちは連絡を取り合うことを約束するものの、結婚式を終えて、赤ちゃんが生まれると、彼女たちは中心部から遠く離れた郊外――タクシーに乗るか、バスを乗り継いで行かなければならないベセスダ、フェアファックス、アレクサンドリアといった土地に居をかまえる。だから、赤ちゃんの一歳の誕生日に出かけていくことはあっても、その後もまたということはまずなかった。

わたしたちの大部分は独身で仕事を優先にしており、この選択は何度も繰り返し両親に言って聞かせなければならなかったが、確固とした信念ではなかった。確かに、親はわたしたちが大学を卒業したときは喜んでいた。けれど、赤ちゃんを産むことなく仕事ばかりしている一年がすぎていくたび、娘が独り身であることや湿地に造られた都会で暮らしていることに不安を募らせるようになっていった。

そう、夏のワシントンの湿度の高さは濡れた毛布なみで、縞《しま》模様の蚊の獰猛《どうもう》さったらなかった。前の晩に巻いたわたしたちの髪は、朝になって外へ出たとたんにぺちゃんこになった。路面電車やバスはサウナさながらで、腐ったスポンジに劣らぬ悪臭がした。冷たいシャワーを浴びているときをのぞいて、すっきり爽やかな気分になるときなど一瞬たりともない。

冬も、夏の苛酷さに引けをとらなかった。わたしたちは精いっぱいの厚着をし、冷えきったポトマック川からの風を避けるべくうつむいて、バス停からの道を急いだ。

ただし秋には、街は生き返った。コネチカット大通りの並木は完熟オレンジや赤い花火のように見えた。気温もちょうどよく、ブラウスの腋の下に汗染みができる心配はなかった。ホットドッグの屋台では小さな紙袋入りの焼き栗を売っていて、夕方、家まで歩きながら食べるのにぴったりの量だった。

そして春には桜が咲き、バスに詰めこまれた観光客たちが観光名所を歩いては、あちこちにある注意書きを無視してピンクや白の桜の花を摘み、耳の後ろや背広のポケットに飾った。

この地域の秋と春はのんびりすごす季節で、そういうとき、わたしたちは足を止めてベンチに腰かけたり、リフレクティング・プール（リンカーン記念館前に延びる人工池）のまわりをゆっくりと歩いたりした。もっとも、CIAのE通りビル内では、あらゆるものを蛍光灯が強烈な光で照らし、わたしたちのひたいのてかりや鼻の毛穴を強調する。でも、仕事を終えて職場を出れば、涼しい風がむき出しの腕をなで、ナショナル・モール（ワシントンDCの中心部に位置する国立公園）を通って長い散歩をしながら帰宅するときなど、この湿地帯の街はまるで絵葉書のようだった。

とはいえ、痛む指先や手首、果てしないメモや報告書や口述筆記のことも忘れられない。膨大な量のタイプをこなしていたため、夢のなかでもタイプを打つ者までいた。仕事を辞めて何年も経ってからでも、隣で寝ている男から、きみは眠っているときも指先がピクピク動いているときがあるよと言われるのだ。それから、金曜の午後は五分おきに時計を見ていたことも覚えている。紙で切った傷のことも、ざらざらのトイレットペーパーのことも、月曜の朝にはロビーの堅木張りの床がマーフィーオイルソープのにおいを放ち、ワックスがけしたあと何日もハイヒールがつるつる滑ったことも、忘れられない。

ソ連部の奥に並んでいた窓の列のことも覚えている。外を眺めるには高すぎる位置にあったので、通りをはさんだ向かいにある、わたしたちの灰色の建物と瓜ふたつの国務省の灰色の建物しか見えなかった。わたしたちは向こうのタイプ課について想像したものだ。どんな女たちがいるの？　彼女たちの暮らしはどんなふう？　彼女たちも窓からこの灰色の建物を眺めて、わたしたちのことをあれこれ想像したりするの？

あのころ、毎日はとても長く鮮明に感じられた。でも、いま思い返してみると、すべてが混然一体となってしまっている。たとえば、ウォルター・アンダーソンがシャツの胸に赤ワインをこぼし、襟《えり》の折り返しのところに「生き返らせないでください」と書いたメモをつけたまま受付で気を失ったクリスマスパーティーが、一九五一年だったか一九五五年だったか判然としない。また、ホリー・ファルコンが解雇されたのは、二階の会議室で外部職員にヌード写真を撮らせたせいなのか、むしろ、その写真のおかげで昇進し、その直後に何か別の理由で解雇されたのか思い出せない。

けれど、覚えていることはまだいろいろある。

もしあなたが本部にやってきて、しゃれた緑のツイードスーツ姿の女性が男性のあとについて彼のオフィスに入っていくところ、あるいは、赤いハイヒールとそれによく合うアンゴラセーターを着た女性が受付にいるのを見たら、タイピストか秘書だろうと思うだろう。それは正しいかもしれない。でも、間違っている可能性もある。秘書《セクレタリー》とは、秘密を委ねられる者のことである。語源はラテン語のセクレトゥス、セクレトゥムだ。わたしたちはみんなタイピストだったけれど、それ以上のことをする者もいた。毎日、仕事を終えてタイプライターにカバーをかけたあとにした仕事については、ひと言も口外しなかった。男たちの一部とは異なり、わたしたちは秘密を守ることができたのだ。

東

1949年〜1950年

第一章　ミューズ

黒い背広姿の男たちがやってきたとき、お茶はいかがですかとわたしの娘イーラは尋ねた。男たちはお願いしますと言った。招待された客のように礼儀正しく。けれど、彼らがわたしの机の引き出しの中身を床にぶちまけ、本を両腕にかかえて棚から引っ張り出し、マットレスをめくり、クローゼットのなかを調べはじめたとき、イーラはシュンシュンと音を立てるヤカンをストーブから下ろし、ティーカップと受け皿を戸棚に戻した。

大きな木箱を持った男が、なんであれ役に立ちそうなものを箱詰めするようほかの男たちに命じたとき、わたしの下の子ミーチャは飼っているハリネズミを置いてあるバルコニーへ出ていった。ミーチャは自分のペットまで箱詰めされるのではないかと、ハリネズミを自分のセーターのなかに隠した。男のひとり、あとでわたしを黒い車へ押しこむとき、ついでに尻までなで下ろした男が、ミーチャの頭に片手を置いて、いい子だと声をかけた。ミーチャ、心やさしいミーチャは、その男の手を乱暴に払いのけ、姉といっしょに使っている寝室へ引っこんだ。

男たちがやってきたとき風呂に入っていたわたしの母が、ローブ姿で現われた。髪はまだ濡れており、顔が紅潮していた。「こうなるって言ったじゃないか。連中がやってくるって」男たちはボリスからもらった手紙、わたしのメモ、食品のリスト、新聞の切り抜き、雑誌、本などを引っかきまわした。「だから、あの男はあたしたちに苦しみしかもたらさないって言ったんだよ、オリガ」

返事をする隙を与えず、男のひとりがわたしの腕をつかんだ。逮捕するために送りこまれたというよりも、恋人のように。そして、わたしの首筋に熱い息を吹きかけながら、そろそろ行く時間だと言った。わたしは頭のなかが真っ白になったが、子どもたちの泣きわめく声ではっと我に返った。背後でドアが閉まったのに、子どもたちの泣き声はいっそう大きくなった。

車は左折を二度したあと、右へ曲がった。そして、また右へ。窓から外を眺めなくても、男たちがわたしをどこへ連れていこうとしているかわかっていた。わたしは気分が悪くなり、タマネギとキャベツのようなにおいをさせている隣の男にそう言った。男は窓をあけてくれた。ささやかな思いやりだ。けれど、吐き気はおさまらず、大きな黄色のレンガ造りの建物が見えてくると、わたしはえずいた。

子どものころ、ルビャンカ（ソ連の秘密警察の本部および刑務所）を通りすぎるときは息を止め、よけいなことは何も考えるなと教わった。秘密警察は反ソ思想を抱いている者を嗅ぎあてると言われていたのだ。そのころ、わたしには反ソ思想とは何なのか、見当もつかなかったけれど。

車はロータリーを通り、ルビャンカの中庭へ続く門に入った。口のなかに胆汁がせり上がってきたが、すばやく飲みこんだ。横に座っている男たちは、できるだけわたしから身を離そうとした。

車が停まった。「モスクワで一番高い建物は?」タマネギとキャベツのようなにおいの男が、ドアをあけながら聞いてきた。わたしはまたこみ上げてきた吐き気に前かがみになって、朝食の目玉焼きを道路の小石の上にぶちまけ、それがもう少しでその男の薄汚れた黒い靴にかかるところだった。「ルビャンカさ、もちろん。なんと地下からはるばるシベリアまで見えるって話だからな」

ふたりめの男が笑い、靴底で自分の煙草をもみ消した。

わたしは唾を二度吐き、手の甲で口をぬぐった。

その大きな黄色いレンガ造りの建物に入ると、黒い背広の男たちは、独房まで連れていくのがおれたちでないことに感謝しろよという目で見てから、わたしをふたりの女看守に引き渡した。うっすらと口髭《ひげ》の生えている大柄な女看守が、隅に置かれた青いプラスチック椅子に座っており、小柄なほうの女がまるで幼児をトイレに行かせようとするときのような甘ったるい声で、服を脱ぐよう告げた。わたしは上着、ワンピース、靴を脱ぎ、肌色の下着姿で立った。小柄な女はわたしから腕時計と指輪をはずし、コンクリートの壁に響くほどガチャンと音をさせて金属製の入れ物のなかに落としてから、ブラジャーも取るよう合図した。わたしはたじろぎ、腕を組んだ。

「仕方ないんだよ」青い椅子に座っている女が言った。その女がわたしに発した最初の言葉だった。「首を吊るかもしれないだろ」わたしがブラジャーのとめ金をはずしてそれを取ると、冷気が胸に突き刺さった。彼女たちがわたしの体に目を走らせるのがわかった。こんな状況においてさえ、女たちは互いを値踏みする。

「妊娠しているのかい?」大柄な女が尋ねた。

「ええ」わたしは答えた。それを口に出して認めるのは、このときが初めてだった。

ボリスと最後に愛し合ったのは、彼が三度めの別れ話をしてきた一週間後のことだった。「もう終わりだ」ボリスはわたしにそう言っていた。「もう終わりにしなければ」わたしはボリスの家庭を壊しており、彼の苦しみの原因となっていた。彼にそう告げられたのは、アルバート通りから入った裏道をいっしょに歩いていたときで、わたしはパン屋の戸口に倒れこんでしまった。ボリスはわたしを立ち上がらせようと近づいてきたが、わたしは放っておいてと叫んだ。人々が足を止め、こちらを見つめていた。

次の週、ボリスはうちの玄関に立っていた。わたしへの贈り物を持って。ボリスの妹がロンドンで彼のために買ってきた豪華な日本の着物のローブだ。「どうか着てみてほしい」ボリスは熱をこめて頼んできた。わたしは着がえ用ついたての後ろで、それを羽織った。布地は固くごわごわしていて、おなかまわりがだぶだぶだった。大きすぎるのだ。ひょっとすると、ボリスは妹に、妻への贈り物なのだと言ったのかもしれない。わたしはそのガウンが気に入らなかったので、ボリスにそう伝えた。彼は声を出して笑った。「じゃあ、脱いでくれるかな」ボリスはまた頼んできた。だから、わたしはそうしたのだ。

一か月後、わたしの肌は寒いところから帰って熱い風呂に身を沈めたときのように、うずきはじめた。このうずきはイーラやミーチャのときにも経験しており、ボリスの子を身ごもったと知ったのだった。

「近いうちに医師の診察があるから」小柄な看守が言った。

ふたりはわたしの身体検査をして、すべてを奪い、ぶかぶかの灰色のスモックと二サイズ大きすぎるスリッパを支給し、マット一枚とバケツ一個しかないセメントの独房へ連れていった。

わたしはそのセメントの箱部屋に三日間入れられ、カーシャ（小麦粉やそば粉で作る粥）とサワーミルク（乳酸発酵させた牛乳）を日に二回与えられた。医師が診察にやってきたが、すでにわかっていたことを教えてくれただけだった。わたしはおなかに赤ちゃんがいるおかげで、この箱部屋で女たちに起こるという噂のさらなる悲惨な目にあわずにすんだ。

三日すぎると、女四十四名がいる同じくセメント製のもっと大きな部屋へ移された。床にとめつけられた金属製のパイプベッドを与えられ、看守がドアを閉めたので、わたしはすぐ横になった。

「いまは眠れないよ」隣のベッドに座っている若い女が言った。彼女の両腕は細く、肘《ひじ》に傷があった。「やつらが起こしにくるから」彼女は頭上のまばゆい蛍光灯を指さした。「日中に眠るのは許されてないんだ」

「夜も一時間眠れたらいいほうさ」ふたりめの女が言った。最初の若い女にうっすら似ていたが、その母親と言ってもいいくらい年老いていた。血のつながりはあるのだろうか。それとも、この場所にいて、あのまばゆい照明の下で同じ服を着ていると、徐々にみんな似てくるのだろうか。「ちょっとした会話ってのをやりに連れていかれるんだ」

若いほうの女が年かさの女に目をやった。

「眠れないなら、何をするの？」わたしは聞いた。

「待つ」

「そして、チェスをする」

「チェス？」

「そう」部屋の向こうに置かれたテーブルにいる三人めの女が言った。彼女は指ぬきで作られたナイトを持ち上げた。「チェスはできる？」わたしはチェスをしたことなどなかったけれど、待つばかりの毎日とあっては、ひと月もあれば覚えるだろう。

まさに、看守たちはやってきた。一度にひとりずつ引っ張っていき、数時間後、目を充血させて黙りこくっている囚人を第七監房に戻した。わたしは毎晩、連れていかれることを覚悟したが、それでも実際にそのときがやってきたときには驚いた。

わたしはむき出しの肩を木製の警棒でぽんぽんと叩かれて、目を覚ました。「イニシャル！」べッドにかがみながら看守が吐き捨てるように言った。夜にやってくる男たちは、いつもわたしたちを連れていく前にイニシャルを言わせた。わたしは小声で返事をした。その看守は服を着るよう指示し、わたしが服を着るあいだ目をそらさなかった。

　暗い廊下を歩き、何階分かの階段を下りた。噂は本当なのだろうか。ルビャンカは地下二十階まであり、地下通路でクレムリンとつながっているだの、あるトンネルは戦時中にスターリンのために贅《ぜい》をつくして造られた隠れ家へ続いているだのという噂は。

　わたしは別の廊下の突きあたりにある、２７１と記されたドアまで連れていかれた。看守はそれをほんの少しあけてなかをのぞくと、笑い声をあげて大きくドアを開いた。そこは監房ではなく、うずたかく積まれた肉の缶詰や、整然と重なっている箱入りの紅茶や、ライ麦粉の袋が詰めこまれている貯蔵室だった。看守は低くうなって、その部屋の奥にある別のドアを指さしたが、そこには部屋番号がなかった。わたしはそのドアをあけた。明るすぎて最初はなかがよく見えなかったが、目が慣れると、そこはホテルのロビーに置いてもしっくりなじみそうな高級な調度品を設えたオフィスだった。壁の一面の本棚には革装の本が並び、別の壁には三人の看守が並んでいた。軍服を着た男が、部屋の真ん中に置かれた大きな机についていた。その机の上には山積みの本や手紙があった。なんと、わたしの本、わたしの手紙だ。

「かけたまえ、オリガ・フセーヴォロドヴナ」男は言った。彼はこれまでずっと机に向かう人生をすごしてきたか、重労働で腰をかがめてきたかのような猫背だった。非の打ちどころなく手入れされた両手がティーカップを包みこんでいることからすると、おそらく前者だろう。わたしは彼の前に置かれた小さな椅子に腰を下ろした。

「待たせて申しわけない」男は言った。

わたしは何週間も前から準備していた口上を述べはじめた。「わたしは何も悪いことをしていません。どうか釈放してください。家族がいるんです。何も――」

男は指を一本立てた。「悪いことをしていない？　それは我々が判断する……そのうちに」男はため息をつくと、黄ばんだ分厚い親指の爪で歯をせせった。「それには時間がかかる」

それまでわたしは、自分はすぐに釈放されるし、この問題はすっきり解決し、大晦日《おおみそか》はボリスと暖かいストーブのそばにいて、おいしいグルジアワインで乾杯できると考えていたのだった。

「で、きみは何をしたのかな？」男は数枚の書類をめくり、逮捕令状らしきものを掲げた。「暴力的性質の反ソ見解の表明」男は読み上げた。まるで蜂蜜ケーキの材料を読み上げるかのように。

恐怖を感じるとひやりとしたり、来たるべき危険に備えて体が無感覚になったりする人もいるかもしれない。わたしの場合、恐怖は体を貫く炎にも似た熱だった。「お願い」わたしは言った。「家族と話をさせて」

「自己紹介をさせてもらうよ」男は笑みを浮かべ、革を軋《きし》らせながら椅子の背にもたれかかった。「わたしはきみの卑《いや》しき尋問者だ。お茶などどうかね？」

「いただきます」

男はお茶を持ってくる気配も見せなかった。「名前はアナトリ・セルゲイエヴィッチ・セミョーノフだ」

「アナトリ・セルゲイエヴィッチ――」

「アナトリと呼んでくれてかまわない。オリガ、我々は互いをとてもよく知るようになるだろう」

「わたしのことはオリガ・フセーヴォロドヴナと呼んでください」

「いいだろう」

「わたしには率直に接してくれるようお願いします、アナトリ・セルゲイエヴィッチ」

「わたしには正直でいてくれたまえ、オリガ・フセーヴォロドヴナ」アナトリはポケットから汚れたハンカチを引っ張り出して鼻をかんだ。「彼が書いている小説について話してくれ。すでにいろいろ耳には入っている」

「いろいろって？」

「話すんだ」アナトリは言った。「『ドクトル・ジバゴ』は何についての本かね？」

「知りません」

「知らない？」

「彼はまだ書いている途中なんです」

「では、きみをしばらく小さな紙とペンとともにここに残し、わたしがこの場を離れるというのはどうだろう。そうすれば、きみはその本について知っていることと知らないことを考えて、その結果をすべて書けるかもしれない。これはいい考えかな？」

わたしは返事をしなかった。

彼は立ち、何も書いていない紙をひと束わたしに手渡した。さらに、自分のポケットから金メッキが施されたペンを出した。「さあ、わたしのペンを使ってくれ」

彼はペンと紙と三人の看守をその場に残し、部屋から出ていった。

アナトリ・セルゲイエヴィッチ・セミョーノフさま
そもそも、これを手紙と呼ぶのでしょうか？　告白を綴《つづ》ったものを、正しくはなんと呼ぶのでしょう？

確かに、わたしには告白すべきことがあります。でも、それはあなたが聞きたがっていることではありません。それに、このような告白をするなら、いったいどこから始めればいいのでしょう？　たぶん、初めから？

わたしはペンを置いた。

初めてボリスを見たのは、ある朗読会の会場だ。ボリスは簡素な木製の朗読台の向こう側に立っており、スポットライトを受けて銀髪が輝き、ひいでたひたいが光っていた。目を大きく開き、子どものように大きな動作で自分の詩を朗読する彼の声は、波さながらに聴衆へと伝わった。桟敷席にいたわたしのところまでも。ボリスの両手のすばやい動きは、オーケストラの指揮をしているかのようだったし、ある意味、彼は指揮者だった。聴衆はこらえきれずに、ボリスが言い終える前に彼の詩を大声で叫ぶこともあった。一度、ボリスはふと口をつぐみ、ライトのほうを見上げた。誓ってもいいが、彼はそのとき桟敷席にいるわたしに気づき、その白い光を貫いてわたしと目が合ったと思う。彼の朗読が終わると、わたしは立った。拍手も忘れ、両手を固く組み合わせたまま。人人が演台に押し寄せて彼を取り巻くのを見つめながら、立ちつくしていると、やがて同じ列から、そして桟敷から、さらには講堂からも人がいなくなった。

わたしはペンを取った。

それとも、どうやって始まったかを書くべきでしょうか。

その朗読会から一週間も経たずして、ボリスは文芸誌〈新世界《ノヴィ・ミール》〉の出版社にやってきて、ロビーのふかふかの赤い絨毯《じゅうたん》に立ち、同誌の新しい編集者コンスタンティン・ミハイロヴィッチ・シモノフと談笑した。コンスタンティンは戦前の背広をクローゼットいっぱい持っていて、パイプ煙草を吸うたびにルビーの印章指輪ふたつがかちんと鳴った。作家が会社に来るのは、珍しいことではない。実際、作家に対する通常の接待として、社内を案内し、お茶を出し、昼食に案内するといった役目をわたしが仰せつかることはよくあった。けれど、ボリス・レオニドヴィッチ・パステルナークは生存するもっとも有名なロシアの詩人であるため、コンスタンティンが接待役となり、ずらりと並ぶ机のあいだを案内しながら、コピーライター、デザイナー、翻訳者、そのほかの主要職員を彼に紹介していた。間近で見るボリスは、舞台に立っていたときよりもいちだんと魅力的だった。五十六歳だったけれど、四十歳でも通っただろう。挨拶しながら周囲の職員に視線を走らせ、大きな笑みを浮かべているため高い頬骨が際立っていた。

コンスタンティンとボリスが近づいてきたので、わたしはその朝からずっと取り組んでいた翻訳原稿を握り締め、その詩の原稿にうわの空で何やら書きこみを始めた。机の下では、ストッキングをはいている両足をハイヒールに押しこんだ。

「あなたのとびきり熱烈なファンを紹介しましょう」コンスタンティンがボリスに言った。「オリガ・フセーヴォロドヴナ・イヴィンスカヤです」

わたしは片手をさし出した。

ボリスはわたしの手を返して手の甲に口づけをした。「お会いできて光栄です」

「子どものころから、あなたの詩が大好きでした」わたしはぼうっとしていて、手を離す彼にそんなことを言ってしまった。

ボリスがにっこり笑うと、歯の隙間がのぞいた。「じつは、いま小説を書いていてね」

「どんな小説ですか？」そう尋ねながら、未完成の作品について作家に尋ねる自分の愚かさを呪った。

「昔のモスクワについて書いているんだ。きみがまだ小さすぎて覚えていないころの」

「面白そうですね」コンスタンティンが言った。「それで思い出しましたが、わたしのオフィスでちょっとお話が」

「また会えることを願っているよ、オリガ・フセーヴォロドヴナ」ボリスは言った。「まだわたしにファンがいるとは嬉しいことだ」

それが始まりだった。

会おうという誘いに初めて応じたとき、わたしは約束の時間に遅れたのだけれど、ボリスは早く来ていた。ボリスはまったく気にしていないと言った。一時間前にプーシキン広場に着いて、鳩《はと》が一羽また一羽と、生きている羽毛の帽子のようにプーシキンの銅像の頭上にとまっては、また飛んでいくのを楽しく眺めていたからと。ベンチの隣に座ると、ボリスはわたしの手を取り、きみに会ってからほかのことは何も頭になかったと言った。わたしが近づいてきて横に座ったらどんな気持ちがするか、わたしの手を取ったらどんな感触かということばかり考えていたと。

それから毎朝、ボリスはアパートの前でわたしを待つようになった。仕事の前に、わたしたちは広い大通りを歩き、広場や公園を通り抜け、これといったあてもなくモスクワ川に架かるすべての橋を行ったり来たりした。その夏は菩提樹《ぼだいじゅ》の花が満開で、街全体が蜜のように甘くてかすかに腐ったようなにおいがした。

わたしはボリスにすべてを話した。アパートで首を吊っていた最初の夫のこと、わたしの腕のなかで死んだ次の夫のこと、夫たちの前に付き合った男たちや、そのあとに付き合った男たちのこと。

自分の恥や屈辱について。秘かな喜び――列車から真っ先に降りたり、フェイスクリームや香水のラベルを前向きに並べたり、朝食にサワーチェリーパイを食べたり――についても。最初の数か月間、わたしはひたすら話し、ボリスはひたすら聞いていた。

　夏が終わる前に、わたしは彼をボーリャと呼び、彼からオーリャと呼ばれるようになった。そして、わたしたちは人からあれこれ言われるようになっていた。なかでも、わたしの母から。「とにかく、許されることじゃないよ」母は数えきれないほどそう言った。「あの人は結婚してるんだからね、オリガ」

けれど、わかっていた。アナトリ・セルゲイエヴィッチが聞きたがっているのは、こんな告白ではないと。彼が書かせたいのはどんな告白なのか、わたしはわかっていた。彼の言葉がよみがえってきた。「パステルナークの運命は、きみがどれだけ真実を語るかにかかっている」わたしはペンを取り、ふたたび書きはじめた。

アナトリ・セルゲイエヴィッチ・セミョーノフさま

~~『ドクトル・ジバゴ』はひとりの医師についての物語です。~~
~~ふたつの戦争のあいだについて書かれています。~~
~~ユーリとラーラの物語です。~~
~~かつてのモスクワの物語です。~~
~~かつてのロシアの物語です。~~
~~愛の物語です。~~
~~わたしたちの物語です。~~

『ドクトル・ジバゴ』は反ソ思想ではありません。

一時間後に戻ってきたセミョーノフに、書いた手紙を渡した。彼はさっと目を通しただけで、裏返した。「明日の晩、もう一度やり直しだ」セミョーノフは紙をくしゃくしゃに丸めてその場に落とし、わたしを連れていくよう看守たちに手で合図した。

毎晩、ひとりの看守がわたしを連れにやってきて、わたしはセミョーノフと短い会話をすることになった。毎晩、わたしの卑しき尋問者は同じ質問をした。「それは何についての小説なんだね？」、「彼はなぜそれを書いているんだ？」、「きみはなぜ彼をかばう？」

わたしはセミョーノフが聞きたがっていることを話さなかった。小説はロシア革命に批判的で、ボリスは社会主義リアリズムを拒絶しており、国家の影響を受けずに心のまま生きて愛した登場人物たちを支持していると、教えはしなかった。

ボーリャがわたしと出会う前にその小説を書きはじめていたことも、セミョーノフに言わなかった。すでにラーラが彼の心のなかにいたことも、物語の初めはヒロインのラーラが彼の妻ジナイダに似ていたことも、時間の経過とともにラーラが次第にわたしになったこと、あるいは、わたしがラーラになっていったことも、言わなかった。

ボーリャがわたしをミューズと呼んでいたことも。わたしたちが付き合うようになった最初の一年で、彼の小説はそれまでの三年分よりも進んだことも。わたしがまず彼に惹かれたのは、その名前、だれもが知るその名前ゆえだけれど、それでも彼と恋に落ちたことも。わたしにとって、いかに彼が壇上の有名な詩人とか、新聞に写真が載る人とか、スポットライトを浴びる人とか以上の存在かも。わたしがどれほど彼の不完全さ――隙間のある歯並び、二十年も使い続けて捨てようとしない櫛《くし》、考えごとをするときにペンで頬を引っかき、顔を黒インクの筋だらけにする癖、何があろうと傑作の執筆に打ちこむ姿――を愛しているかも、話さなかった。

実際、ボーリャは執筆に打ちこんでいた。日中に猛烈な勢いで書きながら、書き上げたページを机の下に置いた枝編み籠《かご》のなかに落とす。そして夜になると、書き上げた分をわたしに読んで聞かせてくれた。

モスクワのあちこちのアパートで開かれる小さな集まりで、ボーリャが朗読することもあった。そんなとき、友人たちはボーリャが座っている小さなテーブルを囲むように半円形に並べられた椅子に腰かけた。わたしは彼の隣に座を占め、女主人であり、傍《かたわ》らにいる女であり、妻ともいえる役割を演じることを誇りに思っていた。ボーリャは目の前に座っている人々の頭のすぐ上をじっと見ながら、いつもの興奮した、言葉が次々と折り重なっていくような読み方をするのだった。

わたしは街で開かれるこうした朗読会には出席したが、モスクワから列車で少しのところにあるペレデルキノでの朗読会には行かなかった。作家たちの居住区にある彼の家《ダーチャ》は、妻ジナイダの領域だったからだ。大きな出窓がある赤茶色のその木造の家は、ゆるやかな丘の上にあった。背後には白樺《しらかば》や樅《もみ》の木が並び、横には大きな菜園へと続く土の小道がある。初めてそこへ連れていってもらったとき、ボーリャはこれまでどんな野菜がよく育ち、どんな野菜がうまく育たなかったか、その理由はなぜかを詳しく説明してくれた。

たいていの市民の標準的な家よりも大きなそのダーチャは、政府から彼に支給されたものだった。じつのところ、そのペレデルキノの居住区全体が、国の選《え》り抜きの作家たちが活躍するのを後押しするための、スターリンからの贈り物だった。「文学のほうが戦車の製造より大切だ」スターリンはよくそう口にしたそうだ。

ボーリャが言っていたとおり、それは詩人や作家の動向を把握するのに便利でもあった。作家コンスタンティン・アレクサンドロヴィッチ・フェージンは隣で暮らしていた。コルネイ・イヴァノヴィッチ・チュコフスキーは近くに住み、自宅を児童書執筆の仕事場にしていた。イサーク・エマヌイロヴィッチ・バーベリが暮らし、逮捕され、二度と戻ってこなかった家は、ボーリャの家がある丘を下ったところにあった。

いま書いているものは自滅をもたらしかねないし、大粛清で多くの友人たちが殺されたように、自分もスターリンに殺されるかもしれないのが怖いとボーリャが打ち明けてくれたことも、セミョーノフにはひと言も漏らさなかった。

わたしが書いた曖昧《あいまい》な答えに、セミョーノフはけっして満足しなかった。そして、また新しい紙と彼のペンを渡してきて、もう一度書くようわたしに告げるのだった。

セミョーノフはわたしに告白させようとあらゆる手を使った。やさしげにお茶を持ってきてくれて、詩に関するわたしの考えについて尋ね、自分はずっと前からボーリャの初期の作品のファンだったと言うこともあった。また、週に一度、医師の診察を受けられるよう手配し、追加のウールの毛布を与えるよう看守たちに指示してくれた。

さらには、ボーリャがわたしの身代わりにみずから出頭しようとしたと言って、わたしを罠にかけようとしたこともあった。一度など、廊下を押されてきた金属製カートがどんと音を立てて壁にぶつかったとき、ボリスがルビャンカに入ろうとして壁を叩いていると冗談を言った。

ボリスがある行事に妻と腕を組んで、元気そうな姿で現われたらしいとも聞かされた。「夫婦水入らずで」というのが、セミョーノフの使った言葉だった。また、腕を組んでいたというのが妻ではなく、きれいな若い女性だということもあった。「フランス人だな、おそらく」わたしは無理に笑みを浮かべ、彼が幸せで健康だと聞いてうれしいと応じた。

セミョーノフは一度もわたしに手をかけなかったし、そうするぞと脅したりもしなかった。けれど、暴力はいつだって目と鼻の先にあったし、彼のやさしげな態度は常に計算されたものだった。わたしは昔から彼のような男たちのことも、彼らがどんなことをやってのけられるかも、よく知っていた。

夜になると、同じ監房の女たちやわたしは、かびくさい麻布の切れ端を目隠し代わりに使った。けっして失せることのない光を遮断しようという虚《むな》しい試みである。看守たちは来たかと思うと行ってしまい、眠りも同じだった。

まったく眠りが訪れない夜には、ゆっくり息を吸ったり吐いたりして心を落ち着かせ、おなかの赤ちゃんと心を通わせようとしたものだ。片手をおなかに置き、何かを感じようとした。あるとき、とてもかすかな、泡が弾けるくらいのささやかな動きを感じた気がした。わたしはできるだけ長くその感じを味わった。

おなかが大きくなると、ほかの女たちよりも一時間長く横になることを許された。さらに、一杯多いカーシャと、たまに蒸しキャベツを与えられた。同じ監房の女たちも、自分の食べ物を分けてくれた。

やがて、わたしにはこれまでよりも大きなスモックが支給された。同じ監房の女たちは、赤ちゃんがおなかを蹴《け》るのを感じたくて、おなかに触らせてほしいと頼んできた。赤ちゃんがおなかを蹴るのは、第七監房の外の生活に戻れる希望のように感じられた。彼女たちはやさしく語りかけたものだ。わたしたちの小さな囚人ちゃん、と。

その夜はいつもと同じように始まった。警棒で突つかれてベッドから起こされ、尋問室へ連れていかれた。わたしはセミョーノフの向かいに座り、新たな紙を渡された。

そのとき、ドアがノックされた。青みがかって見えるほど真っ白な髪をした男が入ってきて、面会の用意ができたとセミョーノフに告げた。その男はわたしを振り返った。「おまえが求めていた面会だ、ようやくできる」

「わたしが?」わたしは尋ねた。「だれとですか?」

「パステルナークだ」セミョーノフが答えた。その男の前で、セミョーノフの声はいつもより大きく、口調は冷たかった。「彼が待っている」

わたしはその言葉を信じなかった。けれど、ワゴン車の窓のない後部に乗せられたとき、信じてもいいと思った。というか、小さな希望を抑えつけることができなかったのだ。彼に会えるという思いは、たとえそんな状況でも、初めて赤ちゃんがおなかを蹴るのを感じて以来の喜びだった。

政府の別の建物に到着し、いくつかの廊下を抜け、何階分かの階段を下りた。地下にある暗い一室に到着するころには、ぐったりと疲れ、汗だくになり、こんな見苦しい姿でボーリャに会うなんてと思わずにはいられなかった。

その殺風景な部屋のなかを見まわした。椅子もテーブルもない。天井から電球がひとつぶら下がっているだけ。中央にある錆《さ》びた排水口に向かって、床が傾斜していた。

「彼はどこ?」と尋ねたが、自分がどれほど馬鹿だったかをすぐに悟った。

ここまで連れてきた男の看守が、答えもせずにいきなりわたしを金属製のドアのなかへ押しこみ、ドアは背後で施錠された。いきなり臭気が襲ってきた。間違いようもない、甘ったるい臭気。帆布をかけられた長い物体がのっている、いくつもの台が目に入った。わたしは両膝《りょうひざ》から力が抜け、濡れた冷たい床に倒れた。ボリスもあの帆布の下にいるの？　それで、わたしはここへ連れてこられたの？

ふたたびドアが開いた。どのくらい経ったのか、数分か数時間かわからなかったけれど、二本の腕がわたしを立ち上がらせた。わたしは引きずられるようにまた階段を上がり、無限に続くかと思われる廊下を進んだ。

わたしたちは廊下の突きあたりの貨物用エレベーターに乗った。看守がケージを閉め、レバーを引いた。モーターが動き出してエレベーターは激しく揺れたが、動きはしなかった。看守はもう一度レバーを引き、勢いよくケージをあけた。「ついうっかりしちゃってね」看守はにやにやしながらそう言い、わたしをエレベーターから押し出した。「こいつはずいぶん前から故障中なんだ」

看守は左側にあるひとつめのドアのほうを向き、それをあけた。なかにはセミョーノフがいた。「ふたりでずっと待っていたんだよ」彼が言った。

「ふたりって？」

セミョーノフは壁を二度ノックした。またドアが開き、ひとりの老人が足を引きずりながら入ってきた。一瞬ののち、それが以前イーラの英語教師だったセルゲイ・ニコラエヴィッチ・ニキフォロフ、あるいは、そのなれの果てだと気づいた。普段はきれい好きな英語教師の顎鬚《ひげ》はもつれ、痩せた体からはズボンがずり落ち、靴からは靴紐がなくなっており、強い尿臭がした。

「セルゲイ」わたしは口の動きだけで呼びかけた。けれど、彼はわたしを見ようとしなかった。

「始めてもいいかな？」セミョーノフが尋ねた。「よろしい」彼は返事を待たずに言った。「では、もう一度確認しよう。セルゲイ・ニコラエヴィッチ・ニキフォロフ、昨日、我々に証言した内容、おまえがパステルナークとイヴィンスカヤの反ソ会話をじかに聞いたというのは、事実であると認めるかね？」

わたしは悲鳴をあげたが、ドアの横に立っていた看守の平手打ちで、すぐ静かにさせられた。さらにはタイル張りの壁に打ちつけられたが、何も感じなかった。

「はい」ニキフォロフは頭を垂れたまま、そう答えた。

「パステルナークと国外逃亡する計画をイヴィンスカヤから打ち明けられたことも？」

「はい」ニキフォロフは言った。

「嘘よ！」わたしが叫ぶと、さっきの看守がわたしに突進してきた。

「イヴィンスカヤの家で、反ソ連的ラジオ放送を聴いたという件についても？」

「それは……そういうわけではなく……思うに――」

「では、我々に嘘を？」

「いいえ」老いたニキフォロフは震える両手で顔をおおい、この世のものとは思えない泣き声をあげた。

目をそらせという心の声が聞こえたが、わたしはそうしなかった。

告白が終わるとニキフォロフは連れ去られ、わたしは第七監房に戻された。痛みがいつ始まったかはよく覚えていない。何時間も無感覚だったから。けれど、ある時点で、わたしの寝具が血に染まっていると、同じ監房の女たちが看守に訴えた。

ルビャンカ病院に運ばれ、すでにわかっていたことを医師から告げられたとき、わたしは自分の服がいまも死体置き場みたいな、死そのもののような臭いがするということしか頭になかった。

「この証人の証言により、被告人の行ないは明らかとなった。これまで被告人は我々の政権およびソヴィエト連邦を侮辱し、ボイス・オブ・アメリカ（アメリカ政府の海外向けラジオ放送）を聞き、愛国的考えを持つ我が国の作家たちを中傷し、反体制的見解を持つ作家パステルナークの作品を褒めそやしてきた」

　わたしは判決を聞いた。裁判官の言葉、彼が言った数字は聞こえた。けれど、このふたつを結びつけられたのは、監房へ連れ戻されてからだ。だれかに尋ねられ、わたしは答えた。「五年よ」そのとき、ようやくわたしは理解した。ポチマにある矯正収容所《グラーグ》で五年間の懲役。五年間、モスクワから五百キロ近くも離れた場所ですごす。娘と息子は十代の若者になる。母は七十歳近くになる。果たして、そのとき母はまだ生きているだろうか。ボリスは気持ちを切りかえているだろう。ひょっとしたら新しいミューズ、新しいラーラを見つけているかもしれない。

　有罪宣告の翌日、彼らはわたしに虫食いのある冬用コートを与え、女たちでいっぱいの天蓋《てんがい》付きトラックの荷台に乗せた。わたしたちは後方の開口部から、流れゆくモスクワの風景を見つめた。途中、小学生の一団が二列になってトラックの後ろを横切った。教師が子どもたちに真っすぐ前を向いたままでいるよう呼びかけたが、ひとりの小さな男の子が振り向いたとき、わたしと目が合った。つかのま、わたしはそれが息子、わたしのミーチャか、生まれてこなかった赤ちゃんだと想像した。

　トラックが停まると、看守らが降りてきて、わたしたちを矯正収容所へ連れていく列車にさっさと移動しろと怒鳴った。ボーリャの小説の前半でユーリー・ジバゴがウラルでの安全な生活を求めて家族と列車に乗る場面を、わたしは思い浮かべた。

看守らはわたしたちを窓のない車両の腰かけに座らせた。列車が出ると、わたしは目を閉じた。モスクワがいくつもの円のなかで輝く。静かな水面に小石を落としたように。この街は赤い中心から大通りや記念建造物へ、さらにはアパート群へと広がる。どれもが順ぐりにより高く、より大きくなりながら。そのあとは木々があり、田園風景があって、その先は雪、そしてまた雪だ。

西

1956年秋

第二章　応募者

それはワシントンＤＣによくある湿度の高い日で、ポトマック川の川面《かわも》にはねっとりした空気が漂っていた。九月だというのに、あいかわらず濡れ布巾を通して息をしているようで、母と暮らすアパートの地下室から一歩外へ出たとたん、灰色のスカートをはいたことを後悔した。足を前へ踏み出すたび、頭のなかがひとつの言葉でいっぱいになる——ウール、ウール、ウール。八番バスに乗り、後方の席に着くころには、白いブラウスが汗でびっしょりになっているのがわかった。もっと悪いことに、背中の両側にひとつずつ大きな汗染みができているのを感じた。大家さんに家賃の値上げを迫られているため、どうしてもこの仕事が必要なのだ。なぜ麻を着てこなかったのだろう？

バスを降り、苛立ちを募らせながらさらに三ブロック進むと、フォギーボトム地区に入る。Ｅ通りを歩きながら、さりげなく〈ピープルズ・ドラッグ〉のウィンドウで後ろ姿を調べようとした。けれど、何も確認できなかったのは、太陽がまぶしすぎたのと、メガネをかけてこなかったせいだった。

初めて検眼したのは二十歳のときだったが、そのころのわたしは人生の曖昧《あいまい》な輪郭に慣れすぎており、ようやく世界の本当の姿を知ったときには、すべてが鮮明すぎた。木に茂る葉の一枚一枚や鼻の毛穴のひとつひとつまで見えたのだ。また、上の階の住人が飼っている猫、ミスカのおかげで、白い猫の毛がついている服がいちいち見分けられた。どれもこれも見ていると頭が痛くなったし、自分はさまざまなものが鮮明な部分の集合としてではなく、ぼんやりとした全体のままであるほうが好きなことに気づいたので、メガネをめったにかけなかった。いや、わたしがかたくななだけだったのかもしれない。世界はこうだというイメージがあり、なんであれ、それに反するものになじめなかったのだ。

ベンチに腰かけている男の前を通りすぎるとき、じろじろ見られているのを感じた。わたしが背を丸め、地面ばかり見ながら歩いているせい？　わたしは頭の上に本をのせて、何時間も自分の部屋を歩きまわって姿勢を矯正しようとしたことがあったが、そんな努力も虚《むな》しく、猫背は直っていなかった。男性の視線を感じたときは必ず、おどおどした歩き方を見られているのだと受け取った。それ以外の可能性、たとえば、その男性がわたしのことを魅力的だと感じているのかもしれないなどという考えはけっして浮かばない。いつだって、歩き方か、着ている手製の服か、よくやってしまうように、たまたまだれかを長く見つめすぎてしまったかに決まっている。わたしがきれいだからなんて、絶対ない。そう、絶対に。

わたしは歩調を早めて軽食堂にさっと入り、そのままお手洗いに直行した。

よかった、汗染みはできていない。ところが、そのほかが問題だった。前髪はひたいに張りついているし、文通で結婚する花嫁がつけるようなものに似ていると母が言っていたマスカラは汗でにじみ、〈ウールワース雑貨店〉の店員がわたしの〝問題ある場所〟と呼んだ部分に丁寧にはたいてきたパウダーはよれてビスクイック（あらかじめパンケーキの材料の粉類を調整した製品の商標）みたいになっていた。水で顔を洗い、タオルでふこうとしたとき、だれかがドアをノックした。

「ちょっと待って」

ノックは続いた。

「使用中です！」

ドアの向こう側の人がドアノブをガチャガチャさせた。

わたしはドアを少しあけ、濡れた顔を突き出した。「すぐ出ます」小脇に新聞を抱えた男にそう言い、勢いよくドアを閉めた。ぐいっとスカートをたくし上げ、たたんだ紙タオルを下着とガードルとのあいだに押しこみ、腕時計を確認した。面接まであと二十五分だ。

元ボーイフレンドと呼んでもいいかもしれないシドニーからこの仕事の欠員について初めて聞いたのは、〈バイユー〉でピザとビールの食事をした晩のことだった。シドニーは内情に通じていることが誇りのいわゆる官僚で、わたしが二年前に大学を卒業してからずっと、政府の仕事につこうとしてきたことを知っていた。けれど、未経験者を対象とした求人はほとんどなく、仕事を得るためにはたいていコネが必要だった。そして、シドニーがわたしのコネだった。彼は国務省で働いており、友だちの友だちからタイピストの欠員が出たことを聞いたという。あまり勝算がないことはわかっていた。わたしのタイプや速記の腕前はそこそこ程度で、体に合わない背広を着た引退同然の弁護士のための電話番が、唯一の職務経験だったからだ。でも、きみは合格間違いない。なんたって、ぼくがＣＩＡの知り合いに頼んでおいたからね、とシドニーは言った。実際にそんな依頼ができるようなＣＩＡの知り合いがいるのか怪しいものだと思ったけれど、わたしは彼に礼を言った。シドニーがキスをしようと身を寄せてきたとき、わたしは片手で押しとどめ、ありがとうともう一度言ったのだった。

お手洗いから出ると、新聞を持った男がいなくなっていたので、ほっとした。コカコーラのＬサイズを注文すると、カウンターの向こう側のギリシャ系の小男がわたしに片目をつぶってみせた。「前途多難ってやつ？」彼が聞いた。うなずきながら、わたしはコーラをごくごく飲んだ。「ありがとう」そう言って、五セント銅貨をカウンターの向こうへ滑らせた。彼は指一本でそれをわたしに押し返した。「ぼくのおごりだよ」彼はそう言い、また片目をつぶった。

旧海軍天文台跡地にある巨大な灰色と赤色レンガの合同庁舎へ続く黒い鉄門に、十五分前に着いた。五分前なら礼儀正しいと見なされるが、十五分前では、入る前にそのブロックを三周もしなければならなかった。そのため、頃合いになるまでに、わたしはまた汗まみれになった。重いドアを押しあけながら、爽やかなエアコンの冷気に出迎えられるのを期待したものの、さらなる熱気に迎えられただけだった。

入庁者チェックの列に並び、事前承認された訪問者リストとわたしの身分証明書が照らし合わされる番になった。ところが、わたしが進み出たとき、細いメタルフレームの丸メガネをかけた白髪の男が追い越しざまにぶつかってきたので、ハンドバッグを落としてしまった。わたしの冴えない一枚きりの履歴書が床に落ちた。すると、保安検査をさっそうと通過したその男が振り返って戻ってきた。彼は履歴書を拾い、いまや汚れてしまって、少し粉飾してあるけれどそれでも冴えないその履歴書を「はい、どうぞ、お嬢さん」と言ってわたしに手渡し、返事も待たずに行ってしまった。

わたしはエレベーターのなかで指先をなめ、履歴書の汚れをこすった。結果はよけいに汚くなっただけで、わたしは予備の履歴書を持ってこなかった自分を呪った。図書館で借りた『公明正大に仕事を手に入れる方法』という本の助けを借りて書いた履歴書だ。ずっしりした白い上質紙のために多くお金を払い、本の指示どおりに履歴書を書き上げた。汚れた履歴書は、その本によると〝無能の証《あかし》〟だった。

さらに悪いことに、履歴書を拾うとき、お手洗いではさみこんだ紙タオルがずり上がってしまい、腰のくびれた部分にあたっているのに気づいた。そのことは考えないようにしようと自分に言い聞かせたけれど、かえって考えずにはいられなかった。

「どちらまで?」隣に立っていた女性が、ボタンの上で指をさまよわせながら聞いてきた。

「あっ、三階、いえ、四階です」

「面接?」

わたしは汚れた履歴書を掲げた。

「タイピスト?」

「どうしてわかるんですか?」

「すばやい人物評価が特技なの」その女性が手をさし出した。目と目のあいだが広く、つややかな赤い口紅が塗ってあるふっくらとした唇は、魚の形をしたグミキャンディーをふたつ合わせたみたいだった。「ロニー・レイノルズよ」彼女は言った。「CIAがCIAになる前から、ここにいるの」ロニーはそのことに誇りを抱いているのと同時に、うんざりしているように見えた。握手したとき、彼女の薬指に指輪の跡が白くついているのに気づいた。はずした指輪の跡に気づかれたことを悟った彼女にしばし見つめられ、居心地が悪くなった。エレベーターが三階でチンと鳴った。

「アドバイスあります?」エレベーターから降りるロニーに、わたしは尋ねた。

「すばやくタイプすること。質問はしないこと。絶対になめられないこと」エレベーターに乗ってきた男ふたりの背後から、彼女は大声を張り上げた。「そうそう、あなたにぶつかったのはダレスよ」

ダレスとはだれかと聞く前に、エレベーターの扉が閉まった。

四階には受付嬢がいて、壁際に並んだプラスチック椅子の列を指さした。すでに女性ふたりが座っている。わたしは椅子に腰かけ、紙タオルがずれるのを感じた。わたしったら、時間があったというのに、なぜさっさと上がってこなかったんだろう。

わたしの右側には、二十年は着ていそうに見える重そうな緑色のカーディガンと茶色いコーデュロイのロングスカートの年配の女性がいた。そんな格好は速記者――わたしの思い描く速記者――というよりも女教師のようだと思ったものの、人の服装をあれこれ批判する自分を戒めた。彼女は履歴書を膝《ひざ》にのせ、両手の人さし指と親指でつまんでいた。この人もわたしと同じくらい緊張しているのかしら？　子どもたちが巣立ったので、また働こうというの？　すでに働きはじめていたけれど、新しいことをやりたくて夜間ビジネス講座を受けたとか？　彼女はわたしを見て、「幸運を」とささやいた。わたしは笑みを浮かべ、穿鑿《せんさく》はやめなさいと自分に言い聞かせた。

今度は壁掛け時計に目をやりながら、左側に座っている小柄な黒髪の娘の様子を確かめた。秘書養成学校を出たばかりという感じだった。たぶん二十歳くらいだろうが、十六歳以上には見えない。髪は、時間をたっぷりかけて何本ものヘアピンを使わないとできなそうな凝《こ》ったスタイル。白い襟《えり》付きの長袖ワンピースと千鳥格子《ごうし》柄のハイヒールは、新品のようだった。そのワンピースは、わたしよりきれいで、トウシューズのような色合いの光沢のあるピンクのマニキュアを塗っていた。しがデパートのショーウィンドウで見て、自分もこんなのが買えたらいいのにと思うようなものだったが、実際は家に帰ってそのデザインを紙に描き、似たような服を母に作ってもらうのが関の山だった。わたしがいまはいている冴えないウールのスカートは、一年前にガーフィンケルズ百貨店（ワシントンDCの最高級デパート）のショーウィンドウでマネキンが着ていたすてきな灰色のスカートの模造品なのだ。

自分の服が既製品でもなければ流行のスタイルでもないと不満ばかり漏らしたけれど、老弁護士の完全な引退にともなってわたしが解雇されてからというもの、地下のアパートの家賃は仕立て屋の母が払うしかなくなっていた。母はダイニングルームの、わたしたちが道端で見つけてきた古い卓球台を作業場にしていた。わたしたちは壊れた網を取りはずし、モスクワから持ってきたわずかな品のうちのひとつ——父からの贈りもので、母の誇りであり喜びである足踏み式ミシンのヴェスタを、その大きな緑色の台に置いた。モスクワにいたとき、母はボリシェヴィシュカ（ソ連の大手紳士服メーカー）の工場で働いていたが、常にオーダーメイドのワンピースやウエディングドレスを作って非合法で稼いでいた。母はブルドッグのような女性だった。容姿も性格も。大勢のロシア人が祖国を離れた二度めの波の最後に、移民としてアメリカへやってきた。国境は封鎖寸前で、両親があと一、二か月ぐずぐずしていたら、わたしは自由の国ではなく鉄のカーテンのなかで育っていただろう。

父と母が四家族いっしょに暮らしていた集合住宅の小さな部屋の荷物をまとめたとき、母はわたしを妊娠して三か月で、お産に間に合うようアメリカへ渡りたいと望んでいた。じつは妊娠をきっかけに、両親は祖国を離れる決心をしたのだ。母のおなかが大きくなってきたころ、父は必要書類と一時的に住む場所を確保した。メリーランド州パイクスヴィルというところで暮らしている、いとこの家だ。当時、その地名は母の耳にとてもエキゾチックに響き、祈りの文句のようにそっと心のなかでつぶやいたという。「メリーランド、メリーランド」と。

そのころ、父は兵器工場で働いていたが、その前はマルキストの教師を養成する赤色教授学院で哲学を学んでいた。そして三年生のときに、〝指定カリキュラムからはずれた思想〟を表明したとしてそこを追われた。父の立てた計画は、ボルチモアかワシントンに数多くある大学のどこかで職を探し、一、二年いとこのところで暮らしてお金を貯め、それから家、車を買い、もうひとり子どもを作るというものだった。両親は生まれてくる赤ん坊についても夢見ていた。その全人生を思い描いていたのだ。たとえば、清潔なアメリカの病院で生まれ、初めての言葉をロシア語と英語の両方で覚え、最高の学校に通い、広々としたアメリカの主要道路で大きなアメリカ車の運転を学び、もしかしたら野球もするようになるかもしれないと。両親の夢のなかで、ふたりは観客席に座り、ピーナッツを食べ、歓声をあげる。未来の家で、母は仕立てをする専用の部屋を持ち、自分の店を始めるかもしれなかった。

　ふたりは親、きょうだい、そして自分たちが知っていたあらゆる人やものに別れを告げた。ふたりとも、わかっていたのだ。一度ここを去ったら二度と戻れず、アメリカンドリームを求めたことで永遠に市民権を剝奪されると。

　わたしはジョンズ・ホプキンズ病院で生まれ、初めて発した言葉はロシア語の「うん《ダー》」で、次は英語の「いや《ノー》」だったそうだ。さらに、名高い公立校に通い、ソフトボールもやり、親戚のクロスレイを運転できるようにもなった。けれど、父はこのどれひとつとして、実際に見ることができなかった。母は長いあいだ、わたしがなぜ父と一度も会ったことがないのかを教えられず、ようやくその話をしたときには、まるで告白するかのように早口で一気にまくし立てた。母によれば、父とともに大西洋を渡る蒸気船に乗る列にならんでいたとき、制服姿の男ふたりが近づいてきて、書類を見せるよう父に求めたという。両親はその前にも別の制服姿の男たちに書類を見せるという手続きをしていたので、母はとっさに危険を察知できなかったし、父は上着からその書類一式を取り出した。ところが、男たちは渡航書類には目もくれずに父の両腕をつかみ、上司が内々に書類を確認すると言っていると告げた。母は必死で父に取りすがったが、制服の男たちに無理やり引き離された。悲鳴をあげる母に、父は船に乗るよう冷静に告げた。自分はすぐあとから行くからと。母がそれに反対すると、父は繰り返した。「船に乗るんだ」

出航を告げる汽笛が鳴ったとき、最後の瞬間に父が昇降台を駆け上がってきてはいないかと、母が手すりに駆け寄ることはなかった。母にはもうわかっていた。夫には二度と会えないと。だから、母は予約していた三等寝台に倒れこんだ。母の隣の寝台は船が着くまでずっと空っぽで、おなかをせっせと蹴《け》るわたしだけが母の唯一の旅の道連れだった。

何年も経ったあと、モスクワにいる母の妹から、父は矯正収容所で死んだと知らせる電報を受け取ったとき、母はまるまる一週間を寝たきりですごした。当時わたしはまだ八歳だったけれど、料理や掃除をし、学校に通い、母のちょっとした裁縫仕事を片づけた。破れた袖を直したり、ズボンの裾《すそ》上げをしたり、仕上がり品を届けたり。

母のアメリカでの初めての職場は〈クリーニングとお直しのルーの店〉で、母はここで一日中、紳士用シャツにアイロンがけをして、強い化学薬品のせいで両手に染みやあかぎれを作り、毎晩帰宅した。母が針を持ち、ズボンの裾をまつったり、上着のボタンをつけ直したりといったわずかなチャンスがめぐってくることはまれだった。けれど、父の死を聞いた一週間後、母はベッドから起き出し、ばっちり化粧をすると、ルーの店をやめ、仕事に取りかかった。縫い目の一針一針、ビーズの一粒一粒、羽毛の一枚一枚に悲しみのありったけをこめ、ドレスをたくさん作った。二か月もほとんど家にこもりきりだったが、ようやくドレスが仕上がったとき、これまで作ったよりもずっと美しいドレスをふたつのトランクに詰めた。そして、聖十字架ロシア正教会の司祭を説得し、毎年行なわれる秋祭りのときに小さなテーブルでドレスを販売する許可をもらった。母は数時間ですべてのドレスを売りつくした。なんと、展示用のサンプルまでも。それはウエディングドレスで、ある女性が十一歳の娘に将来着せようと購入したのだった。秋祭りが終わったとき、わたしたちはメリーランドの父のいとこの混み合う家から引っ越し、ワシントンのアパートの最初の一か月分の家賃と保証金を支払い、母が仕立て屋を始められるだけのお金を手に入れていた。母にはアメリカンドリームがあったのだ。たとえ、ひとりきりでやることになろうとも。

母はわたしたちの暮らす地下のアパートで〈アメリカ婦人ドレスと服飾一般〉という店を始め、母のすぐれた腕前は口コミで広がった。ロシア系移民一世や二世が、冠婚葬祭などで着る凝った装飾の服を求めて母のもとにやってきた。母はアメリカ大陸でだれよりも多くのスパンコールをドレスの身ごろに縫いつけられると豪語していた。そして、ほどなく、ワシントンで二番めに腕のいいロシア人女性仕立て屋として知られるようになった。一番はビアンカという人で、母は彼女にちょっとしたライバル意識を持っていた。「あの人は手抜きをするでしょ」母は聞いてくれる人ならだれにでもそう言った。「縫製がいいかげんなのよ。あの人がまつる裾は風が吹いたら落ちてくる。アメリカ暮らしが長すぎたんだね」

母は仕立ての仕事でわたしたちの暮らしを支え、わたしがトリニティ・ワシントン大学への奨学金の一部しか受けられなかったときには、授業料も払ってくれた。ただ、アパートの大家が家賃の値上げを迫ってきたとき、わたしが仕事を手に入れることが必要不可欠になった。受付のそばの椅子に座って競争相手たちを観察していると、その焦《あせ》りが身に迫り、わたしは片手を胸にあてて心を落ち着けようとした。

背中のなかほどまでずり上がってしまった紙タオルの位置を直そうと、婦人用お手洗いはどこですかと受付嬢に尋ねようとしたまさにそのとき、男ひとりが入ってきた。その男はまるで蠅《はえ》でも殺すかのように、両手を叩いた。そのとき、わたしは気づいた。食堂のお手洗いで新聞を小脇に抱えて待っていた男だ。思いもかけぬ罠にかかったように、わたしの心は沈んだ。

「これが？」その男が言った。

彼がだれに言っているのかわからず、わたしたちは互いに顔を見合わせた。

受付嬢が顔を上げた。「そうです」

わたしはコートかけの陰に隠れたくなった。

わたしたちは男のあとについて廊下を進み、何列も机が並んでいる部屋へ入った。どの机にもタイプライターと紙の束が置かれている。あまりやる気満々だと思われたくなかったので、わたしは二列めの席についた。どうやらほかのふたりもやる気満々だと思われたくなかったらしく、結局、二列めが最前列になっただけだった。

その男は顔のせいで、というよりも鼻のせいで、以前ホッケー選手だったたか、殴られたことがあるかに見えた。席についたわたしにさっと視線を走らせたが、ありがたいことに、どうやらわたしと食堂で会ったことには気づいていないようだった。彼は上着を脱ぐと、淡いブルーのシャツの袖を腕まくりした。

「ウォルター・アンダーソンだ」彼は口を開いた。「アンダーソンだ」彼は繰り返した。わたしは彼がくるりと背を向け、黒板を引っ張り下ろして筆記体で自分の名前を書くかもしれないと感じた。けれど、彼は自分の書類かばんをあけ、ストップウォッチを取り出した。「この最初のテストに合格した者には、名前を教えてもらう。しかるべき速さでタイプできない者には、いまこの場から立ち去ることを勧める」

アンダーソンはわたしたちのひとりひとりと目を合わせたが、わたしはいつも母から教えられているように、相手の目を真っすぐに見つめ返した。「ちゃんと目を合わせないと、相手に見くびられてしまうよ、イリーナ」母はいつもそう言った。「とりわけ、男からね」

座ったまま身じろぎする者がいたものの、だれも立ち上がらなかった。

「よろしい」アンダーソンが言った。「では、始めよう」

「すみません」分厚いカーディガンの年配女性が口を開いた。彼女は片手をあげており、わたしはそれを見て自分のことのように恥ずかしくなった。

「ここは教室じゃない」アンダーソンが言った。

彼女は手を下ろした。「そうですね」

アンダーソンは天井を見上げ、息を吐いた。「質問があったのかな?」

「何をタイプするんですか?」

アンダーソンは部屋の前方に置かれた大きな机につくと、書類かばんから一冊の黄色い本を取り出した。小説『トコリの橋』だった。「文学好きの者は?」

わたしたち全員の手があがった。

「よろしい」彼は言った。「では、ジェームズ・ミッチェナー（米国のベストセラー作家）のファンは?」

「映画を観ました」わたしは思わず言った。「グレース・ケリーがすばらしかったです」

「それはよかった」アンダーソンが言った。彼は本の最初のページを開いた。「始めようか?」彼がストップウォッチを掲げた。


あとになって、混み合うエレベーターのなかで、わたしは汗だくの背中からそっとブラウスを引っ張った。そして、ブラウスの内側に指を入れて探った。ない。紙タオルがなくなっている。上りのエレベーターに乗っていたとき、落ちてしまったの? あるいは、よりによって、テストが終わって立ち上がった拍子に落ちたの? ちょうど落としたとき、その最悪なものをウォルター・アンダーソンに見られた？　引き返して、どこで落ちたかを確認しようかと思ったけれど、どうでもいいと思い直した。どちらにしても、この仕事が手に入ることはないだろう。

わたしのタイプの速さは応募者たちのうち下から二番めだった。それがわかったのは、ウォルター・アンダーソンが結果のリストを作り、それを読み上げたからだ。

「結局、こうなるんだから、もう」ベッキーという若くてかわいらしい黒髪の娘が、下りのエレベーターのなかで言った。ベッキーは最下位だったのだ。

「また次のチャンスがあるわ」カーディガンの年配女性が言った。彼女はなんとか抑えようとはしていたけれど、その声からはうれしさがにじみ出ていた。彼女のタイプの速さは群を抜いていたのだ。

「それにしても、あの人すごく気味悪かった」ベッキーが言った。「どんなふうにあたしたちのことを見てたか、気づいた？　夕食のステーキを見るみたいだったのよ」ベッキーはわたしに目を向けた。「とくに、あなたを」

「ええ、そうね」わたしは言った。アンダーソンが自分を見ていたことには気づいていたけれど、それは就職の面接みたいなものにすぎないと思っていた。ただ、わたしは男性に関していつだってそうだった。だれかから魅力的だと思われたとしても、わたしはいつも最後までそれに気づかない。だから、そのことを信じるには、相手からじかに告白されなければならなかったし、告白されてもなお、半信半疑だった。わたしは自分を魅力がなく、通りですれ違ったりバスで隣に座ったりしても、けっして思わず見つめずにはいられないような女ではないと思っていた。母はいつも言っていた。おまえはじっくり見て初めてその真価がわかるタイプだよ、と。それに、正直言って、わたしは目立つのが苦手だ。人から注目されないほうが、人生は楽だった。たとえば男たちから口笛を吹かれたり、バッグで胸を隠さずにはいられないような言葉をかけられたり、どこへ行っても視線を向けられたりしないほうが。

とはいえ、かすかに落胆はした。十六歳になって、自分が若かりし日の母のような美女になることはないと悟ったときには。母の美しい曲線を描いていた部分はすべて、わたしの場合はゴツゴツしていた。わたしが子どものころ、母は仕事をしている日中ずっと、だぼっとした部屋着を着ていた。けれど、夜になるとたまに自分の作品に着がえ、裕福な女たちのために作ったドレスのモデルになることがあった。そんなとき、わたしはいつも、キッチンでくるりとまわってスカートをふんわりさせる母に、そのドレスは絶対に母さんが着ているときが一番きれいと言ったものだ。

わたしと同じ年ごろの母が、カーキ色のスモックとそろいの帽子という工場の制服姿で写っている写真を見たことがある。わたしはあきれるほど母に似ていない。それより、父のほうに似ていた。父の死後、母は軍服姿の父の写真を、自分のたんすの一番下の引き出しに入れていた。たまに、母が家にいないとき、わたしはそれを取り出して見つめながら、いつか父がどんな顔形をしていたか忘れるようなことがあれば、けっしてふさがらない穴が心にあくとつぶやいたものだ。

採用試験の応募者たちは、ＣＩＡの門の前で手を振って別れた。わたしたちのだれよりもいい成績をおさめた年配の女性が、大きな声で言った。「幸運を！」

「あたしにはそれが必要だわ」テストのときにわたしの隣に座っていた娘が、煙草に火をつけながら言った。

わたしにもそれが必要だった。幸運なんてものを信じてはいなかったけれど。

二週間後、わたしはまたキッチンのテーブルでお茶を飲みながら、求人広告を丸で囲んでいた。母は卓球台で、なんとか家賃の値上げを思いとどまらせようと、大家の娘の十五歳祝《キンセアニェーラ》いのためのドレスを作りながら、キーブリッジの上で女の赤ちゃんを出産したという女性の話をしていた。〈ワシントン・ポスト〉紙で読んだ話で、それを話題にするのはその日、二度めだった。「病院へ着くまでに生まれちゃいそうだってことで、車を停めて、その場で赤ちゃんを取り上げたんだってさ！　信じられるかい？」母は隣の部屋から声高《こわだか》に言った。わたしが返事をしなかったので、母はその話をいちだんと大声で繰り返した。

「一度、聞いたわよ！」

「信じられるかい？」

「信じられない」

「えっ？」

「信じられないって言ったの！」

わたしは外出したほうがいいと思った。散歩するとか、どこかへ行くとか。母のお使いはしていたものの、それ以外にはこれといってすることがなかった。それまでに十以上の求人に応募していたけれど、確保できているのは来週の面接一件のみだ。コートに袖を通しているとき、電話が鳴った。リビングに駆けこむと、ちょうど母が受話器を取ったところだった。「なんですって？」母は電話のときにだけ使う、ひときわ大きな声を出した。

「だれから？」わたしは聞いた。

「イレーネ？　ここにイレーネなんて者はいません。なぜうちに電話を？」

わたしは受話器をつかんだ。「もしもし？」母は肩をすくめ、卓球台に戻った。

「イリーナ・ドロッ、ド、ヴァさんですか?」女性の声がした。

「はい、わたしです。申しわけありません。母はあまり――」

「ウォルター・アンダーソンに代わりますのでお待ちください」

「え?」

クラシック音楽に切りかわり、おなかのあたりがキュッとなった。しばらくすると音楽が止まり、アンダーソンの声が割りこんできた。「きみにもう一度、来てもらいたいんだ」

「わたしは下から二番めでしたよね?」そう言ってから、はっとして口をつぐんだ。自分の凡庸《ぼんよう》さをこの人にわざわざ思い出させる必要なんてある?

「そのとおり」

「そして、求人はひとりだけだったのでは?」わたしったら、みずからチャンスをつぶそうとしているの?

「きみには長所があったのでね」

「では、仕事をもらえるんですか?」

「まだだよ、せっかちさん」アンダーソンは言った。「あるいは、きみのタイピング技術に基づいた、もっといいニックネームをつけるべきかな。二時に来られるかい?」

「今日ですか?」わたしは十五歳祝い用ドレスにつける銀のスパンコール選びを手伝うため、母といっしょにフレンドシップハイツ(ワシントンDC北西部の商業エリア)にある生地屋へ行くことになっていた。母は生地屋にひとりで行くのを嫌っていたのだ。そこの店主がロシア人に偏見を抱いていると思って。

「あの人、あたしに二倍、ううん三倍もの値段をふっかけるんだよ!」母は最後にひとりきりでその店に行ったあと、わたしにこぼした。「あたしが店に爆弾を落とそうとでもしてるみたいに、こっちを見てさ。それも毎回なんだから！」

「そう、今日だ」アンダーソンは言った。

「二時に？」

「二時に」

「二時だって？」母がリビングの戸口にやってきた。「二時にはフレンドシップハイツに行かなくちゃ」

わたしは手ぶりで母を追い払った。「行きます」わたしはそう言ったが、返ってきたのは沈黙だった。アンダーソンはすでに電話を切っていたのだ。着がえをして街の中心部へ行くまでに、あと一時間しかなかった。

「なんだって？」母が聞いた。

「もう一度、面接よ。今日」

「もうタイプの試験は受けたっていうのに。それ以外におまえに何をさせようって言うの？ 体操をやってみせるとか？ ケーキを焼くとか？ ほかに何を知りたいだって？」

「わからないわ」

母はわたしが着ていた花柄の部屋着を上から下まで眺めた。「なんにせよ、そんな格好で行くわけにはいかないね」


今度は麻を着た。

わたしはまた早く着いたが、すぐにウォルター・アンダーソンのオフィスへ案内された。彼が最初にしたのは、わたしが予想していた質問ではなかった。あなたは五年後、自分がどうなっていると思いますかとか、あなたの最大の欠点はなんだと思いますかとか、志望動機はなんですか、などと尋ねられはしなかった。さらには、あなたは共産主義者ですかとか、自分の生まれた国に忠誠心を抱いていますか、といったことも尋ねられなかった。「きみのお父さんのことを話して」わたしが腰かけたとたん、アンダーソンは言った。彼はわたしの名前が表紙に書かれた分厚い紙ばさみを開いた。「ミハイル・アブラモヴィッチ・ドロツドヴァについて」わたしは胸が苦しくなった。父の名前はもう何年も耳にしていなかったのだ。麻を着てきたにもかかわらず、うなじに汗の粒が浮かんでいるのがわかった。

「父のことは何も知らないんです」

「ちょっと待って」アンダーソンはそう言うと、机から少し離れた。そして、一番下の引き出しからテープレコーダーを取り出した。「いつもこれのスイッチを入れるのを忘れてしまうんだ。かまわないかな？」わたしの答えを待たずに、彼はボタンを押した。「ここに書かれていることによると、きみのお父さんは渡航文書を不正調達した罪で重労働の刑を宣告されたそうだ」

なるほど。だから、父は港で連行されてしまったのだ。けれど、ならばなぜ母は捕まらず、父だけが？　頭に浮かんだ疑問を、わたしは思わずアンダーソンに質問していた。

「罰だよ」彼は言った。

わたしはアンダーソンの机上についている、オリンピックの輪のように重なり合っているコーヒーの染みを見つめた。熱いものが腕から脚まで駆けめぐり、体がふらつく気がした。「父について聞いたとき、わたしは八歳でした」わたしはやっとの思いで言った。八年間、わたしたちは何も知らなかった。子どものころ、わたしは父と再会する瞬間をよく想像したものだ。父はどんな顔形なのか。どんなふうにわたしを抱き上げるのか。想像どおり、煙草や髭剃《ひげそ》りローションのにおいがするのかどうか。

　わたしはアンダーソンの顔に同情が浮かんでいるかどうかを読み取ろうとしたが、そこにあったのはかすかな苛立ちだけだった。あの赤い怪物が何をしてのけるのかぐらい、知っていて当然だろうとでもいうように。「すみません、このこととタイピストの仕事になんの関係があるんですか？」

「この件ときみがここで働くことには、おおいに関係がある。だが、きみがもうこの話はしたくない、この話はあまりにも辛いと言うなら、それはそれでかまわない」

「いいえ、そういうわけでは……」わたしは叫びたかった。全部、自分のせいだ。父が死ぬことになったのは、わたしのせいだ。わたしが母のおなかに宿らなければ、両親があれほどの危険をおかすことはなかったと。けれど、わたしは心を落ち着けた。

「きみはお父さんがどんなふうに亡くなったか知っているかい？」アンダーソンが尋ねた。

「政治犯矯正労働収容所《ベルラーグ》のスズ鉱山で心臓発作を起こしたと聞いています」

「それを信じる？」

「いいえ、信じません」わたしは前からずっと心の奥底でそう思っていたけれど、母に対してさえ口に出して言ったことはなかった。

「お父さんが収容所にたどり着くことはなかった。モスクワで亡くなったんだ」アンダーソンは少し間を置いてから続けた。「取り調べ中に」

　母は何を知っていて、何を知らないんだろう。父の死について妹からの電報に書かれていたことを信じたの？　それとも、母にはとっくにわかっていた？　わかっていて、わたしのためにあの電報を信じているふりをしていたの？

「それを聞いて、どう思う？」アンダーソンが聞いた。

予想外な質問だった。わたしは机のコーヒー染みの輪をじっと見つめた。「混乱しています」

「ほかには？」

「怒っています」

「怒っている？」

「はい」

「よし」アンダーソンはわたしの名前が書かれた紙ばさみを閉じた。「我々はきみに可能性を感じているんだ」

「なんのことですか？」

「我々は隠れた才能を発掘するのが得意でね」

第三章　タイピストたち

ワシントンに秋が訪れていた。朝起きるとまだ暗く、職場を出るときも暗かった。気温は二十度も下がり、通勤時には強く吹きつけるビル風を避けるため頭を下げ、濡れた落ち葉を踏んで滑ったり、つるつるの歩道にヒールをとられたりしないよう気をつけて歩いた。そんな朝――温かいベッドを出て、混んだ路面電車でどこかの男の腋の下に立ち、隙間風の入るオフィスのぎらぎらした蛍光灯の下で一日をすごすと考えただけで職場に病欠の連絡をしたくなるようなとき――わたしたちは仕事の前に〈ラルフの店〉に集まってコーヒーとドーナツを楽しんだ。おいしいコーヒーはもちろん、その二十分間が、その糖分が、わたしたちには必要だったのだ。ＣＩＡのコーヒーは茶色くて熱々だったけれど、容器の紙の味が強かった。

ラルフは、実際はマルコスという名前の小柄な年寄りのギリシャ人だった。そして、おまえさんたちみたいにきれいなアメリカ人のお嬢さんたちを、毎朝四時起きで焼いているペストリーで太らせるためにアメリカへ来たんだと言っていた。わたしたちのことを「べっぴんさん」とか「かわいこちゃん」とか呼んでいたが、本当は白内障であまりよく見えていなかった。マルコスは恥知らずなまでの女好きで、自分の妻が――レジをあけるときには一歩後ずさらなければならないほど大きな胸をした白髪頭のアシーナ――がいつもカウンターのすぐ向こうにいようと、おかまいなしだった。とはいえ、アシーナは気にならないようで、いつもあきれ顔をしては夫を笑った。わたしたちもお返しに笑い声をあげ、マルコスの腕に触れるのだった。彼がもうひとつ砂糖がけドーナツをわたしたちの紙袋に入れ、白内障の目でウィンクしながら渡してくれないかと期待しながら。

だれにせよ〈ラルフの店〉に真っ先に着いた者が、奥のボックス席を取っておくのが決まりだった。奥のボックス席を取るのが大事なのは、そうすればだれが店に入ってきたかドアを見張ることができるからだ。〈ラルフの店〉は本部から一番近いコーヒーショップではなかったけれど、ときどき局内の者が入ってくることがあったし、朝の集まりでわたしたちが話している内容を聞かれたくはなかった。

H通りにある帽子屋の上のひと間のアパートからわずか三ブロック歩くだけのゲイル・カーターが、たいてい一番乗りだった。ゲイルはキャピトル・ヒル地区で三年めの研修医をしている女性といっしょに部屋を借りていた。その女性の裕福な父親はニューハンプシャーで繊維工場を営んでおり、娘の生活費を全額支払ってくれていた。

その十月の月曜の朝も、いつものやりとりから始まった。「地獄そのものだったわ」ノーマ・ケリーが言った。「先週は地獄そのもの」ノーマは十八歳のとき、詩人になる夢を抱いてニューヨークに移り住んだ。赤みがかった金髪からわかるようにアイルランド系アメリカ人のノーマは、西四十二丁目のディクシー・バスセンターでバスを降りて、片手にスーツケースを持ち、マディソン街の広告屋や〈ニューヨーカー〉のフリーライターと接触しようと、〈コステロの店〉（一九四〇年から一九五〇年代にニューヨークの作家のたまり場だった酒場）へ向かった。やがてノーマは、広告屋もフリーライターも彼女が書いた言葉よりパンティの中身のほうに関心があることに気づいた。ＣＩＡの男たち数人と出会ったのは、その店だった。彼らはノーマへの口説き文句のひとつとして、ＣＩＡの仕事に応募することを勧めたにすぎないが、とりあえず給料が必要だった彼女は定職を手に入れることにしたのだ。ノーマは髪を耳にかけ、コーヒーに砂糖を三つも入れてかき混ぜた。「で、今週は地獄よりもひどいのよ」

　ジュディ・ヘンドリクスは自分のプレーンドーナツをバターナイフで四等分にカットした。ジュディはいつも〈ウーマンズ・デイ〉や〈レッドブック〉で読んだ、なんらかのダイエットをやっていた。「何が地獄よりひどいって？」ジュディが聞いた。

「今週よ、もちろん」ノーマはコーヒーをひと口飲んだ。

「どうかしらね」ジュディが言った。「先週はほんとひどかったけど。ほら、モホーク社の新型ミゼテープ（ポケット型録音機）についての打ち合わせだっけ？　あれのどこをどう押せば録音状態になるかなんて、二時間もオリエンテーションしなくてもわかるわよ。あいつがあともう一度でもあの図を指さしたら、わたし、あきれて目をぐるっとまわすどころじゃすまなかった。きっと目が転げ落ちちゃってたわ」ジュディは唇をぬぐったが、まだドーナツを口にしてもいないので、そこには何もついていなかった。

　ノーマが胸元にナプキンをはさみこんだ。「だけど、だれかが一から十まで説明してくれなかったら、あたしたちはいったいどうやってそれを理解すればいいの？」ノーマがスカーレット・オハラの口調をそっくり真似ながら言った。

「事態はいつだってもっと悪くなりかねないわ」リンダが言った。「あんなつまらないもののことでくよくよしてる場合じゃないでしょ。頭を悩ますのは、もっと重大な問題にとっておくべきよ。たとえば、トルーマン時代からずっとタンポン販売機に中身が補充されてないこととか」

リンダはまだ二十三歳だった。けれど、既婚者になったとたん、独身女性にはわからないでしょうけど、というような世故《せこ》に長《た》けたことを言うようになっていた。わたしたちがまだ処女ででもあるかのように。それは気にさわったけれど、わたしたちは彼女を一種の母親のように思っていた。たとえば、リンダはわたしたちが男性職員のだれかに文句を言いたくなったときに率先してそれをなだめてくれたり、風で乱れた髪をなでつけてくれたりする。さらには、今日はあなたとどこかへ行ってもいいと男性に知らせるのに適切なころあいや、そいつが次の日に電話をかけてこなかった場合はどうすべきかを、教えてくれるのだ。

「アンダーソンがまた、電話に出るきみの声は愛想がなさすぎるなんて言ったら、ただじゃすまさないわ」ゲイルは言った。ウォルター・アンダーソンは子熊のような男で、かつては大学のフットボール選手だったように見えるもみあげをいつも不ぞろいに生やしていたが、いまではバス停からオフィスまで毎日歩くのを日々の運動と見なすようになっており、タイプ課を含むソ連部の業務を管理していた。OSS時代は現場に出ていたけれど、一九四七年にCIAが設立された直後に内勤になった。机について座っているのになじめずにいるアンダーソンは、いつも落ち着きがなく、苛立ちをぶつける何かやだれかを探していた。だが、実際にそれをやってしまったときは、たいていの場合そのことをひどく後悔し、箱入りのドーナツや生花を休憩室に買ってきて、その埋め合わせをしようとした。ウォルターと呼ばれたがっているのを知っていたので、わたしたちは彼をアンダーソンと呼んでいた。

ゲイルはねじった紙ナプキンを水の入ったグラスにつけると、ブラウスの袖口についたピンクのジャムの染みをふきとった。「わたしたちお役所勤めの女たちは、タイピストっていう低い地位に甘んじさせられて、アンダーソンみたいなとっちゃん坊やに顎で使われるのよ」ゲイルは苛立っているどころではなく、むしろ怒り心頭に発していた。カリフォルニア大学バークレー校で工学の学位を取ったゲイルは、全米科学財団と国防総省に応募したものの、「さらなる上級学位が必要」という建前により、黒人女性だからと不合格にされた。同じ学位を持つ白人の元男子学生たちがすでにそこで働き、昇進している事実を、ゲイルは知っていたのだ。その後、貯金が残り少なくなったため、タイピストの職に応募し、政府内の職場を転々としていた。そして、CIAに来たころには、自分の真価がまったく注目されないことにうんざりしていた。「このあいだなんか、あいつがわたしになんて言ったか知ってる?」ゲイルが続けた。「あいつとあいつの奥さんは《ナット・キング・コール・ショー》が大好きで、きみも彼の姿をテレビで観てさぞかし誇らしいだろうなって。で、わたしが具体的に何を誇らしく思うべきなのって聞いたら、あいつ、何かぶつぶつ言いながらどこかへ行ったわ」彼女はコーヒーをひと口飲んだ。「そりゃあ、誇らしくは思ってるけど、あいつにそんなことを知らせるつもりなんてさらさらなかったから」

「少なくとも、勤務時間はいいじゃない」キャシー・ポッターが口をはさんだ。我らが不動の楽天主義者にして、髪を十センチも高くふわふわにしているキャシーは、姉のサラとともにCIAにやってきた。サラは仕事を始めて三か月で職場結婚をし、夫とともに外国の支局へ移っていった。サラがいなくなると、キャシーはすっかりおとなしくなってしまったけれど、いったん口を開けば、いつも前向きな言葉でみんなを元気づけてくれた。

「では、九時から五時の定時勤務に乾杯」ノーマはそう言って自分のマグカップを掲げたが、だれもそれに続かなかった。ノーマは元どおりマグカップを置いた。

「あと、福利厚生も」リンダが付け加えた。「大学を卒業して歯医者で働いていたときなんて、歯科保険すらもらえなかったのよ。信じられる？　そいつったら、わたしの欠けた詰め物を勤務時間が終わったあとでこっそりと詰め直したんだから。これ、どんな意味かわかるでしょ。しかもそいつ、そうするのも、きみのことをもっとよく知りたいからなんだ、なんて言ったのよ。麻酔のおかげでうまくいくと思ったらしいわ」

「で、そうだったの？」キャシーが聞いた。

「それは……」リンダは自分のドーナツをかじった。

「それは？」ノーマがせっついた。

リンダはドーナツを飲みこんだ。「麻酔って、本当にいい気持ちになるのよ」


〈ラルフの店〉を出ると、わたしたちはゆっくりとE通り二四三〇番地へ歩いた。通りから引っこんで建っているCIA本部は、戦時中にOSSが置かれていた合同庁舎にあった。わたしたちは黒い鉄門を通り、通路を進んだ。CIAがラングレーに移る何年も前のことだ。当時、CIA本部はナショナルモールをのぞむ特徴のないいくつかの建物に分散していた。開設されたもののすぐに移転すると聞かされていたので、わたしたちはそこを「仮庁舎」と呼んでいた。トタン屋根の建物は冬場なかなか暖まらず、空調はワシントンのほかのあらゆるものと同じ程度の効果しか上げていなかった。

ノーマは重い木製の扉からロビーに入るのを渋るという、毎度おなじみのおふざけを演じた。「あたし、行かない」その月曜日もノーマはそう言いながら、扉の脇に立つ葉のない桜の木につかまった。わたしたちは彼女をなかに引っ張りこんで入庁者チェックの列に並び、片手にラミネート加工された名札を持ってハンドバッグをあけ、せかされつつ検査されるのを待った。

わたしたちは彼女がやってくる前から、なんという名前か知っていた。人事課のロニー・レイノルズが、当人がまだ来てもいない金曜日に教えてくれたからだ。「イリーナ・ドロッドヴァよ。アンダーソンが月曜の朝に連れてまわって紹介するわ」

「またロシア人ね」ノーマがわたしたち全員の心の声を口に出した。ロシア人がわたしたちの側につくのは、珍しいことではなかった。実際、ソ連部にはかなり多くの亡命者がいて、わたしたちはウォータークーラーがウォツカで満タンだと冗談を言った。ダレスは「亡命者」という言葉を使うのを嫌い、彼らを「志願者」と呼ぶのを好んだ。ただ、そのロシア人たちはたいてい男で、タイピストではなかった。

「やさしくしてやって」ロニーが言った。「いい子みたいだから」

「わたしたち、いつだってやさしくしているわよ」

「それなら、そういうことにしときましょう」ロニーはそう言い、タイプ課から出ていった。

わたしたちはロニーが好きではなかった。

月曜日にわたしたちが入っていくと、イリーナはすでに自分の席に座っていた。樺《かば》の木みたいに痩せていて、金髪は長からず短からず、社交界にデビューする女性のように背筋がぴんと伸びている。わたしたちはゆうに一時間、彼女を無視したままいつもどおりに仕事をし、そのあいだ彼女は自分の椅子やタイプライターを微調整したり、茶色の上着のボタンをもてあそんだり、ある引き出しに入っているクリップを別の引き出しに移動させたりしていた。

わたしたちはわざと感じの悪い態度をとろうとしていたわけではない。ただ、この新人タイピストはタイプ課の最古参だったタビサ・ジェンキンズの代わりだった。タビサは夫がロッキード社から引退すると、ふたりで陽光うららかなフォートローダーデール（マイアミの北にある保養都市）のバンガローへさっさと移住してしまったのだ。そして、いま、このロシア娘はタビサの席についていた。

わたしたちはいつものように和気あいあいと交わす言葉をなかなか口にしなかった。時計がのろのろと進んで十時をすぎると、気まずい雰囲気が増してきた。だれかが何かを言うべきだったけれど、結局、口火を切ったのはイリーナだった。イリーナが立ち上がったので、みんなはいっせいにそのほっそりした姿を上から下まで見やった。

「すみません」イリーナはだれかにというより、床に向かって声をかけた。「トイレはどこですか?」彼女は自分の上着から糸くずをつまんだ。「今日が初出勤なので」イリーナはそう付け加えながら、言わずもがなのことに顔を赤らめた。彼女の口調は変わっていた。なまりはまったくないけれど、どこか不自然なのだ。まるで単語ひとつひとつについてよく考えてからでないと、口に出せないかのように。

「あなたの話し方、ロシア人っぽくないわね」ノーマが化粧室の場所を教える代わりにそう言った。

「ロシア人じゃありません。あの、正確には。両親が向こうの出身なだけで、わたしはここで生まれたんです」

「ここで働くロシア人は、みんなそう言うわ」ノーマが言い、わたしたちはくすくす笑った。「ノーマよ」ノーマは片手をさし出した。「あたしもここの生まれ」

イリーナはノーマと握手をした。その場の緊張が解けたのを感じた。「みなさん、よろしくお願いします」イリーナは言った。彼女はタイプ課を見まわし、わたしたちひとりひとりと目を合わせた。

「廊下を真っすぐ行ったら、右に曲がって、また右よ」リンダが言った。

「えっ?」イリーナが聞き返した。

「女の子の部屋」

「あっ、そうでした」イリーナは言った。「ありがとう」

わたしたちはイリーナが廊下を歩いていくのを見送ってから、話を始めた。彼女のロシア人っぽさ(あるいはその欠如)、髪の色(染めてはいない)、不思議な話し方(キャサリン・ヘップバーンの偽物みたい)、わずかに流行遅れのファッション(特売品か、手作り?)について。

「いい子みたい」ジュディが結論を下した。

「いい子ね」リンダが言った。

「いったいどこで見つけられたのかしら」

「矯正収容所?」

「きれいな子だわ」ゲイルが言った。

わたしたちは確かにそうだと思った。美人コンテストで優勝するタイプではないけれど、なんというか——秘めた美しさがあった。

イリーナはロニーと肩を並べてタイプ課に戻ってきた。「ここの人たち、あなたを歓迎してくれたでしょうね?」ロニーが言った。

「ええ、もちろんです」イリーナはいささかの皮肉も感じさせることなく、そう答えた。

「それはなにより。ここの女性陣は手ごわいから」

「人事課こそ、奇人変人ぞろいって聞いてるけど」ノーマが言った。

ロニーはあきれたように目をぐるりと上に向けた。「とにかく、今朝はアンダーソンさんのご尊顔を拝する光栄に浴していないので――」

「じゃあ、病欠？」リンダがさえぎった。アンダーソンが不在のとき、わたしたちはいつもより長めの昼休みをとるのだ。

「彼はお休みよ。わたしが知っているのは、それだけ。彼がどこかの公園のベンチで気を失っていても、扁桃腺《へんとうせん》を切除していても、知ったことではないわ」ロニーはイリーナの前に立ち、わたしたちに背中を向けた。「とにかく、わたしはあなたに必要なものをすべて手配することになっているの。そのあとの予定は……」ロニーは両手の人さし指と中指を二回曲げて、言葉を引用していることを示した。「…… 〝南での打ち合わせに連れていく〟」

必要なものはすべてそろっているとロニーに言ったイリーナは、ロニーの後ろについて出ていった。ふたりがいなくなるや、わたしたちはそろってお手洗いにこもり、あれこれ話し合った。「打ち合わせですって？」リンダが言った。「もう？」

「J・Mとだと思う？」キャシーがさしているのは、ソ連部のトップであるジョン・モーリーだ。

「だけど、南でって言ってたじゃない」ゲイルが言った。南というのは、リンカーン記念館のそばにある、いまにも倒れそうな木造の仮オフィスのことだ。「なら、フランクでしょ」

ノーマが煙草に火をつけた。「モスクワの謎ね？」ノーマは煙草を吸い、ふうっと息を吐き出した。「もちろん、打ち合わせの相手はフランクだわ」

フランク・ウィズナーは大ボスの下のボスであり、ＣＩＡ秘密工作員の創始者だった。影響力のある政治家、ジャーナリスト、ＣＩＡ関係者からなるジョージタウン友の会の設立メンバーであり、南部なまりで愛嬌のあるウィズナーは、たいていの仕事を日曜の夕食どきに行なうことで知られていた。そうしたパーティーの席で、鍋で蒸し焼きにしたローストビーフや、アップルパイが出されたあと、一同が葉巻やらバーボンやらですっかりほろ酔い状態になってから、新しい世界のビジョンが具体化していたのである。

イリーナはなぜフランクと会うの？　しかも、出勤初日に？　その理由を察するのは、そう難しいことではない。イリーナが雇われたのは、タイプで一分間に打てる単語数が多いからではないのだ。

タイプ課では、新人が入ってくると〈ラルフの店〉で昼食をおごってくつろがせ、個人情報を探るのが恒例だった。たとえば北西部出身か、それとも北東部出身か。大卒か、タイピスト養成所出身か。恋人はいるか。真面目か、面白いか。それから、どこで髪をカットしているか、週末にはどんなことをするのが好きか、なぜＣＩＡに来たのか、フラットシューズやノースリーブワンピース禁止という新しい決まりをどう思うかなど、矢継ぎ早に尋ねるのだ。けれど、昼休みになっても、昼休みが終わっても、イリーナはまだ戻ってこなかったから、わたしたちはカフェテリアでイリーナ抜きの急ぎの昼食をすまさなければならなかった。

イリーナはその日の午後、タイプすべき手書きの現地報告書の束を抱えて戻ってきた。そして、彼女の態度は変わっていなかった。曲がりなりにも、わたしたちはプロだった。だから、打ち合わせはどうだったのとか、あなたはどんな特技の持ち主なのとか、あなたが請け負っているほかの任務はなんなのといったことを尋ねはしなかった。

四時半。わたしたちがタイプするスピードをゆるめ、終わっていない仕事をしまいはじめ、三分おきに壁の時計を見つめ出すころだ。けれど、イリーナはまだせっせとタイプしていた。わたしたちはこの新人タイピストがなんらかの隠れた才能のほかに、しっかりした職業倫理の持ち主であることを知って喜んだ。タイプ課にできの悪い者が加われば、必然的にわたしたちの仕事が増えてしまうからだ。五時きっかりに、わたしたちは立ち上がり、〈マーティンの店〉に行かないかとイリーナを誘った。

「マティーニ？　トムコリンズ？　シンガポール・スリング？」ジュディが聞いた。「あなたの好きな毒は？」

「やめておきます」イリーナは言いながら、紙の束を示した。「遅れを取り戻さないと」

「仕事の遅れを取り戻すですって？」リンダが、イリーナ以外のみんなと外へ出たときにようやく言った。「出勤初日なのに？」

「あなた、初日にフランクと会った？」ゲイルが尋ねた。

「まさか、いまだに会ったことなんかないわよ」ノーマが言った。

嫉妬という冷たい石がおなかのあたりでごろごろ鳴り、わたしたちはもっと知りたいと思った。この新しいロシア娘のすべてを知りたかった。

イリーナはすぐ仕事に慣れた。何週間かすぎたが、彼女は一度も助けを求めなかった。ありがたいことに。わたしたちは人の世話をしている余裕などなかったからだ。その十一月、ソ連部の緊張感はいつもの三倍にふくれ上がっていた。ハンガリーの対ソ蜂起の失敗と、その事件へのＣＩＡの関与について、情報が広まったせいである。ＣＩＡの宣伝活動に刺激されて勢いづいたハンガリー人抗議者たちは、ソ連占領軍に対抗するためブダペスト市街に集まった。西側同盟諸国から援軍が来るだろうと考えていたのだ。だが、援軍は来なかった。その革命はわずか十二日間しか続かず、ソ連軍によって暴力的に終結させられた。〈タイムズ〉の報道による殺害されたハンガリー人の数はすさまじいものだったが、わたしたちがタイプした報告書の数はそれ以上だった。ハンガリー人は自分たちが正しいことをしており、その綿密な計画は必ずうまくいくと思ったのだ。CIAの最高幹部らも、それに関わっていた。失敗するはずがある？　けれど、ハンガリーは灰燼《かいじん》と化し、なんと、CIAは失敗した。アレン・ダレス――わたしたちタイピストのなかで最高機密取扱い許可を持つ者が、重要な会議で記録をとるよう頼まれたときだけ会えるCIA長官――は、あくまでその答えを求め、男たちはその対応に苦慮していた。

わたしたちは残業するよう求められ、定時後の会議に同席した。バスや路面電車の走っていない時間まで残業した場合は、タクシー代が支給された。感謝祭の時期になり、わたしたちは休暇を返上させられるのではないかと心配した。だが、ありがたいことに、そうはならなかった。

わたしたちのうち、飛行機に乗らなければならないほど遠くに家族がいる者は、たいてい休暇中はワシントンですごし、クリスマス帰省のために給料を残しておく。そして、一番大きな部屋に住んでいる人か、ルームメイトが不在の人のアパートに集まって、持ち寄りパーティーを開いた。椅子や、蓋《ふた》をかぶせた皿に盛った料理を持ち寄るのだが、だれが何を持ってくるか打ち合わせをしたはずなのに、いつだって少なくとも四皿のパンプキンパイと、一週間はもつ七面鳥が集まってしまうのだった。

列車やバスで帰れるところに家族がいる者たちは、実家に帰った。親やきょうだいたちからは、いつも、放蕩《ほうとう》娘が帰ってきたかのように歓迎された。彼らにとって、ワシントンは単なる遠い世界ではない。そこは毎晩のニュースが作られる場所なのだ。わたしたちはわざと仕事の内容についてぼかしておいたが、家族はこちらでの生活が実際以上に刺激的だと思っていた。わたしたちは会話のなかでさりげなくネルソン・ロックフェラー、アドレー・スティーヴンソン、さらには、信じられないほどハンサムなマサチューセッツ出身の上院議員ジョン・ケネディといった名前を出し、そうした有力者たちにさまざまなパーティーや行事で会ったことがあると話した。実際は、そんな人たちと面識があるだれかを知っていればいいほうだったのだけれど。

わたしたちのうちで故郷に帰省する者は、感謝祭前夜に地元のバーでの大規模な集まりに出るのが常だった。高校時代の仲間たちが集まってカクテルを飲むのだが、わたしたちは一番上等なハイヒールと一番柔らかなカシミアを身につけ、入念にヘアスタイルを整え、歯に口紅がついていないよう万全を期した。高校時代には気にもしてくれなかった人気者の男の子たちが、結婚指輪をしていることも忘れて、わたしたちに会えてうれしいとか、もっとちょくちょく実家に帰っておいでよとか言ってくる。ワシントンにいるときはお役所勤めの大勢の女子職員のひとりにすぎないのに、故郷に帰るとわたしたちは成功者だった。

そして、昔のクラスメートたちに「来年また会いましょうね」と挨拶して、ほろ酔いで家に帰ると、少なくとも両親のどちらかが自分を待ちながらソファで眠りこんでしまっていた。その翌日、わたしたちは七面鳥を料理し、七面鳥を食べ、昼寝をし、また七面鳥を食べ、また昼寝をした。「実家っていいわね」と、わたしたちはおばやおじやいとこたちに言う。けれど、二日以内にまたバスや列車に乗ってワシントンへ帰るのだ。ハンドバッグに七面鳥のサンドイッチを詰めこんで。

この感謝祭後の月曜日に戻ってきたとき、わたしたちはイリーナのことを忘れており、タビサが以前使っていた机にイリーナがいるのを見て驚いた。それでも礼儀正しく、休暇中は何をしたのかと尋ねた。彼女は、自分と母はこれといって感謝祭を祝いはしなかったけれど、スワンソン社の冷凍七面鳥料理をふたつ買って帰ったら、びっくりするほどおいしかったと答えた。「わたしが立ち上がってワインのお代わりを入れにいっているあいだに、母はわたしのエンドウ豆とマッシュドポテトを半分も食べてしまったのよ」イリーナはそう言った。わたしたちはそれまで、イリーナが母親と暮らしていることを知らなかった。だが、わたしたちがそれ以上の質問をする前に、アンダーソンが束ねた書類を持って入ってきた。「ひと足早いクリスマスプレゼントだ」彼は言った。

わたしたちはうめき声をあげ、キャピトルヒル勤めのタイピストをうらやんだ。彼女たちは議会が開かれていないときは長期休暇をもらえる。なのに、わたしたちはそんな幸運に恵まれていなかった。ＣＩＡは決して眠らないのだ。

「仕事は山ほどあるぞ、みんな。さっさとかかろうじゃないか」

「先週は山ほどのごちそうをたいらげたんだろ、ってことね？」ゲイルがつぶやくなか、アンダーソンは立ち去った。

結局、わたしたちは仕事に戻ったが、午前中は時間が遅々として進まなかった。十一時には、壁の時計を見つめながら、もう五本めの煙草をくゆらせていた。十二時になると、みんな昼食をとろうと文字どおり椅子から飛び出した。ほぼみんな残り物の七面鳥サンドイッチを持ってきていたし、キャシーは七面鳥のヌードルスープ入りの保温ジャーを持参していた。けれど、その日はどうしてもオフィスの外へ出たいという、たまにある日だった。休暇明けの初日は、たとえその休暇が短いものであっても、例外なく最悪なのだ。

リンダが最初に立ち上がり、指の関節を鳴らした。「カフェテリア？」

「本気?」ノーマが言った。

「〈ホット・ショップス〉は?」ノーマが提案した。「オレンジフリーズ（オレンジジュースとオレンジシャーベットを混ぜ合わせた飲み物）のためなら行ける」

「外は寒すぎるわ」ジュディが言った。

「遠すぎるし」キャシーが付け加えた。

「〈ラ・ニソワーズ〉は?」リンダが言った。

「全員が旦那の給料っていう特権を持っているわけじゃない」ゲイルが言った。

　わたしたちは顔を見合わせ、声をそろえて言った。「〈ラルフの店〉?」

〈ラルフの店〉には、ワシントンDCで一番おいしいドーナツだけでなく、最高においしいフライドポテトと自家製ケチャップがあった。さらに、男たちは絶対にそこで昼食をとらなかった。彼らは牡蠣《かき》や十セントのマティーニが楽しめる〈オールド・エビット・グリル〉を贔屓《ひいき》にしていたのだ。そして、気前よくおごりたいときや、下心があるときや、その両方のとき、わたしたちを招待してくれることがあって、何皿もの牡蠣や何杯ものマティーニを次々とテーブルへ持ってこさせた。キャシーには甲殻類アレルギーがあるし、ジュディは魚介類をまったく食べようとしないのもおかまいなしで。

　わたしたちはいっしょに行かないかとイリーナに声をかけた。彼女はようやく話をするようになっていて、わたしたちは彼女にもっと話をさせたかったから。意外なことに、イリーナは誘いに応じた。その日の朝、休憩室の冷蔵庫に冷凍食品をしまっていたのに。

　わたしたちが出ていこうとしたとき、テディ・ヘルムズとヘンリー・レネットが入ってきた。テディは好かれていたが、ヘンリーは違った。ＣＩＡの男たちは、わたしたちが隅っこに座ってひたすらおとなしくタイプしていると思っている。だが、わたしたちは単にメモをとっていたのではなかった。さまざまな名前を記憶にとどめてもいたのだ。そして、ヘンリーはもっとも悪評高かった。なぜテディとヘンリーが友だちなのか、わたしたちには見当もつかなかった。ヘンリーは容姿ではなく、その自信によって人生で多くのもの、多すぎるものを獲得したタイプの男だ。たとえば、女たち、イェール大学を出てすぐに得た地位の高い仕事、ワシントンのあらゆる名家からの招待など。テディはヘンリーの正反対で、よく考えてからものを言い、愁《うれ》いを含み、わずかに謎めいたところがあった。

「新入りの女の子をまだ紹介してもらってないんだけど」ヘンリーは、わたしたちが彼と目を合わせようとしていないのにもかかわらず、文句を言いはじめた。テディはヘンリーの横で、両手をポケットに入れて立ち、横目でイリーナを見ていた。

「もうサメたちが獲物をねらってる」キャシーがささやいた。

「彼女のお披露目パーティーの招待状でも来ると思ってたわけ?」ノーマの口調は、ヘンリーへの軽蔑の念を隠しきれていなかった。この夏、ソ連部ではアンダーソン邸でのバーベキュー後にヘンリーとノーマが寝たという噂が広がった。実際は、こうだ――ヘンリーが家まで送るとノーマに申し出たあと、信号待ちのときにノーマのスカートのなかへ手を伸ばし、太腿《ふともも》をぎゅっとつかんだ。ノーマはひと言も発することなく、ただ車のドアをあけると、道路の真ん中で車から降りた。馬鹿な真似はよして車に戻れとヘンリーが窓から怒鳴り、ほかの車の運転手たちはそこをどけとノーマにクラクションを鳴らした。結局、ノーマは六キロも歩いて家に帰り、その件について何か月もわたしたちに黙っていたのだった。

「ああそうさ」ヘンリーが言った。「ここで起こっていることは、すべてぼくの関心事だからな」

「あら、そう?」ジュディが言った。

「イリーナです」彼女が片手をさし出すと、ヘンリーは笑った。

「ずいぶん古風だな」ヘンリーはそう言いながら、いつものように相手の指を握りつぶしそうな勢いで握手した。「ヘンリーだ、よろしく」ヘンリーはノーマのほうを向いた。「ほら、簡単なことだろ?」

「テディです」テディはそう言って、片手をイリーナにさし出した。

「よろしくお願いします」イリーナが単に礼儀としてそう言ったのは明らかだが、テディは男子高校生なみのぎこちない身のこなしからして、ひと目惚れしてしまったようだった。

「ちょっと」ノーマが想像上の腕時計をとんとん叩きながら言った。「あたしたちの一時間のお昼休みが、あと三十分しかないわよ」


外へ出ると、強風に出迎えられた。わたしたちはスカーフをしっかりかき寄せ、イリーナはフリンジ付きのショールを頭からかぶって、首元に巻きつけた。彼女のなかにはどれくらい祖国が残っているのだろうと、わたしたちは考えた。イリーナには、ヘンリーに気をつけてと言いたかったし、テディのことをどう思ったかさっそく聞きたかったけれど、だれかに立ち聞きされては困るので、〈ラルフの店〉へ行くまで待つことにした。

秋のあらゆる痕跡はすっかり姿を消し、街灯という街灯にはクリスマスリースやガーランドが飾られていた。わたしたちはカンズ百貨店の前を通りかかり、ショーウィンドウのなかの凝《こ》った銀世界のディスプレイに若い女性が仕上げをしているのをしばし立ち止まって眺めた。その女性は葉の落ちた桜の木の枝に銀のティンセルを飾ったあとで、後ずさってその出来栄えに満足した。「すごくきれい」イリーナが言った。「クリスマスって大好き」

「ロシア人はクリスマスを祝わないんだと思ってたけど？」リンダが尋ねた。「宗教は認めないとかじゃなかった？」

わたしたちはイリーナがその発言に気を悪くしたかどうかわからず、互いに顔を見合わせた。イリーナは顔まわりのショールをぎゅっと引き寄せ、強いロシアなまりで言った。「だけど、わたしってここ生まれだしょ、だよね？」そして、にっこりした。わたしたちは声をあげて笑いながら、彼女とのあいだを隔《へだ》てていた心の壁が消えていくのを感じた。

第四章　ツバメ

「例のヘビ、覚えてるかい？」ウォルター・アンダーソンはそう言いながら、シャンパングラスを〈ミス・クリスティン号〉の手すりの上にのせようとして、中身をポトマック川にこぼしてしまった。身の締まるような秋の風のせいというよりもアルコールのせいで赤い頬をしたアンダーソンは、あたしを含め、その話を何度も聞かされた六人の注目を浴びていた。

「あのヘビを忘れられる人なんている？」あたしは言った。

「きみがそうでないことは確かだな、サリー」アンダーソンはこちらに向かって、大げさに片目をつぶってみせた。

あたしはアンダーソンをからかうのが好きで、アンダーソンは当意即妙に応じるのが好きだった。あたしも彼も戦時中はカンディ（スリランカ中部の都市）に駐在し、情報を大義に沿ったものにする戦意作戦を行なっていた。言いかえれば、戦争プロパガンダに従事していたのである。当時、アンダーソンは全力であたしと親密な関係になろうとしていたが、十回めのぴしゃりとした拒絶後は、兄のような立場に落ち着いた。

「目にゴミでも入ったの?」あたしは言った。たいていの人はアンダーソンのことを不快に思うのだが、あたしは彼を無害な野暮天だと思っていた。

このひと言は、みんなに受けた。いつもこんなふうだった。あたしたち一同が集まったときは必ず、飲むペースが落ちてくると昔話が始まる。戦争が終わったあと、彼らの大部分は昇進し、口外禁止の新しい話が生まれていた。だから、彼らは昔話をする。すでに百回も語った話を。このヘビの話はアンダーソンの持ちネタだ。OSSがなくなってからのアンダーソンは、ハリウッドで脚本を書こうとしていたとの噂だった。スパイものと宇宙人ものをかけ合わせたようなシリーズの概略を書き上げ、映画製作者らと初期段階の打ち合わせまで漕ぎつけたものの、実現には至らなかったらしい。そこで、コロンビア・カントリークラブでゴルフのバックスイングを完璧にしようと決意したが、やがて飽きてしまい、数か月後にダレスのドア——ジョージタウンにあるダレスの家のドアそのもの——をノックし、CIAに就職させてほしいと頼んだのだという。そして、五十代前半のアンダーソンは管理職になった。現場に戻りたいという本人の強い希望にもかかわらず。

この昔の仲間たちが集まったのは、一種の記念日を祝うためだった。十一年前、あたしたちはセイロン島(現在のスリランカ)にあった基地を去った。すでに戦争は終わっていたからだ。OSSおよびアメリカの諜報機関の今後がどうなるかはまだはっきりしていなかった。実際にCIAが設立されたのは、それから二年後のこと。二年経ってようやく、ニューヨークの法律事務所や証券会社で大金を稼ぐのに飽き、ふたたび国家のために働きたいというよりは、機密情報を守る側の権力を手にしたいと望むわがままなＯＳＳ幹部職員たちに、拠点が与えられたのである。あたしもそうだけれど、一部の者にとって、権力はどんな麻薬やセックスよりも、または心臓の鼓動を速めるそれ以外のいかなる手段よりも、中毒性がある。あたしたちは十年めの再会を祝おうと計画していたのだが、それは何度も何度も延期され、ついにだれかが日にちを決めたのだ。

「とにかく」アンダーソンは続けた。「神にかけて誓うが、そのクソッたれときたら全長九メートルもあったんだ」

「二十九フィート以上ですね？」彼より若いＣＩＡ職員のひとりが調子を合わせた。

「そのとおり。さすがだな、ヘンリー。いいか、彼女は人食いヘビだった。おれが呼ばれたときには、半ダースものビルマ人を殺していたんだ」

「どうしてそれが彼女だってわかるの？」あたしは聞いた。

「そりゃあね、サリー、あれほどの騒ぎを起こせるのはメスだけだからさ。で、彼女に身のほどをわきまえさせる男が必要とされていたんだよ」

「じゃあ、なぜあなたが呼ばれたの？」あたしは言った。

「地域のつながりってやつさ」アンダーソンは真面目な顔で応じた。「そのヘビは脅威だったんだ。まさしく、ホラー映画から抜け出してきたみたいだったんだぞ。いまだってたまにおれの悪夢にゲスト出演してくるんだからな。プルーディに聞いてみるといい」アンダーソンは妻を指さした。耳たぶが垂れ下がって見える大きなプラスチック製の黄色のイヤリングをして、ほかの妻たちとヨットの暖かい客間にいる小柄な女だ。プルーディは窓越しにこちらを見て、小さく手を振った。「とにかく、彼女が巣穴から出てこようとしなかったから——」

「この話、最高！」だれかがみんなの後ろから叫んだ。

「いやあ、それは巣穴っていうよりむしろ洞窟だったね、ほんと」野次を無視して、アンダーソンは続けた。「彼女は何か月もそこにいたんだ。眠ったり、待ち伏せしたりしながら。そんなある日、ずるずると出てきて、雌牛の隣で身がまえたかと思うと、バクッ！」アンダーソンは効果をねらい、両手を打った。「そいつはそのかわいそうな牛を、鳴き声ひとつあげさせることなく巣穴へ引きずっていった。間違いなく、村の経済に損失を与えたんだ。で、おれたちはそれを望んじゃいなかった。だろ？」

「さほど悲惨な死に方ってわけでもないんじゃないか」フランク・ウィズナーがそう言いながら、その場に加わった。アンダーソンの話を聞く最前列にフランクが陣取れるよう、人の輪がふたつに割れた。フランクはあたしたちが乗っている船、飲んでいるアルコール、食べているシュリンプカクテルの代金を支払った人物だった。「その瞬間まで何も気づかなかったはずだからなあ」フランクはいつものミシシッピなまりで続けた。「ただ、どこかの草原に立って、食べた草を反芻《はんすう》しながら、小川へ水でも飲みにいこうかと考えていたら、そのとき――」

「茶々を入れないでくれよ、フランク」アンダーソンが言った。「まったく」

アンダーソンはすでに呂律《ろれつ》が怪しくなりはじめていた。そして、呂律がまわらなくなったときに無理に発した言葉は、アンダーソンを困った状況に陥《おちい》らせるのが常だった。上司が話の輪に加わったいま、あたしはアンダーソンにさっさとその話を終わらせなさいと合図した。

「おれはその作戦の一部始終を仕切ったんだ」

「カー（『ジャングルブック』に登場する大ヘビの名）作戦ってわけね？」あたしの友人であるベヴァリーが聞いた。ベヴァリーは笑いながらしゃっくりをし、周囲はくすくす笑っていた。

「悪いけど、先を続けてもいいかな？」

「だれもあなたを引きとめちゃいないわよ」そう言ったベヴの声は高くかすれており、彼女が適量を超えてシャンパンを飲んでいることを示していた。ベヴは最近のパリ旅行で買ったジバンシーの黒のサックドレスを着ていた。終戦後、ベヴは石油会社のロビイストと結婚していたが、彼はバーボンやシャネルの五番まがいのにおいをさせて帰宅したときに、見て見ぬふりをしてもらえるかぎり妻のファッション代に鷹揚《おうよう》な男だった。ベヴは夫を心底憎んでいたので、そうした取引ができるだけ平等になるよう確実を期し、ファッションショーに登場したばかりのオートクチュールを買いまくったうえ、なんとOSS時代の恋人とときおりの情事を楽しんでもいた。そのサックドレスによってベヴが実物以上によく見えることはなかったけれど、彼女の努力は称賛に価する。

だれかがアンダーソンにフラスクを渡した。彼はぐびりとひと口飲み、咳きこんだ。「とにかくな、おれは十人の男たちを引き連れて、その洞窟へ、巣穴へ、まあ、呼び方はなんにせよ、そこへ行った。計画じゃ、煙でそいつをおびき出し、袋に閉じこめることになっていたんだ」

「どんな袋に三十フィート近くもあるヘビが入るというんだ？」フランクが聞いた。フランクはアンダーソンを煽《あお》りつつ、にこにこしていた。ふたりはOSSの同期だったが、フランクはトップまで昇りつめ、アンダーソンは途中で止まっていた。フランクはいまだにハンサムで、三十年前に大学の花形陸上選手だったころと同じ体型を保っている。そして、なんだってできると信じるタイプの男だった。とりわけ、彼自身が指揮をとっている場合には。ただ、その夜の彼にはどこかいつもと違う印象があった。客たちから離れたところに立って、ゆっくりと揺れ動くポトマック川を見つめている姿を、二度も見かけたのだ。画策したハンガリー蜂起がソ連軍によって鎮圧され、フランクの心身が参っているという噂は本当なのだろうかと、あたしは考えた。

アンダーソンはまたフラスクから酒を飲むと、咳払いをした。「いい質問ですね、ボス。おれたちは何枚かの黄麻袋《おうま》を縫い合わせて、巨大なファスナーを真ん中あたりに付けたんですよ」

フランクはにやりとした。もちろん結末を知っているのだ。「で、ちゃんとそこに入ったのか？」

アンダーソンは酒をさらにひと口飲んだ。「その袋を持つのが五人、出てきたヘビを入れてファスナーを締める係がふたり、銃を手にそばに控えるのがふたり。おれは全体を見守っていました。万一、不測の事態が起こったときのために」

「どんな事態が起こるというの？」あたしは言った。

「どんな事態が起こらないというんだ？」フランクがそう応じ、上司の冗談に一同は必要以上に大笑いした。

「お答えしよう！」アンダーソンが言った。だが、アンダーソンがふたたび口を開く前に〈ミス・クリスティン号〉はがくんと揺れ、エンジンが停止した。何が起こったのか、だれかが船長に聞きにいくと、船長は甲板のブリッジに見当たらず、奥方たちに囲まれてサロンで酒を飲んでいた。船長が機関士に確認すると、ヒューズが飛んだことがわかり、船着き場に戻るため曳航《えいこう》を要請するとのことだった。曳航を要請するのは一時間後にしてくれと、フランクが船長に言い、パーティーはつつがなく続けられた。

あたしたちがうなずくのに合わせて、アンダーソンの話は続いた。アンダーソンは催涙ガスでヘビを巣穴からいぶり出し、ヘビが出てきたところを袋に入れてファスナーを締めたが、その狂暴なやつは数分で袋から抜け出してきたと言った。だが、ご心配なく、アンダーソンは銃を手にして待ちかまえていた。「ふたつの目の真ん中を撃ち抜いてやったよ」彼はそう締めくくった。

「かわいそうに」あたしは言った。

「でたらめだ」フランクが言った。

アンダーソンは片手を胸に置いた。「神に誓います」

まさに、〈ザ・コロニー〉でステーキディナーを食べながらあたしが初めてその話を聞いたとき、アンダーソンの妻プルーディが確かだと請け合っていた。そのヘビの皮はちゃんと自宅の地下室に置いてあり、古い冷蔵庫のなかでゆっくり朽ちつつあると。「なぜあの人があんな気味の悪いものを持ち帰ってきたのか、さっぱり理解できないわ」彼女はあたしにそう言ったのだ。

あたしはアンダーソンの片腕をぎゅっと握ってからその場を離れ、船尾にいるベヴのところへ行った。

ベヴはあたしに身を寄せて、煙草に火をつけてくれた。「いらっしゃい、ようこそ」彼女は言った。「あの話、やっと終わった?」

「ようやくね」

遠くでジェファーソン記念館がライトアップされており、ワシントンの街がその背後で眠っていた。オレンジ色に染まる夜空の下で、街は平穏に見えた。権力争いも、絶え間なくめぐらされる策略も、その夜ばかりは休んでいるようだった。

「今夜の集まり、そう悪くないでしょ?」ベヴが言った。

「ええ、悪くなんかないわよ、ベヴ」あたしは心から楽しんでいる自分に驚いていた。終戦後、あたしは国務省に就職させてもらえるという約束でワシントンへ戻ってきた。そして実際、そうなった。けれど、自分専用のオフィス付きの楽しい仕事にはつけず、記録整理係として地下にこもりきりとなった。そこで、わずか半年で仕事を辞め、その後、この昔の仲間たちの集まりからは距離を置いていたのだ。

あたしはこれまでいろいろなものだったことがあるけれど、記録整理係はつとまらなかった。そのふりさえできなかった。看護婦や、ウエイトレスや、女相続人になったし、図書館司書のふりをしたこともあった。また、だれかの妻、愛人、婚約者、恋人だったこともあるし、ロシア人、フランス人、イギリス人にもなった。ピッツバーグ出身、パームスプリングス出身、ウィニペグ出身にもなった。ほとんどだれにでもなることができたのだ。顔からして、目が大きく、すぐ笑みが浮かぶため、あけっぴろげな性格で、秘密がなく、あったとしても結局それを隠しおおせないタイプだと思われた。この顔と、マリリン・モンローやジェーン・マンスフィールドのような、ウエストがだいぶゆったりしている女優たちが人気を博しているおかげで、十代のころにダイエットを試みて失敗した豊かなあたしの体型は、権力を持つ男たちから秘密を聞き出すのに役立っていた。

潔く職場をあとにしたあと、あたしは女たちを集めて酒を飲み、〈カフェ・トリニダード〉で閉店——ワシントンではあいにく夜の十二時——まで踊り明かした。けれど、その翌日、二日酔いを冷湿布とブラッディ・メアリーでやりすごすと、自分は無職で、無収入で、貯金もないのだと思いいたり、ちょっとした絶望感を味わった。貯金がないのは、あたしのちょっとした幸運と呪いのせい、つまり、極端に鋭い審美眼を持っているせいだ。幸運とは、生来の目利きのせいで、ピッツバーグのイタリア人街の下見板張りの長屋ではなく、グロースポイントやグリニッジといった土地で銀のさじをくわえて生まれてきたんだろうと人から思われること。呪いとは、審美眼がみずからの資力を上まわってしまうことだった。

預金残高が危険レベルに陥ってしまう前に、今後の計画を練る必要があるとわかっていた。母さんや父さんに泣きつくなんて、ありえない。友人のなかには、厳しい状況になるとそうする選択肢を持っている者がいたけれど。その晩、あたしは自分の小さな黒い手帳をめくり、ワシントンのロビイストや弁護士たち、臨時雇いの外交官ひとり、下院議員ひとりかふたりとのデートの約束を次次に取りつけた。デートは退屈でへとへとになったものの、一日の終わりには、ジョージタウンにあるあたしのアパートの家賃は支払われ、おごりでおいしいディナーが堪能でき、あたしがデートを楽しんでいるふりをしている相手は、ベヴの服にも匹敵するほどの高級な服を買ってくれた。あたしは彼らに魅力を感じていなかったけれど、感じていると彼らに信じさせるのは簡単だった。

この手の仕事はあたしにうってつけだったが、しばらくすると、タクシー、ディナー、ホテル、タクシー、ディナー、ホテルのローテーションにうんざりしてきた。加えて、常に自分をハイレベルに保ち続けることに疲れてきた。ブラシをかけたり、ムダ毛を抜いたり、髪を染めたり、ワックスで脱毛したり、漂白したり、マッサージをしたり、さらには果てしのないショッピングさえ負担になりはじめていた。

そこで、スチュワーデスになろうかと考えた。ひとつに、パンアメリカン航空のあの青はあたしによく似合うからだ。それに、旅が大好きだったというのもある。戦時中、一番気に入っていたのがそれ——数か月おきに、いまの土地を離れて新しい土地へ移る可能性があること——だった。けれど、パンアメリカン航空はあたしの年齢——正直に言うと三十二歳で、嘘偽りなく言うと三十六歳——をちらりと見て、あなたはこの職には「優秀すぎます」と言ったのである。

実は、あたしは諜報活動に戻りたかったし、内情に通じた人間に戻りたかった。だから、ベヴが最後にもう一度電話をかけてきて、パーティーに行こうと誘ってきたとき、快諾したのだった。

「懐かしい顔だらけね」ベヴが一同を見渡しながら言った。さっきからまた音楽が始まっており、人々が踊ったり、ジンフィズを互いにこぼし合ったりしていた。デッキの向こう側で、ジム・ロバーツがどこかの気の毒な女の子にうるさくつきまとっているのに気づいた。ジムは一度、上海のとある大使館でのパーティーであたしを隅に追いつめ、両手をあたしの腰に置き、笑顔を向けてくれるまできみを離さないぞと言ったことがあった。だから、あたしはにっこり笑ってから、彼の股間を膝蹴《ひざげ》りしてやった。

「懐かしい顔がちょっと多すぎるかも」

「そのことに乾杯」ベヴは言った。彼女は手すりから身を乗り出し、顔にかかったこげ茶色の髪を手で払った。ベヴは遅くなってから美しくなるタイプの女性で、高校、大学時代をすぎ、二十代前半も終わって、二十代後半になってから美しくなりはじめ、三十代に入って美しさが花開いた。ベヴにも数多くのジム・ロバーツ経験がある。「けど、それでも」ベヴは話を続けた。「女友だちみんながここにいたらなって思う」

「あたしも」昔の仲間のうち、あたしとベヴだけがいまもワシントンで暮らしていた。ジュリアは新しい夫とフランスにいて、ジェーンはだれかの夫とジャカルタにいて、アナはその月の気分によってベニスかマドリッドにいた。あたしたちのグループが最初に出会ったのは〈マリポサ号〉という、アメリカ兵たちを前線へ運ぶのが任務の元豪華大型快速船の上だった。乗船していた数少ない女性だったあたしたちは、金属製の作り付け寝台、トイレひとつ、冷たい塩水がブシュッブシュッと音を立てながら出てくるバスタブひとつが付いた狭苦しい船室を共同で使った。そうしたキャンプさながらの状況や船酔いにもかかわらず、あたしたちは実にうまくやっていた。当時はみんな二十代前半で、人生という挑戦を始めようとしていた。『宝島』や『ロビンソン・クルーソー漂流記』を読んで幼少期をすごし、高校時代にはH・ライダー・ハガードの『洞窟の女王』を読んだ娘たちだった。冒険に満ちた人生は男だけのものではないという信念によって固く結びついており、そんな冒険の片鱗《へんりん》を手に入れようとしていたのだ。

なにより、あたしたちは同じユーモアセンスを持ち合わせていて、それは水洗機能に問題があって、とりわけ海が荒れるとそれが顕著になるトイレひとつを共有するうえで、おおいに役立った。ジュリアは悪ふざけが大好きで、あたしたちがカルカッタ（コルカタの旧称）へ向かうカトリックの修道女なのだという噂を流したことがあった。すると、それまで暇さえあればあたしたちを野次ったり口笛を吹いたりしていた男たちが、廊下ですれ違うときにうやうやしい態度をとるようになった。ある兵士など、自分の病気の愛犬のために祈ってくれないかと頼んできたほどだ。あたしは十字を切る仕草をし、ベヴはこらえきれずに吹き出したのだった。

〈マリポサ号〉がセイロンに到着するころには親友同士になっていたあたしたちは、がっしりしたタイヤのトラックの荷台で互いをしっかりと抱き締め合い、ジャングルを抜け、カンディのOSS支部まで運ばれていった。紅茶農園と、丘陵地に広がる鮮やかな緑の棚田に囲まれたカンディは、ビルマで繰り広げられている恐怖からわずかに湾を隔《へだ》てているだけだというのに、戦争からはるか遠くにあるように思えた。

　あたしたちの多くは、カンディですごした日々を懐かしく思い出す。そして、互いに手紙を書くとき、あるいは、幸運に恵まれ、直接会って旧交を温めることになれば、あまりに大きく、あまりに暗く、星が層になって輝いていた幾多の夜を思い出す。さらには、OSSのわらぶき屋根の事務所を囲んでいた木から、錆《さ》びた鉈《マチエーテ》でパパイヤの実を切り落としたことや、一頭の象が敷地内に入ってきたとき、ピーナッツバター入りの瓶を使って外へ誘い出さなければならなかったことを回想する。将校専用クラブで開催された、ひと晩中続くパーティーのこと、青緑色のカンディ湖で両脚をパチャパチャさせ、水中にひそむ生き物を怒らせてしまったときだけ脚をさっと引き抜いたことを懐かしむ。カンディには佛歯《ぶっし》寺《じ》（仏陀の犬歯が納められているとされるダラダー・マーリガーワ寺院）へ行き来する大勢の僧がいたし、あたしたちはコロンボで汗だくの週末をすごしたし、みんなでマチルダと名づけたヤセザルは食料小屋で子どもを産んだ。

　あたしは士気作戦部の補助職員としてスタートし、書類整理やタイプなどの仕事をしていた。仕事の方向が変わったのは、ＯＳＳの敷地を見渡せる丘の上にある、豪華なルイス・マウントバッテン伯爵邸の夕食会への招待状を受け取ってからだ。それはあたしが出席することになる多くのパーティーの最初で、あたしは自分から尋ねるか否かにかかわらず、権力を持つ男たちが進んで情報を提供してくれることを発見したのだった。

　それはこんなふうに始まった。その最初のパーティーで、あたしはベヴが「念のために」と荷物に詰めてきていた胸の広くあいているぴったりした黒のイブニングドレスを着ていた。そのパーティーが終わるまでに、あたしとおしゃべりしていたあるブラジル人兵器商人が、マウントバッテン伯爵の職員のなかにスパイがひそんでいるようだと口を滑らせた。あたしは翌日、その情報をアンダーソンに報告した。ＯＳＳがその情報をどうしたかは知らない。いずれにせよ、やがてあたしのもとには夕食会の招待状が押し寄せるようになり、重要人物を訪ねるようお膳立てされ、口の軽い男たちに尋ねるべき質問を指示されるようになった。

　あたしはこの新しい仕事の腕前を上げ、あまりに優秀なのでドレスの購入費を支給されるようになり、そのドレスをＯＳＳのトイレットペーパーや、スパムの缶詰や、防蚊剤といっしょに船便で送らせていた。不思議なことに、あたしは自分がスパイだとは一度たりとも考えなかった。確かに、その仕事に必要なのは、ただにこにこ微笑んでいたり、くだらない冗談に大笑いしたり、目あての男たちの言うことすべてに興味があるふりをするだけではなかった。当時それに対する名称はなかったけれど、その最初のパーティーであたしはツバメになった。神から与えられた、情報収集の才能を発揮する女のことだ。この才能を、あたしは思春期のころから身につけはじめており、二十代で磨きをかけ、三十代で完璧なものに研ぎ澄ました。権力者たちはあたしを利用していると思っていたが、常にその反対だった。あたしの才能が、彼らにそうと気づかせていなかったのである。

「踊らない?」ベヴが言った。

あたしは腰を振って踊るベヴを見て、鼻にしわを寄せた。「この曲で?」と、ペリー・コモの歌に負けないよう声を張り上げた。だが、ベヴは気にしなかった。彼女はあたしの両腕をつかむと、こちらが根負けするまで腕を前後に揺らし続けた。そして、あたしがそのリズムに乗りはじめたちょうどそのとき、だれかが針をこすれさせてレコードプレーヤーを止めた。人々の後ろのほうからフォークでグラスを鳴らす音がすると、残りの者たちもそれにならい、ついには嵐に見舞われたシャンデリアのような音が船全体に響いた。

「うわあ」ベヴが言った。「いつものやつよ」

男たちはまず乾杯の号令をかけた。フランクに乾杯！　ワイルド・ビル（OSSの創設者でCIAの父、ウィリアム・ジョセフ・〝ワイルド・ビル〟・ドノヴァン）に乾杯！　頼りになる密偵に乾杯！　ほかの面ではへっぽこなやつに乾杯！　そのあと、カンディで必ず夜の締めくくりに歌われていた歌が始まった。〈君をみつめて〉と〈リリー・マルレーン〉。続いて、男たちが所属していたハーバードやプリンストンやイェールの秘密とは言えない社交クラブの歌。ベヴとあたしはパーティーの締めに必ず登場するこの酔っ払いたちの音楽会を、いつもせせら笑っていた。けれど、その夜ばかりは、彼らと腕を組んでいっしょに歌わないわけにはいかなかった。

船を港まで曳いて帰るために近づいてくるタグボートの汽笛の音が、イェール大学の〈楡《にれ》の木立ちの下〉の三回めをさえぎった。あたしたちはタグボートの船長に、寝る前の一杯をいっしょにやらないかと叫んだ。あたしたち酔っ払いを陸へ上げるために、ベッドから引きずり起こされたのがあまり面白くない船長ともうひとりの男は、〈ミス・クリスティン号〉をロープでつなぐ作業に取りかかった。

陸地に戻ったあと、男たちは十六番街の社交クラブへ行くか、U通りの二十四時間営業の食堂にするか、あれこれ言い合った。ベヴとあたしは彼女の夫が寄越した黒のセダンの前で別れの挨拶をし、近いうちにまた会いましょうと約束した。「車で送らなくて、本当に大丈夫?」ベヴが聞いた。

「歩きたい気分なの」

「なら、お好きなように!」ベヴは発進する車の開いた窓から、あたしに投げキッスをした。

だれかがあたしの肩をぽんと叩いた。「いっしょに歩いてもいいかな?」フランクが言った。「わたしも歩きたい気分なんだ」そう言う彼の息は、ミントとかすかな煙草のにおいがした。彼はまったくのしらふに見えた。その晩ずっとコカコーラでもちびちび飲んでいたのかしらと、ふと思った。

「きみとは同じ方向だったね?」

フランクはあたしの家から通りをひとつ隔てたところに住んでいた。とはいえ、不動産という点からすると、ジョージタウンの彼のタウンハウスは、フランス人が営んでいるパン屋の上にあるあたしの小さなアパートとは雲泥の差だ。「まあ、そうね」あたしは言った。フランクは下心があって女性を家まで送ると申し出るタイプではなかった。それに、知り合って以来、彼があたしを口説いたことは一度もない。話があるとフランクが言うとき、ほとんどの場合は仕事の話だ。彼は黒のセダンの開いたドアの横に立っている自分の運転手に合図をして、大声で言った。「今夜は歩いて帰る」運転手は帽子を軽く持ち上げ、ドアを閉めた。

あたしたちはポトマック川から離れ、ワシントン中心街の眠っている通りに入った。「きみが来てくれて、良かったよ」フランクは言った。「ベヴァリーがきみを説得してくれればいいがと思っていたんだ」

「じゃあ、彼女もグル？」

「彼女がグルじゃないときなど、あるかい？」

あたしは笑った。「確かに、ないわね」

フランクはまた黙りこんだ。まるで、いっしょに帰ろうと言った理由を忘れてしまったかのように。

「運転手にもっと早く帰っていいと言ってあげたら良かったのに。夜中までずっと待たせたりしないで」

「歩いて帰るかどうかわからなかったんだ」フランクは言った。「心を決めるまでは」

「心を決める？」

「きみはあのころが懐かしい？」

「それはもう」あたしは言った。

「うらやましいな。本当に」

「あなたは辞めていればよかったと思うの？　終戦のあとで？」

「わたしはこれまで、もしもこうしていればなんて考えたことはなかったんだ」フランクは言った。

「でも、いまは……よくわからん。いろいろなことが、以前のように明確じゃないからな」

あたしたちはパン屋に着いた。明かりはついており、早番のパン職人がすでにバゲットをオーブンに入れていた。あたしがそこに住むことに決めたのは、国務省で働きはじめた自分が支払える家賃だっただけでなく、焼きたてのパンを食べる以上にそのにおいが大好きだったからだ。

「新しい仕事を探しているそうだね」

「あなたに隠しごとはできないわね、フランク」

彼は声をあげて笑った。「ああ、そいつは無理だ」

「でも、なぜ？　あたしのことで何か聞いてるの？」

フランクは硬い笑みを浮かべた。「じつは、きみが興味を持ちそうな話があるんだ」

あたしは彼の声に耳を傾けた。

「ある本に関わる件で」

東

1950年〜1955年

第五章　~~ミューズ~~　矯正収容された女

アナトリ・セルゲイエヴィッチ・セミョーノフさま

これはあなたが待ち望んでいた手紙ではありません。本についてではなく、わたしがしたことにされている犯罪の証《あかし》となる告白でもありません。我が身の潔白を主張するものでもありません。告発された罪を犯してはいませんが、罪を何ひとつ犯していないわけではありませんから。わたしはそうと知っていながら、妻のいる男を我がものとしました。良き娘、良き母にもなれず、みずから招いた困難のなかに実母を置き去りにしています。そして、もうその必要もないのに、いまだこれを書かなければという思いに駆られているのです。

あなたは、砂糖の配給二回分と引きかえに手に入れたこの鉛筆で書いた一字一句を信じるかもしれないし、想像の産物と片づけるかもしれません。どちらでもいいことです。わたしはあなたのために書いているのではなく、あなたは単にこの手紙の先頭に書かれた名前にすぎません。それに、わたしはこの手紙を送らないでしょう。書き終えたら、すべて燃やすつもりです。いまやあなたの名前は、自分への手紙の前置きでしかありません。

あなたは言いました。きみは夜ごとの会話ですべてを語ってはいないし、そもそもきみの「話」は穴だらけだと。尋問者であるあなたは、記憶がどれほどあてにならないかよくご存じのはずです。人の心はけっして一部始終をありのままに記憶することができないのです。とはいえ、やるだけやってみましょう。

わたしにあるのは、この削った鉛筆一本だけです。これはわたしの親指よりも短く、わたしは両手首にすでに痛みを感じています。とはいえ、この鉛筆がすり減って塵《ちり》になるまで書くつもりです。


でも、どこから始めればいい？　この瞬間から始めるべきでしょうか？　それとも、わたしが矯正収容所を出るまでに必要な千八百二十五日のうち、これまでの八十六日間をどうすごしたか？　あるいは、すでに明らかになっていることから？　わたしがここに来るまでの五百キロ近い道のりについて知りたいですか？　あなたはどこにも着かない列車に乗ったことがあるでしょうか？　次の場所へ運ばれるのを待つわたしたちが寒さに震えながら閉じこめられていた、窓のない木製の箱を見学したことがありますか？　世界の果てで暮らすのがどんなふうか知っていますか、アナトリ？　モスクワからも、家族からも、あらゆるぬくもりや親切からも遠く離れて暮らすのがどんなものであるかを。

移送の最後に、わたしたちが無理やり歩かされたことを知りたいですか？　わたしの隣の女性が倒れ、力ずくで片足からブーツを脱がされたせいで小指だけがブーツのなかに残ってしまったとき、どれほど寒かったかを説明しましょうか？　わたしと同じ列車のコンパートメントに乗っていた、腰まである髪を二本の細い三つ編みにしていた女性が、自分の幼子ふたりを風呂で溺死《できし》させたと言っていたことについては、どうでしょう？　なぜそんなことをしたのかとだれかに聞かれたその女性が、いまも聞こえ続けている声にそうするよう命じられたからだと答えたことについて、知りたいですか？　彼女がどんなふうに悲鳴をあげて目を覚ましていたか、教えましょうか?

いいえ、アナトリ。こうした心の平穏を乱すあれこれについて、ここに書くつもりはありません。だって、このようなことはご存じのはずですから退屈でしょうし、わたしはあなたを退屈させたくありません。わたしの望みは、あなたに読み続けてもらうことなのです。

話を戻します。

モスクワを出たあと、わたしたちはまず、女性看守たちが運営する一時収容所に着きました。ここは、あなたとわたしが出会ったところよりもややましでした。監房は清潔で床はセメントでしたが、アンモニア臭が漂っていました。わたしのいた監房一四二号の女性たちはそれぞれマットレスを与えられ、夜になると明かりが消えて、ようやく眠ることが許されたのです。

ただし、それは長く続きませんでした。

到着後、数日経つと、彼らが夜にやってきて、監房一四二号を空っぽにしました。わたしたちは列車に乗せられ、次の停車駅、唯一の停車駅は、ポチマだと告げられました。列車は暗く、腐った木の臭いがしました。各コンパートメントは鉄柵で廊下から隔《へだ》てられているため、わたしたちは四六時中、見られていることになります。隅には二個の金属製バケツがあり、ひとつはトイレ用で、もうひとつにはわたしたちの汚物にかけるためのアルカリ液が入っていました。わたしは上の寝台に自分の場所を確保し、そこに横になって両脚を伸ばすことができました。頭をうまく傾けると、天井の割れ目を通してわずかに空が見えました。その空が見えなかったら、いまが昼なのか夜なのかも、列車に乗せられてから何昼夜がすぎたのかも、わからなかったでしょう。

列車が停車駅に着いたのは、夜でした。

そこは駅というよりも、飼い葉桶のようでした。ただ、羊やロバではなく、太ったライオンなみの犬を連れた軍服姿の男たちが、プラットフォームで待ち受けていました。わたしたちは出てこいと怒鳴られ、ぎょっとして互いに顔を見合わせました。だれも立ち上がらずにいると、ある護送兵が赤毛の短髪の若い女性の腕をつかみ、整列するよう命じました。わたしたちは無言でそのあとに続きました。

先頭の護送兵が片手をあげ、行進が始まりました。プラットフォームを出発したとき、残りの道を運んでくれる列車やトラックはないと悟りました。わたしは袖を引っ張って、握り拳を作った両手をおおいました。その両手はまだ温かかったけれど、長くはもちませんでした。

わたしたちはだれも踏みしめていない雪の上を進み、列車の線路をたどりましたが、やがて線路はなくなり、いちめんの白のなかに消えました。行進がいつまで続くのか尋ねる者はいませんでしたが、わたしたちの頭にあるのはそのことだけでした。あと二時間なのか、それとも二日間なのか。ひょっとしたら二週間？　けれど、わたしは自分の前にいる、名も知らぬ女性の足跡に集中しようとしました。その女性が残した足跡に、ぴったり自分の足跡を合わせようとしたのです。足先や指先がじんじんしはじめていることや、鼻水が垂れて上唇の上のくぼみで凍っていることは考えないようにしました。ボーリャがわたしをからかうときに、よく指先で触れていたくぼみです。

あれは『ドクトル・ジバゴ』そのものの光景でした。そうです、アナトリ。あなたが読みたくてたまらずにいる物語の一場面です。わたしたちの行進は、ボーリャの想像の産物のようでした。満月が雪でおおわれた道を照らし、わたしたちの足跡に銀色の光を投げかけていました。それは死のような美しさであり、あのとき自分に少しでも考える力が残っていれば、道に沿って広がる森のなかに駆けこんで、力つきるまで、あるいは、だれかに止められるまで、走り続けていたでしょう。あの場所、まるでボーリャの夢から生まれたようなあの森で死ねたら、本望だったと思います。

最初に、いくつもの監視塔――そのひとつひとつのてっぺんに、くすんだ赤い星がついていました――が、はるか彼方の高い松の木々の上から姿をのぞかせました。その後、そこへ近づくにつれて、有刺鉄線の柵、荒れている中庭、バラックの列、建物と灰色の空とをつなぐ細い羽毛のような煙が見えました。栄養不良の雄鶏が一羽、有刺鉄線の柵あたりを歩いていましたが、そのくちばしはひび割れ、赤いとさかはズタズタでした。

到着したのです。

全員の気持ちを代弁することはできませんが、わたしは四日間にわたるその行軍中の毎日、毎時間、毎分、毎秒、暖かさだけを夢見ていました。そして、ようやく有刺鉄線の柵のなかに入れられ、中庭のドラム缶で燃やされている火のそばで暖まることを許されたときには、これまで体験したことがないほど凍えていました。

中庭の向こう側に、四、五十人ほどの女たちが一列に並び、金属製の皿とマグカップを持って食事を待っていました。わたしたちが近づいていくと、女たちはこちらを振り返って、わたしたちの青白い顔、ふさふさとした髪、両手に目を走らせました。わたしたちの両手は、そう、霜焼《しもや》けになってはいるけれど、まだ硬くなっていませんでした。わたしたちは彼女らの黄疸《おうだん》の出た顔、スカーフでおおっているか剃《そ》り上げられた頭、猫背になった広い肩を見つめました。まもなく、彼女たちとわたしたちは瓜ふたつになるのです。まもなく、並んで夕食を待っているほうがわたしたちになり、新たにやってきた女たちが収容所生活を始めるようになるのです。

十二名の女性看守が現われると、わたしたちをここまで連れてきた男たちはくるりと向きを変え、雪のなかを静かに引き返していきました。わたしたちはひとつだけストーブがあるセメント床の長い建物の内部へ連れていかれ、看守たちから服を脱ぐよう指示されました。看守たちは裸で震えながら立っているわたしたちの髪に指を走らせ、両腕を上げさせたり、胸の下を調べたりして、体全体を触りました。手の指、足の指、両脚も広げさせられ、口に指を入れられました。わたしは次第に体が温まってきましたが、それは薪《まき》ストーブのおかげではありません。いまだおさまらない怒りに燃えていたのです。そんな怒りを覚えたことはありますか、アナトリ？　体内のどこで燃えているのかはわからないけれど、マッチを投げ入れられた石油のように、不意に襲ってくる怒りを？　わたしのように、あなたも夜になるとそんな怒りに襲われるのでしょうか？　だからこそ、あなたはいまの地位にいるのですか？　たとえどれだけの犠牲を払おうと、それを癒《いや》すのは権力だけなのですか？

身体検査後、わたしたちは別の列に並ばされました。矯正収容所には列がつきものなんですよ、アナトリ。彼らはわたしたちに小さなアルカリ石鹼《せっけん》のかけらを渡し、シャワーを出しました。水は冷たかったけれど、凍えた肌には火傷《やけど》するほど熱く感じました。それから、そのまま自然乾燥させられ、わたしたちが持ちこんでいるかもしれない何かを殺す粉末を振りかけられました。

頭に美しい亜麻色の髪が幾筋か残っているため、かろうじて丸坊主を免《まぬが》れているポーランド人の女が、テーブルの前で曇り空のような色のスモックを繕《つくろ》っていました。そして、わたしたちひとりひとりをざっと見ては、その右側にあるスモックの山か、左側のスモックの山を指さしました。「大」か「特大」という区別です。

続いて、目を引くほど大きい耳と、もっと目を引くほど大きい鼻の女が、ちょうどいいサイズを見つくろおうともせずに靴をくれました。わたしが黒の革靴に足を入れて歩こうとすると、両方の踵《かかと》がはみ出しました。結局、別の囚人と物々交換を成立させるまでに、配給の砂糖を一か月分も貯めなければなりませんでした。といっても、別の靴と交換したわけではありません。そんなことをするには、少なくとも五か月分の砂糖が必要なので、両足を靴に結わえる長い紐と交換したのです。

看守たちは列を三つに分け、わたしは自分の列について十一号棟へ行きました。アナトリ、わたしはそれから三年間をそこで暮らすことになるのです。靴をなくさないように足を引きずりながら。


十一号棟は空っぽでした。すでに入っていた者たちは、まだ荒野で働いていたのです。ひとりの看守が空いている寝台を指さしました。三段になっており、薪の燃えているストーブから一番離れた奥です。壁から壁へと渡された、洗濯されているのに汚れが染みついている靴下や下着が干してある物干し紐の下を、わたしたちはくぐっていきました。建物のなかは汗とタマネギと体のぬくもりのにおいがしました。暮らしのにおいです。それはささやかな慰《なぐさ》めでした。

わたしは支給されたウールの毛布を、奥からふたつめの寝台の最上段に置きました。そこを選んだのは、列車で目にとまった小柄な女性がひとつ下の段にいたからです。彼女はわたしと同じ三十代半ばくらい。黒髪と繊細な手をしており、友だちになれるかもしれないと思ったのです。名前はアナといいました。

けれど、アナと友だちになることはありませんでした。十一号棟のほかのだれとも友だちになりませんでした。仕事を終えて疲れきったわたしたちは、明日ベッドから起き出してまた同じことをする力を残しておかなければならなかったからです。

ポチマでの最初の夜は静かでした。といっても毎晩そんな感じで、わたしたちは風の唸り声だけを聞きながら眠りにつきました。ときおり、寂しさに屈した女の泣き声が収容所中に空襲警報さながら鳴り響くことがありましたが、そんな女はたちどころに静かにさせられます――その方法は想像するしかありませんが。そうした泣き声について話す者はいなかったけれど、みんなそれを聞いていたし、声に出さずいっしょに泣きわめいていたのです。

初めて荒野へ出た日、地面が固く凍っていたうえ、つるはしが重すぎて腰から上へ持ち上げることさえできませんでした。三十分もすると、両手にマメができました。地面に穴をあけるためだけに、それも指一本ほどの小さな穴をあけるためだけに、全力を使い果たしました。隣の女性はわたしよりも恵まれており、足をのせて体重をかければ地面にめりこませられるシャベルを与えられていました。でも、わたしはつるはしで、地面を数平方メートル耕さないと、その日の食料をもらえないのです。

矯正収容所一日め、わたしは何も食べませんでした。

矯正収容所二日め、やはり何も食べませんでした。

三日め、わたしはあいかわらず地面に数個のくぼみをこしらえただけだったので、また食料をもらえませんでした。けれど、浴場の列に並ぶ若い修道女の横を通ったとき、彼女が自分のパンをちぎって分けてくれたのです。わたしは感謝のあまり、あの男たちにモスクワのアパートから連行されたあと初めて、これからは神に祈りを捧げようかと思いました。

ポチマの修道女たちには感服しました、アナトリ。ポーランドから来た小さな集団でしたが、札付きの犯罪者たちよりも強いのです。看守の命令に不服なときには、決して引き下がりません。また、朝の集合のとき、声に出して祈りを捧げて看守たちを激怒させ、わたしに慰めを与えてくれました。わたし自身はあまり信心深い人間ではありませんが。看守たちは、修道女たちの勝手なふるまいに対する罰として、ひとりのスモックをつかんで列から引きずり出し、わたしたちの前でひざまずかせることがありました。ある修道女などは、丸一日そうやってひざまずかされ、むき出しの両膝《りょうひざ》を岩だらけの地面に押しつけられました。なのに、彼女は頑として降参せず、立たせてほしいとも頼まず、聖愚者（正教会における聖人の称号）のような穏やかな笑みを浮かべて祈り続けていたのです。

修道女たちは指先で目に見えぬロザリオの数珠《じゅず》を数えていました。たとえ厳しい陽射しに顔が照りつけられ、スモックからちょろちょろとしたたった尿が土の上を細く流れていっても。

一度か二度、看守たちが修道女全員を懲罰房に入れたことがありました。そこはこの収容所で最初に建てられたバラックで、屋根が半分陥没しており、隙間風や虫やネズミが入り放題でした。

修道女たちをうらやまないようにするのは、難しいことでした。彼女たちの懲役のほうがはるかに長いというのに。修道女たちには仲間がいたし、わたしたちが切望していた外の世界からの言葉を必要としていませんでした。修道女たちは互いがいっしょにいないときですら、わたしたち全員を蝕《むしば》んでいる暗い孤独に屈することがなかったのです。彼女たちにはみずからの神がいつもそばにいたのですから。わたしの信仰の対象は、ひとりの男性でした。詩人で、単なる人間の、わたしのボーリャです。そして、アパートから連行されて以来、ボーリャと連絡を取れなくなっていたわたしには、彼の生死さえわかりませんでした。

収容所四日め、かつて柔らかだったわたしの両手には固いタコができていて、ついにしっかりとつるはしを握ることができました。わたしはそれを頭上に振りかざし、驚くほどの力強さで地面に振り下ろしました。その日の終わりまでには割りあてられた地面を耕しており、ようやく定められた食事をもらえましたが、わずか数口しか食べられませんでした。肉体のほうが心より早く適応したのです。人間ってそういうものですよね、アナトリ。

こうした悲惨な数日、数週間、数か月、数年がすぎていきました。暦《こよみ》とともにではありません。穴掘りをし、髪の毛からつまみとったシラミを数えながらの日々です。それはつるはしを使う作業でできる割れたマメやタコ、寝台の下で殺したゴキブリ、浮き上がってくるあばら骨の数とともにすぎていきました。そして、季節はふたつだけ、どちらも苛酷な夏と冬しかありませんでした。

わたしは人間の肉体が生き延びるために必要なもの、絶対に不可欠なものがいかに少ないかを知りました。パン八百グラム、角砂糖二個、そして、食料なのか海水なのかわからないほど薄いスープだけで命をつなぐことができたのです。

とはいえ、心が生きていくためには、それよりもはるかに多くのものが必要で、ボーリャを忘れることはありませんでした。彼がわたしのことを思っているときには、それがわかると信じていたものです。うなじや腕に沿って息がかかるようなうずきは、彼そのものなんだと。そ

わたしが矯正収容所に送られたのだから、彼はもっとひどいことをされたに決まっています。
がすぎ、そしてまた一年がすぎていきました。これは彼が死んだということなのでしょうか？
の感覚は数か月間も続きました。そのあと、そういう感覚、そのうずきを感じることなく一年

アナトリ、いま思えば、わたしの五年の懲役は幸いであり呪いでもありました。そんなわずかな刑期ですむのは中産階級のモスクワ市民ぐらいだと、バラック長から繰り返し言われました。その女はブイナヤという名のウクライナ人で、働いていた集団農場から小麦粉の袋をひとつ盗んだせいで十年の刑を宣告されていたのです。彼女は強くて厳しく、あらゆる面でわたしと正反対でした。わたしは次第に荒野での作業に慣れてはいきましたが、それでもとんでもなくのろまな部類で、ブイナヤから何かにつけて毒舌の対象にされました。

あるとき、荒野から戻ってきたわたしは体も洗えないほど疲れ果てていたので、そのまま寝台に向かい、土まみれになったスモックを脱ぐ気力さえありませんでした。そうして目を閉じたとき、まぎれもないブイナヤの声が聞こえてきました。「三四七八番！」彼女は風邪をひいたカササギみたいな声で、看守たちがするようにわたしを囚人番号で呼びました。

わたしは身じろぎもしませんでした。けれど、彼女はまたわたしの番号を呼び、アナが寝台の下を軽く叩きました。わたしが反応せずにいると、アナはそこを蹴《け》ってきました。「返事をしないと面倒なことになる」アナは小声で言いました。

わたしは体を起こしました。「はい？」

「あんたらモスクワ人は清潔な連中だとばかり思ってたのに、あんたときたらクソみたいに臭いんだけど」

十一号棟中に笑い声が広がり、わたしは胸から首や頬まで恥ずかしさで焼けつくようでした。実際、わたしは臭かったのです。収容所内には、わたしよりはるかにひどい臭いの女たちもいましたが。

「あたしは地下壕で生まれたんだ」ブイナヤは続けました。「そんなあたしだって、少なくとも週に一度は自分の股《また》ぐらを洗えって教えられたよ。あんたのあそこに近づくのが裏切り者の詩人だけだってのも、無理はないね。あんたがここにいるのは、そのせいなんだろ？」

笑われたわたしは、脚をさっと寝台の端から出し、床に下りました。脚がひどく震え、その振動が床板にまで伝わっていたと思います。全員の目が注がれ、わたしが何か言い返すのを待っているのが感じられました。けれど、わたしがためらい、壁のほうへ顔をそむけたので、まずはブイナヤがいっそう大きな声で笑い、ついで残りの女たちも続きました。ブイナヤは自分の汚れた下着類をつまみ上げると、バラックの真ん中をずんずん歩き、わたしの寝台までやってきました。「ほらよ」彼女はそう言って、その下着類を床に落としました。「あんたがその汚らしい体を洗うとき、ついでにあたしのものを洗ってもらおうかね？　かまやしないだろ」

アナトリ、わたしが壁からくるりと振り返り、ブイナヤの汚れ物をその顔めがけて投げ返してやったと報告できたら、どれほど良かったでしょう。しっかりと足を踏みしめ、ブイナヤの顔を平手打ちしてやり、そのせいで喧嘩になって、そのあと数日は青あざが消えなかったし、喧嘩には負けたけれど、その後ブイナヤから一目置かれるようになったと報告できたら、どんなに良かったか。

けれど、わたしはそうしませんでした。彼女の汚れ物を手洗いに持っていって、自分に割りあてられた石鹸でごしごし洗い、薪ストーブの隣という一番いい場所で乾かすために丁寧に干しました。それから服を脱ぎ、冷たくて濁《にご》った水で自分を洗いました。そのあとで、眠りました。そして、それは翌日も繰り返されたのです。

いまわたしが、ルビャンカでの深夜の会話のときにあなたが求めていたものをさし出すと言ったら、アナトリ、何か良いことがわたしにあるでしょうか？　いまあなたに協力すれば、刑期は短くなりますか？　わたしがありとあらゆる告発内容について自白すれば、ここを出ることができますか？　与えられたつるはしの鋭い先端を持って、力を振り絞れば、すべてを永遠に終わらせることができるでしょうか？

冬がもっとも苛酷だと思われるかもしれませんが、わたしたちを何よりも消耗させたのは夏でした。荒野で働き、掘ったり、引いたり、放ったりしていると、着ている灰色のスモックの下に汗がたまってきます。このスモックは皮膚呼吸を妨《さまた》げるので、「悪魔の皮」と呼ばれていました。体には傷やただれ、あせもができ、容赦なく血を吸うブヨがたかりました。太陽の光をさえぎろうと、わたしたちは錆《さ》びた針金の上にガーゼをわたして養蜂家のような帽子を作りました。それ以外の女たち――十年かそれ以上も荒野ですごし、すでに日焼けしている女たち――は、その帽子やわたしたちモスクワ出身者の陶器のような大切な肌を笑ったものです。彼女たちは三十歳か四十歳にもかかわらず、六十歳か七十歳に見えました。いずれにせよ、彼女たちにはわかっていたのです。わたしたちが日光をさえぎろうという試みを放棄し、顔を上げて、ポチマへ来る前のかつての自分を残らず日光に奪わせるままにするのも時間の問題だと。

アナトリ、当時わたしたちは十二時間も荒野に出ていました。そういう時間、わたしは心のなかでボーリャの詩を暗唱してすごしました。一行一行のリズムや、それぞれの間に、自分のつるはしの音のタイミングを合わせて。

夕暮れどき、荒野から戻ってくると、看守たちはわたしたちが何も持ちこんでいないかを確認するために身体検査をしました。そんなとき、わたしはまたボーリャの詩を思い出し、自分の体に起きていることに意識が向かないようにしたものです。

わたしは自分でも詩を作りました。詩句は紙の上に書かれるように、心に浮かんできました。わたしはそれを何度も心のなかで唱え、記憶に定着させました。でも、理由はわかりませんが、いまは暗唱することができません。その詩句を書きとめることのできる紙があるというのに。自分自身のためだけにある詩というものが、存在するのでしょう。


ある晩、ブイナヤの汚れ物を洗濯し終えたわたしが、看守に呼ばれたことがありました。横になろうとしていると、命令するときにほかの看守たちが使う口調をまだ習得していない新人看守がバラックに入ってきて、歌うようにわたしの番号を呼んだのです。わたしはスモックをかぶり、靴をはくと、新人看守についてドアから出ていきました。

その看守がバラックのあいだを抜ける通路の突きあたりを左へ曲がったとき、どこへ向かっているのかわかりました。収容所の最高権力者に気に入られている囚人たちが維持管理を任されている、小さな家です。その小さな家の様式は収容所のほかの建物とは異なっており、初めてそれを目にしたときは、幻を見ているのかと思ったほどでした。祖母の住む田舎の家に似た、白い縁《ふち》のついた鮮やかな緑色の家で、窓にはきれいな花を植えてある箱が並んでいました。

ある窓から、赤いシェードのランプの光が見えました。その先に、机に向かう最高権力者も。彼のことは、ポチマを見学に来た下級役人たちが半円に並んだ中央に立っている姿を一度見たきりです。遠くからでも、白くてふさふさした眉毛が見えました。その眉毛は彼のひたいに向かって伸び、頭髪のない部分を隠すようにとかしつけてある白髪に届きそうでした。机に向かっている最高権力者は、普通のおじいさん《デドゥシュカ》のようにやさしそうに見えました。でも、ほかの女たちの話から、彼がただの人の良いおじいさんではないことはわかっていました。彼の仕事は囚人を尋問し、密告者を調達することです。また、彼は収容所の妻が複数いることで有名でした。収容所の妻というのは、この緑の家に呼び出され、彼の意のままになるか、凶悪犯罪者たちが入れられている別の収容所で残りの刑期をすごしたいかを選ばされた女たちのことです。

　この収容所の妻たちは、入浴後に着る絹のローブと、陽射しから顔を守るためにかぶる大きな麦わら帽子で、それとわかります。また、荒野ではなく、厨房や洗濯室でのわりと楽な仕事にまわされていました。あるいは、小さな家の生垣や花の世話のほか、必要とされる室内の雑事だけをしてすごしていたのです。収容所の妻はみな美しく、なかでも極めつけの美人はレナという十八歳の少女でした。わたしは一度もレナを見たことはありませんでしたが、シャチの背のようになめらかで長いその黒髪は、収容所中の噂になっていました。また、レナは最高権力者がフランスから密輸した特別なシャンプーをもらっていること、逮捕前はグルジア（ジョージアの旧称）で前途有望なピアニストだったので、その細い指を守るために子牛革の手袋も与えられていること、さらには、一度妊娠したけれど、ある老婆が連れてこられ、持参の編み針で堕胎させられたことも噂されていました。

　こうしたことはあくまでも噂であり、噂にすぎないと、看守が警棒で小さな家の扉を示したとき、わたしは自分に言い聞かせました。最高権力者の好みからすれば、わたしは年をとりすぎているのだからと。どちらが優先かはわかりませんが、彼はまだ子どもを産んでいない女性、あるいは、二十二歳未満の女性が好みだと言われていたのです。

わたしはその二間の小さな家へ入り、戸口に立ちました。最高権力者は机に向かって書きものをしていました。わたしは声をかけてもらえるのを期待しましたが、彼は机の前に置かれた椅子を万年筆で示しただけでした。十分ほど経ち、彼は万年筆を置いてわたしを見つめました。そして、何も言わずに机の引き出しをあけ、わたしに包みを渡しました。

「おまえさんにだ。この部屋から持ち出すことはできん。ここで読むしかない」彼は一枚の紙をわたしにさし出しました。「読み終わったら、確かに目を通した旨《むね》の署名をするように」

「なんですか?」

「たいしたものじゃない」

包みのなかには、十二枚の手紙と小さな緑色のメモ帳が入っていました。わたしはそれを開きましたが、言葉の意味は頭に入ってきませんでした。見えたのは、その手書き文字——彼の手書き文字。空に舞い上がるツルをいつも連想せずにはいられない、幅広の筆跡だったのです。そのメモ帳を、次に手紙をめくっていくと、書かれた言葉がだんだん頭に入ってくるようになりました。ボーリャは生きていたのです。彼は自由でした。わたしに詩を書いてくれていたのです。

アナトリ、あなたにその詩を教えるつもりはありません。教えると思いましたか? わたしはそれを覚えるまで何度も読み返しました。その後、原物をふたたび見ることはありませんでした。ひょっとしたら、あなたはそれをすでに読んだかもしれませんが、わたしはあなたが読んでいないものとして、ボーリャの言葉はわたしのもの、わたしだけのものとして話を進めます。

彼はわたしをそこから出すためにありとあらゆることをしたし、きみと立場を入れかえることができるなら、喜んでそうすると手紙に書いていました。また、胸に宿る罪悪感は重く、日を追うごとにますます重みを増し、その重さに耐えかねて肋骨が折れ、死に至るのではないかと怯えているとも。

その手紙を読んでいるうちに、収容所の修道女たちなら理解できるに違いない感情が湧いてきました。信仰によって守られているという確信とぬくもりです。

それにしても、なぜボーリャがわたしに書いたものを読ませてもらえたのでしょうか、アナトリ？　なぜ最高権力者はいまごろその手紙を渡してくれたのですか？　もしかしたら、彼は何か見返りがほしかったのでしょうか。それがなんであれ、そのときのわたしは喜んでそれを受け入れたはずです。内通者にでもなっただろうし、収容所の妻にもなったでしょう。彼からの手紙を読むことができるなら、なんだってやったでしょう。

でも、アナトリ、最高権力者は妻になれとも言いませんでしたし、わたしを内通者に仕立てもしませんでした。いまもわたしが生きている証拠を見せろとボーリャが要求したため、わたしがその夜に手紙を読んだあとで署名した紙が、数か月も経ってから彼に送られたと知ったのは、ずっとあとになってからだったのです。

スターリンが病気で、彼の支配力が弱まっているという噂がありました。その小さな家へ行った夜のあと、わたしは家族やボーリャからの手紙を受け取ることを許されました。ボーリャは心臓発作を起こしたことや、わたしの逮捕の原因だと思われる状況についてや、二度とわたしに会えないのではないかと心配しながら病院のベッドですごした数か月間について、書いてきました。

ボーリャは体調が回復し、わたしと連絡が取れるようになったいま、小説を完成させることにまた執念を燃やすようになったということでした。どんな犠牲を払ってもそれを完成させるし、おそらくこの手紙を読んでいるであろう当局にも、自分の弱い心臓にも、どんなものにも、それを妨げさせはしないと書いてきたのです。

親愛なるアナトリ、スターリンが死ぬ前の晩を覚えていますか？　わたしはその夜、鳥の夢を見ました。わたしが心から望んでいる白鳩《しろばと》の夢ではなく――というのも、収容所の女たちは白鳩を釈放が目前であるしるしだと信じているからなのですが――何千羽もの真っ黒いカラスが、がらんとしたコンクリートの敷地にチェスの駒さながら並んで座っている夢です。そのカラスたちはほとんど息をしていないように見え、わたしが近づきながら両手を打ち鳴らしても、動かないままでした。わたしは何度も手を叩き、ついには両手がヒリヒリするほどでした。そこで、背を向けて歩き去ろうとしたら、合図でも聞こえたかのようにカラスたちはいっせいに羽ばたきました。そして、もくもくと湧いて月をおおう雲のなかへ、群れを成して飛びこんでいったのです。わたしが見つめるなか、その雲は右へ、左へと揺らいだあと、いきなり四方八方へ飛び散り、カラスたちはそれぞれ勝手な方向へ飛んでいきました。

翌朝、夜明け前だというのに、収容所の拡声器から音楽が鳴り響きました。全員がすぐに身を起こし、目が暗闇に慣れるまで目を凝《こ》らしているようでした。葬送曲――流れていたのは葬送曲です。十一号棟のだれひとり、口を開きませんでした。だれひとり、死んだのはだれかと尋ねませんでした。わかっていたのです。

音楽が流れ続けるなか、わたしたちは召集されるのかどうかわからないまま、入浴用の桶の冷水で顔を洗い、スモックを着ました。召集がかからないことがわかると、自分の寝台に座って無言で待ちました。ブイナヤが戸口へ行き、ドアを少しだけあけて頭を突き出しました。「なんにも」ブイナヤはそう言ってかぶりを振りました。

音楽が止まり、拡声器から雑音がしました。レコードに針の落ちる音が聞こえ、国歌が始まります。わたしたちは座っているべきか立って歌うべきかわからず、あたりを見まわしました。数人の女が立ち上がり、残りの者たちもそれにならいました。国歌が終わっても、わたしたちはそのまま立ち続けました。しばしの静寂のあと、またスピーカーから雑音がして、モスクワ放送ユーリー・ボリーソヴィッチ・レヴィタンのおなじみの低い声がこう告げました。「レーニンの偉業の協力者にして後継者、共産党およびソ連国民の聡明なる指導者にして教師の鼓動が、止まりました」

録音放送が終わり、ここで泣くことが想定されているのはわかっていました。だから、わたしたちはそうしました。両目がはれ上がり、喉が痛くなるまで大声で泣きました。けれど、その一滴としてスターリンのために流されたものではなかったのです。

赤い皇帝の崩御後まもなく、わたしの五年の刑期は三年に短縮されました。四月二十五日になれば、家へ帰れるのです。スターリンの死がきっかけとなり、新しい指導者は百五十万人の囚人たちの釈放を決めました。釈放の期日を記した手紙を受け取ったとき、わたしは十一号棟に戻り、入浴用の桶の上にかけてあるギザギザの鏡片をのぞきました。わたしの顔は、長いあいだ収容所暮らしをしてきた人間がみなそうであるように、褐色になっていました。目は変わりなくヤグルマソウのような青でしたが、周囲には小じわや隈《くま》ができていました。鼻は日焼けのせいでそばかすだらけです。わたしは健康そうではなく、どこから見てもなんとか生き延びているような姿をしていました。鎖骨が突き出て、すべてのあばら骨がはっきりと見え、太腿《ふともも》は小枝のように細く、金髪はつやがなくぱさぱさで、前歯はスープに入っていた小石のせいで欠けていたのです。

ボーリャはどう思うでしょう？　彼は、オックスフォードに移住して何年も経った妹たちに再会するのを恐れていました。こう言っていたのです。自分のなかにある若くてきれいな妹たちの姿を壊さないために、もう二度と会わないほうがいいとさえ思っていると。彼はわたしについても同じように思っているでしょうか？　奥さんを見るような目で、わたしを見るでしょうか？　もうベッドを共にしない相手を見るような目で。彼はわたしを、わたしの娘と比較するでしょうか？　わたしが実年齢以上に老けていくあいだ、彼はわたしの娘が美しく若い女性に育つのを見てきたのです。「イーラは母親に生き写しになってきたよ」と、絵葉書に書いてきていました。

まだ恩赦を与えられていないブイナヤが、顔を洗いにいくかのように後ろを通りかかりざま、ふいにこちらを向き、わたしを間に合わせの鏡のほうへ突き飛ばしました。鏡のかけらが床に落ち、わたしはひたいから血を細くしたたらせながら、よろよろとあとずさりしました。ブイナヤがにやりと笑いかけてきたので、わたしも血が口のなかへ流れるまま笑い返しました。ブイナヤは顔をしかめ、いなくなりました。それが、彼女を見た最後です。そのあと、恩赦を受けられなかった者たちが反乱を起こし、その反乱の最中に荒野も最高権力者の小さな家も矯正収容所もすべて焼けて灰燼《かいじん》に帰したと聞いたときには、マッチをすったのはブイナヤに違いないと思ったものです。

アナトリ、矯正収容を終えたわたしはモスクワ行きの列車に乗りました。モスクワは、わたしがいなかった三年のあいだに範囲が広がっていました。クレーンが鉄骨を持ち上げ、野原だった場所に工場ができていました。丸太造りの古い二階建ての建物のあいだに、何千もの窓のあるアパート街ができ、その何千ものバルコニーには何千もの物干し紐がわたしてありました。スターリン時代のバロック様式とゴシック様式の高層建築群《ヴィソツキ》が、先端に星の付いた塔を空へと高く伸ばし、都市の景観を変え、我々も雲に届くような建物を造ることができるのだと世界に宣言していたのです。

それは四月で、モスクワは春を目前にしていました。紫色のライラック、チューリップ、赤や白のパンジーの花壇が冬の眠りから目覚めるのに間に合うよう、わたしは家に帰れるでしょう。またボーリャといっしょにモスクワの大通りを歩くところを思い描き、その姿を味わおうと目をつぶりました。目をあけたとき、列車は到着していました。わたしは恐る恐る線路を見通しました。彼が待っていると言っていたからです。

第六章　雲に住む者

ボリスは目を覚ます。最初に頭に浮かぶのは、母なる白い石（モスクワのニックネーム。クレムリン宮殿の教会に白い石が使われたため）行きの列車が、郊外を突っ切る線路を照らす光だ。薄いキルトの下で、ボリスは両脚を曲げたり伸ばしたりしながら、列車の窓に押しつけられたオリガの丸い頬を想像する。オリガの眠っている姿を眺めるのが、どれほど好きだったことか。遠くの工場のサイレンのように低くいびきをかくところさえも、愛しくてたまらなかった。

あと六時間もすれば、愛する人を乗せたその列車は駅に着く。オリガの母と子どもたちは線路端に立って待ちながら、オリガが列車から降りてくるのを最初に見つけようと背伸びをするだろう。その一時間前には、ボリスはオリガの家族全員と駅へ行けるよう、ポタポフ通りにあるアパートで彼女の家族と会うことになっている。

オリガの声を聞いてから三年。彼女に触れてから三年。国立出版所《ゴスリツィダット》編集部前の公園のベンチが、最後だった。その晩をどうするかふたりで相談していたとき、革のダスターコート姿の男が自分たちの会話に耳を澄ましているようだとオリガが言った。ボリスはその男のほうを見てから、ただベンチに座っているにすぎないと判断した。「それだけだよ」と彼女に言った。

「本当にそう思う？」

ボリスはオリガの片手をぎゅっと握った。

「あなたは家に帰らず、わたしといたほうがいいんじゃない？」オリガが聞いた。

「仕事をしなければならないんだ、オリガ。だが、今夜、ペレデルキノで会おう。彼女は二日間、モスクワなんだ」オリガの前で妻の名前を口にしないよう細心の注意を払いつつ、彼は言った。「ふたりでのんびりすごして、遅い食事をとろうじゃないか。それから、新しい章についてきみの意見を聞かせてほしい」

オリガはその案に同意し、人前ではいつもそうするように彼の頬にあっさりと口づけをした。そんなふうにキスされるのは、おじか父親にでもなった気がして、ボリスは気に入らなかったのだが。

その公園のベンチでの待ち合わせ以降、三年も会えなくなると知っていたら、ボリスは彼女のほうへ顔を向けて唇を重ねていただろう。あんなに急いで家に帰りはしなかっただろう。革のコート姿の男について、オリガが訴えたことを信じただろう。

その晩、ボリスはオリガが自宅に現われるのを待った。けれど、何時間経っても彼女の姿はなく、何かが起こったと悟った。オリガのアパートへ直行すると、そこには彼女の母親が座っていた。母親は緊張病《カタトニー》にでもかかったかのように、ソファのクッションの大きな切れめを指先でもてあそびながらぼんやりと顔を上げ、部屋に入ってきたボリスを見ると、ぽつりぽつりと彼の質問に答えた。

「黒い背広の男たちが」と母親は言った。「ふたり……いえ、三人……あの子の手紙を全部、本も……黒い車で」詳しく聞かなくても、その男たちが何者で、オリガがどこへ連れ去られたのか、ボリスにはわかった。

「子どもたちはどこに？」ボリスは尋ねた。

母親は中身が出たクッションから黒と白のガチョウの羽毛をつまみ上げ、指先でこすり合わせた。

「ふたりはここに？　ふたりとも無事なのかい？」

オリガの母親が返事をしなかったので、ボリスは子ども部屋へ行き、閉じたドアの向こう側でミーチャとイーラが静かに泣いているのを聞いて、安心すると同時に胸が張り裂けそうになった。

廊下で振り返ったボリスは、オリガの母親が自分の背後にいるのを見て驚いた。彼が別の問いを発する前に、母親のほうが質問をぶつけてきた。「あの子を取り戻しにいってくれるんでしょう？　あの子を釈放してもらいに。何もかも元どおりになるように」母親は羽毛を彼の顔の前で振った。「あなたがしたことをすべて償《つぐな》ってちょうだい。あなたのせいであの子に降りかかった危険をなんとかして」

ボリスはオリガの母親に約束した。さっそくルビャンカへ行き、あなたの娘を救い出すために全力をつくすと。言えなかったのだ——自分にはなんの力もなく、ルビャンカの門を叩いてオリガの釈放を求めたところで、無駄なのだと。いま生きている、ロシアでもっとも有名な作家という肩書など、彼女を通じてボリスを傷つけようという彼らの意図の前では、なんの効果もないし、もしなんらかの効果があるとすれば、ボリスもそこに閉じこめられることぐらいなのだと。

ボリスは帰った。ペレデルキノの自宅へではなく、モスクワのアパートにいる妻のもとへ。ジナイダはキッチンのテーブルで煙草を吸いながら、友人たちとトランプをしていた。「幽霊でも見てきたみたいね」ジナイダは入ってきた夫に言った。

「わたしはたくさんの幽霊を見てきたよ」ボリスは妻に言った。ジナイダはその表情に見覚えがあった。それは、大粛清のときに夫が何度も見せたのと同じ表情だった。その恐怖政治のあいだ、何千人もの人々が投獄され、そのほとんど全員が収容所で死んだ。詩人、作家、芸術家。ボリスの友人、ジナイダの友人。天文学者、大学教授、哲学者。十年すぎたが、いまもその傷は癒《い》えていなかった。国旗のように赤く血みどろの記憶。ジナイダには、何があったのかと尋ねたりしない分別があった。

列車が到着したら、オリガは四日がかりの旅を終える。ポチマから行進し、それから列車に乗り、別の列車に乗り換えてモスクワに帰ってくるのだ。

ボリスはベッドから起き出し、清潔な白のオックスフォードシャツを着て、茶色の手織布のズボンにサスペンダーをつける。眠っている妻を起こさないよう注意深く階段を下り、ゴム長靴をはき、横のポーチから自宅を出る。

太陽の王冠が、芽吹いたばかりの樺《かば》の木々の上からのぞくころ、ボリスは森を抜ける小道を歩いている。どこかの大枝でにぎやかにさえずっているつがいのカササギの声を聞き、足を止めて見上げるが、姿を見つけることはできない。その小道は、雪が新たに溶けてかなり増水した小川のほうへ曲がりくねって進んでいる。ボリスは狭い橋の上で立ち止まり、深く息を吸いこむ。下を流れる冷たい水のにおいが大好きなのだ。

ボリスは太陽を見て、もうすぐ六時になるころだろうと推測する。いつもなら墓地を抜け、総主教の夏の住まいの境界に沿ってまわりこんで作家倶楽部へ行くのだが、家への一番近道を通ろうと本道へ入る。モスクワにいるオリガの家族と会う前に、少なくとも一、二時間は執筆の時間がほしい。

家に近づくと、キッチンには明かりがついている。ジナイダがストーブを温め、ボリスのいつもの朝食——乾燥ディルをかけた目玉焼き二個——を作っているのだ。空気は冷たいけれど、ボリスは服を脱ぎ、外の桶で体を洗う。冬に備えて自宅内に新しい浴室と湯の設備を整えたあとも、ボリスは外で水浴びをし、冷たい水で体に心地よい刺激を与えるのを気に入っている。

かび臭いタオルで体をふいていると、瘦せた長い両脚からしたたる水滴を、飼っている老犬がなめて歓迎してくれる。ボリスは愛犬トビクの頭をなでながら、また朝の散歩についてこなかったねと、目がよく見えなくなっている愛犬をやさしくたしなめる。

家に入ると、テレビの音が彼の耳を襲う。ジナイダがどうしてもテレビがほしいと言い張ったのだ。ボリスは何か月もそれに抵抗したが、それならもう食事の用意はしないと脅されて降参した。贅沢品《ぜいたく》のテレビは、もう百回も流したスターリンの葬儀の様子を繰り返している。ボリスは立ち止まって、カメラが群衆のなかでだれよりも悲嘆に暮れた顔ばかりに焦点をあてるのを見守る。そして、顔をしかめ、テレビを消す。

「何するの？」ジナイダがキッチンから大声で抗議する。

「おはよう」ボリスは言う。空腹ではないけれど、それでも座る。ジナイダは夫の前に料理を置き、お茶を注ぐ。夫といっしょにテーブルにつくことはせず、流しへ戻って煙草を吸い、排水口に灰を落としながらフライパンを洗う。

「窓をあけてもらえるかい、ジーナ？」ボリスは頼む。煙草のにおいが大嫌いで、煙草はやめると約束させたのに、彼女はまだ吸っていた。ジナイダはため息をつき、煙草をもみ消して、洗い物を終わらせる。ボリスは流しの上の窓から入ってくる朝日に包まれた妻を見る。つかのま、彼女のひたいのしわや、首の皮のたるみがぼやけ、ボリスが二十年前に結婚したときの妻に見える。きれいだよと言おうかと考えるが、これからオリガに会おうとしている罪悪感から、思いとどまる。

　廊下の時計が七時を告げる。オリガの列車が到着するまで、あと四時間だ。ボリスは無理やり朝食を食べ終える。卵の最後のひと口を飲みこんで、椅子を後ろへ押しやる。

「書きに出かけるの？」ジナイダが尋ねる。

　そう聞かれて、ボリスは自分の予定を妻がもう知っているのではないかと疑いはじめる。「ああ」と彼は答える。「いつもどおりに。でも、一時間かそこらだ。街に用事があってね」

「昨日も出かけなかった？」

「出かけたのは二日前だよ」ボリスは言葉を切る。妻に嘘をつくのが苦手なのだ。「モスクワ出版《リテラトゥールナヤ・モスクワ》の編集者と会うんだ。新しい翻訳に興味があるらしくて」

「わたしもいっしょに行こうかしら」ジナイダが言う。「ちょっと買い物があるの」

「また今度にしよう、ジーナ。いっしょに丸一日すごそうじゃないか。散歩をしたり、芽吹いたばかりのシナノキの香りを嗅いだりして」

ジナイダはうなずく。彼女は夫の食器を下げ、無言でそれを洗う。

ボリスは書き物机に向かう。足元の枝編みの籠《かご》から、前日に書いた数枚の原稿を手に取る。そして、顔をしかめ、ある文章に万年筆で削除の線を引く、さらに一段落、続いて一枚すべてに削除の線を引く。それから、新たな紙を一枚引き抜き、その場面をもう一度書く。

かつて、その机は偉大なグルジアの詩人にして大切な友、ティツィアン・タビゼのものだった。大粛清まっただなかの一九三七年、ティツィアンはある秋の晩に家から連れていかれた。彼の妻ニーナは通りに走り出て、裸足《はだし》で黒い車のあとを追いかけた。反ソ連活動を行なったとして反逆罪で告発されたとき、ティツィアンは敬愛する十八世紀の詩人ベシキだけが唯一の共犯者だと言った。

ボリスは、車で連れ去られたティツィアンにどんなことが起こったのだろうと幾度も想像してきた。自分がティツィアンの運命について想像しなければ、友はひとりきりで苦しむことになると信じているからだ。ボリスはよく自分に言い聞かせる。友が生きている可能性はまだあると。けれど、ニーナはとうにそんな希望を捨てていた。夫の机を譲ったとき、ボリスにティツィアンの素晴らしい仕事を引き継いでと告げた。「あなたがずっと夢見てきた偉大な小説を書いて」ニーナはボリスにそう言った。ボリスはその贈り物を受け取ったが、自分がそれにふさわしいと思ったことはなかった。

連行されたボリスの友人は、ティツィアンが最初ではなかった。夜、眠れないときにボリスはよく彼らのことを思い浮かべ、一度にひとりずつその運命を想像する。たとえば、一時収容所で自分の死期が近いことを知りつつ寒さに震えるオシプ、作家同盟の建物の階段を上がり、つかのまそこにじっと立ってから、頭に銃をあてるパオロ、そして、首吊り用の輪を結び、その縄を天井の梁《はり》に投げかけるマリーナ。

　スターリンがボリスの詩を好んでいたことは、よく知られていた。スターリンのような男がボリスの詩句に共感したとは、どういうことなのだろう？　赤い皇帝は何に感情移入していたのか？　いったん世に出た言葉はもはや自身の所有物ではないと承知していてもなお、それはつらい事実だった。いったん出版されてしまえば、そうした言葉は望む者だれでも、たとえ狂人でも、好き勝手に味わえる。彼自身はスターリンの名簿からはずされていると知ったのも、さらにつらいことだった。あの狂人は部下どもに、あの聖愚者、雲に住む者のことは放っておけと命じていたのである。

　階下の時計が八時を告げる、くぐもった音が聞こえる。オリガの列車が到着するまであと三時間だが、ボリスはまだ一語も書いていない。前日にはあれほどやすやすと浮かんできた情景が、いまはまったく浮かんでこないのだ。

『ドクトル・ジバゴ』の執筆を開始したのはおよそ十年も前で、それからずいぶん書き進んできたにもかかわらず、いまもボリスは初めてその着想を得た当時に戻れたらと願っている。心のなかのどこかにある水源から、物語があふれ出ていたころに戻れたらと。あれは新しい恋人を見つけたような気分だった。夢中になり、寝ても覚めてもそのことしか考えられず、夢には登場人物が現われ、心には新たな発見や文章や情景が次々と浮かび上がってきた。当時のボリスは、そのおかげで生き続けられたのである。

　オリガが逮捕される直前、当局はボリスの『パステルナーク詩集』二万五千部をパルプ原料にした。眠れないとき、ボリスはよく自分の詩が乳白色のドロドロのなかに溶けていくさまを想像した。

　検閲の強化と愛人の逮捕により、ボリスはなんとしても『ドクトル・ジバゴ』を完成させるとの決意に燃えた。そして、小説執筆のため田舎に引きこもったが、書けないことに気がついた。このスランプが不安を呼び、針のように彼の胸を刺した。やがて針はナイフになり、ほどなくボリスは病院のベッドに横たわる身となった。心臓発作を起こし、病院で管《くだ》につながれ、横には病人用便器を置いてある状態で、ボリスはニーナからもらったあの机はいったいだれが受け継ぐだろうと考えた。ティツィアンの机はボリスの息子たちのひとりが受け継ぐのだろうか？　それとも、だれか別の作家だろうか？　あるいは、未亡人となった妻や子どもたちをボリスが暖めることができなくなったからと、斧で薪《まき》にされるのだろうか？　ボリスの未完成の小説もたきつけにされるかもしれない。

結局、ボリスは心臓発作から回復し、ひとつの時代の終焉《しゅうえん》を見届けるのに間に合った。スターリンは死に、オリガはボリスのもとへ戻ってくる。状況は元どおりになるのかもしれない。

ボリスは立ち机のところへ行き、姿勢を変えればペンが走り出すのではないかと考える。だが、そうはならない。窓から外を見る。太陽の斜光が畑の下半分を照らしており、ボリスはオリガの列車の到着まであと二時間ぐらいだと推測する。約束どおりに彼女の家族と会うには、あと一時間以内に家を出なければならない。彼はカモの小さな群れが庭に下り、新たに耕された地面から虫をついばみはじめるのを眺める。

オリガがポチマにいた三年間、ボリスは菜園の世話をしなかった。オリガが逮捕されて初めて迎えた春に、菜園の世話を引き受けようとしたジナイダが、種まきのため雑草取りをした。ボリスが朝の散歩に出かけているあいだにジナイダはその作業を始め、彼が家に戻ってきたとき、妻は剪定《せんてい》ばさみでいちめんの雑草を半分ほど刈り取っていた。ボリスはやめるよう声をかけたが、ジナイダは聞こえないふりをした。ボリスは門をあけ、菜園に駆けこんだ。「やめるんだ」彼はそう言い張り、妻の手から剪定ばさみを奪った。

ジナイダはその場に膝《ひざ》をついた。「世界は止まっていないのよ」ジナイダは叫んだ。「ここにある。この場所にあるの！」そして、片手で地面から乱暴に雑草を引き抜くと、それを夫の足元に投げつけた。

ジナイダはそれから二度と雑草取りをしようとせず、菜園を通るたびに視線を向けることすらしなかった。やがて、菜園は草ぼうぼうになり、ボリスでさえどこまでが菜園なのかわからなくなってしまった。

そんな状態が終わったのは、ボリスがオリガの絵葉書を読み、四月二十五日という日付を見たときだ。その午後、ボリスは何時間もかけて、雪が溶けたばかりの地面をスコップで耕した。翌日には、敷地の端で小さな焚火《たきび》をして落ち葉や雑草を燃やし、菜園に入りこんでしまっていた石を手押し車いっぱいに集めた。さらに、数匹のマスを肥料代わりに深さ一メートルのところへ埋めた。壊れていた木製ベンチの修理もした。三年ぶりにそのベンチに座りながら、どの作物をどこへ植えるかを頭に描いた。最初は赤ケールとホウレン草、それからディル、イチゴ、スグリ、グズベリー、キュウリ。次にカボチャ、ジャガイモ、ラディッシュ。そしてタマネギとニラネギだ。畑の植え付け計画を立てたあとで、ボリスはオリガの帰郷によって変わらざるを得ないことについて考えはじめた。

三年前だったら、オリガが中心でない世界など想像すらできなかったろう。だから、オリガのことを考えない日は一日としてなかったけれど、彼の渇望は時間が経つにつれて薄れていたし、人生が複雑でなくなったことに感謝するようになっていた。なにしろ、妻に嘘をつく罪悪感をもはや抱かずにすみ、人々から噂される気まずさや、ジナイダがすべて承知の上で決してその件を口にしないことへの居心地の悪さも感じずにすんだのだから。それに、オリガの頻繁な気まぐれへの不安や、オリガが求めるすべてを与えることができずにいる情けなさを感じなくてもよかったのだから。

菜園ですごしたその日から、ボリスはオリガのもとにとどまるべき理由と、距離を置くべき理由とのあいだで揺れた。オリガがいなければ、彼女の隣にいるときの心の高ぶりはないだろうが、救いようのない低迷もない。あれほど燃えるような欲望を抱くことはないだろうが、彼女の癇癪《かんしゃく》、脅し、気まぐれをぶつけられることもない。

こうした逡巡のあいだ、ボリスは『オネーギンの旅』の一部を読み、プーシキンの言葉を紙切れに書きつけた。ボリスは何日もその言葉を見つめ、それを捨てるか、あるいは自分の小説に引用するかを考えた。

いまや我が理想は、家庭の妻
憧れてやまないのは、平和と
スープの鍋と、健やかな我

最終的に、ボリスはこれを引用することと、オリガとの関係を終わらせることを決めた。駅でオリガと会うことになっていた一週間前、ボリスはイーラにプーシキン広場で会いたいと頼んだ。そこは七年前にボリスが初めてオリガと待ち合わせをした場所だった。

先に着いたのはボリスだった。彼はベンチに座り、ひとりの老人が鳩《はと》たちにヒマワリの種を投げてやっているのを見つめた。持っていたヒマワリの種がなくなると、老人は新聞の切れ端を投げた。鳩が違いに気づかずにもう少しだけそばにいてくれるのを願っているように。けれど、鳩たちは何回か突ついたあと、去ってしまった。

角を曲がったイーラは、ベンチに座っているボリスを見つけて手を振り、大きな笑みを浮かべた。

ボリスが初めてオリガの娘に会ったとき、彼女はまだピンクのリボンと白い靴が似合う少女にすぎなかった。ボリスはオリガのアパートで初めてイーラとミーチャに会ったときのことを思い出した。最初は会話が弾まなかったけれど、ボリスから次々に質問をされると、子どもたちは打ち解けはじめた。学校は好きかい？　何か歌は知ってる？　猫は好き？　都会と田舎どっちが好き？　詩は好き？

「うん、大好き」イーラは最後の質問にそう答えた。「自分で書いてるの」

「ひとつ聞かせてくれるかな？」

イーラが立って暗唱したのは、玩具《おもちゃ》の馬が命を宿して、モスクワ中を駆けまわったけれど、ついには凍った川の穴に落ちてしまったという詩だった。情熱と躍動感をこめて暗唱するさまに、ボリスは感動した。

いま、イーラは十五歳の若い娘で、母親の絹のスカーフを肩にかけていた。ボリスは彼女の美しさに目を奪われ、〈新世界〉編集部で初めてオリガを見たときと似た欲望のうずきを感じる自分を恥じた。

「歩きましょう」イーラはそう言って、ボリスの腕を取った。ボリスはイーラから父親同然だとしょっちゅう言われていたが、その言葉を聞くと嬉しくもあり、不安でいっぱいにもなった。「いいお天気ね」イーラは早口で、帰ってくる母親のために自分たちがどんな準備をしているかについて詳しく語りはじめた。パーティーを計画していて、自分と祖母がすでにごちそう作りに取りかかっていること、近所の人がお祝いにコニャックを二本くれたことなどについて。「言うまでもないけど、母さんのほかに、あなたも主賓《しゅひん》よ。いまね、あなたが好きなヘーゼルナッツチョコレートまで手に入れようとしてるとこなの」

「あいにく、わたしは出席できないんだ」ボリスは言った。

イーラは立ち止まり、ボリスを振り返った。「どういう意味？」彼女は尋ねた。

「あの階段を上る自信がなくてね」ボリスは片手を心臓のところに置いた。「まだあまり調子が良くないんだ」

「ミーチャとあたしが手を貸すわ。あたしたちは日に二回、おばあちゃん《バブーシュカ》が階段を上り下りするのも手伝ってるんだから」

「予定も立てこんでるんだ。例の小説のせいで。それに、新たな翻訳にも取り組んでいてね。ろくに髪をとかす暇さえないんだよ」ボリスは冗談で自分の銀髪をぽんぽんと手で叩いたが、イーラは笑わなかった。イーラは顔をこわばらせ、あんな目にあった母の帰りを出迎える以上にどんな大切なことがあるのかと聞いた。

「これからもきみのお母さんを、そしてきみやミーチャをけっして見捨てはしないよ。でも、もう終わったんだ」

「わずか数年で気持ちが冷めてしまったの？」

「わたしたちはこの新たな現実に適応しなくてはならない。きみからお母さんに、わたしたちは友人同士になることはできるが、それだけだと伝えてくれ。わたしは病気をしてから、家族とすごすべきだと気づいたんだ」

「あなたはあたしに言ったじゃない。ミーチャに言ったじゃない。おばあちゃんにも言ったじゃない。母さんにも言ったじゃないの。あたしたちこそ、あなたの家族だって」

「家族だよ。もちろん。だけど——」

「なぜそんなことをあたしに言うの？　なぜ母さんに言わないの？」

「こうするのがみんなにとって最善だとお母さんを説得するのに、きみの力が必要なんだ」

「母さんにとって何が最善かを決めるのは、母さんに任せるわ」イーラが言った。

「どうかわかってほしい――」

「絶対にわからない」イーラはボリスと組んでいた腕を解いた。「絶対に」

「こんな状態のまま、きみと別れたくない」

「だったら、あたしたちといっしょに駅で母さんを出迎えて。母さんを抱き締めて。母さんはあれほどの目にあったんだから――あなたのせいで。せめてそれくらいしてくれてもいいはずよ。そのうえで、あなたがどうしたいのか自分の口から伝えればいい」

　ボリスは同意し、ふたりはそこで別れた。歩き去るイーラを見送りながら、後頭部がオリガそっくりだと思った。ボリスはイーラに大声で呼びかけたかった。自分が間違っていた、あんなことを言うつもりじゃなかったんだ、もちろん、すべては元どおりになる。そうならないわけがないだろう？

　けれど、ボリスはさっきのベンチへ戻り、鳩に餌をやっていた老人の場所に別の老人がいるのを見た。そして、あと何年で自分もあの老人の立場になり、ポケットを鳥の餌でいっぱいにするのだろうと思った。

　おそらく、オリガはもう目を覚ましているに違いない。彼女はどんなふうになっているだろう。いまも美しい？　それとも、収容所暮らしで変わってしまった？　自分に再会したとき、どう思う？　ボリスは体重が減り、髪が減り、人生で初めて実際の年齢を感じるようになっていた。オリガの不在中に手に入れた唯一の進歩は、歯に薄いセラミックを施したことだ。だが、そんな新しい真っ白な歯を手に入れても、いま鏡をのぞきこむ彼の目に映るのは、心臓の悪い弱々しい老人だった。

ボリスはその考えを無理に追いやって、仕事に戻る。ようやくふさわしい文章を探りあてると、残りの言葉が流れるように出てくる。原稿用紙が埋まり、それを枝編みの籠のなかへ落とし、新たな紙を引っ張り出す。遅刻しないためには、あと数分で出発しなければならないとわかっているが、そのまま書き続ける。

原稿用紙から顔を上げると、部屋はすでに暗くなっており、ジナイダが焼いている鶏肉のにおいがする。ボリスは卓上の小さなランプのチェーンを引っ張り、執筆を続ける。

夕食のためにようやく一階へ下りてきた夫に、ジナイダが微笑む。彼女は煙草を消し、テーブルの中央に二本のロウソクを灯す。ジナイダはボリスがモスクワへ行かなかったことについて触れず、ボリスもそのことに触れない。ふたりは無言のままいっしょに食事をし、ボリスは自分でも気づいていなかった肩凝《かたこ》りがほぐれていくのを感じる。残りの人生は、こうしてすごすべきなのだと思う。執筆し、作品を生み出し、妻と温かい食事を分け合って。ボリスは少しワインをくれと頼み、妻がグラスを満たす。

ボリスはオリガのことを、彼女が何をしているかを考えないよう自分に言い聞かせる。家族とともにごちそうを食べているのだろうか？　それとも、食欲を失ってしまった？　今夜、彼女は眠るだろうか？　迎えにきた家族が駅のプラットフォームに立っているのを見て、ボリスがそこにいないと気づいたときに彼女が浮かべるに違いない表情を、ボリスはなんとか考えないようにする。

ボリスは目を覚ます。あたりはまだ暗い。服を着て、朝の散歩に出かける。眠っている妻を起こさないよう細心の注意を払って。自分の畑を通りすぎるとき、何か所か明るい緑が地面から頭をもたげているのに気づく。ボリスは丘を下りはじめ、小川を渡り、墓地を抜け、村に入る。気づくと駅にいて、モスクワ行きの朝の列車を待っている。

オリガの住む通りに来てようやく、ボリスは彼女に会おうと心を決める。ゆっくりと手すりにつかまりながら、四つの踊り場を通って階段を上っていく。踊り場に着くたび、自分に言い聞かせる、ちょっとだけ、ほんのちょっとだけ彼女に会って、広場でイーラに言ったことを伝えるんだと。彼女の家のドアの前に着いたときは、オリガにはそれをじかに聞く権利があるのだと、自分に言い聞かせる。それから片手を胸に押しあて、心臓の鼓動をしずめようとする。深く息を吸いこんで、ノックしようとするが、握った拳を振り上げるよりも早く彼女がドアをあける。ふたりが出会ってから七年。彼が最後にオリガを見てから三年。彼女はその年月の二倍分も年をとっている。金髪はスカーフの下に半分おおわれているが、麦わらのようにつやがない。曲線を描いていた体は真っすぐになり、いまや口元にもひたいにも目の端にもしわが刻まれ、肌には染みや見慣れないホクロができている。

それでも、ボリスはその場にひざまずく。彼女は以前にも増して美しい。

もはやボリスはどうすべきか、みずからに問いかけはしない。立ち上がり、彼女に口づけをする。オリガはつかのま口づけを許し、それから、あとずさる。アパートのなかに引っこむけれど、ドアはあけてある。ボリスは続いて入り、オリガを抱き締めようと手を伸ばす。彼女はそれを制止するように片手をあげる。「二度といや」彼女は言う。

「二度といや？」彼は尋ねる。

「待たされるのは」

「二度と」彼は言う。「もう二度と待たせない」

第七章　~~ミューズ~~　~~矯正収容された女~~　使者

幾度、彼との再会を思い描いたことだろう？　線路を見上げながら帽子を片手に待っている、ボーリャの姿を。幾度、彼との久方ぶりの抱擁《ほうよう》のことを考えただろう？　それがどんなふうかを実際に感じたくて、寝台にひとり横になって両腕をこすり、両肩をぎゅっとつかみながら。

最後にベッドを共にしてから三年半がすぎており、わたしたちは少しの時間も無駄にしなかった。彼に触れられると、衝撃が走った。最後に触れられてから、あまりにも長い時間が経っていたからだ。わたしたちは、巨岩がモスクワ中にこだまするほど大きな音をたてながら砕けるかのように、同時に絶頂に達した。

その後、わたしは頭をボリスの胸にあて、彼の心臓の鼓動を聞いた。二度の心臓発作のあとだから、あなたの心臓は新しいリズムで動いていると冗談を言った。「それに、あなたの歯」彼の真ん中に隙間のある黄ばんだ大きな前歯二本が、いまやぴかぴかの白い磁器となっていた。

「気に入らないのかい？」彼は尋ねた。彼が口を閉じたので、わたしは小指でこじあけた。ボリスはわたしの小指にかみつくふりをした。

彼はわたしに執着し、以前のようにあっさりと放そうとしなかった。書くためと眠るため以外に、わたしのアパートを離れたがらなかった。わたしがモスクワにいないあいだ、彼はいつもペレデルキノにある自宅ですごしており、そのあいだにそこには部屋が三つ増築され、ガス暖房、水道、かぎづめ状の脚付きの新しいバスタブが導入されていた。わたしはバラックで暮らしていたというのに、彼はほとんどのロシア人が夢見ることしかできない森のなかの隠遁生活を送っていたのだ。

ポチマから戻ったあとのわたしは、遠慮なく、罪悪感もなく、彼の幸運の分け前を要求した――服、本、食べ物、子どもたちの学用品、新しいベッドを買うお金などを。

ほかにも変化があった。

ボリスは執筆に関するあらゆる業務――契約、講演会、翻訳作品への支払い関連を、わたしに一任した。編集者が会いたいと連絡してきた場合、そこへ出向くのはわたしだった。わたしは彼の代理人、代弁者であり、彼に連絡を取りたいと望む者が頼るべき相手だった。わたしはようやく、ジナイダと同じように彼のために役立っていると感じられるようになった。ただし、料理や掃除をするのではなく、彼の言葉を世に送り出す人間だった。わたしは彼の使者になったのだ。

毎日のように、わたしはモスクワからペレデルキノまで列車で通い、ボリスと墓地で会った。そこでなら、ふたりきりで『ドクトル・ジバゴ』について語り合ったり、ただ座っていることができた。わたしたち以外に墓地を訪れるのは、造花を持ってたまにやってくる、連れ合いに先立たれた男や女か、たいていは自分の小屋で煙草を吸ったり何かを読んだりしている管理人だけだった。たまに、わたしは布巾に包んだ小さな肉を持っていき、鉄の門のところでわたしを出迎える二匹の大きな犬にやった。

わたしたちの場所は、墓地の使われてない部分のなだらかな丘にあった。気候のいいときは、芝生にわたしのスカーフを広げてその上に座った。

「わたしはいまいるこの場所に埋葬されたい」ボリスは一度ならずそう言った。

「いやな話をしないで」

「ロマンチックだと思ったんだよ」

一度、丘のいつもの場所に座っているとき、本道を自宅へ向かって歩くジナイダの姿をボーリャが見つけたことがあった。彼女は老人に見えた。髪をビニール製のバブーシュカ（頭にかぶって顎の下で結ぶ三角スカーフ。おばあさんという意味がある）でおおい、両腕いっぱいに紙袋を抱え、ゆっくりと歩いていた。ジナイダはひと息ついて紙袋を下ろし、煙草に火をつけた。わたしはもっとよく見ようと背筋を伸ばした。それをボーリャがやさしく押し戻した。

その夏、わたしは彼のもっと近くにいたいと、イスマルコヴォ湖の向こう側、彼の家から歩いて三十分のところに家を借りた。ボーリャはわたしといっしょに暮らそうとはしなかったけれど、そこはわたしたちの住まい、新たな出発の場所となるに違いなかった。

子どもたちが一室を使い、わたしはガラス張りのベランダを自分の部屋にした。母は、田舎にはほんの少しいるだけでいいと言って、モスクワにひとり残ることが多かった。

そのガラスの家を、わたしがどれほど好きだったことか。ポプラの根が玄関へ続く自然の階段のようになっているところも、ベランダが光でいっぱいなところも、ベッドに寝ながら小道をやってくるボーリャの姿を見ることができるところも気に入っていた。

けれど、初めてその小さな家を見たとき、ボーリャはわたしを叱った。そもそも、きみが近くに越してくるのはこれまで以上のプライバシーを手に入れるためだったのに、ガラスの家じゃ何もかも丸見えだと言って。その日の午後、わたしは列車でモスクワへ行き、赤と青の木綿更紗《さらさ》を買った。そして、その晩、光あふれる自室を隠れ家へと変えるカーテンを作った。

その夏は暑かった。小道沿いに野生のバラが赤やピンクの花をこんもりと咲かせ、毎日のように激しい雷雨が降った。わたしの部屋のガラスの壁は、こもった熱をいっそう増幅させた。わたしはすべての窓を割ったが、それでも暑さはほとんど緩和されなかった。ボーリャとわたしはシーツを汗びっしょりにし、わたしはこの部屋を温室にして、マンゴーやバナナといった南国の果物を栽培すればいいと冗談を言った。でも、ボーリャはそれを面白がってくれなかった。そのガラスの家が大嫌いだったのだ。

けれど、ミーチャはわたしと同じく、そのガラスの家が気に入っていた。ミーチャはすぐに田舎暮らしが好きになり、森のなかをぶらぶらしては、植物や石やカエルをポケットに入れて家へ持ち帰った。そして、ブリキのバケツに草や小石、水を入れるためのマヨネーズの瓶の蓋《ふた》を置いて、カエルたちの家を作った。また、両目の下に泥を薄く塗り、ロビンフッドの真似をして棒と糸で弓と矢を作った。

イーラはそうではなかった。わたしの不在中にそういう遊びをしない年齢になっていたイーラは、弟と遊ぼうとしなかった。友だちはモスクワにいるのに、一日中、小さな家のなかにいるしかないことに文句を言った。「ここにはアイスクリームを買うところさえないんだから」そう娘は言った。わたしがボーリャの畑の新鮮なミントの葉を使って生クリームのアイスを作ってやると、娘はそれを吐き出した。「埃みたいな味がする」イーラはそう言うと、アイスクリームの入っている小鉢を押しやった。「母さんのパトロンにあげれば」

ボーリャを悪く言ったことを叱ると、イーラは立ち上がって出ていった。その晩、娘が帰宅しなかったので、わたしは駅へ行き、箒《ほうき》で掃除中の駅長がいるほかは、ひとりきりでベンチに座っている娘を見つけた。

「家に帰りたかったの」イーラは言った。「だけど、お金がなくて」

「家はここでしょう。母さんとミーチャのいる」

「あと、ボリスも」

「ええ、ボリスもいるわ」

「いまのところは」

わたしがそれに対して何か言う前に、イーラは立ち上がり、ガラスの家のほうへ引き返しはじめた。わたしはひとりそのベンチに腰かけ、駅長がプラットフォームをきれいに掃くのを見つめていた。


夏が終わるまでに、学校へ戻るため子どもたちはモスクワへ帰らなければならないので、そのときにはわたしまで帰ってしまうのではないかとボーリャは心配した。「またひとりぼっちになってしまう」ボリスは泣き出さんばかりに、そうこぼした。わたしはそんな状況を楽しみ、彼が涙を流すことを願った。そして実際に涙が流れたとき、ふと、力関係が変わったと感じた。わたしはそれが気に入り、たとえ子どもたちとは週末にしか会えなくても、自分はここに残ると決めていることを何週間もボリスに伝えずにいた。最初から、自分が残ることはわかっていたけれど。とにかく、彼に懇願《こんがん》させたかったのだ。

イーラは出発の二日前に荷造りを終えていたが、ミーチャは列車が出る一時間前までぐずぐずしていた。わたしがたたみ、ミーチャのスーツケースに入れたものひとつひとつを、息子はそこから取り出した。「ミーチャ、いいかげんにして」わたしは言った。

「母さんのスーツケースはどこ?」息子は言った。

「あなたはモスクワに帰らなければならないのよ」

「ここが家だって、母さんは言ったじゃないか」

「ここには学校がないの。また友だちに会いたくないの? おばあちゃんには?」

「母さんのスーツケースはどこ?」ミーチャは目に涙をためてそう言った。

わたしはひたいに口づけをして息子をなだめ、飼っているカエルのエリック——この夏を生き延びた唯一のカエル——の世話をちゃんとすると約束するなら、モスクワへ連れていってもいいわと言った。


子どもたちは帰り、わたしは秋の終わりまでそのガラスの家に住んだ。その家は冬用の断熱材が入っていなかったので、最終的にはボーリャの意見が通った。わたしはガラスの家よりもさらにボーリャの自宅に近い、こぢんまりとした家へ引っ越した。わたしたちはそこを小さな家と呼び、彼の自宅を大きな家と呼んだ。

小さな家の内装を整え、カーテンをかけ、分厚い赤の絨毯《じゅうたん》を敷くのは、とても楽しかった。わたしの本の大部分は没収され、ルビャンカのじめじめした保管庫で台なしになっていたので、ボーリャはわたしの蔵書を補充し、みずから本棚まで作ってくれた。

すべて完成すると、わたしは嬉々としてボーリャを案内してまわり、ひとつひとつを指さしては、わたしたちのベッド、わたしたちのテーブル、わたしたちの本棚と呼んだ。「次の春には、そこにわたしたちの畑を作りましょうよ」わたしはそう言って、庭に面した窓の外を指さした。

ボーリャとわたしが暮らすあらゆる空間は、わたしたちのものだった。モスクワでのかつての暮らし、子どもたち、母、自分の責任について考えないようにするのは難しかったと言ったら、嘘になるだろう。一度、ミーチャがうっかりわたしの母を母さんと呼ぶのを聞いてしまったことがあるが、息子からの裏切りと感じるどころか、ほっとした。

その冬は、わたしが闇のなかですごした日々とはあまりにもかけ離れていた。友人たちがやってきたし、『ドクトル・ジバゴ』の朗読会が再開された。日曜ごとに、ミーチャ、イーラ、そしてわたしたちの友人らが列車でモスクワからやってきた。みんなで食事をし、ボーリャが朗読をし、わたしは女主人としてふたたび彼の傍《かたわ》らにいた。


小説はほとんど完成していた。ボーリャは猛烈な勢いで書いていた。わたしたちが恋に落ちたとき、そうだったように。彼は朝、ペレデルキノで執筆し、それから歩いて小さな家にやってくる。わたしは午後、推敲《すいこう》や原稿の打ち直しを手伝うのだった。

ジバゴは常にそこにいた。小説の完成が近づくにつれて、よりいっそう。天気についてや、夕食はおいしかったかとか、夏のカボチャが実を結ばずに枯れてしまったのはアブラムシのせいだと思うかなどと尋ねても、ボーリャはいつのまにか話を小説のほうへ戻してしまった。彼はユーリーやラーラを夢に見ることさえあった。「彼らはわたしにとって、生きているどんな人間にも劣らないほどの存在感があるんだよ」彼は言った。「かつて実際に生きていて、その幽霊がわたしに語りかけているみたいなんだ」

けれど、ユーリーとラーラがボーリャの心から離れないように、大きな家がわたしの心に浮かばないことはなかった。彼はそこで執筆し、そこで食事をし、そこで眠った。あの人が彼のために料理をし、靴下を繕《つくろ》った。あの人はそこでテレビを観て、彼が不在の夜には近所の人とトランプをした。彼が頭痛や腹痛に苦しんだり、心臓のことでくよくよしたりするとき、彼の面倒を見るのはあの人だった。

　あの人が彼の書斎に足を踏み入れるのは掃除をするためだけで、彼の仕事の邪魔をすることはなかった。あの人はボーリャの執筆に最適な環境を作っていたのだ。彼が口に出してわたしにそう言うことはなかったけれど、だから彼はあの家にとどまっていたのだと思う。当時のわたしは、この小説を完成させるという執念ゆえに、彼はあの家にとどまっているのだと自分に言い聞かせていた。

　あのふたりはいっしょに寝ているのだろうか。それはないだろうとわたしは思っていたけれど、それでも、その考えは白いテーブルクロスについたインクの染みのような存在だった。からみ合うふたりは、どんなふう？　彼の長くて痩せた上半身が、あの人のたるんだおなかに押しつけられている？　彼の力強い両手が、あの人の胸をかつての位置に持ち上げている？　わたしはどこかで、そうであってほしいと願った。歪《ゆが》んだ考えではあるけれど、妙にほっとするからだ。わたしが老いても、彼は変わらずにわたしを求めてくれるだろうと。一度、奥さんといまも寝ているのかと尋ねたことがある。ボリスは、長年そういうことはないと言った。「もう何年ぐらい？」わたしは聞いた。「わたしがいなかったとき、あの人と寝た？」

「もちろん寝ていない。わたしたちはとっくにそういう仲じゃないんだ」

「じゃあ、だれかと寝た？」わたしは食い下がった。「もしそうだとしても、責めたりしないわ」わたしはそう付け加えたけれど、本心ではなかった。彼はわたしに言った。きみは何も心配する必要がないし、生涯わたしのなかできみの立場が揺らぐことは絶対にない。きみがいなかったときに、いつもそばにいたのはラーラだけだったと。

それでも、わたしはあきらめず、しつこく迫った。「だれとも寝なかったの？」

「彼が死んだ」ボーリャが電話で言った。

わたしは受話器を握る手に力をこめた。「死んだって、だれ？」

ボーリャは胃痙攣《いけいれん》でも起こしたかのようにうめいた。「ユーリーだよ」彼はようやくそう口にした。

わたしの目に涙があふれてきた。「彼が死んだ？」

「終わった。わたしの小説は完成した」

わたしはその原稿を編集し、タイプし直し、革表紙で装丁するよう手配した。そして、モスクワへ行って印刷業者から三部受け取り、その箱を持ってまた列車に乗った。膝《ひざ》にのせたボーリャの言葉の重みを感じながら。

彼は小さな家でわたしを待っていた。ボーリャの人生を賭けた作品が入ったその箱を手渡すと、彼は一瞬それを両手で掲げたあとで置き、部屋のなかでわたしをくるくるまわした。わたしたちは音楽なしで踊った。彼といっしょにまわりながら、わたしは楕円形の鏡に映った自分を見た。幸せそうだったけれど、出産後の母親のように有頂天ながら疲労困憊《こんぱい》し、幸せであると同時に苦しそうで、穏やかでありつつ恐れてもいた。

「おそらく、出版されるだろう」ボーリャが言った。

わたしの脳裏に、大きな机の向こうから『ドクトル・ジバゴ』について尋問するアナトリ・セルゲイエヴィッチ・セミョーノフの姿が浮かんだ。ボーリャが書いたものにこだわる国家のことが頭をよぎった。でも、何も言わずにいた。

わたしはあらゆる文芸誌、編集者、出版社に連絡を取り、『ドクトル・ジバゴ』を出版してくれそうな人ならだれとでも会う予定を入れた。ボーリャの代理人として、ひとりで話をしに出かけた。作品について説明したり、危険思想ではないと訴えたり、素晴らしい作品だと売りこんだりするのは、ボーリャにはできそうにないと考えたからだ。「紙にタイプしてから、活字になった文字を見るまでのどこかに、自分の言葉を置き忘れてきたみたいなんだ」彼はそう言った。

だから、わたしが彼の代弁者になった。

編集者たちはわたしに会ってくれたけれど、色よい返事をしてくれた者はいなかった。小説の最後に出てくる詩を出版するのはやぶさかではないと言う人はわずかにいたものの、小説全部を出版することについてはどうかという問いかけに対して、はっきりとした答えが返ってきたことはなかった。

夜、モスクワでの打ち合わせがどうだったかを知りたくて、ボーリャが駅のプラットフォームで待っていることがよくあった。わたしはどんなことも前向きに表現するよう心がけ、〈新世界〉が詩をいくつか出版することに興味を持っていると、必要以上に嬉しそうに語ったけれど、ボーリャはそんなごまかしにだまされなかった。そんなとき、彼は無言のままわたしを小さい家まで送ってくれた。まるでわたしに支えられて立っているかのように、わたしの腕にぎゅっと腕をからませながら。

一度など、わたしがまた成果のない打ち合わせから戻ったとき、ボーリャは道の真ん中で立ち止まり、もう『ドクトル・ジバゴ』が出版されるとは思えないと断言した。「いいかい。たとえ何があろうと、この小説は出版してもらえない」

「あきらめちゃ、だめ。まだわからないわ」

「やつらはけっして許さない」彼は片方の眉をかいた。「絶対に」

わたしは彼の言うとおりかもしれないと考えるようになった。さらなる新たな出版社との新たな打ち合わせのあとで、わたしはモスクワでボリスと待ち合わせをして、ピアノのリサイタルに行った。早く到着したので、栗の木の下のベンチに座った。

地下鉄で見かけた気がする男が、わたしたちの前の池の端に立って、カモを見つめていた。その男は若く、暑いのに丈《たけ》の長い茶色のオーバーを着ていた。

「わたしたち、見張られている気がするの」わたしはボーリャに言った。

「そうだね」彼はあっさりそう言った。

「そうだね？」

「きみは知っているとばかり思っていたけど」池の端にいた男は、わたしたちが見ているのに気づくと、小道をたどって姿を消した。「そろそろ行こうか」ボーリャが言った。「遅れたくないからね」

ボーリャは監視されていることなど気にならないという態度を保った。それについて冗談を言いさえした。ランプや天井に話しかけ、聞き耳を立てているだれかわからない者に呼びかけて。

「もしもし？　もしもし？」ボーリャはだれにともなく言った。「今日の調子は？」

「おかげさまで元気です」彼は自分でそう答えた。

「わたしたちはきみを退屈させていないかな？」ボーリャは照明器具に言った。「今日の夕食に何を食べるかなんてことより、もっと面白いことを話すべきかもしれないね」

「やめてくれる?」わたしは言った。彼の冗談を楽しめなかったので、はっきりとそう告げた。

「いやというほどそんな経験をしているの」わたしは言った。「もう二度とごめんだわ」

ボーリャはわたしの手を取り、口づけをした。「こういうことはみんな笑い飛ばすしかないんだよ」彼は言った。「わたしたちにできるのは、それだけなんだ」

西

1957年2月〜秋

第八章　応募者

運び屋

　タクシーが左折してコネチカット大通りへ入ったとき、子どものころ車酔いしたときに母さんから教わったように、わたしは二本の指を手首に押しあてた。その気持ちの悪さは、車がデュポンサークルに入るとますますひどくなった。車から降りて歩こうかと思ったが、それでは計画からはずれてしまう。計画から逸脱するわけにはいかなかった。だれかにあとをつけられないかぎり。

　わたしは七時四十五分にフロリダ大通りとT通りの角でタクシーをつかまえ、それに乗ってメイフラワーホテルへ行くよう指示されていた。もうホテルまで歩いてすぐのところまで来ていたけれど、彼らによれば、タクシーから降りたほうが格好としてはいいというのだ。

　目立つものはいっさい身につけないよう指示されていた。派手な宝石、濃い化粧、仰々しい帽子、仰々しい靴、仰々しいものはなんでも。地下にあるわたしたちのアパートにどっさりとあるスパンコール付きのドレスや、それを試着して母さんから買っていく女たちのことが頭をよぎった。わたし自身は、仰々しいほうに分類される服は一着も持っていない。わたしへの指示は、良い身なりだけれども良すぎず、品があるけれどもありすぎず、というものだった。メイフラワーホテルのバー〈タウン&カントリーラウンジ〉に通いそうな女に見えなければならないのだ。ただし、わたしは〈タウン&カントリーラウンジ〉はおろか、メイフラワーホテルという名前さえ聞いたこともない女だというところが、厄介な点だった。

その夜、わたしはもはやイリーナではなかった。ナンシーだった。

タクシーがデュポンサークルのなかほどで渋滞のためまったく動かなくなったので、コンパクトで髪型を確認した。いまだに、自分の見た目がふさわしいものになっているかどうか確信が持てなかった。わたしは母さんの古い毛皮を着て、防虫剤の臭いを隠すために香水ジーン・ナーテを振りかけていた。毛皮の下は、この五年ほど結婚式に出席するたびに着ている紫がかった淡い青に白の水玉模様のワンピースだ。髪は後ろでまとめ、銀の櫛《くし》でとめていた。これも母さんからの借り物だ。〈ウールワース〉で買った新色オレンジジレッドの口紅をつけ直したあとで、鏡に向かって顔をしかめた。何かがまだしっくりきていない。タクシーがホテル前に車をつけ、ドアマンにドアをあけてもらって下を見たわたしは、ようやくそれが自分の靴、冴えない黒のパンプスのせいだと気づいた。左の踵《かかと》がすり減った冴えない黒のパンプス。しかも、わたしはそれを磨くことさえ思いつかなかった。水曜の夜に〈タウン&カントリーラウンジ〉へお酒を飲みにいくような女性なら、死んだって冴えないものを身につけたりはしないはずだ。メイフラワーホテルの豪華な、翌日のバレンタインデー用に赤と白のバラで飾りつけられたロビーに入りながら、自分の靴のことを考えずにはいられなかった。せめてもの慰《なぐさ》めは、与えられていたすてきなハンドバッグだ。キルト風の黒革のシャネルバッグで、二重になったフラップとゴールドチェーンがついており、封筒を入れられるだけの大きさがあった。

わたしは自信をみなぎらせなさいと自分に言い聞かせた。富裕層に属する人物、わたしの演じるナンシーになりきるために。お守りのようにシャネルを握り締めたわたしは、ふさ飾り付きの帽子をかぶったベルボーイや、チェックインする新婚夫婦や、勤務時間後に会議をする男たちの群れや、そうした男たちのだれかに客室へ連れていってもらえるのを待っている黒髪の美女たちのあいだを抜け、鏡張りの廊下に沿って置かれている大きな鉢植えのヤシの列を通りすぎた。そして、バーテンダーに名を知られている人物のように、ロビーの奥にある〈タウン&カントリーラウンジ〉に入った。

すでにバーテンダーの名前は知っていた。グレゴリーだ。彼はそこにいた。若白髪で、白シャツに黒の蝶ネクタイをして、カウンターの向こうでギブソンを注いでいた。

店内は混雑していたが、カウンターの奥から二番めのハイバックの椅子はあいていた。そうなっていると聞かされていたとおりだ。

「何にしますか?」グレゴリーがそう言い、わたしはすでに知っていたことを彼の名札で確認した。

「ジン・マティーニを」わたしは言った。「あの小さな赤いピックで刺したオリーブ三つを入れて」

あの小さな赤いピックですって? わたしは勝手に台詞《せりふ》を付け加えた自分を叱った。

わたしの前には薄いガラスの花瓶が置かれており、一輪の白いバラが飾られていた。それを手に取り、片手で時計まわりにぐるりとまわして、その香りをかぎ、また花瓶に戻した——指示されていたとおりに。そのあと、椅子の背の左端にゴールドチェーンをかけて、シャネルバッグをぶらさげた。そして、待った。

左側にいる男は、わたしが席についたときにこちらをちらりと見さえしなかった。〈ワシントン・ポスト〉のスポーツ欄を読んでおり、店内のほかの客と同じように見えた——ニューヨークやシカゴなど、どこかからワシントンに一泊の出張でやってくる弁護士かビジネスマン風に。これといった特徴がない、というのがこの男を形容する言葉だろう。相手もわたしをそう形容するのかしら。そうでありますように。

メイフラワーホテルの金色のマーク入りの白いナプキンの上にグレゴリーがお酒を置き、わたしはそれをひと口飲んだ。「あなたの作るマティーニは最高ね」わたしは言った。本当はマティーニが大嫌いなのだけれど。

なんら特別なことは起こらないと、前もって言われていた。隣の席の男はわたしが気づかないうちに封筒をハンドバッグに忍ばせるだろうし、わたしが気づかなかったということは、彼がきちんと仕事をしたしるしなのだと。隣の男は新聞を閉じ、残ったスコッチを空にすると、一ドルをさっと置いて立ち去った。

わたしは十五分待ってからお酒を飲み干し、グレゴリーに勘定を頼んだ。

シャネルバッグに手を伸ばしながら、その感触が変わっているのをなかば期待した。けれど、そんなことはなく、わたしは何か間違ったことをしたのではないかと思った。スポーツ欄を読んでいた男は、単なるスポーツ欄を読んでいた男だったのかもしれないと。確認したい気持ちを抑えつつ〈タウン&カントリーラウンジ〉を出て、鉢植えのヤシや、黒髪の美女といっしょにエレベーターを待つ男や、チェックインする老夫婦や、ふさ飾り付きの帽子をかぶったベルボーイの横を通りすぎた。

コネチカット大通りを歩きながら、興奮のあまり走り出してしまわないよう、冷静さを保とうと最善をつくした。P通りで立ち止まり、シャネルバッグとともに与えられた腕時計〈レディ・エルジン〉を見た。その数秒後、十五番バスが歩道脇に停車した。わたしは最後尾のひとつ前の席に座った。緑色の傘を膝《ひざ》にのせている男の前だ。そのバスがタフト橋の入口を守っている二頭のライオンの石像脇を通過するとき、背後の男がわたしの肩を叩いて時間を尋ねてきた。わたしは九時十五分だと告げた。実際は違うのだが。男が礼を言い、わたしはシャネルバッグを下に置いて、靴の踵で後ろへ押しやった。

ウッドリーパークでバスを降り、動物園のほうへ歩いた。赤信号で待ちながら両手をさし出すと、空から舞い降りてくる雪が手袋にあたり、ごく小さな水たまりになって消えた。わたしは思った。だれかと密会するって、秘密を持つって、こんな感じなの？　なんともいえない興奮を覚えながら、この手の仕事は人を中毒にしてしまうとテディが言っていたわけに合点がいった。わたしはすでにそうなっていた。

わたしはタイピストに応募して、別の仕事をもらった。彼らはわたしのなかに、自分でも気づいていなかった何かを見たのだろうか？　あるいは、単にわたしの過去、父の死に目をとめ、わたしならやれと言われたことをなんでもやるだろうと気づいたのかもしれない。あれだけの根深い怒りを持つ者には、愛国心などおよびもつかないほどにＣＩＡへの強力な忠誠心を期待できるのだと、あとから聞かされたのだ。

彼らがわたしのなかに何を見たにせよ、ＣＩＡに就職してからの数か月間、自分はその仕事に不向きなのではないかという思いがぬぐえなかった。

けれど、メイフラワーホテルでのテストがそれを変えた。生まれて初めて、自分には単なる仕事という以上の、大きな目的があると思えたのだ。その夜、何かがわたしのなかで解き放たれた。それまで自分にあることも知らなかった秘密の力が。自分が運び屋の仕事に適任であることに気づいたのだった。

その日一日、わたしは口述筆記をし、覚書を作成し、会議のあいだじっと黙ってタイプ、タイプ、またタイプし続けながら、その情報を記憶にとどめないよう気をつけていた。「情報が自分の指先からキーへ、そして紙へと移り、頭のなかから永遠に消え去るのをイメージして」ノーマは、わたしの一日だけの研修日にそう教えてくれた。「片耳から入れて、反対側から出すの。わかる？」それに、タイピストたちはみんな同じことを言った。タイプした内容を頭に残しちゃだめ。タイプしている中身について考えないほうが、速くタイプできるわ。機密情報だから、もし覚えていたとしても、覚えていないふりをするのが賢明よ。

「すばやい指先は秘密を守る」というのが、タイプ課の非公式なモットーだ。とはいえ、このモットーに従っている者がタイプ課にいるかどうかは疑問だった。ここで働くようになってまだ数週間でも、タイプ課の女性職員たちと近づきになるにつれ、彼女たちがみんなのあらゆる情報を知っていることがよくわかったからだ。

彼女たちはわたしのこともすっかり知っていたのだろうか？　わたしのもうひとつの役割についても？　給料日のたびに追加でもらう五十ドルのことも？　わたしのタイプの速度がみんなよりも遅いことに、疑いを抱いたかしら？　わたしがみんなよりも二杯多くコーヒーを飲み、目に隈《くま》を作っていたことに気づいた？

母さんは気づいていた。そして、ポットにカモミールティーを作り、それを製氷皿で凍らせてわたしのまぶたにあててくれた。さらには、わたしが新しい恋人とデートしていると思いこみ、ご近所での母さんの評判をおとしめる前に、その人を家に連れてきて紹介してほしいとせがんだ。

でも、タイプ課の女性たちはどうだったのだろう？

だからわたしは、彼女たちの仲間にちゃんと加えてもらえなかったのだろうか。もちろん、彼女たちはいつも礼儀正しく親切で、朝には、おはよう、金曜日には、よい週末を、と声をかけてくれた。けれど、おおいに歓迎してもらえていたわけではない。わたしはグループの一員になりたかったけれど、グループに入りたがっていると思われるのはいやだった。こうした状況が起こるのは高校や大学ぐらいだろうと思うかもしれないが、このような友人関係のかけひきはどんな年齢でも厄介なものなのだ。

タイプ課のみんなは何度か昼食に誘ってくれたものの、それは初任給をもらう前だったので、わたしにはバス代を払うだけの持ち合わせしかなかった。そして、昼食に使えるだけのお金を手に入れたころには、もうだれからも誘われなくなっていた。

みんながよそよそしいのは、わたしが彼女たちの友人タビサの後任だからだと思いたかったが、じつはそれ以外の何かのせいだと考えずにはいられなかった。生まれてからずっとわたしを苦しめてきた感情のせい――自分はいつもよそ者で、ひとりきりでいるときが一番安心できる人間だという事実のせいだと。子どものころですら、わたしはひとりで遊ぶほうが好きだった。我が家の小さなキッチンの納戸を基地に見立てたり、茶色の紙袋を切り抜き、アイスキャンディーの棒に貼りつけて作った紙人形を使った複雑な遊びを考えたり。ひとり遊びが何より楽しかったのだ。親戚の幼い子たちはいっしょに遊ぼうとしてくれたけれど、わたしは結局、その子たちが紙人形を壊したとか、わたしが期待しているのと違う役をやっているとかいう理由で相手を叱りつけてしまう。その子たちはむくれてその場を去り、わたしはああよかったとひとり言を口にする。いっしょに遊びたくなかったのはあっちではなく、むしろこっちなのだと、自分を納得させるほうが簡単だった。

職場になじんでいないという感じはさておき、タイプ課の仕事にはすぐ慣れた。ほかの女性たちよりもタイプは遅かったけれど、わたしは着実かつ正確で、修正用の白インクを使わなければならないことはめったになかった。

勤務時間後の仕事のほうが、覚えるのに手こずった。

初めてその仕事にかかる日、どんなふうに訓練を受けるのかと尋ねると、リフレクティング・プールに面した標示のない臨時オフィスの住所が書いてある一枚の紙を渡された。そのオフィスで、わたしは毎日、退勤後にテディ・ヘルムズ幹部職員と会うことになっていた。

初めてテディに会ったとき、スパイを演じる映画スターにそっくりなことに感心した。テディはわたしより一、二歳年上で、背が高く、茶色の髪と長く繊細な指をしており、そのようなタイプにありがちな端整な顔立ちだった。タイプ課の何人かはテディに夢中だったが、わたしは彼をそんなふうに見たことがなかった。実のところ、彼は少女のころのわたしが夢見ていたような男性ではあったのだけれど。でも、それは恋人やボーイフレンドとしてではなく、わたしが前からほしかった兄としてだ。どうしたら周囲になじめるか、どうしたらもっと自然にふるまえるかを教えてくれて、廊下でスカートをめくる高校の男子たちから守ってくれる人。母さんを養うのを手伝ってくれて、給与の支払いごとに去ってはまた来る経済的負担を軽くしてくれる人として。

テディは最初のころあまりしゃべらず、女性を訓練するのはきみが初めてだと言った。OSS時代、女性たちは橋の爆破を任されていたというのに、それからわずか数年後、CIAはまだわたしたちに何ができるかを模索中だったのである。

ただ、テディは違っていた。「ぼくとしては、女性は運び屋にうってつけだと思うんだ」彼は言った。「バスに乗っているきれいな娘が秘密を運んでいるとは、だれも思わないからね」

一九五七年のそんな最初の数週間で、テディとわたしは互いをよく知るようになった。テディは初対面の人が緊張せずにいられるタイプで、ほんの一時間のうちに、生まれてからずっと知っている人といるときよりも、多くのことを話してしまう相手だった。

テディはジョージタウン大学で文学の教授から声をかけられて、CIAに入っていた。政治学とスラヴ語を学んでおり、モスクワ市民さえだませそうな正確な発音で流暢《りゅうちょう》なロシア語を話す。わたしの訓練中、テディはときどき英語からロシア語へ切りかえ、ロシア語を練習する機会は大歓迎だよと言った。母さんと話すときだけ使っていた言葉でテディと話せるのは、とても楽しかった。彼は次々とわたしに質問をした。母の仕立て屋業について、パイクスヴィルですごしたわたしの子ども時代について、わたしのトリニティ大学での日々について、わたしの人見知りについて。これまで、そんな質問をしてきた人はいなかったので、わたしは最初、テディの大胆さに尻ごみした。だが、そのうちに、いつのまにか彼にこれまでの人生を語っていた。

たぶん、わたしがこれほど打ち解けられたのは、テディがみずからの人生について進んで打ち明けてくれたからだろう。テディには数年前に亡くなった兄がいた。その兄ジュリアンは、戦争から英雄として帰ってきたのはいいけれど、飲んだくれるようになり、ある夜、運転していた車ごと木に突っこんだという。テディは兄が残したような高い評価を自分が得ることはけっしてできないと思い、両親は炉棚の上に折りたたんだ星条旗とジュリアンの写真を並べて飾り、英雄としての息子の姿だけを記憶に残すと決めたそうだ。彼はそもそも、兄と同じ道を進んで軍隊に入るか、自分の名字を冠した法律事務所に入って父と同じ弁護士になろうと考えたのだが、いつのまにかそれよりも文学に魅せられてしまったのだと言った。その結果、大学の指導教官によって異なる職業へと導かれたのだった。

テディはいつも自分の机にしまっている瓶からわたしにもウィスキーを注ぎ、民主主義を広めるにあたって芸術や文学が果たすと思う役割について、心をこめて語った。偉大な芸術が真の自由からのみ生まれ得ることを明らかにするには、本がどれほど重要であるか、それを広めるためにＣＩＡに入ったのだと述べた。よくこんな話をしたものだ。アメリカ人が自由を何よりも価値あるものと考えるように、ロシア人は文学を何よりも価値あるものと考えるのだと。「ワシントンにはリンカーン像とジェファーソン像がある」テディは言った。「そして、モスクワはプーシキンとゴーゴリに敬意を表している」テディはソ連国民たちに理解させたがっていた。ソ連政府こそ、次のトルストイやドストエフスキーを生み出す妨《さまた》げになっていると。芸術が栄えるのは自由国家のみであり、西洋が文学の王になったのだと。この説は、あの赤い怪物の胸にナイフを突き立て、その刃をひねるのに等しかった。

日中にソ連部を通りかかったときのテディは、わたしのことをほかのタイプ課のメンバー全員と同じように扱った。朝であれば会釈をし、夜なら別れの手を振る程度だ。だが、定時の仕事を終えたあとの彼は、わたしがＣＩＡのために通信文を受け取ったり運んだりする訓練に全力を傾けた。

テディは封筒をテーブル、ベンチ、椅子、バーのスツール、バスの座席、トイレの下に置く練習をわたしにさせた。手始めは、普通の白い封筒だった。次に、パンフレット、紙の書類フォルダー、本、小包へと進んでいった。わたしたちがやっていることは手品のトリックに似ているので、ＣＩＡはウォルター・アーヴィング・スコットやダイ・ヴァーノンといった偉大なマジシャンを研究してそのテクニックを採り入れていると、テディは言った。そして、小さな包みを脚に沿って滑らせ、音を立てずに床へ移動させるやり方を見せてくれた。「ちょっとした小手先の技術なんだよ」とテディは言った。

テディはだれかにつけられているかどうかを知る方法、怪しい人物を見つける方法を教えてくれ、だれにせよこちらを見ている者、とくに老人たちにはよくよく気をつけるようにと言った。「老人にはありあまる時間がある」彼はそう説明した。「何時間でも公園にいて、何かちょっとでも変わったことがあると、待ってましたとばかりに警察を呼ぶからね」

わたしがなんらかのミスをしたようなとき、テディは練習さえ積めばできるようになると言った。

そして、わたしは練習に励んだ。毎晩、母さんが眠っているとき、自分の部屋に鍵をかけて、さまざまな大きさの封筒を、本、自分のハンドバッグ、母さんのハンドバッグ、スーツケース、わたしのクローゼットにある服のあらゆるポケットに滑りこませる練習をした。わたしが小さく巻いた紙片を空っぽの口紅容器からテディの上着のポケットに滑りこませてみせると、きみはもう本物のテストを受けられる準備が整ったようだと彼は言った。

「本当に？」

「確かめる方法はひとつだ」

それがメイフラワーホテルへの立ち寄りだった。本物の任務ではなく、わたしがちゃんとできるようになったかどうかを確かめるテストである。テディはわたしを見守っているが、わたしは彼に気づかないだろうと言われていた。彼の言ったとおりだった。その夜、メイフラワーホテルにテディの姿はどこにもなかった。けれど、翌日、わたしがオフィスに入っていくと、自分のタイプライターに白いバラが立てかけてあり、その茎には棘《とげ》のように小さな赤いプラスチック製ピックが突き刺してあった。

「あなたの隠れファンから？」ノーマが聞いてきた。

「ただの友だちよ」わたしは言った。

「友だち？　バレンタインの秘かなプレゼントじゃなくて？」

「バレンタイン？」

「ほら、今日でしょ」

「あら」わたしは言った。すっかり忘れていたのだ。ありがたいことに、ノーマはほかの質問をする間もなく打ち合わせに呼ばれていった。とはいえ、そのバラの謎は午後に蒸し返された。「あなた、テディ・ヘルムズと付き合ってるそうね」机を隔《へだ》てているパーテーションの上から顔をのぞかせて、リンダが言った。わたしが顔を上げると、タイプ課全員がそこに立って返事を待っていた。

「えっ？　いいえ、付き合ってないけど」わたしは自分の正体がばれてしまったのではと不安になり、困惑した。

「ゲイルが言ってたわ。今朝、白いバラを置いていくテディをロニー・レイノルズが見たんですって」

「つまり、彼は必ずしも人目を忍んではいなかったってこと」ゲイルが言った。

「あなたたち、いつから付き合ってるの？」

どうすればいいのかわからなくなり、わたしは女性用トイレへ逃げ、戻るまでにバラのことなど忘れられていますようにと願った。けれど、そんなことはなく、みんなから答えようのない質問を次々と浴びせられているうち、タイムカードを押して退勤する時間になった。

「いっしょに〈マーティンの店〉へ行かない？」ノーマが言った。「半額の牡蠣《かき》があるし、あそこのバーテンダーはジュディに気があるから、わたしたちにダブルをおごってくれるの。付き合っている人なんていないって言うんだから、バレンタインデーの予定はないわよね？」

「行けないの」わたしは言った。「予定があって。だけど、デートじゃないわ。そういうんじゃないのよ」

「へえ」ノーマが言った。

タイプ課みんなから責められる羽目になったわたしは、テディに対して猛烈に腹を立てていた。

なぜ彼はこんなことを？　いったい何をしようとしたの？　テディに会ったらすぐに問いつめようと決意したのに、ウィスキー入りのグラスを持った彼に、メイフラワーホテルでの仕事の成功に乾杯と言って迎えられると、その気持ちがくじけてしまった。

「よくやったよ、新人」テディはそう言って、わたしのグラスに自分のグラスをあてた。「いくつか改善すべき点はあるが、きみはとてもうまくやってのけた。アンダーソンも喜んでいる。きみはもうすぐ現場に出られるようになり、上から本物の任務を与えられるだろうな」

「わかりました」わたしは詳細について尋ねるべきではないと心得ており、ほかにどう言うべきかわからず、そう答えた。「それと、ありがとう」それが賞賛に対しての礼なのか、白いバラに対しての礼なのか、テディは迷っているらしかった。彼とのあいだに気まずい沈黙が流れた。

「ところで、きみは何も言わなかったね」テディが沈黙を破った。

「なんのこと？」わたしは間の抜けた質問をした。

「バラだよ」

「タイプ課のみんなはすっかり舞い上がっていたわ」

「でも、きみはそうじゃなかった？」

「わたしは……わたしは注目の的になるのがあまり好きじゃないから」

テディは笑った。「その素質ゆえに、きみは雇われたんだ」彼は言った。「まあ、それはともかく、バラのことはすまなかった。ここの人間は犬が郵便配達に飛びつくみたいに、噂に飛びつくからな」

「犬？」

「いや、本当にすまなかった。あんなふうにしたら、すてきかなと思ったんだ」

「すてきだったわ……でも……わたしたちが互いをよく知っていることを、みんなに気づかれてもいいの?」

テディは顎をかき、身を乗り出した。「いいカモフラージュになるかもしれないよ。ぼくらが付き合っているとなれば、いっしょにいるところを見られても、なんとも思われないだろうし。深刻に考えることはない――別に不都合はないだろう? それを聞いたら怒りそうな本物の恋人がいるなら別だけど」

「恋人はいないわ、でも――」

「それなら、良かった」テディは言った。「さっそく始めないか? 〈マーティンの店〉へ飲みにいってもいいな。みんな、あの店に集まっているんだろう?」

「さあ」

テディはいまや空になったグラスを持ち上げた。「ほんのちょっとだけ、顔を出してみよう」

「この手のことは職場で顰蹙《ひんしゅく》を買うんじゃない?」

「あけすけな言葉を使って申しわけないが、ぼくたちがデートしていないと言うなら、CIAの半数はだれともやってないだろうよ。それに、ぼくらは本当にデートしているわけじゃない、そうだろう?」


テディは〈マーティンの店〉に入るとき、わたしの手を取った。バーはK通りのロビイストたちで混み合っていた。テディによれば、ロビイストは高級な背広を着て、磨きこまれた床でキュッキュッと音を立てるほど新しい靴をはいているから、見分けがつくという。彼らはバーカウンターに陣取り、もう少し着古した背広の政府職員たちはテーブル席を占めていた。司法修習生らはビュッフェあたりにかたまり、シュリンプカクテルをもりもり腹におさめている。タイプ課のみんなはまだカウンターの左手にあるボックス席に座っていた。

「あそこの席はどう?」わたしは奥の二名用の席を指さして尋ねた。

「まずはカウンターで何か飲もう」

「この店にはウエイトレスがいると思うけど」

「こっちのほうが手っ取り早いよ」わたしたちは人を押し分けてカウンターに近寄り、テディがバーテンダーにウィスキーをふたつほしいと合図した。テディは代金を支払い、自分のグラスを掲げた。「新たな友人同士に」テディは言った。グラスを合わせたちょうどそのとき、だれかがわたしの肩をぽんと叩いた。

「イリーナ」ノーマが言った。「ようやく〈マーティンの店〉にたどりついたのね。こっちへ来ていっしょに飲みましょうよ」そして、テディに目をやった。「あなたもよ、テディ」

「あんまり時間がないんだ」テディが言った。「〈リヴゴーシュ〉に食事の予約をしてあってね。ちょっと飲みに寄ったんだよ」

「〈リヴゴーシュ〉に? バレンタインデーにどうしてそんなことができたの?」

「友だちに貸しがあってさ」

「じゃあ、それを飲むあいだだけ、こっちに来たら? わたしたちのテーブルには、まだたっぷり余裕があるから」

わたしたちがそのボックス席のほうを見ると、みんなは目をそらした。「そうね」わたしは言った。「そうしましょう」

「この猫ちゃんが連れてきた獲物を見てちょうだい」ノーマはそう言いながら、わたしたちをボックス席へ連れていった。みんなささっと動いて場所をあけた。わたしは座ったが、テディはそのまま立っていた。「ちょっと失礼するよ」わたしたちは彼がジュークボックスのところへ行き、小銭を入れるのを見守った。

ジュディがわたしを肘《ひじ》で小突いた。「これでも、あなたたちのあいだには何もないって言うの？」

ほらねという目で、ノーマがジュディを見た。「朝は机に白いバラよ？　夜は〈リヴゴーシュ〉よ？」

「〈リヴゴーシュ〉？」キャシーが言った。「すごい」

ちょうどテディが戻ってきたとき、ジュークボックスがカタンと音を立て、レコードが挿入された。テディは上着を脱いで、ジュディに渡した。ジュディは引きつった笑みを浮かべた。彼女は嫉妬しているの？　わたしに？　「踊らないか？」彼が言った。

「でも、だれも踊っていないわ」わたしは言った。

「そのうち踊るさ」テディは答えると、片手をさし出した。「さあ！　これはリトル・リチャードだよ！」

「リトルだれですって？」わたしの言葉などおかまいなしに、テディはわたしの手を取り、ダンスフロアへ連れ出した。寄せ木の床のテーブルが置かれていないスペースへ。わたしは踊りが上手ではなかった。ひょろひょろした手足がいつもこんがらがってしまうのだ。ただ、それでも踊ってみたかった。そして驚いたことに、テディのダンスは見事だった。タイプ課全員だけでなく、店内にいる全員がわたしたちを見つめているようだった。テディはフレッド・アステアのようにわたしをくるくると回転させ、わたしは役を演じている、それもうまく演じられている気がした。さらには、メイフラワーホテルのときと同じ気持ちを味わった。テディがわたしを引き寄せて、ささやいた。

「みんな、すっかり信じこんだね」

もう一曲踊り、もう一杯飲んで、わたしたちは店をあとにした。歩道に立ち、わたしがさようならを言うのをテディがさえぎった。「夕食はいらないのかい？」

「あれはただの出まかせかと思ったわ」

「ぼくが本当に〈リヴゴーシュ〉に予約してあると言ったら？」

わたしは母さんが温め直してくれる残り物のボルシチのことを考え、その日着てきたエンドウ豆スープと同じ色のワンピースを見下ろした。「そういう店にふさわしい服装をしてきていないわ」

「きみはきれいだよ」テディはそう言って、片手を出した。「行こう」

第九章　タイピストたち

いつものように〈ラルフの店〉ですごす金曜の朝。いつものドーナツと、いつもの一杯のコーヒー。店を出るころには、秋の朝の肌寒さが少しましになっていた。わたしたちは帽子とスカーフを取り、上着の前をあけてE通りを歩いた。

いつものソ連部の朝は、自分の席につく人と、休憩室でコーヒーを飲む人、九時十五分きっかりに始まる朝の打ち合わせに駆けこむ人で、ごった返すところから始まる。たいてい、受付の電話はすでに鳴っているし、待合所の椅子はすでに埋まっている。けれど、十月初旬のその日は違った。

その日、受付は空っぽ、休憩室も空っぽ、タイプ課を取り巻くすべての席が空っぽだった。

「何が起こってるの？」ゲイルが、エレベーターに向かって小走りするテディ・ヘルムズに尋ねた。彼はいきなり立ち止まり、古いベージュの絨毯《じゅうたん》のうねりにつまずいた。

「上の階で会議なんだ」テディが言った。上の階というのは、ダレスのオフィスを意味する隠語で、実際は下の階にある。テディは急いで去り、わたしたちは自分の席へ行った。そこでは、イリーナがもう自分のタイプライターに向かっていた。

「テディは何か言ってた？」ゲイルが聞いた。

「わたしたちの負けだって」イリーナが言った。

「何に負けたの？」とノーマ。

「不明」

「なんの話？」キャシーが口をはさんだ。

「技術的なことは説明できないわ」

「技術的？　なんの技術？」

「彼らが宇宙に打ち上げた何かよ」イリーナが言った。

「彼ら？」

「そうよ、彼ら」イリーナはささやいた。「考えてもみて……」イリーナは次第に小声になり、アスベスト張りの天井を指さした。「それが空の上にあるのよ。いまこのときも」

それはビーチボールほどの大きさで、標準的なアメリカ人男性と同じくらいの重さだったが、核弾頭と同じくらいの効果を持っていた。スプートニク打ち上げの知らせがソ連部に伝わったのは、世界初の人工衛星が宇宙に到達し、九十六分ごとに地球のまわりを一周しながら、地上九百五十キロほどのところを飛んでいると、ソ連の国営通信社タスが発表するより早かった。

男たちが全員いなくなったおかげで、わたしたちは仕事のしようがなかった。わたしたちは指の付け根の関節を鳴らし、がらんとしたオフィスを見まわした。キャシーがパーテーションの上から顔をのぞかせた。「それにしても、スプートニクって何の名前？」

「ジャガイモかしらね」ジュディが言った。

「旅の仲間、という意味よ」イリーナが言った。「すごく詩的な名前だと思う」

「とんでもない」ノーマが異を唱えた。「ゾッとするわ」

ゲイルが立ち上がって目を閉じ、見えない数式を空中に指で書いた。そして、目をあけた。「十五回」

「え？」わたしたちは声をあげた。

「その速さでまわっているんなら、日に十五回わたしたちの頭上を通過する」

わたしたちは全員、上を見た。

昼食後、わたしたちはアンダーソンの無人のオフィスのラジオのまわりに集まった。正しい情報を知っている者はだれもおらず、アナウンサーはフェニックス、タンパ、ピッツバーグ、オレゴン州とメイン州両方のポートランドなど、国中からそれらしきものを見たという取り乱した報告が寄せられていると言った。まるで、わたしたち以外のだれもかれもがスプートニクを見たようだった。

「だけど、裸眼で見えるはずはないわ」ゲイルが言った。「昼間はとくに」

アルカセルツァー（米製の鎮痛・制酸発泡錠）のコマーシャルが流れはじめたとき、アンダーソンが入ってきた。

「わたしもそんな薬がほしくなってきたよ」アンダーソンは言った。「ここのみんなは仕事に励んでいるみたいだな」

「ブクブク、シュワシュワ」ノーマが小声でコマーシャルの真似をした。

キャシーがラジオの音量を下げて言った。「わたしたち、何が起こっているのか知りたかったんです」

「みんな、そうだ」アンダーソンが言った。

「あなたはご存じ?」ノーマが尋ねた。

「だれか知っている人は?」ゲイルが言った。

アンダーソンは高校のバスケットボールチームのコーチのように元気よく両手を打ち鳴らした。

「さあ、仕事に戻る時間だよ」

「あんなものが頭上を飛んでいるというのに、仕事なんかできるわけないじゃないですか」

アンダーソンはラジオを消すと、シッシッと言ってわたしたちを鳩《はと》のように追い払った。わたしたちがオフィスから出ていくとき、アンダーソンはイリーナにちょっとここに残ってくれと言った。彼の頼みは変ではなかった。イリーナは単なるタイプ課の一員ではなかったのだから。イリーナがここにやってきたときから、彼女にはCIAでの特別任務——正規職務外の仕事——が課されているのではないかと、わたしたちは疑っていた。ただ、それがどんなものなのかはわからなかった。アンダーソンがそのような退勤後の仕事についてイリーナと話したいのか、スプートニクと何か関係あるのか、見当もつかなかった。だからと言って、わたしたちがあれこれ推測をめぐらせるのをやめることはなかったけれども。


その週末のニュース報道は、誇張されたもの〝ロシアの勝利!〟から、馬鹿げたもの〝世界の終わり?〟、実際的なもの〝スプートニクはいつ落下するのか?〟、政治的なもの〝アイク(アイゼンハワー大統領の愛称)はどうする?〟まで、多岐にわたっていた。月曜の朝を迎えるころ、入庁者チェックに並ぶ人の列はずいぶん減っていた。というのも、打つ手なしという不安を鎮静化するためのホワイトハウスやキャピトルヒルでの会議へ、大勢のＣＩＡ職員たちが出かけていたからだ。あとに残っている男たちは、金曜日から帰宅していないように見えた。着ている白シャツは腋の下が黄ばみ、目はショボショボし、無精髭《ひげ》が伸びていた。

火曜日、電話の通話を録音するのに使われているモホーク社のミゼテープを持って、ゲイルがオフィスへ入ってきた。自分のタイプライターの前にその録音機を置いた。そして、こっちへ来るようにとわたしたちに合図した。わたしたちがそのまわりに集まると、ゲイルは再生スイッチを押した。わたしたちは身を乗り出した。雑音が聞こえた。

「なあに、これ?」キャシーが聞いた。

「何も聞こえないわ」イリーナが言った。

「シーッ」ゲイルがさえぎった。

わたしたちはさらに録音機に近寄った。

そのとき、聞こえてきた。弱い連続的なビーッという、怯えたネズミの鼓動のような音が。「聞こえた」ゲイルはそう言うと、録音機のスイッチを切った。

「何が聞こえたの?」

「ダイヤルを二十メガヘルツに合わせれば聞こえるって話なのよ」ゲイルは言った。「だけど、やってみたら、雑音しか聞こえなかった。だから、パワー不足なんだろって考えたわけ。で、わたしが何をしたと思う?」

「見当もつかないわ。そもそも、あなたがなんの話をしているのかさえわからないんだもの」ジュディが言った。

「自宅のキッチンの窓辺へ行って、網戸をはずしたの。ルームメイトはわたしの頭がおかしくなったと思ったでしょうね」

「それはあながち間違いではないかも」ノーマが言った。

「それから、網戸のワイヤーをラジオにつないで、またダイヤルを二十メガヘルツに合わせて、マイクロホンの位置を調節したの。それで、ばっちり」ゲイルは声をひそめた。「つながった」

「何と?」

「スプートニク」

わたしたちは互いに顔を見合わせた。

「この話は仕事が終わってからにしたほうが良さそう」リンダがそう言って、あたりを見まわした。

ゲイルが鼻を鳴らした。「こんなの、子どものお遊びみたいなもんよ」

「さっきのは何を意味してるの?」ジュディがささやいた。

ゲイルが頭を振った。「さあね」ゲイルは背後に並ぶオフィスを手ぶりで示した。「それを突き止めるのは、彼らの仕事」

「もしかして、暗号?」ノーマが言った。

「カウントダウンとか?」

「あのビーッという音が止まったら、どうなるの?」ジュディが聞いた。

ゲイルは肩をすくめた。

「それは、きみたちが仕事に戻らなくてはならないという意味だ」背後からアンダーソンが言った。

わたしたちはその場から散ったが、ゲイルだけはそのままそこに立っていた。「それから、ゲイル」

そう言うアンダーソンの声が聞こえた。「わたしのオフィスへ来てくれ」

「いまですか?」
「いまだ」
わたしたちはゲイルがアンダーソンに続いて彼のオフィスへ入るのを見送った。そして、その十分後に、彼女が白いハンカチを鼻にあててオフィスから出てくるのを見た。ノーマが立ち上がったが、ゲイルは放っておいてと身振りで示した。

十月がすぎた。木の葉がオレンジになり、赤になり、茶になり、そして落ちた。わたしたちはクローゼットの奥から分厚いコートを引きずり出した。蚊は死に絶え、バーはホットトディ（ブランデー、ウィスキーなどに湯、砂糖、香辛料を加えた飲み物）の宣伝を始め、街の中心部を含むあちこちで落ち葉を燃やすにおいがした。だれかが持ちこんだ、槌《つち》と鎌（ソ連国旗に使用されたシンボルマーク）の模様が彫りこんであるカボチャのランタンが受付に飾られ、男たちはソ連部内で毎年恒例の「お菓子をくれないと、いたずらするぞ《トリック・オア・トリート》」をやり、ウォツカを飲みながら机をまわった。

十一月は、衝撃音とともに、というよりも爆発音とともにやってきた。ソ連がスプートニク二号を打ち上げたのだ。今度はライカという名前の犬を乗せて。キャシーはマットニク（アメリカなど西側諸国での、ライカのニックネーム）の写真と、「地球の周囲をまわっていたのを最後にいなくなりました」という説明書きを入れた迷い犬のポスターを作り、休憩室に貼ったが、それは即はがされた。

ＣＩＡ内のピリピリした雰囲気は増していき、わたしたちは男たちの定時後の会議のために残業を求められた。九時すぎまで残業しなければならないときには、ピザやサンドイッチを買ってきてもらえることもあった。けれど、休憩も食料もないときが多かったので、わたしたちは万一に備えて予備の軽食を持ってくるようにしていた。

やがて、ゲイサー報告（フォード財団元理事長ゲイサーを委員長とする委員会が、一九五七年に提出した報告書）が出て、アイゼンハワー大統領がすでに知っていたこと――宇宙開発競争、核軍拡競争、さらにはそれ以外のほぼありとあらゆる競争において、わたしたちは思っていた以上にソ連に大きな遅れをとっていること――を告げた。とはいえ、その後わかったのだが、ＣＩＡはすでに新たな武器を用意していたのである。

彼らには人工衛星があったが、わたしたちには彼らの本があった。当時、わたしたちは本が武器になりうると――文学が歴史を変えられると――信じていた。ＣＩＡは人々の気持ちや考え方を変えるのには時間がかかると承知していたが、長期戦でそれに取り組んでいた。前身であるＯＳＳ時代から、ＣＩＡはソフトなプロパガンダ戦略を強化してきた。つまり、芸術、音楽、文学を使って、目的を推し進めようというのだ。達成されるべき目標は、現状のソ連がいかに自由な思想を禁じているか、社会主義がいかに自国のもっともすぐれた芸術家たちさえも妨害し、検閲し、迫害しているかを、強調すること。そして、その方法は、万難を排して文化的な素材をソ連国民の手に渡すことだった。

わたしたちは手始めにパンフレットを観測気球に詰めこんで、国境の向こう側で破裂させ、鉄のカーテン内で中身をばらまいた。また、ソ連が禁止している本を敵陣に郵送した。最初は男たちが、本をありきたりの封筒に入れ、運を天に任せ、少なくとも数冊はそれと察知されることなく宛先に届くよう祈りながら郵送するという、名案を思いついた。だが、そういう本に関するある会議の最中、リンダが不意に、その本に偽の表紙を付けたほうがうまくごまかせるのではないかと発言した。そして、わたしたち数名が『シャーロットのおくりもの』や『高慢と偏見』といった、あまり物議をかもさないような読み物を片っ端から集めてきて、その本のカバーをはずし、それを禁書に貼りつけて封筒に入れたのだった。もちろん、その手柄は男たちのものとされた。

ちょうどそのころ、CIAは言論による戦争をもっと推し進めるべきだと考え、それらの隠れ蓑《みの》とするため、局内の男性数名を引退させて出版社を立ち上げさせたり、文芸雑誌を創刊させたりした。こうして、CIAは闇予算（安全保障上の理由から使途が明らかにされていない予算）付きのちょっとしたブッククラブのようになった。それは詩人や作家にとって、ただでワインが飲める朗読会よりも魅力的だった。いずれにしても、CIAの出版業へのあまりの傾倒ぶりときたら、わたしたちにも印税が入ると勘違いしそうなほどだった。

わたしたちは男たちの会議に参加し、彼らが次に利用したい小説について議論しているのを記録した。彼らは次の任務の素材として、オーウェルの『動物農場』とジョイスの『若い芸術家の肖像』、どちらにより価値があるかについて議論した。小説について、まるで〈タイムズ〉に掲載される文芸評論のように。そのあまりの真剣さに、彼らの会話ってわたしたちが大学時代に文学の授業でしていたのとそっくりね、と冗談を言い合ったものだ。だれかが何かを主張すると、決まってだれかがそれに反論し、そのうち話がずれていく。そういう議論は何時間も続き、わたしたちはいつのまにか居眠りしていたこともあった。あるときノーマが、自分はベロー（アメリカの小説家。一九七六年ノーベル文学賞受賞）が深く追求した題材のほうが、ナボコフ（小説『ロリータ』で有名なロシア生まれの亡命作家）の文章の純粋な美しさよりもはるかに価値があると確信していると言って、男たちの議論に割って入ったことがある。けれど、それ以降、彼女がこうした小説についての会議で記録をとる機会はなかった。

というわけで、観測気球、偽の表紙、出版社、文芸誌が利用され、さまざまな本が秘かにソ連へ運びこまれた。

そのあと、ジバゴが登場する。

ＡＥＤＩＮＯＳＡＵＲ（イーダイナソー）という暗号のもとに機密扱いされたそれは、すべてを変えるであろう計画だった。

『ドクトル・ジバゴ』――当初、わたしたちの多くはその名前を綴《つづ》るのに苦労した――は、ソ連でもっとも有名な存命の作家ボリス・パステルナークによって書かれ、十月革命（一九一七年に起きた革命。レーニンを首班とするソビエト政府が樹立）批判と、いわゆる破壊活動的な内容のために、共産圏において禁書となっていた。

一見したところ、ユーリー・ジバゴとラーラ・アンティポワの悲恋についての壮大な物語が、どのように武器として利用しうるのかは明らかではなかったけれど、ＣＩＡは常に建設的だった。

初期の内部記録には、『ドクトル・ジバゴ』は「スターリンの死後、ソ連の作家によるもっとも異端な文学作品」で、「傷つきやすく知的な市民の人生にとって、ソ連の体制がどれほどの影響を持っているかについて、控えめながら非常に鋭敏に示されている」ため、「素晴らしい戦略的価値」がある、と書かれている。言いかえれば、完璧だということだ。

その記録は、マティーニ漬けのクリスマスパーティーのときに休憩室でよく行なわれる逢引の噂よりも素早くソ連部内をまわり、最初の記録を支持する追加記録を少なくとも片手の指の数以上生み出した。曰く、これは単なる小説ではなく、武器である。これぞＣＩＡが手に入れ、ソ連国民みずからに起爆させるべく、鉄のカーテンの向こう側に運びこむべき武器であると。

東

1956年

第十章　代理人

セルジオ・ディアンジェロが目を覚ましたとき、ベッドの横では三歳の息子が、ステファノという竜についてにぎやかにおしゃべりしているところだった。ステファノというのは、ローマにいたころに人形劇で見た緑と黄の張り子の巨大な怪物である。「ジュリエッタ！」セルジオは大声で妻を呼んだ。同情した妻が息子を連れていってくれて、あと一時間眠れないかと期待したのだ。だが、ジュリエッタはセルジオの訴えを無視した。

セルジオは喉が渇いており、昨晩ウォッカを飲みすぎたせいでこめかみがずきずきした。「イタリア人たちに乾杯！」同僚のヴラドレンはそう叫び、モスクワ放送のパーティーに集まった人々に向かってグラスを掲げていた。セルジオは笑って酒を飲み、イタリア人は自分ひとりだけであって、イタリア人たちと複数形にする必要はないと指摘はしなかった。セルジオは先頭を切ってダンスフロアに出た。ハンサムでイタリア映画の撮影現場から抜け出したような服装の彼にとって、ダンスの相手はよりどりみどりだった。そこで、すべての相手と踊り、しまいにはヴラドレンに肩を叩かれて、三十分前に音楽は終わったし、カフェの店主は自分たちを追い出すところだと教えられた。音楽なしでいっしょに踊っていた小柄な女が、わたしのアパートへ行ってパーティーを続けましょうよと誘ってきたが、セルジオは断わった。妻が帰りを待っているばかりか、翌日は日曜日だが仕事があったからだ。

セルジオはモスクワ放送をイタリアで放送するためにニュース速報を翻訳していたが、ソ連に来たのにはもうひとつ理由があった。著作権代理人となる予定だったのである。セルジオの雇い主ジャンジャコモ・フェルトリネッリ――材木王の相続人で、新しい出版社の設立者――は、現代における新たな傑作小説の発掘を望んでおり、それは母なる国ソ連のものであるべきだと信じていた。「次の『ロリータ』を見つけてくれ」彼はフェルトリネッリにそう指示されていた。

セルジオはまだそのようなヒット小説を見つけてはいなかったが、前の週に自分の机で目にしたニュース速報に、期待できそうな一文があった。「ボリス・パステルナークの『ドクトル・ジバゴ』の出版迫る。日記形式などで書かれた同小説は、半世紀あまりの長い期間を描き、第二次世界大戦で幕を閉じる」と。セルジオはフェルトリネッリに電報を打ち、翻訳出版権確保のために動く許可を得ていた。電話で著者と連絡を取ることができなかったので、その日曜日、ヴラドレンといっしょにペレデルキノにあるパステルナークの自宅を訪ねる計画を立てていたのだった。

日曜の朝、あいかわらず息子につきまとわれながら、セルジオは洗面所で冷たい水で顔を洗い、ペレデルキノに行くのは来週末にしようとヴラドレンに頼んでおけば良かったと思った。イタリアの自宅キッチンの半分の大きさしかないキッチンへ入っていくと、妻はテーブルでローマから持ってきたインスタントのエスプレッソを飲んでいるところだった。四歳になる娘のフランチェスカはその向かいに座り、母ジュリエッタの真似をして、自分のプラスチックのカップを口に運んでから、そっと置いた。「おはよう、ぼくの可愛い人たち」セルジオはそう言うと、ふたりの頰に口づけをした。

「ママはパパに怒ってるよ」フランチェスカが言った。「すっごく怒ってる」

「それはおかしいね。何も怒るようなことはないのに、どうして怒るんだい？　ママは、パパが今日お仕事をしなきゃいけないって知っているんだから。パパはソ連でだれよりも有名な詩人を訪ねにいくんだよ」

「なんで怒ってるかは言わなかったけど、でも、怒ってるの」

ジュリエッタは立ち上がり、自分のカップを流しに置いた。「あなたがだれを訪ねるかなんて、どうでもいいわ。でも、また朝帰りしたら許さないから」


セルジオは一番上等な背広を着た。ブリオーニ（一九四五年にローマで創業したテーラー）でオーダーメイドされた砂色の背広で、寛大な雇い主からの贈り物である。玄関へ行き、馬毛のブラシで靴を磨いた。終わりが来ないように思えるロシアの冬のあいだは、ロシア人たちと同じように黒のゴム長靴をはいていた。だが、春がやってきたいま、高級な革靴に足を入れながら、心が浮き立つのを感じた。両方の踵《かかと》をカチッと合わせ、行ってきますと家族に声をかけて、玄関を出た。


ヴラドレンは七番線ホームでセルジオを待っていた。小旅行のためにタマネギと卵のピロシキがいっぱい入った紙袋を持っている。ふたりは握手をし、ヴラドレンが紙袋をさし出した。セルジオは手で胃を押さえた。「食べられないよ」

「二日酔いか？」ヴラドレンが聞いた。「おれたちロシア人についてきたいなら、もっと鍛《きた》えないとな」ヴラドレンは紙袋をあけて、それを振った。「昔からの治療法だよ。ひとつ食べろ。これからロシアの特権階級の男に会うんだぞ。体調を万全にしておかんと」

セルジオはピロシキをひとつ取り出した。「ロシア人は特権階級の人間を皆殺しにしたと思ったけどな」

「いや、まだだ」ヴラドレンは声をあげて笑い、ゆで卵のかけらを口からこぼした。

列車が駅を出発し、たくさんの線路が一本になるころ、あけた窓の上部をつかんだセルジオは、暖かい風の流れを指先に感じた。冬中、頭のてっぺんから爪先まで肌をおおっていたので、春は最高だった。また、田舎の景色にもわくわくしていた。モスクワの外に出るのは、これが初めてだったからだ。「あそこで建設中なのはなんだい?」セルジオはヴラドレンに聞いた。

ヴラドレンはパステルナークの最初の詩集『雲の中の双生児』をめくっていた。サインをしてもらえるのではないかと期待して、この本を持ってきたのだ。「共同住宅だろ」ヴラドレンは目も上げずに答えた。

「見もしなかったのに」

「じゃ、工場だ」

車窓からの眺めは、近ごろ建設された建物から、建設中の建物へ、そして田舎へと移り変わっていった。田舎の風景には芽吹いた木々や村が点在し、そういう村にはロシア正教の教会や、柵で囲われた一区画の土地付きの小さな家があった。線路脇で小さな斑点《はんてん》入りの鶏を片腕で抱えている幼い男の子に、セルジオは手を振った。男の子は手を振り返さなかった。「どれくらいこんな感じが続くんだい?」セルジオは聞いた。

「レニングラード（現サンクトペテルブルク）までさ」

ふたりはペレデルキノで列車を降りた。夜のあいだに雨が降っており、列車の線路を渡ってすぐ、泥のなかに足を踏み入れてしまったセルジオは、上等な靴をはいてきた自分を呪った。ベンチに腰かけ、レースのハンカチで泥をぬぐおうとしたが、道端にいる三人の男から注目されていることに気づいて手を止めた。男たちは年老いたラバをおんぼろのヴォルガ（ソ連の中型乗用車）の前につなごうとしていた。セルジオとヴラドレンは奇妙な見物《みもの》になっていた。ぶかぶかのズボン――裾《すそ》を折り返している――に、都会の人間らしく体にぴったり合ったベストを着た金髪のロシア人は、イタリア人より頭ひとつ背が高く、体の幅は二倍もある。そして、ほっそりした体に背広姿のセルジオは、明らかに外国人だった。

セルジオは役に立たないハンカチを手から落とし、ここらへんに靴をきれいにできるカフェはないかとヴラドレンに聞いた。ヴラドレンは通りの向こう側にある大きな納屋のような木製の建物を指さし、ふたりはそこへ入った。

「トイレは？」セルジオはカウンターのなかにいた女に尋ねた。女はラバを車につないでいた男たちと同じ表情をしていた。

「外よ」女は言った。

セルジオはため息をつき、水の入ったコップとナプキンを頼んだ。女はどこかへ行き、新聞紙の切れ端とウォッカの入ったショットグラスを持って戻ってきた。「これじゃなくて――」

「ありがとう《スパシーボ》」ヴラドレンがさえぎってウォッカを飲み干し、お代わりを求めて手のひらでドンとカウンターを叩いた。

「我々には大切な仕事があるんだぞ」セルジオが言った。

「約束しているわけじゃなかろう。詩人は待っていてくれるよ」

セルジオは友人をスツールから追い立てて店を出た。

外では、三人の男たちが首尾よくラバを車につなぎ終えていた。今度は小さな子どもがハンドルを持ち、男たちが車を押している。彼らは動きを止めると、通りを渡って本道沿いの小道を進んでいくセルジオとヴラドレンをじっと見つめた。

ロシア正教会総主教の夏の家――堂々たる赤と白の建物で、同じように堂々たる塀に囲まれている――の横を通りすぎながら、セルジオはカメラを持ってくるんだったと考えていた。ふたりは雪どけ水と雨で水かさの増した小川を渡り、小さな丘をてくてく上り、樺《かば》や松の木々が並ぶ砂利道を進んだ。

「詩人にふさわしい場所だな！」セルジオは感想を漏らした。

「スターリンは厳選した作家たちに、こういう家を与えたのさ」ヴラドレンが言った。「作家たちがミューズとより深く親しめるようにとね。そのおかげで作家たちの動向がたやすくつかめるんだ」

パステルナークの家は左手にあり、スイスの山小屋と納屋との中間のような家だとセルジオは思った。「あそこにいるよ」ヴラドレンが言った。農夫風の服を着たパステルナークは長身で、シャベルを持って畑に屈みこんでおり、その顔には白髪交じりの豊かな髪がかかっていた。セルジオとヴラドレンが近づいていくと、パステルナークは顔を上げ、だれがやってきたのか見ようと手びさしをして太陽の光をさえぎった。

「こんにちは《ボン・ジョルノ》！」セルジオは大声で呼びかけた。会えた嬉しさの奥に、緊張がにじんだ。パステルナークは戸惑っているようだったが、やがて大きな笑みを浮かべた。

「こちらへ！」パステルナークが言った。

その有名な詩人に近づくにつれて、セルジオとヴラドレンはパステルナークが魅力的で若々しいのに驚いた。ハンサムな男は常に別のハンサムな男を品定めするものだが、完敗を喫《きっ》したセルジオは嫉妬を感じるどころか、畏敬《いけい》の念をもってパステルナークを見つめた。

パステルナークは剪定《せんてい》したばかりのリンゴの木にシャベルを立てかけ、ふたりのほうへ歩み寄った。「きみたちが来ることをすっかり忘れていたよ」パステルナークはそう言って笑った。「すまないが、きみたちが何者なのか、そしてなぜ来たのかも忘れてしまっていてね」

「セルジオ・ディアンジェロです」セルジオは片手をさし出し、パステルナークと握手をした。「こちらはアントン・ヴラドレン、モスクワ放送の同僚です」

　ヴラドレンは憧れの詩人ではなく、自分の靴の前面についた泥をじっと見つめたまま、うなるような声しか出せずにいた。

「なんて美しい名前なんだ」パステルナークが言った。「ディアンジェロとは。響きがなんとも心地いい。どういう意味なんだね？」

「天使の、という意味です。じつのところ、イタリアではごくありふれた名前なんです」

「わたしの姓はパースニップ（ニンジンに似た根菜で別名シロニンジン）という意味でね、畑仕事が大好きなわたしにふさわしい名前だと思っているんだよ」パステルナークはセルジオとヴラドレンを畑のへりにあるL字形のベンチへ案内した。三人はそこに腰かけ、パステルナークは汗染みのできたハンカチでひたいをぬぐった。「モスクワ放送だって？　じゃあ、きみたちはわたしにインタビューをするためにここへ？　あいにく、いまのわたしは公《おおやけ》の議論に貢献できそうにないが」

「ここへうかがったのは、モスクワ放送のためではありません。あなたの小説について話し合うためなんです」

「その件についても、これといって話すことはないな」

「ぼくは、イタリアの出版社の経営者であるジャンジャコモ・フェルトリネッリの代理人です。ひょっとして彼の名前を聞いたことはありませんか？」

「ないね」

「フェルトリネッリ家はイタリア有数の富豪です。ジャンジャコモの新しい出版社は最近、インドの初代首相ジャワハルラール・ネルーの自伝を出版しました。そのことは耳にされていますか？」

「ネルーについてはもちろん聞いたことがあるが、彼の本については知らないな」

「ぼくの役目は、鉄のカーテンのなかの新たな傑作をフェルトリネッリに届けることなんです」

「きみは我が国に来てまだ日は浅いのかい？」

「まだ一年経っていません」

「その言いまわしは好まれないんだ」パステルナークはだれか見張っている者に話しかけるように、木々のほうを見た。「鉄のカーテンというのは」

「申しわけありません」セルジオは言い、ベンチの上で身じろぎした。「ぼくはこの母なる国で新たな傑作を探しているんです。フェルトリネッリは『ドクトル・ジバゴ』をイタリアの読者、場合によっては、さらにその先の読者へ届けることに興味を持っておりまして」

　ボリスは一匹の蚊を殺さないように気をつけながら、腕から払った。「イタリアには一度、行ったことがある。わたしは二十二歳で、マールブルク大学で音楽を学んでいた。夏のあいだ、フィレンツェとヴェネツィアを旅したんだが、ローマまでは行けなかったよ。金がつきてしまってね。ミラノに行ってスカラ座を訪れたかったなあ。それを夢見ていたんだ。いまも夢見ているよ。だが、わたしは乞食のように貧乏な学生だった」

「スカラ座なら何度も行ったことがあります」セルジオが言った。「あなたもいつか絶対にお出かけください。フェルトリネッリなら、劇場で最高の席をご用意できますよ」

　ボリスは笑ったが、視線は下に向けられていた。「旅には憧れてやまないが、わたしにとってそういう時期はもうすぎた。たとえ旅をしたいと思ったにせよ、当局が許さないだろう」パステルナークはちょっと口をつぐんだ。「当時は作曲家になりたかったんだ、若いころは。多少の才能はあったが、自分が望むほどの才能はなかった。若者の夢というものは、そういうものだろう？　だいたい常に情熱が才能を上まわっているんだよ」

「ぼくは文学に大きな情熱を抱いているんです」セルジオはそう言って、話を『ドクトル・ジバゴ』に戻そうとした。「そして、あなたの小説は傑作だと聞いています」

「だれから聞いたんだね？」

セルジオが足を組むと、ベンチがぐらついた。「だれもがその話をしていますよ。そうだね、ヴラドレン？」

「みんな、その話をしています」ヴラドレンは言った。彼がパステルナークにかけた初めての言葉だ。

「出版社からはなんの連絡もないよ。これまでは、自分の作品に関して返事を待たされたことなど一度もなかったのに」パステルナークはベンチから立ち上がり、耕したばかりの畑を左側、種まきしたばかりの畑を右側にして、その真ん中を歩いた。「その沈黙で、はっきりとわかる」パステルナークはベンチに腰かけているふたりの男たちに背を向けたまま言った。「わたしの小説が出版されることはない。当局の文化的指針とやらにそぐわないんだ」

セルジオとヴラドレンも立ち上がり、パステルナークのあとをついていった。「でも、その出版についてはすでに発表されていますよ」ヴラドレンは言った。「セルジオこそ、モスクワ放送のためにそのニュース速報を翻訳した本人なんです」

パステルナークはふたりのほうを振り返った。「きみたちが何を聞いたのかは知らないが、あの小説の出版は不可能なんだよ、残念ながら」

「正式に拒否されたんですか？」ヴラドレンが尋ねた。

「いや、まだだ。そういうわけじゃない。だが、わたしはすでに出版をあきらめている。そのほうがいいんだ。さもなければ、気が狂ってしまうだろうから」パステルナークはまた笑ったが、すでにそうなりかけているのだろうかとセルジオは心配になった。

セルジオは『ドクトル・ジバゴ』がソ連国内で発禁扱いになるかもしれないなどと、予期していなかった。「そんな馬鹿な」セルジオは言った。「いくらなんでも、これほど意味ある作品を発禁処分にするはずがないでしょう。噂に聞いている『雪どけ』はどうなったんです？」

「フルシチョフもそれ以外の者たちも演説や約束をするのは勝手だが、わたしが気にかける唯一の雪どけとは、春の植えつけに関するものだけだ」パステルナークが言った。

「ぼくが原稿をいただくというのは、どうでしょう？」セルジオが尋ねた。

「なんのために？　彼らがここで発禁処分にしているかぎり、どこでだろうと出版することはできないよ」

「フェルトリネッリはひと足早くイタリア語の翻訳を始めさせることができますから、ソ連での出版に合わせて――」

「出版はされない」

「ぼくはされると信じています」セルジオが続けた。「そして、実際にそうなったときに、フェルトリネッリはすぐ印刷にかかることができます。彼はイタリア共産党の優良党員ですし、彼がトップである以上、その翻訳出版が引き延ばされる理由はまったくありません」セルジオは言った。彼は徹底的な楽天主義者で、不可能などないと信じていた。「『ドクトル・ジバゴ』はミラノ、フィレンツェ、ナポリ、そのほかの、あらゆる本屋のウィンドウに飾られるでしょう。世界中があなたの小説を読みたがり、世界中があなたの小説を読むんです！」セルジオは、自分が『ドクトル・ジバゴ』を読んだことはなく、その文学的価値について触れられないことを無視した。また、守れるかどうか定かでない約束をしていることもよくわかっていたが、それでも、こうしたお世辞がパステルナークに良い影響を与えているようだったので、希望的見解を次々と語り続けた。

「ちょっと失礼」パステルナークが言った。彼は自宅のほうへ歩いていき、ゴム長靴を脱いで、なかへ入った。セルジオとヴラドレンはそのまま畑に立っていた。

「どう思う?」ヴラドレンが聞いた。

「わからない。でも、小説は出版されると思う」

「きみはロシア人じゃないからな。ここではどんなふうにことが進むか、わかっていないんだから。彼が何を書いたか知らないが、それが国の文化的指針に反しているんなら、どんな雪どけだって、出版が許されることはない。そして、国がここで発禁処分にするなら、パステルナークが小説を出版することは違法になる――どこであろうとな。いまも、これからもずっとだ」

「彼はまだ拒否されたわけじゃないよ」

「何か月も経つのに、返事がないんだぞ。連中は伝えたいことを明確にするために、それを言葉にする必要がないんだ」

「確かに。だけど、歴史は止まっちゃいない」

一階の正面の窓辺で何かが動いた。年配の女性が、開いたカーテン越しにふたりの様子をうかがい、姿を消した。「奥さんかな?」セルジオが言った。

「だろうな。もっとも、彼にはかなり年下の恋人がいて、そのことを隠していないらしいがね。ここから歩いてすぐのところに住む公然の愛人さ。その愛人がいつも彼といっしょにいるらしい。モスクワ中の噂だよ。彼の妻はそれを黙認しているのさ」

家のドアがあき、パステルナークが大きな茶色の紙包みを持って現われた。彼は裸足《はだし》で庭を横切ると、客たちの前でちょっと息を整えてから口を開いた。「これが『ドクトル・ジバゴ』だ」パステルナークが包みをさし出し、セルジオが近づいてそれを受け取ろうとしたものの、彼はその包みを離さなかった。つかのま、ふたりともその包みを持っていたが、やがてパステルナークが両手を離した。「これが世界中で読まれますように」

セルジオは両手でその重みを感じながら、包みの表《おもて》を自分のほうへ返した。「あなたの小説はシニョーレ・フェルトリネッリという信頼できる人物が預かります。どうかお待ちください。今週中に、ぼくが彼とじかに会ってこれを手渡します」

パステルナークはうなずいたが、どこか不安そうに見えた。三人は別れの挨拶をした。セルジオとヴラドレンが駅に向かって歩きはじめると、パステルナークがふたりの背中に呼びかけた。「これによって、おふたりはわたしの死刑執行に招待されたことになる！」

「詩人ってやつは！」セルジオが声をあげて笑った。

ヴラドレンは何も言わなかった。

翌日、『ドクトル・ジバゴ』は西ベルリンへ向かった。セルジオはそこで原稿をフェルトリネッリに手渡し、フェルトリネッリがそれをミラノまで持っていくことになっていた。

列車、飛行機、また列車、三キロの徒歩、そして一度の袖の下を経て、セルジオは無事、ヨアヒムスターラー通りのホテルに到着した。クアフュルステンダム大通りはまばゆく、これ見よがしで、資本主義が脈動しており、あらゆる点でモスクワと異なっていた。しゃれた着こなしの男女が腕を組んで歩き、夕食か、ダンスか、ふたたび街のあちこちで営業されるようになった多くのキャバレーかに出かけていく。フォルクスワーゲン・ビートルやオートバイが、猫背のティーンエイジャーたちを乗せて広い大通りのそこかしこを走っていた。そして、ネオンサインが次々と点灯した。〈ネスカフェ〉が黄色く、〈ボッシュ〉が赤く、〈ホテル・アムズー〉が白く、〈サラマンダー・シューズ〉が青くという具合に。通りに点在する数多くのカフェやレストランのテーブルが、歩道に並んでいた。ピアノの音がカクテルラウンジから漏れ聞こえ、ジョセフィン・ベーカーをさらにグラマーにしたような美しい黒人女性が、通行人たちを店へと誘っている。

自分の客室に入ってスーツケースをあけ、オーダーメイドのオックスフォードシャツとペイズリー柄のシルクパジャマを取り出すと、茶色の紙に包まれたままの原稿が現われた。セルジオが東ベルリンから西ベルリンへ入る際に二度、スーツケースの中身を点検されずにすんだのは、東側と西側双方の兵士たちと愛想よく言葉を交わしたこと、信頼されやすいタイプの顔をしていること、そして、疑いを持つ者を黙らせるだけの資力があったからだ。彼は原稿に口づけをし、それをドレッサーの最下段の引き出しにしまい、さらにパジャマでおおった。

セルジオは長いシャワーを浴びた。お湯が出るのはわずか四分だけだったが、それはモスクワよりも三分長かった。その後、水をしたたらせて自然乾燥させながら、浴室の鏡を前に、自分のカミソリを持ってきたことに満足しつつ髭《ひげ》を剃《そ》った。

クルダイオーラ（火を通さないソース）のオレキエッテ（ショートパスタの一種）とイタリア産のブドウから作られたワインがほしくてたまらなかったが、ホテルのバーのピルスナービールと子牛肉のカツレツで我慢した。明日、ここにやってくるフェルトリネッリは、パステルナークの小説を手に入れたことをどこで祝うか、すでに決めているだろう。飛行機から降り立ったらすぐ、最高のレストランの最高の席と、最高のキャンティ（イタリアのトスカーナ州キャンティ地方で生産されるワイン）を楽しむひとときを、確保するに違いない。

レバーソーセージ、ゆで卵、ハーブ入りチーズ、マーマレードジャムを塗ったロールパン一個という朝食のあと、セルジオはフェルトリネッリのプレジデンシャルスイートが用意されていることをフロントの男に再確認した。

「コニャックはあるかな?」

「はい《ヤー》」

「煙草は?」

「ミスター・フェルトリネッリのためにアルファ（イタリアの煙草の銘柄）をひと箱探してまいりました」

「シーツは……彼好みに端をたくしこまない状態にしてある?」

「そのはずです」

「メイドに確認してもらえるかい?」

「ヤー。ほかには何かございますか?」

「タクシーを頼めるかな?」

「もちろんです」


テンペルホーフ空港で、セルジオはフェルトリネッリの乗った飛行機が着陸し、停止するのを見守った。タラップが飛行機の扉に装着された。フェルトリネッリは小脇に新聞を抱えて飛行機から出てくると、階段の最上段で立ち止まり、ドイツの地を見渡した。黄褐色の上着のボタンはとめられておらず、ネクタイは風に吹かれて肩から背後へたなびいていた。下で自分の代理人が待っているのを見つけると、フェルトリネッリはタラップを下りてきた。

フェルトリネッリはセルジオに機嫌よく挨拶し、両頬にキスをし、それから握手をした。これまで会ったことは数回しかなかったが、セルジオはいつもジャンジャコモ・フェルトリネッリのカリスマ性に感銘を受けるのだった。痩せ型で、黒髪を後ろになでつけて深いV字形になった生え際があらわなフェルトリネッリは、男女ともに魅了するタイプの男だ。トレードマークとなっている分厚い黒メガネさえ、彼の目に宿る活力を少しも隠すことはなかった。彼が途方もなく注目を集めるのは、その途方もない富のせいかもしれない。あるいは、その富に付随する自信ゆえだろうか。さもなくば、彼が収集するスーパーカーやオーダーメイドスーツのコレクション、あるいは彼に群がる美女たちのせいかもしれない。いずれにしろ、フェルトリネッリには間違いなくカリスマ性があった。

セルジオがフェルトリネッリの子牛革のバッグを持つと、フェルトリネッリはまるで学校時代の仲のいい友だち同士のように、セルジオと腕を組んだ。セルジオは昼食にレストランへ行かないかと提案したが、フェルトリネッリはかぶりを振った。「いますぐに例のものを見たい」

フェルトリネッリがホテルの濃いオレンジ色の絨毯《じゅうたん》の上を行ったり来たりしているあいだに、セルジオは原稿を取りにいった。セルジオから『ドクトル・ジバゴ』を渡されたフェルトリネッリは、まるでその重さで小説の重要さを感じ取れるかのように、原稿を押しいただいた。そして、小説をぺらぺらとめくり、胸に抱いた。「いまほどロシア語が読めたらと思ったことはないよ」

「きっと大ヒット小説になりますね」

「ああ、間違いない。ミラノに戻ったらさっそく最高の翻訳家に見てもらう手はずを整えてある。彼は正直な意見を言うと約束してくれているんだ」

「じつは、まだお伝えしていなかったことがあるんですが」

フェルトリネッリはセルジオが先を続けるのを待った。

「パステルナークは、ソ連がこの小説の出版を許さないだろうと考えています。電報に書くことはできなかったんですが、彼はこの作品が、ええと、なんと言っていたかな、彼らの指針とやらにそぐわないと思っているんです」

フェルトリネッリはそんな懸念を一蹴した。「わたしも同じことを耳にしたよ。だが、いまそのことを考えるのはよそう。それに、わたしがその小説を持っているとソ連が知ったら、彼らは考えを変えるかもしれない」

「もうひとつ、お伝えしなければならないことが。彼はこの小説を渡すことで、自分に死刑宣告をしてしまったと言っていました。もちろん冗談ですよね？」

フェルトリネッリは答えずに、その本を小脇に抱えた。「ここには二日間しかいられない。お祝いをしなければな」

「もちろんです！　まずはどうなさりたいですか？」

「上等なドイツビールを飲みたい。ダンスをしたい。女の子を数人見つけたい。それから、世界一の製品を作ると聞いているクアフュルステンダムの店で双眼鏡を買いたい」フェルトリネッリはメガネをはずし、自分の鼻を指さした。「鼻筋から目尻までを測って、ぴったり合うものを作ってくれるんだよ。わたしのヨット用に完璧じゃないか。絶対に手に入れなければ」

「もちろん、もちろんです」セルジオは言った。「では、ぼくの仕事は完了ですね」

「そうだ、友よ。そして、わたしの仕事は始まったばかりだ」

第十一章　ミューズ
矯正収容された女
使者

わたしの乗った列車が駅に着いたのは、モスクワで実りのない四日間をすごし、出版社に『ドクトル・ジバゴ』の出版を働きかけるという、さらに実りのない試みを行なったあとだった。ベンチにひとりで腰かけているボーリャが見えた。五月下旬のことで、太陽がちょうど木立ちの背後に落ちはじめたところだった。黄金色の光のなかで、薄汚れた列車の窓越しであっても、彼の白髪は金髪に、その目は輝いて見えた。わたしは胸に痛みを覚えた。遠くから見ると、彼は若い男、それも、わたしより若い男に見えた。付き合うようになって十年近くになるけれど、その焼けつくような痛みはまだそこにあった。列車の扉が開くと、彼は立った。

「今週は驚くようなことがあったんだ」ボーリャはそう言いながら、わたしのかばんを受け取り、それを肩からかけた。「予期せぬ客がふたりも来た」

「だれ？」

ボーリャは線路沿いに走っている小道を指さした。そこは何か重要な話があるときに、わたしたちが歩く小道だ。彼はわたしの手を取り、線路を渡るのを助けてくれた。列車が通過して反対方向へ走り去り、強い風にスカートの裾《すそ》が揺れた。ボーリャのいつもより速い足取りに、彼が興奮していると同時に心配していることがわかった。「だれが訪ねてきたの？」わたしはもう一度、尋ねた。

「イタリア人とロシア人だ」彼は足の運びに合わせて言った。「イタリア人のほうは若くて魅力的だった。黒髪で背が高く、とてもハンサムだったよ。きみもきっと彼のことを気に入るだろう、オーリャ。それに、素晴らしい名前なんだ！　セルジオ・ディアンジェロ。イタリアではよくある姓なんだと言っていたが、初めて聞いたよ。美しいと思わないかい？　ディアンジェロだなんて。天使の、という意味だそうだ」

「その人たち、なぜ来たの？」

「きみもいたら、彼に、そのイタリア人に魅了されていただろうな。もうひとりのロシア人のほうは、名前を思い出せない。ほとんど何も言わなかったから」

わたしはボーリャの腕をつかんで、彼を落ち着かせ、わたしに告げなければならないことを言わせようとした。

「じつに楽しく話をしたんだよ。わたしはふたりに、若いころマールブルクで学んでいたことを話した。フィレンツェやヴェネツィアへの旅をどれほど楽しんだかも。どれほどローマへも行きたかったたか、説明したんだ。でも――」

「そのイタリア人はなぜ来たの？」

「彼は『ドクトル・ジバゴ』がほしかったんだ」

「なぜそれがほしかったの？」

罪の告白のように、ボーリャはわたしに一部始終を語った。ディアンジェロとロシア人について。フェルトリネッリという名の出版社経営者についても。

「それで、あなたは彼になんと言ったの？」

石油缶を満載したぐらぐらする荷車を引いている若い女が通りすぎるあいだ、わたしたちは話すのをやめていた。そのあと、ボーリャが続きを話しはじめた。「この小説はけっしてここで出版されることはないだろうと、わたしは言ったんだ。文化的指針と一致していないからと。だが、彼はあきらめなかった。この本が出版される可能性はまだあると思うと言って」

「読んだこともないのに、その人はなぜそんなことを言えるの？」

「だから、わたしは彼に渡したんだ。読んでもらうために。率直な感想を聞かせてもらうために」

「その人に原稿を渡したの？」

「そうだ」ボーリャの態度は変化し、彼はふたたび老いて見えた。ボーリャにはわかっていたのだ。自分がしたことは取り返しがつかないだけでなく、危険でもあると。

「なんてことをしたの」わたしは自分の声を抑えようとしたが、それはヤカンから噴き上がる蒸気のように飛び出してきた。「その人を知っているわけでもないのに。その外国人のことを。当局が原稿を途中で奪いでもしたら、どうなるかわかってるの？　ひょっとしたら、もう奪っているかもしれないわ。そのことは考えた？　あなたの話のディアンジェロとやらが、実際にはイタリア人ですらなかったらどうするの？」

ボーリャはお仕置きされた子どものように見えた。「きみはこのことを大げさに考えすぎているよ」彼は片手で髪をすいた。「大丈夫だよ。フェルトリネッリは共産主義者だ」彼はそう付け加えた。

「大丈夫ですって？」わたしの目に涙があふれてきた。ボーリャがしたことは反逆行為に等しい。西側がソ連の許可なくこの小説を出版するようなことがあれば、当局はボーリャを、そしてわたしを捕まえにくるだろう。そして今度は、矯正収容所に短期収容されるくらいではすまない。わたしは座りたかったが、あたりは泥ばかりで座るところはどこにもなかった。彼はなぜこれほど自己中心的になれたの？　わたしのことを一度でも考えた？　わたしは踵《きびす》を返し、道を戻りはじめた。

「待ってくれ」ボーリャは追ってきた。彼の輝く目には暗い影がさしていた。自分が何をしたか、よくわかっていたのだ。「わたしは読んでもらうためにあの本を書いたんだ、オリガ。これは千載一遇のチャンスかもしれない。今回の結果がどういうものであれ、それを引き受ける覚悟はできている。彼らに何をされるかなど恐れはしない」

「でも、わたしはどうなるの？　あなたは自分の身に何が起ころうとかまわないかもしれない。でも、わたしはどうなる？　わたしは一度、連れていかれたのよ……もういや……また捕まるなんて耐えられない」

「そんなことは起きない。わたしが絶対に許さない」ボーリャに抱き寄せられ、わたしは彼の胸にもたれかかった。わたしたちの鼓動の違いが新たに感じられるようだった。「わたしはまだ何にも署名していないんだし」

「あなたは彼らに出版許可を与えたんでしょう。あなたはわかっているし、わたしだってそのくらいわかる。でも、出版されるのは、彼らが言っていたとおりの人たちだった場合だけよ。いい結果などありえない。わたし、もうあそこには戻りたくないの」わたしはそう言って、目をぬぐった。

「絶対にいや」

「そんなことになるくらいなら、『ドクトル・ジバゴ』を燃やしたほうがましだ。死んだほうがましだ」彼の言葉は、ストーブで火傷《やけど》した手に冷水をかけているようなものだった。水が出ているあいだは痛みを抑えられるかもしれないが、蛇口を締めたとたん、またズキズキするのだ。その瞬間、初めて、わたしは彼への信頼を失った。

「この本はわたしたちを引きずり落とすことになるわ。そこからは二度と戻れないのよ」

「いやいや、わたしはいつでもあれは間違いだったと彼に話せる」ボーリャは言った。「いつだって返すよう頼めるさ」

「いいえ」わたしは言った。「わたしよ、返してほしいと頼むのは」


わたしはモスクワへ行き、ボーリャから住所を聞き出していたセルジオの家の玄関を予告なしにノックした。こげ茶の髪と印象的な青い目をした品のある女性が出てきて、つたないロシア語でディアンジェロの妻ジュリエッタだと自己紹介をした。

ディアンジェロも玄関にやってくると、さし出したわたしの手に口づけをした。「お会いできて光栄です、オリガ」快活そうに微笑みながら、彼は言った。「お美しいことは噂に聞いていましたが、それ以上にお美しい」

彼の言葉に礼を言う代わりに、わたしはいきなり本題に入った。「じつは」わたしは一気に言った。「彼は自分のしていることがよくわかっていなかったんです。原稿は返していただかなければなりません」

「とりあえず座りましょう」彼はそう言い、わたしの手を取って居間へ案内した。「何か飲み物はいかがですか?」

「いりません」わたしは言った。「あの、ありがとう。でも、けっこうです」

彼は妻のほうを向いた。「ダーリン、ぼくにエスプレッソを持ってきてもらえるかい? あと、お客さんの分も」

ジュリエッタは夫の頬に口づけをすると、キッチンへ行った。

ディアンジェロは太腿《ふともも》を両手でこすった。「あいにく、時すでに遅しです」

「何が遅しなの？」

「あの本です」彼はまだ微笑んでいた。西側の人々がするように、幸せだからではなく、お愛想で。

「フェルトリネッリに届けたんです。彼はとても喜んでいました。すでに出版を決めています」

わたしは信じられない思いで彼を見つめた。「でも、ボーリャがあれを渡してから、まだ数日しか経っていないのに」

彼は、わたしの好みからするといささか大きすぎる声で笑った。「東ベルリンへの最初の飛行機に乗ったんです。というか、ふたつの列車に乗り、飛行機に乗り、長いあいだ歩いて、西ベルリンに着くころには新しい靴を一足買わなければならなかったくらいです。シニョーレ・フェルトリネッリがみずから飛行機に乗って、会いにきてくれました。ぼくたちはそこで盛大に――」

「原稿を返してもらってください」

「それは不可能です、あいにくですが。すでに翻訳作業は始まっています。フェルトリネッリ自身がそう言っていました。この小説を出版せずにおくのは犯罪だと」

「犯罪ですって？　あなたに犯罪の何がわかるの？　あなたに罰の何がわかるの？　ボリスにとっての犯罪は、あれをソ連国外で出版させることなの。あなたはその片棒を担いだのよ」

「パステルナークさんは許可してくれましたよ。ぼくは危険などまるきり感じませんでした」彼は立ち上がり、通路から書類かばんを取ってきた。そのなかに入っていたのは、黒革の日記だった。「ほら、ペレデルキノに彼を訪れた日に書いたんです。彼の言葉には人を動かす力があると思いました」

わたしは開かれた日記を見た。そこに、ディアンジェロはこう記していた。「これが『ドクトル・ジバゴ』だ。世界中で読まれますように」と。

「ね？　許可も得ています。それに――」彼はちょっと言葉に詰まり、わたしはこのイタリア人もいくらか良心のとがめを感じているのだとわかった。「――たとえ、ぼくがそれを取り戻したいと思ったとしても、もうぼくの手を離れてしまいました」

わたしの手からも離れていた。ボーリャはすでに許可を与えており、それについてわたしに嘘をついたのだ。『ドクトル・ジバゴ』はこの国から出てしまい、ことは動いていた。わたしにできるのは、フェルトリネッリがそれを外国で出版する前に、ソ連国内で出版する計画を進める努力をすることだけだ。それが彼を、わたしを救う唯一の方法だった。

ボーリャは一か月後、フェルトリネッリとの契約に署名した。ボーリャが名前を書いたとき、わたしはそこにいなかった。妻もそこにいなかった。というのも、初めて彼女はわたしとまったく同じ意見だったからだ。この小説を出版することで得られるものは、苦痛しかないと。

ボーリャは言った。外国からの圧力が増すことで、ソ連の出版社も小説の出版に踏みきるだろうと。そんなこと、わたしは信じられなかった。「あなたは契約書に署名したんじゃないわ」わたしは言った。「死刑執行令状に署名したのよ」

わたしは自分にできる最大限のことをした。フェルトリネッリに原稿を返すよう圧力をかけてほしいと、ディアンジェロに懇願《こんがん》したのだ。そして、フェルトリネッリより先に『ドクトル・ジバゴ』を出版してもらえないかと頼むために、会ってくれる編集者には片っ端から会った。

イタリア人が『ドクトル・ジバゴ』を入手したという噂が伝わり、共産党中央委員会の文化部はそれをフェルトリネッリから返却してもらうよう求めてきた。わたしは国家と意見が同じという、新たな立場にいることに気づいた。『ドクトル・ジバゴ』が出版されるのなら、それは絶対に、まず母国においてでなければならない。けれど、フェルトリネッリはその要求を無視し、わたしは次にどんなことが起こるのか不安だった。そこで、当局の態度をやわらげることができないかと、文化部長ディミトリ・アレクセイエヴィッチ・ポリカルポフと会った。

ポリカルポフは魅力的な男で、わたしはモスクワで開かれたさまざまな催《もよお》しで彼を何度も見かけたことがあったが、話はこれまで一度もしたことがなかった。ポリカルポフは西側で仕立てられた背広を着て、黒光りしているローファーの側面にかすかに触れる丈《たけ》の先細のズボンをはいていた。彼はモスクワ文壇の目付役として知られており、ポリカルポフの秘書に彼のオフィスへ案内されたわたしの呼吸は荒くなっていた。そして、まだ腰も下ろさないうちに深く息を吸いこみ、列車のなかで練習してきた懇願を始めた。「ただひとつできることは、イタリア人が出版する前に小説を出版することです」わたしは説得を試みた。「出版前に、反ソ的と思われる箇所を編集することができます」もちろん、ボーリャはわたしがこんな交渉をしているとは思っていなかった。彼が小説を切り貼りするくらいなら出版しないほうを選ぶであろうことは、わたしにはよくわかっていた。

ポリカルポフは上着のポケットに手を入れると、小さな金属製の缶を取り出した。「それは不可能だ」彼は白い錠剤を二個取り出し、水なしで飲みこんだ。「『ドクトル・ジバゴ』はなんとしても返却されなければならない」彼は続けた。「出版されることは認められない――イタリアでも、それ以外のどこであっても。我々がある版を出版し、イタリアがそれとは違う版を出版すれば、なぜ我々はいくつかの部分が抜け落ちた状態で出版するのかと世界から問われるに決まっている。それはおよそ国家とロシア文学界にとって、ばつの悪いことだ。きみのご友人は、わたしのことを厳しい立場に追いこんでいる」ポリカルポフはポケットに缶をしまった。「そして、きみのことも」

「では、どうすればいいんです？」

「ボリス・レオニドヴィッチに、これからきみに渡す電報に署名するよう説得するんだ」

「どんな内容の電報ですか？」

「フェルトリネッリが所有している原稿は下書きであり、新たな原稿が近々完成するから、下書きのほうは大至急返却してもらいたいと。その電報に二日以内に署名しなければ、彼を逮捕する」

それが、明言された脅しだ。明言されなかった脅しは、わたしもすぐに逮捕されるということだった。けれど、わたしにはわかっていた。そのような電報を受け取ったとしても、フェルトリネッリが出版を思いとどまることはないと。ボーリャはフェルトリネッリとの連絡をフランス語でのみ行なうことにしており、彼の名前であってもロシア語で送られてきた連絡はすべて無視するように指示してあったのだ。さらに、わたしにはわかっていた。そのような文書に署名することは、ボーリャにとって大きな恥辱であると。「やってみます」わたしは言った。


実際、わたしはやった。ポリカルポフに言われたとおり、彼に頼んだ。フェルトリネッリに原稿を返却するよう依頼する電報を送ってほしいと。わたしは愛する男に、人生を賭けた作品の出版を取りやめるよう頼んだのだ。小さな家で夕食をとりながら、わたしがそう頼んだとき、彼はただ黙って椅子の背にもたれかかった。筋肉の痙攣《けいれん》が気になっているかのように片手をうなじにあて、長いあいだ何も言わなかった。それから、口を開いた。

「ずっと前に、ある電話がかかってきた」

わたしは持っていたフォークを置いた。彼が何を話そうとしているかわかったからだ。

「スターリンを批判する詩のせいでオシプが逮捕された直後だった」ボーリャは言った。「オシプはそれを書いてすらいなかった。頭のなかにしまっておいただけだったんだ。だが、それさえ悲しむべき間違いであったことが証明された。あの暗黒の時代には、だれかの頭のなかにある言葉さえ、逮捕される犯罪となりえたんだよ。きみはまだほんの子どもだったころだから、覚えてはいないだろうがね」

わたしは自分のワイングラスにお代わりを注いだ。「自分の年齢はわかっているわ」

「ある晩、彼は街角でわたしたちにその詩を暗唱して聞かせ、わたしは彼にそんなことをするのは自殺行為だと言った。オシプはわたしの警告など意に介さず、彼がまもなく逮捕されたことは言うまでもない。それから少しして、わたしに電話がかかってきた。だれからだったか、わかるかい？」

「噂は聞いているわ」

「もちろんそうだろう。だが、わたしから聞いたことはないはずだ」

わたしは彼のワイングラスにお代わりを注ごうとしたが、彼は手ぶりでそれを制した。「スターリンは前置きなしで話しはじめた。声で、すぐにだれかわかったよ。オシプはきみの友人か、もしそうなら、なぜその釈放を申し立てないのかと尋ねられた。わたしは何も答えられなかったんだ、オーリャ。しかも、オシプを自由の身にするよう主張することもなく、言いわけをした。わたしは共産党中央委員会書記長に、たとえわたしがオシプのために何かを願い出たところで、あなたの耳に届くことはなかったでしょうと言った。するとスターリンは、オシプを偉大な詩人だと思うかと尋ねた。それは話の要点からずれています、とわたしは答えた。それから、わたしが何をしたと思う？」

「何をしたの、ボリス？　何をしたか教えて」わたしはグラスに入っているワインを飲み干した。

「話題を変えたんだ。ずっと前からあなたと生と死について真剣に語り合いたいと思っていました、とスターリンに言った。彼はどう答えたと思う?」

「どう答えたの?」

「電話を切ったよ」

わたしはナイフの背で皿の上のエンドウ豆を転がした。「でも、それがいまどう関係してくるの? もうずっと前の話でしょう。スターリンは死んだわ」

「わたしは長いあいだ、自分のしたことを後悔してきた。いや、自分のしなかったことを、と言うべきだな。友人のために立ち上がり、彼を救う機会を与えられたのに、それを見送った。わたしは卑怯者だった」

「そのことであなたを責める人など、だれも――」

ボーリャは拳でテーブルを打ち、皿や銀器が音を立てた。「もう二度と卑怯者になるつもりはない」

「それとこれとは同じではないわ――」

「当局は前にも、手紙に署名するようわたしに言ってきたことがあるんだ」

「これは違うわ。フェルトリネッリはわかっているんだから。あなたが送ってきたフランス語で書かれていないものはなんであれ、無視していいと。あなたはこういう状況に備えていたんでしょう。だから、これは嘘をつくことにはならないわ。単なる防御措置よ」

「わたしには防御など必要ない」

わたしは腹が立ってきた。「じゃあ、わたしはどうなるの、ボリス? わたしのことは、だれが守ってくれるの?」そして、ひと呼吸置いてから、言いたいことをぶちまけた。「わたしは一度、送りこまれたのよ、矯正収容所へ。あなたのせいで」わたしはそれまで一度も自分が逮捕されたことで彼をじかに非難したことがなかったので、彼は呆気にとられているようだった。わたしは繰り返した。「わたしがあの場所へ入れられたのは、あなたのせいよ。あなたはまた、わたしをあそこへ送り返したいの？」

ボリスはふたたび黙りこんだ。

「どうなの？　そうしたいの？」

「そんなふうに思われているとはな」ようやく、彼はそう答えた。「それはどこにある？」

わたしは自分の寝室へ行き、ポリカルポフの電報を持って戻った。ボーリャはそれを受け取ると、読まずに署名した。わたしは朝一番でそれをミラノへ送り、続いて、無事にやり終えた旨《むね》の電報をポリカルポフへ送った。

ボーリャはその後二度とその電報のことを口にしなかった。そして結局、それはどうでもいいことだった。わたしたちが思っていたとおり、フェルトリネッリはそれを無視したし、イタリアでの出版日は一九五七年の十一月上旬と決まったからだ。

わたしは最善をつくしたが、わたしの最善は充分ではなかった。『ドクトル・ジバゴ』は止めることのできない高速列車だったのだ。

西

1957年秋～1958年8月

第十二章　~~応募者~~
運び屋

サリー・フォレスターは月曜日にやってきた。わたしはノーマにどうしてもと請《こ》われて、タイプ課のみんなと〈ラルフの店〉へ行っていた。ノーマはわたしとテディとの関係について知りたいのだとわかっていたけれど、バーガーとチョコレートモルト（チョコレート入りの麦芽乳）をおごると言われ、ビチャビチャしたツナをのせたワンダーブレッド（アメリカで売られている白くて柔らかいパン）を昼に自分の机で食べるよりはと、行く気になったのだ。

　タイプ課のいつものボックス席はやや窮屈だったので、わたしは長い脚を通路に出して座った。みんなの注文がすんだとたん、ノーマが次々と質問を投げかけてきた。「ねえ、イリーナ。あなたたち、付き合って、ええと、もう一年だっけ？　なのに、わたしたちに何も教えてくれないじゃない。わたしたち、なんにも知らなくて」

「八か月よ」わたしは言った。

「わたしは付き合って三か月でデイヴィッドと婚約したわ」リンダが口をはさんだ。

　わたしは愛想笑いをした。じつを言えば、テディとは自分でも気づかないうちに本物のカップルになっていたのだった。〈リヴゴーシュ〉でのふたりの初めての夕食は、翌週末には夕食と映画になり、それが夕食とダンスになり、それが今度はポトマックにある彼の広い実家での夕食になった。テディはわたしを恋人として紹介し、彼の心を傷つけたくなくて、わたしはそれを訂正しなかった

——そして、そのまま数か月が経過したのだった。もしかすると、それはわたしたちのうまが合ったからかもしれないし、母さんがテディを気に入り、テディがロシア文化に造詣《ぞうけい》が深くてロシア語の達人だったからかもしれない。「あなたはうちの親戚の子たちよりもロシア語がうまいわ。あの子たちはロシア生まれなのに！」母さんは彼にそう言った。

また、友だちとこんなふうになりたいとずっと願っていたように、テディといるのが心地よかったせいもある。彼といると、自分のあらゆる言動を分析しなくてすんだ。友情ではあったけれど、それ以上の気持ちに変わるかもしれないという希望をわたしはまだ捨てていなかった。よく物語で読むお決まりの、雷に打たれたような感覚、電気が走ったような衝撃、膝《ひざ》から力が抜ける瞬間を待っていた。

また、彼といると役得もあった。テディは、女のわたしにはその周縁をのぞくことを願うしかないような、CIAの中枢に加わる有望株と見なされていた。そして彼は、日曜の夕べにジョージタウンで行なわれるディナーパーティーや、ザ・ヘイ・アダムスホテルでのカクテルパーティーへ連れていってくれた。しかも、ほかの男たちの妻や恋人と話をしておいでと、わたしを追い払ったりはしなかった。彼は男たちとの会話にわたしを引き入れ、わたしが言ったことを誇らしく感じたときには手をぎゅっと握ってくれるのだ。

テディはカトリック教徒で、わたしが乗り気でないことを強要することはいっさいなかった。テディが結婚前のセックスに反対していたというわけではない。彼は寄宿制高校の卒業学年のときに臨時教師を相手に初体験をすませていたし、大学時代には三人と付き合ったこともあったが、わたしの限度を尊重してくれた。わたし自身も結婚前のセックスを拒んでいたわけではなかったけれど、彼には実際以上に奥手だと思わせておいた。テディは知らなかったが、わたしは処女ではなかった。

わたしが処女を失ったというか、捨て去ったのは、大学三年のときの友だちが相手だ。わたしは乗り越え、すませるべきものとして処女喪失に取りかかり、ルームメイトが留守のときに大学の寮の部屋へ彼を招いた。彼がドアから入ってくると、わたしは彼にセックスしたいかと尋ねた。気の毒な彼はびっくり仰天し、最初はわたしに思いとどまらせようとしたけれど、わたしがブラウスを脱ぐと誘惑に屈したのだった。

わたしはいつも人類学者のようにセックスに取り組んでいた。視線を自分自身に向けるのではなく、相手の反応を観察することにもっぱら関心があった。そして、テディがわたしに触れるときの反応が好きだった。触れられて自分がどう感じるかよりも、ずっと。テディの抑制された欲望を見ていると、自分には力があるという気になれたし、それはわたしにとって驚くべき発見だった。テディはわたしが望んでやまない、ありとあらゆるものだったけれど――それでも、なお。

ノーマの質問が止まったのは、サリーが〈ラルフの店〉に入ってきたときだった。リンダが目を丸くして、みんなの注意を促した。「あれって、だれ?」

わたしが彼女を見たのは、タイプ課のみんなと同時だった。

「これでもかってくらい目立ってるわね」

〈ラルフの店〉は常連客たちが集う場所だった。タイプ課の面々が奥のボックス席で噂話をし、老人たちがカウンター席で目玉焼きの黄味にトーストをひたしている。一方、大学生たちは丸テーブル席でコーヒーかチョコレートモルト一杯でねばりながら勉強しており、ときたま、名前や身分を隠したい弁護士やロビイストたちが顧客を連れてやってきた。〈ラルフの店〉に初めてやってきた客はだれであれタイプ課の注意を引いたが、この女はみずからそれを求めていた。

ジュディはハンドバッグから何かを取り出すふりをした。「どこかで見たことがあるわ」

店主マルコスはすでにカウンターの向こうから出てきて、その女にケースのなかにある菓子パンのひとつひとつを指さして説明していた。アシーナはレジに寄りかかりながら夫を見つめており、夫はその女を見つめていた。女は中背だったが、数センチほど身長を底上げしてくれるハイヒールをはいていた。若く見えたけれど、赤いシルクの裏地が付いている明るい青の膝丈《ひざたけ》のコートに、キツネの毛皮の襟巻《えりまき》をした姿は、二十代の女にしては洗練されすぎている。髪は深い赤で、非の打ちどころなくカールされていた。その髪の色を声に出して言いたくなる類《たぐい》のヘアスタイルである。わたしの髪はといえば、生焼けのオートミールクッキーのような色だった。

「政治家の奥さん？」ノーマが言った。

「この時間に繁華街にいる？」リンダが言った。リンダはナプキンの先を使って、口の端からケチャップをぬぐった。

「それに」キャシーも話に加わった。「あの手のハイヒールをはいているのが政治家の妻ってことは、絶対にないわ」

ジュディは煙草のように指にフライドポテトをはさんだ。「それは控えめな表現ね」

「有名な人？」わたしは聞いた。わたしの席から見ると、その女はリタ・ヘイワースと言っても通りそうだったが、彼女が振り向いたときに顔をよく見ると、リタ・ヘイワースにはまったく似ていないことがわかった。その美しさは彼女独自のものだったのだ。

「うーん」リンダが値踏みした。「彼女、あの映画に出てたかしら？　上映禁止になった映画があったじゃない？　《ベビイドール》だっけ？」

「あなたが言ってるのはキャロル・ベイカーだわ」わたしは言った。「彼女は金髪だったけど、髪を染めていた可能性もあるわね」

「年をとりすぎてる」キャシーがそう言ったのと、ジュディが「グラマーすぎる」と言ったのが同時だった。

ノーマが指についたマスタードをなめた。「あれはキャロル・ベイカーじゃないわ。例のガーフィンケルズ百貨店の広告に出てた人じゃない？　ほら、あの——」ノーマは声をひそめた。「——豊胸カップの」

「豊胸カップが必要なようには見えないけど」わたしがそう言ってから口をおおったとたん、タイプ課のみんなが爆笑した。

その人はチェリーパイ一個を指さし、マルコスがそれを二個箱に入れた。彼女はアシーナに料金を払い、マルコスにウィンクをした。そして店を出かけたが、その前にわたしたちの席のほうへさっと会釈した。わたしたちは全員目をそらし、最初からそっちなど見ていなかったようなふりをした。

わたしがサリー・フォレスターを見たのはそれが最初で、まだ彼女の名前も知らなかった。二度めにサリー・フォレスターに会ったのは、ＣＩＡ本部だった。わたしたちが〈ラルフの店〉から戻ってみると、彼女が受付でアンダーソンと立ち話をしていたのだ。いつもなら昼食でとったカロリーをしっかり消費するんだぞとかなんとか言ってくるアンダーソンが、そこを通りすぎて机へ向かうわたしたちに見向きもしなかった。

「彼女が、なぜここに？」ジュディが言った。

「だれか偉い人？」わたしは聞いた。

「ダレスのお相手のひとりとか？」リンダが笑みを浮かべた。ＣＩＡ長官の女好きは周知の事実で、浮気相手は数十人におよんでいた。彼はタイプ課の女性にも手を出したことがあるという噂さえあった。もしそれが事実だとしても、わたしたちのなかにそういうことがあったと認める者はいなかったけれど。

「もしそうなら、彼女がソ連部でアンダーソンと立ち話しているはずがないでしょ」ゲイルが言った。アンダーソンは彼女のチェリーパイをひとつ食べたらしく、淡い青のベストにジャムの染みができていることがそれを物語っている。彼は受付用の机にもたれかかり、重々しさ、あるいは自然体を装っていた。相手の気を引こうという悲しい試みである。けれど、彼女はわたしたちがするようなあきれ顔をしていなかった。にこやかに微笑んだり、笑い声をあげたり、彼の腕に触れたりしているだけだ。

彼女は青いコートを脱いで、それをアンダーソンに渡し、渡されたアンダーソンはウエイターのようにそれを腕にかけていた。彼女はコートの下に藤色のウールのワンピースを着て、金の編みこみベルトを締めていた。わたしは自分の着ていた紺色の寸胴なワンピースを見下ろし、その朝、きれいに落としたつもりでいた歯磨き粉の残りと思しき汚れが胸の真ん中についているのに気づいた。それから、自分の机の一番下の引き出しをあけ、職場の暖房があまり効かないときのために置いてある茶色のカーディガンを取り出した。なんて野暮ったい、と思いながらそれを着て、腕まくりをした。

「新しいタイピスト?」ゲイルが言った。

「違うわね」キャシーが言った。「ロシア人が入って、いまは定員いっぱいだもの」

「ロシア系アメリカ人よ」わたしは訂正した。

ジュディが消しゴムのかけらを投げてきた。「行って突き止めてきてよ、アンナ・カレーニナ」

けれど、アンダーソンと赤毛はすでにこちらへ歩いてきていた。アンダーソンが先に立ち、オフィスのありふれた備品を指さしては、ゼロックスコピー機のことを「一年前に民間に売り出されたんだ」とか、ウォータークーラーが「お湯と冷水の両方とも」出るなどと言っていた。ふたりは最初にわたしの机にやってきた。

「サリー・フォレスターよ」彼女はそう言って、片手をさし出した。

わたしは彼女と握手した。「サリー」わたしは言った。

「あなたもサリーというの？」

「こっちはイリーナだ」アンダーソンがわたしの代わりに言った。

サリーはまたにっこりと微笑んだ。「どうぞよろしく」

わたしは無言でうなずき、こちらこそよろしくお願いしますと口に出さないうちに、ふたりはわたしの机を通りすぎ、タイプ課の全員と握手していた。

「ミス・フォレスターはうちの新しい非常勤の受付嬢だ」アンダーソンがみんなに言った。「今後はときおりオフィスに来て、必要に応じて我々を手伝ってくれる」

わたしたちはお手洗いで感想を言い合った。

「あの服！」

「あの髪！」

「あの握手！」

サリーの握手は力強かった。といっても、男によくある指の骨が砕けそうな強すぎる握手ではなく、わたしたちをハッとさせる力強さだった。「力強く、しかし強すぎず」ノーマが言った。「まるで政治家がするような握手ね」
「だけど、彼女はなぜここに？」
「知るもんですか」
「とにかく、彼らがああいう女を受付に置いたりしないことは確かよ」ノーマが言った。「なのに、そうしたんなら、それなりの理由があるんだわ」

退勤後、わたしはヘクツ百貨店の前を通ろうと遠まわりして家へ帰った。ここの凝《こ》ったショーウィンドウはわたしのこの街一番のお気に入りだった。冬には、綿で作った小さな山の上に立つスキーウェア姿のマネキン、春には、可愛らしいパステルカラーのワンピース姿でイースターエッグを探すマネキン、夏には、青いセロファン製のプールを横にビキニ姿でくつろぐマネキン。

通りかかったとき、尻ポケットに巻き尺を入れた男が、黒いプラスチックの大鍋の後ろに並ぶ魔女姿の三体のマネキンを微調整していた。わたしはただウィンドウの前を通るだけで、家へ帰るのだと自分に言い聞かせた。店内に入ると、ちょっと見るだけだと自分に言い聞かせた。そして見はじめると、お手製の服に見えないような服、サリー・フォレスターが着るような服が買えるかどうか確かめるだけと自分に言い聞かせた。

服のかかっているラックに手を走らせながら、指先でシルクや麻に触れたり、スカートの非の打ちどころのないステッチに触れたりした。もし母がいっしょだったら、機械が安く作った似たようなものは、時間が経つと縫い目がほつれたりボタンが取れたりするし、そんな高すぎるスカートを買った知識不足の買い物客は、しまいにはそれを直してもらうために自分のところへやってくるのだと説明していただろう。母なら、タコのできた裁縫師の指を立て、勤勉な仕事に代わるものはないのだと、わたしに言い聞かせていたはずだ。

　赤と白のペイズリー柄のスカーフが付いた小さな丸襟の赤いブラウスを胸にあてていると、店員の女性にお手伝いしましょうかと声をかけられた。「見ているだけですから」わたしは言った。昔から店員にはおどおどしてしまうたちなのだ。めったに百貨店に入ることがないのは、そのせいでもあり、買えるお金を持っていなかったせいでもある。

「すてきなブラウスですよね」店員がまた話しかけてきた。彼女は黒のフレアースカートに白いブラウス姿で、つややかな前髪をひたいの上のほうでアーチ形にそろえていた。「きっと、とてもよくお似合いになりますよ。ご試着なさいますか？」彼女は返事を待たずにそのハンガーを手に持ち、わたしはそのあとについて試着室へ行った。店員はそのブラウスをフックにかけた。「別のサイズが必要でしたら、お知らせください」

　服を脱ぐ前に、値札を確認した。買える金額ではなかったが、少なくとも試着はしたと店員に思わせるため、何分か試着室にいた。店員には、自分に赤は似合わなかったと言おう。けれど、試着室のドアをあけたとき、気づくとこう言っていた。「これ、いただくわ」


　家に入ったとたん、母さんが質問攻めにしてきた。「どこへ行ってたんだい？　テディとデート？　まだ彼にプロポーズされないのかい？」母さんからテディのことを言われるたびに、わたしはいたたまれない気持ちになった。

「散歩に行っていたの」

「彼に別れを告げられたのかい？　そうなると思っていたよ」

「母さん！　散歩に行っていただけだってば」

「散歩にしては長すぎるじゃないか！　最近、長い散歩ばっかりして。おまえが何をしてるかは、神さまだけがご存じなんだ」

「神さまなんて信じていないくせに」

「そういう問題じゃないよ。とにかく、そんなに散歩するべきじゃない。いまでも痩せすぎなんだから。それに、歩いている暇がだれにあるっていうんだい？　ハルパーンさんのお嬢さんの高校のダンスパーティー用ドレスのビーズ付けを仕上げるのに、おまえに手伝ってもらわなくちゃならないんだから。これは母さんにとって、アメリカのティーン市場に参入する大きなチャンスなんだよ。ハルパーンのお嬢さんのドレスを仕立てて、それをお嬢さんが着たところを友だちが見れば、友だちもそういうドレスがほしくなる。そうすりゃ、〈アメリカ婦人ドレスと服飾一般〉のドレスが、あのハンサムなリチャード・クラークと並んで《アメリカン・バンドスタンド》（米国の音楽・ダンス番組）にも出るようになるんだ」

「だれだって？」

「ディック・クラーク（米国のラジオ・テレビパーソナリティ）のこと？」

　わたしはキッチンテーブルの母の隣の席に座り、ハンドバッグを注意深く足元に置いて、そのファスナーから少し突き出ている包装紙が母から見えないようにした。「ねえ」わたしは言った。「それがどんなドレスか、知ってるわ。黄色いシフォンのでしょう？」

「あれほど色白で淡い髪の女の子向きの色じゃないんだけど、あたしがそんなことを言うわけにはいかないだろう？」

「だけど、あのドレスにはそんなにたくさんビーズを付けないじゃない。肩紐のところに少し付けるだけでしょう。母さんなら、ああいうドレス、一時間もしないで仕上げられるわ」それには答えずに、母さんはテーブルから立った。「具合でも悪いの?」わたしは尋ねた。

振り向いてわたしを見た母のひたいには、深いしわが刻まれていた。「疲れただけだよ」

翌日、仕事へ行くために新しい赤いブラウスを着ると、家を出る前に上からぶかぶかのベージュのセーターを着てそれを隠した。母さんはブラウスには気づかなかったが、セーターにはひと言あった。「そんな古い不格好なのを着てくの?」母さんは言った。そして、わたしたちの地下にあるアパートの部屋の一面だけの窓から外を見るふりをした。「雪でも降ってるのかい? おまえ、スキーに行くわけじゃないんだろう?」

「いつもの調子に戻ったわね」

「それ以外のどんな調子になるって言うのさ?」

わたしは母さんの頬に口づけをすると、急いで家を出た。

汗をかきながらも、バス停に着くまでセーターを脱ぐのを我慢した。それからコートを股《また》のあいだにはさみ、体をよじってセーターを脱いだ。カトリック系の学校の制服姿の子どもふたりを連れた女性が通りかかり、わたしを見た。わたしはバスに乗ってはじめて、自分がブラウスのボタンをかけ違えていて、ブラジャーが少し見えていることに気づいた。

エレベーターの鐘が鳴り、わたしはコートを腕にかけると、バンのロールオン・デオドラントの広告に出てくる女性のように爽やかで自信に満ちて見えるように胸を張り、足元ではなく真っすぐ前を見て受付エリアに入っていった。受付カウンターのほうへ視線を向け、サリーに挨拶をしようとしたが、いつもの受付嬢がいるのを見てがっかりした。

「すてきなブラウスね」彼女は言った。「赤はあなたにとてもよく似合うわ」

「ありがとう」わたしは言った。「特売で買ったの」わたしはいつもこうだ。だれかがわたしの新しい髪型を褒めてくれると、長さがちょっと気に入らなくてと答えてしまう。また、だれかがわたしの思いつきや、わたしが言った冗談を気に入ってくれたときは、それをだれか別の人の手柄にしてしまうのだ。

サリーはその翌日も、そのまた翌日も来なかった。エレベーターから下りるたび、わたしはサリーに会う心の準備をしたが、いっこうにサリーの姿はなかった。そして、そのことに気づいているのはわたしだけではなかった。タイプ課はサリーの不在を、彼女がCIAで別の役割がある証拠だと受け止めた。「非常勤の受付嬢だなんて、よく言うわ」ノーマが言った。わたしもみんなといっしょに笑ったが、自分も陰ではなんと言われているのだろうと思わずにはいられなかった。

一週間がすぎ、わたしはまだ彼女のことを考えてしまっていた。サリー・フォレスターの何かがわたしのなかに消えずに残っていた。

さらに一週間がすぎ、ふたたび彼女に会うことはとっくにあきらめていた。けれど、エレベーターが開いたとき、そこに彼女がいた。受付カウンターにいて、黄色いメモ帳にいたずら書きをしていたのだ。彼女におはようと手を振ってもらったわたしは、顔が赤くなるのを隠そうと、咳が止まらないふりをした。

自分の席につき、彼女のほうを見てはだめと自分に言い聞かせながら、さっそく仕事にかかった。とはいえ、そちらを見なくても、わたしはその午前中ずっと彼女の存在を感じていた。洗面所へ行こうと立ち上がったときには、自分の体の動き、頭の角度、ソ連部を通っていく自分がどんなふうに見えるかを強く意識していた。まるで、だれかの目を通して自分自身を見ているかのように。そのとき、それは起こった。彼女がわたしに話しかけたのだ。だれか別の人に話しかけているのだと思ったのだけれど、彼女が呼んでいたのはわたしの名前だった。

「わたしに話しかけているとは思わなくて」こんにちはと挨拶する代わりに、わたしはそう言った。

「ソ連部には何人もイリーナがいるの?」

「そんなことはないと思うけど。いないわ。いえ、いるかも?」

「冗談よ。とにかく、あたしはこの街のことをまだよく知らないから、あなたといっしょに昼食に行けないかと思って。このあたりのことを教えてもらえないかしら」

「お弁当を持ってきてしまったから」わたしは言った。「ツナなんだけど」黙るのよ、わたしは自分に言った。いいから、黙って。

「それは明日、食べればいいわ」サリーはふわふわした明るい黄緑色のセーターの前から糸くずをつまみ取った。「このあたりのいいところを教えて」


わたしたちはホワイトハウスのほうへ進み、どちらへ行ったらいいか教えてもらうはずのサリーが先に立って歩いた。「この近くのすごくおいしいデリカテッセンを知ってるの。ワシントンでは貴重なのよ」サリーは言った。「ハムを紙みたいに薄くスライスして、それを十五センチもの高さに積み重ねてあるの。地元の人しか知らないけど、本当の意味でこのあたりの出身の人なんていないわね。あたしの言っている意味わかる? すぐ職場に戻らなくちゃいけない? もう少し歩くんだけど」

「お昼休みは一時間だから、残りは四十五分か四十分ぐらいしかないわ」

「男性職員たちはお酒を飲みながらの昼食のとき、腕時計なんか見てると思う?」

「いいえ、でも……」わたしが少し長く言葉に詰まっていると、サリーはオフィスに戻ろうとするかのように踵《きびす》を返した。「ううん」わたしは言った。「行きましょう」

彼女は腕を組んできた。「それでこそ、女の心意気よ」わたしは通りすがりの男性たちの熱い視線を感じたし、女性ですら何人かこちらを見ていた。わたしはサリーといっしょだった。彼女といっしょにいるのが嬉しかった。周囲がぼやけ、わたしたちはもはや街なかにいないかのようだった——絶え間なく響く車のクラクションも、バスのタイヤの軋《きし》る音も、削岩機がコンクリートを打つ音も、聞こえなかった。木曜日のお昼だったけれど、世界はゆっくりとまわっていた。

信号で停まった観光バスの前を通ると、有名なオクタゴンハウス（ホワイトハウスのそばにある建物）を見るよう、ガイドがマイクを使って乗客に呼びかける声が聞こえた。驚いたことに、サリーが観光客に手を振り、観光客は熱心に手を振り返してきた。ひとりなどサリーの写真を撮っており、サリーは頭の後ろに片手をあててポーズをとった。「いまもこの街には慣れないわ」サリーは言った。「だれもかれもが権力の座に群がって」

「ここで暮らして長いの？」

「出たり入ったりよ」

P通りから、これまでわたしが知らなかった路地に入った。ツタのからまった煙突のある狭い褐色砂岩の建物が、通りに沿って並んでいた。ハロウィーンが近づいており、住人たちは生垣には綿で作ったクモの巣を、窓には関節が動く紙製の黒猫や骸骨を、玄関前の階段にはまだ彫っていないカボチャを飾っている。そのデリカテッセンは角にあった。ドアには緑と白のタイルで「フェランティの店」と書かれた看板がかかっていた。

ドアをあけると、チリンチリンと鈴が鳴った。店の天井から吊るされているドライソーセージさながらに細長い店主が、セモリナ粉の袋をぴしゃりと叩き、袋から小さな雲のような粉が立ちのぼった。

「生まれてこのかたずっと待ってたのに、どこへ行ってたんだい？」彼が声をかけてきた。

「だれかもっと気の利いたことを言ってくれるのを、別のところで待ってたのよ」サリーは言った。

店主は大げさに音を立てて、サリーの両頬に口づけをした。

「こちらはパオロよ」

「このとてつもなくすてきな女性は、どなたかな？」パオロが聞いた。わたしは一瞬、彼がわたしのことを言っているのだと気づかなかった。

サリーはからかうように、わたしがさし出した手を払いのけた。「何か見返りがあるなら、教えてあげるけど？」

パオロは指を一本立て、奥の部屋に姿を消した。そして、木製の椅子二脚を持って出てくると、トマトの缶詰や黄緑色のオリーブの瓶詰、パッケージ入りの麺類《めんるい》がぎっしり詰まった棚と前方の窓とのあいだの小さなスペースに、それを置いた。

「テーブルはなし？」サリーが聞いた。

「しばしお待ちを」パオロはその場を去り、ふたり用にちょうどいい大きさの丸テーブルを持って戻ってきた。そして、手品のトリックのように背中に手を伸ばし、小さな赤と白のチェックのテーブルクロスを取り出した。それをテーブルにかけ、椅子に座るようわたしたちに合図した。

「まあ、ロウソクはなし？」

パオロはさっと両手をあげた。「ほかにご要望は？　麻のナプキン？　サラダ用フォーク？」彼は天井を指さした。「たぶん、小さなシャンデリアを買わなくちゃいけないんだろうな？」

「まずは、そこからでしょうね。だけど、じつはあたしたち、外に持っていく食べ物を調達しにきたの。こんな穏やかな秋の日に室内にいるなんて、もったいないもの」

彼はエプロンの端で涙をぬぐう真似をした。「なんとも残念。だが、もちろん、事情はわかるよ」彼は窓から外がよく見えるようにワックスコーティングされた円形チーズを横によけた。「わたしだって、できることなら外へ出たいよ。いっそのこと、今日は店を早じまいして、きみたちふたりのご婦人といっしょにサンドイッチでも食べようかな。リフレクティング・プールかい？　それとも、タイダルベイスン（ナショナルモール南側に位置するポトマック川の入り江）？」

「ごめんなさい、今日はビジネス・ランチなの」

「人生はそんなもんさ」

わたしたちは注文した。ライ麦パンに七面鳥、スイスチーズ、樽漬《たるづ》けディルピクルスをはさんだのがわたし、そして、バゲットにわたしが聞いたことのない何かの肉とオリーブペーストをはさんだものがサリー。パオロはサンドイッチを茶色の紙袋に入れて渡してくれた。わたしたちはさようならと挨拶し、わたしは去り際に振り返った。「わたし、イリーナです」

「イリーナ！　サリーはわたしとの約束を破ったよね？　なんて美しい名前だろう。近いうちにまたサリーと来てくれるかい？」

「ええ」

わたしたちは昼休みがあと何分かということは考えず、さらに十五分ほど歩いた。サリーは十六番街にある、わたしがこれまで存在に気づかなかった巨大な建物の下で立ち止まった。それは古代エジプトから抜け出てきたようだった。巨大なスフィンクス二体が、大きな茶色の扉へ続く大理石の階段の両側を守っている。「博物館？」わたしは聞いた。

「神殿会堂よ。ほら、秘密結社フリーメイソンのようなもの。このなかではおそらく、変な帽子をかぶったり、大声で何か唱えたり、ロウソクに火が灯されたりしてるはず。同僚の男性何人かに聞いてみるといいわ。あたしにとって、この階段は単に昼食を食べたり、人々が通りすぎるのを観察したりするのに最適な場所っていうだけだけど」

食べながら、わたしはこれまでよりも緊張しなくなっているのに気づいたが、あいかわらずサリーの存在を強く意識していた。サリーは自分のサンドイッチを食べ終えると、口の端をぬぐった。

彼女の食べる速さはわたしの倍だった。「タイプ課のこと、どう思ってる？」

「気に入っている、と思うわ」

彼女はハンドバッグを開き、コンパクトと赤い口紅を取り出した。彼女は唇を開いた。「歯についてない？」

「ううん、完璧よ」

「で、気に入った？」

「赤はあなたにぴったりの色ね」

「タイプ課のことよ」

「いい仕事だもの」

「タイプが好き？　それとも、もうひとつのほうが好き？」

強烈な熱さが、わたしの喉元から胃へと下りていった。わたしは自分なりのぽかんとした顔でサリーを見つめたが、引きつった顔をしていたに違いない。

「心配しないで」彼女はそう言って、片手をわたしの手に重ねた。それはなんとも柔らかい手で、爪は唇と同じ色合いの赤で塗ってあった。「あなたとあたしは同じなの。まあ、ほとんどね」

「どういう意味？」

「支援メンバーに加わったとき、アンダーソンが教えてくれたのよ。だけど、本当のところ、教えてもらうまでもなかったわ。あなたと初めて会った瞬間にわかったから。あなたはみんなと違うって」

わたしは両横に、続いて背後に目をやった。「あなたもメッセージを運んでいるの？」

「というより、メッセージの発信者よ」彼女はわたしの手をぎゅっと握った。「女同士、助け合わないとね。あたしたちみたいなのは、少ししかいないんだから。了解？」

「了解」


神殿会堂の階段でお昼を食べた翌日、テディに代わって、今後はサリーがわたしの訓練を続けるとアンダーソンから伝えられた。「驚いたかい？」アンダーソンは聞いた。

「ええ」わたしはそう言い、笑みが浮かばないよう唇をかんだ。

あくる日、サリーがＣＩＡの黒鉄《くろがね》の門の前に立ち、レモン色のスチュードベーカーの運転席側のサイドミラーを見ながら赤い口紅を塗っていた。タータンチェックのウールのケープに黒い子牛革の長手袋という姿の彼女は、非の打ちどころなく見えた。わたしが近づいてくるのを鏡で見て振り返った彼女は、下唇だけに口紅がついていた。「やっぱり、あなたとあたしになったみたいね、新人さん」サリーはそう言って、下唇の口紅を上唇になじませた。「歩きましょう」

ジョージタウンを歩きながら、サリーはＣＩＡのお偉方たちが住む邸宅を教えてくれた。「ダレスはあそこに住んでる」サリーはそう言い、カエデの木立ちで隠れている赤レンガ造りの豪邸を指さした。「それから、道の反対側のあの黒い鎧戸《よろいど》がある大きな白い家がわかる？　あれはワイルド・ビル・ドノヴァンの旧邸で、グラハム家（ワシントン・ポスト社主一族）が買ったの。フランクはウィスコンシン大通りの向こう側に住んでるわ。彼らはみんなご近所同士なのよ」

「あなたはどこに住んでいるの？」

「この道をちょっと行ったところ」

「彼らの監視ができるように？」

　サリーは笑った。「賢い子ね」

　わたしたちは左に曲がってダンバートン・オークス（ワシントンDCのジョージタウンにあるハーバード大学所属の研究機関）に入り、庭園へと続くくねくねした小道を歩いた。石段を下りながら、サリーは木のあずまやから垂れ下がる枯れたフジヅルを引っ張った。「春には、このあたり一帯がものすごくいい香りになるの。あたしは窓をあけて、そよ風が吹くのを待つのよ」

　歩いていくとプールに着いたが、いまの季節は水が抜いてあった。わたしたちが座ったベンチの向かいでは、子どものような顔の介護人の隣の車椅子に腰かけた老人が、クロスワードパズルをしていた。プールの奥のほうでは、そっくりな赤いベルト付きのプリンセスコートを着た若い母親がふたり、煙草を吸いながらおしゃべりをしている。彼女たちのよちよち歩きの子どもたち、男の子ひとりと女の子ひとりがプールへ小石を投げ、投げた小石が中央の小さな水たまりに届くと、きゃっきゃっと歓声をあげた。プールの手前にある噴水そばの黒鉄の椅子には、もの思いに沈んだ若い男が座って、〈ハチェット〉（ジョージ・ワシントン大学の学生新聞）を読んでいた。

「あそこにいる男を見て」サリーがそちらを見ないで言った。

　わたしはうなずいた。

「彼にはどんな背景があると思う？」

「大学生？」

「ほかには？」

「クリップ式のネクタイをしている大学生」

「いいところに気がついたわね。じゃあ、あのクリップ式のネクタイは何を意味していると思う？」

「彼は普通のネクタイの結び方を知らない？」

「ということは？」

「教わったことがない？」

「それから？」

「父親がいない？　生家は裕福ではないのかも。クリップ式のネクタイをしていると格好悪いと教えてくれるような恋人や、仲のいい母親がいないことは確かだと思う。たぶん、この街の出身じゃないかも？　奨学金で大学に通っているとか」

「どこの？」

「いまいる場所から考えて、ジョージタウンかな。でも、読んでいる新聞からすると、ジョージ・ワシントン大学だと思う」

「専攻は？」

　わたしはその男のほうを見た。クリップ式ネクタイ、逆立った髪の毛、えび茶のベスト、冴えない茶色の革靴、ポールモール（煙草のブランド）を吸い、足を組み、右足をゆっくりとまわしている。「なんであってもおかしくないわ」

「哲学よ」

「なぜわかるの？」

サリーは口の開いた彼の革のリュックと、そこからのぞく本を指摘した。キルケゴールだ。

「あら、どうして見落としちゃったのかしら？」

「目につきやすいものほど気づきにくいのよ」サリーがケープを脱ごうとして両手を頭の上に伸ばすと、彼女のブラウスのボタンとボタンのあいだの隙間が開いて黒いレースがのぞいた。「もっとやる？」

わたしは目をそらした。「ええ」

さっきの若い母親たちは幼なじみで、結婚し、子どもができてからは疎遠になっていたというのが、わたしの見立てだった。「彼女たちのお互いへの微笑み方で、そう感じるの」わたしは言った。「以前どおりの絆を強要しているみたいで」老人については、妻に先立たれ、明らかに介護人に恋しているけれど、介護人のほうにそういう気持ちはさらさらない、と推測した。庭師がやってきて、噴水から丁寧に落ち葉を取りのぞきはじめると、彼はこの庭園がブリス夫妻（ロバート・ウッズ・ブリスはアメリカの外交官・政治家）のものだったころからの庭師で、いまもここで雇われている唯一の使用人ではないか、と予想した。「だから、あんなに仕事熱心なんだわ」わたしはそう締めくくり、サリーはよしよしというようにうなずいた。

これはわたしの訓練の一環？　そうだとしたら、サリーはわたしになんの訓練をしているの？　わたしがこうした見知らぬ人々を見て口にしたことの裏を取れるわけでもないのに。とすれば、こんなことをして何になる？　「わたしたちの考えが正しかったかどうか、どうしたらわかるの？」全員に対してあれこれ検討してから、わたしは聞いた。

「正しいかどうかは重要じゃない。どんなタイプの人間かということを素早く評価するために必要な情報を得ることが大事なの。人は自分でも知らないうちに、自分について多くのことを明らかにしてるものよ。単にどんな服装をしてるか、どんな外見かという以上のことをね。だれでもすてきな青と白の水玉ワンピースを着て、シャネルバッグを持つことはできるけど、それでその人が新しい人間になれるわけじゃないわ」わたしはメイフラワーホテルでの自分の格好を口に出されて赤面した。「変化というのは内面から出てくるもので、それがあらゆる動き、仕草、表情に反映されるの。ある人間が異なる状況においてどのように行動するかを考えるためには、その人が何者かということをある程度、理解していなければならないのよ」サリーはわたしを真っすぐに見つめた。「そして、あなたがだれか自分ではない人間になりきらなければいけないときに、どのように行動するかを考えるためにはね。何もかもが変わるわ——煙草の持ち方も、笑い方も、シャネルバッグのことを言われて顔を赤らめるかどうかも」サリーはわたしの肩を小突いた。「あたしが何を言ってるか、わかる?」

「変化は内面から始まる」わたしは言った。

「そのとおり」

わたしたちの訓練は続いた。わたしは毎日、仕事が終わったあとでサリーに会い、市内のあちこちを長い時間かけて歩きながら、彼女が知っていることすべてを教えこまれた。何が自分を目立たせるかを知っているサリーは、どうしたら人目につかないか、どのような服がもっとも注目されないかを教えてくれた。「古すぎても新しすぎてもだめだし、明るすぎても暗すぎてもだめ」どんな髪の色が男の視線を引きつけないかについては「金髪が一番注目されると思うだろうけど、じつは赤毛なのよ。だから、プラチナブロンドにしないかぎりは大丈夫」どのように立つかについては

「真っすぐすぎてもだめだし、背を丸めすぎてもだめ」食事の仕方は「ステーキをミディアムレアで」お酒の飲み方は「トムコリンズね。ライム多め、氷多めで。こぼしてしまっても染みにならないし、酔いすぎてしまうこともない」

こうした指導の合間に、サリーは彼女のOSS時代について話してくれた。そもそも、なぜあんな男社会のOSSに興味を持ったか、どうやってそのなかで生き延びてきたかを。また、かつて自分がどんな人間であったか――ピッツバーグ出身の貧しい子ども――や、どんな人間になってきたか――動物園の飼育係の助手、クロアチア王妃のまたいとこ、唐王朝期の磁器鑑定人、ガムで知られる大企業リグレー帝国の相続人、受付嬢――について話してくれた。「時間の経過とともに平凡になってきたわ」サリーは言った。

「わたしはだれになれと言われるかしら」わたしは言った。

「それを決めるのは、あたしじゃない」

サリーは旅に出た。彼女は行き先を教えてくれず、わたしが聞くと、「海外よ」とだけ言った。

「そう。だけど、海外のどこ？」わたしは食い下がった。

「海外は海外」

サリーはわたしに行き先を言えなかったが、戻ったらすぐ電話すると約束してくれた。その週はのろのろと進み、ようやく彼女が電話をくれたとき、それに出たのは母さんだった。母さんが「サリー？　サリーなんて知り合いはいませんけど」と言うのが聞こえたとたん、わたしは受話器を奪って母さんを追っ払った。

サリーは世間話をすることなく、いきなりわたしをハロウィーンパーティーに誘った。そのときまで、わたしたちの付き合いは仕事だけにかぎられていたので、その誘いはわたしにとって不意打ちだった。「でも、ハロウィーンは先週よ」わたしは言った。

「言ってみれば、ポスト・ハロウィーンパーティーよ」

わたしが仮装用の衣装を持っていないと言うと、それは自分がなんとかすると彼女は言った。わたしたちはデュポン・サークルにある古本屋で待ち合わせをし、そこから行くことにした。


その古本屋は狭く、長い本棚には著者やジャンルではなくテーマごとに本が並べられていた。たとえば、スピリチュアリズムおよびオカルト、動植物、老人問題、航海記、神話と民話、フロイト、列車と鉄道、南西部の写真というように。先に店へ着いたわたしは店内を歩きながら、ペーパーバックのコーナーを探していた。「すみません、小説はどこにありますか?」わたしはカウンターのなかにいたボヘミアン風の男に尋ねた。すると彼は、読んでいた本から顔も上げずに、店の奥のほうを指さした。

「いま何時ですか?」

彼はまるでウィトゲンシュタインの『論理哲学論考』の解説を求められたかのような顔をした。

「腕時計はしていないんだ」

彼を困らせようと、わたしは稀覯本《きこうぼん》の入ったケースをあけてもらえないかと頼んだ。彼はため息をついたあと、読んでいた本を閉じ、煙草をもみ消して、スツールから下りた。そして、ポケットから鍵を探し出す前に、本当に何か買うつもりはあるのかと聞いてきた。

「見ていないのにわかりようがないわ」

「どれを見たいんです?」

わたしは棚を見渡し、最初に目についたものを言った。『エジプトの光』だ。

「一、それとも二？」

「えっ？」

「一巻、それとも二巻？」

「二巻よ」わたしは言った。「もちろん」

「もちろん」

サリーはもうやってこないだろうと思いこんだわたしは、考古学、ピラミッド、象形文字が大好きなことをとりとめもなく語りながら、彼がその本を扱うために白い手袋をはめるのを待った。

やがて、買い物袋を二個抱えたサリーが店内に入ってきた。書店員は白手袋を腿《もも》に打ちつけた。

「サリーじゃないか」彼は言った。彼女はキスを受けようと両頬をさし出した。「どこにいたんだい、ダーリン？」

「あちこちよ」サリーはそう言い、わたしに視線を向けた。「もうあたしの友だちと知り合いになったのね」

「もちろんさ」そう言う彼の声は、さっきよりもやさしげになっていた。「彼女は素晴らしい趣味の持ち主だね」

「そうでない人とあたしが仲良くすると思う？」彼女は紙袋を掲げた。「あたしたち、ちょっと女の子の部屋を使っていい？」

彼は両手を前で組んでお辞儀をした。わたしはあきれ顔にならないよう、必死でこらえた。

「どうもありがとう」サリーは言った。わたしはサリーについて奥の部屋へ入った。「ラフィットって、ほんとつまらないやつ」彼女がそう言ったのは、わたしたちが洗面所のドアを閉めてすぐだ。

そこは掃除用具入れを兼ねていた。

「ラフィット?」

「本名じゃないの。クリーヴランド出身なんだけど、パリ出身のふりをしてるわ。バケーションに出かけたら、その土地っぽい話し方をするようになって戻ってくるタイプよ、よくいるでしょ?」

わたしはなるほどというようにうなずいた。

「それでも、この店は大好き」サリーはわたしに紙袋の片方を渡しながら言った。「この芸術不足の街における、あたしのお気に入りの場所よ。秘密を知りたい?」

「ええ」

「あたしの夢は、いつか自分の本屋を開くことなの」

カウンターのなかに座って本を読みふけるサリーを想像するのは難しかったが、ハリウッドのパーティー会場にいても場違いには見えないのに、本屋の店主になることを夢見ているこの人のことを、もっと知りたいと思った。その矛盾する言動のあいだにあるものを追求したかった。

サリーは自分用の紙袋をトイレの奥に置くと、こちらを振り返った。「お願いできる?」彼女は赤い巻き毛をうなじからよけ、わたしはジッパーをつかんで、そっと下ろそうとした。だが、それはびくともしなかった。彼女は深く息を吸いこんだ。「もう一度やってみて」ジッパーが下がると、彼女は靴のヒールを布地に引っかけることなく、さっと服を脱いだ。黒のスリップ姿の彼女は、わたしの体を大げさにしたようだった。とはいえ、わたしは高校時代の体育の授業のときにほかの女子生徒たちを見て思ったほど、うらやましく感じなかった。ほかの女子生徒たちの体は、自分と比較する対象だったのだ。わたしたちは服を脱ぐと、だれが一番大きな胸をしているか、だれのおなかがぽっちゃりしているか、だれの脚が曲がっているか、とっさに見定めたものだ。サリーの姿を見るのは、そういうのとは違っていた。まったく違う体験だった。わたしはもっと見たかったけれど、自分の服を脱ぐことに気持ちを向けた。サリーからは紙袋を渡されていた。

そこにはメタリック風な布の塊《かたまり》が入っていた。「これは何？」

「いまにわかるわ」

わたしはそのジャンプスーツに足を入れ、ジッパーを上げた。彼女はわたしに、ふわふわした二個の茶色い三角が上につけてあるヘッドバンドをくれた。鏡をのぞきこんだわたしは、声をあげて笑い出した。

「待って！」彼女はそう言いながら、自分の紙袋に手を入れた。「最後の仕上げよ」サリーはわたしの心臓あたりに、ソ連の赤い旗の布きれをピンで注意深くとめてくれた。

「金魚鉢をヘルメット代わりに使いたかったんだけど、窒息《ちっそく》しないようにドリルで穴をあける方法がわからなくて」

「これ、自分で作ったの？」

「あたし、すごく器用なのよ」彼女は鏡を見ているわたしのそばに来ると、ハンドバッグからコンパクトを取り出して、鼻のてかりを抑えた。「良かったら、ライカになるといいわ。あたしは宇宙で朽ち果てた名もなき犬たちの一匹になるから」

ローガンサークルにほど近い四階建てのヴィクトリア様式のテラスハウスから、音楽が聞こえていた。それはわたしが幾度となく前を通りながら一度も足を踏み入れたことのない、この街の瀟洒《しょうしゃ》な高級住宅のひとつで、鉄の手すり付きの石段と、表通り向きの出窓があり、赤レンガにセージグリーンの魔女の帽子のような小塔が付いていた。家の窓は開いていたけれど、カーテンは閉まっており、踊っている人たちの影が見えた。わたしが知らず、向こうもこちらを退屈な人間と思うか、そもそも存在にすら気づかないかもしれない人たちの影が。両方の手のひらがひりひりした。サリーはわたしの不安を察したに違いない。わたしのふわふわの両耳を真っすぐに整えると、あなたがやってきたんだからこのパーティーは最高に楽しいものになるわ、と言ってくれた。

わたしのなかにさざ波のように自信が湧き上がってきた。サリーは呼び鈴に手を伸ばして、それを三度鳴らし、ちょっと間を置いて、また鳴らした。顔半分をおおう黒い仮面をつけた長身の男性が、ドアを半分ほどあけた。

「お菓子をくれなきゃ《トリック・オア》、いたずらするわ《トリート》よ！」サリーが言った。

「どちらがお好みかな？」

「どっちも好きじゃない。ブロッコリーがいい」

「だれだってそうだよね？」その男はドアをあけてわたしたちをなかへ入れると、ドアに施錠してから人ごみのなかに戻っていった。

「あれは合言葉？　これは仕事関係のパーティー？」わたしは聞いた。

「その正反対よ」

その家はカボチャのランタンやリンゴ取りゲーム用に水に浮かべたリンゴではなく、ゴシック風の仮面舞踏会のような雰囲気に飾りつけられていた。黒いロウソクが赤々と灯された年代物の枝付き燭台《しょくだい》が、テーブルや家具、調度品の上など、あらゆる平面に置かれ、黒のベルベットカーテンが作りつけの本棚をおおっている。ダイニングテーブルには、スパンコールをちりばめてある凝った仮面が、どうぞご自由にお使いくださいとばかりにずらりと並んでいた。ラベンダー色のダチョウの羽で作った首輪をした大きなシャム猫が、パーティーの客たちの足元をくねるように歩いていく。

一階は踊る人、煙草を吸う人、オードブルをつまむ人、フォンデュ鍋に角切りにしたパンをひたす人々でいっぱいだった。

「あの緑色のものは何？」

「ワカモレ（アボカドをつぶして作るメキシコ料理）よ」

「それって何？」

サリーは笑った。「レオナルドったら、全力投球したのね？」

「さっきドアをあけてくれた男の人？」

「違うわ」サリーは、南部の令嬢がお披露目パーティーで着るような、襟元にレースのあしらわれたドレスに赤いベルトをした人物を指さした。「あそこにいるスカーレット・オハラよ」スカーレット、またはレオナルドは、サリーに気づいて手招きをした。

「あいかわらず華やかね」サリーはそう言って、レオナルドの手に口づけをした。「見事な出来栄えだわ」

「がんばってるんだ」レオナルドはサリーの全身に目を走らせた。「キツネ風の宇宙人？」

「残念でした、あたしたち犬の宇宙飛行士なの」

「さすが時流に乗ってるね」

「あたしのこと、わかってるでしょ」サリーはわたしを引き寄せた。「こちらはイリーナ」

「これはお美しい」彼はそう言い、わたしの手に口づけをした。「ようこそ。では、このゾッとする音楽をなんとかしなくちゃならないので、失礼するよ」彼はレコードプレーヤーのところへ行き、レコード針を持ち上げた。人々は不満の声を漏らした。「しばしの辛抱を、我が子どもたちよ！」

彼が新しいレコードをジャケットから出すと、すぐに〈シュ・ブーン〉（一九五四年のドゥーワップのヒット曲）が流れ出した。人々はまたうめき声をあげた。レオナルドはまるきり意に介さず、フランケンシュタインの扮装で、糸を使い終わった二個の糸巻きを黒く塗って首につけている男をダンスフロアの中央へ連れていった。何組かのカップルが加わり、ダンスフロアはまたにぎやかになった。

サリーは人々のあいだを縫うようにしてキッチンへ向かい、アニー・オークレイ（米オハイオ州生まれの女性の射撃の名手）の格好をした女に片手をつかまれ、一度くるりと回転させられた。犬の耳が少し曲がったサリーは、ライムシャーベットが上にのったレッドパンチのグラスをふたつ手にして戻ってきた。「少し外の風にあたらない？」彼女はそう言って、わたしにグラスをひとつ手渡した。

ポーチのブランコに座っているふたりの女性――ひとりはルーシー・リカード、もうひとりはリッキー・リカード（人気ドラマ《アイ・ラブ・ルーシー》の主人公とその夫）に扮《ふん》していた――をのぞけば、その広い裏庭にいるのはサリーとわたしだけだった。芝生のほうへ歩いていくと、ジャンプスーツの裾《すそ》が露《つゆ》に濡れた。裏庭は、そびえ立つカシの木に小さな白い電飾が吊るされ、低めの大枝には熟した果物のように赤い紙ちょうちんが飾られている。空はオレンジ色、月は細長いアーモンドのようで、だれかがどこかで落ち葉を燃やしていた。

「こんなあれこれについて、どう思う？」サリーが聞いた。

「ワシントンDCにこんな庭があるなんて思いもしなかったわ」

「あたしが言ってるのは、ああいうすべてのこと」彼女はそう言って、屋敷のほうを手ぶりで示した。「よくあるパーティーとは違うでしょ」

「大好きよ！」わたしはそう答えたが、それだけではとても言い足りなかった。こういう世界が存在していることは知っていたけれど、同時にまったく知らなくもあった。わたしが聞いたことがあるのは、これとはまったく異なっていたから。いまはまるで衣装ダンスのなかへ迷いこみ、初めてナルニア国にやってきたみたいな気分だった。「ええ、ハロウィーンって大好きなの」

「あたしもよ。たとえ実際には一週間遅れであっても」

「だれでもなりたい人になれるもの」

「そのとおりね。レオナルドがこのパーティーを開いてくれて嬉しいわ。これは彼にとって、ちょっとした恒例行事なの。そして、彼はいかした仮装用衣装を無駄にするような人じゃない。ハロウィーン当日に中止になったのは残念だったわ」

「なぜそんなことに?」

「だれかが警察に通報したのよ」

聞きたいことは山ほどあった。秘密の庭、秘密の世界——すべてを知りたかったが、待つことにした。わたしたちは静かに、庭の塀の向こう側から聞こえる車の行きかう音、クラクション、遠くで響くサイレンに耳を傾けていた。ルーシーとリッキーは互いの腰に腕をまわして、屋敷のなかへ戻っていった。サリーはわたしがふたりを目で追っているのを見つめた。「それで……テディ・ヘルムズのことだけど」サリーは言った。

「ええ」わたしはこれまで感じたことのない鋭い胸の痛みを覚えながら答えた。

「もうどれくらい?」

「九か月、ううん、八。いいえ、ほぼ九か月だわ」

「恋してるの?」

母さんをのぞいて、だれかからこれほど率直にものを尋ねられたことはなかった。「わからない」

「イリーナ、いまだにわからないというのは……」

「彼のことは好きよ。そう、本当に好きなの。面白くて、賢い。とっても頭が切れる。それに、やさしい」

「なんだか死亡記事を読んでいるみたい」

「ううん」わたしは言った。「そんなつもりは――」

「冗談よ」彼女はわたしの脇腹を小突いた。

「彼の友だちはどう？　ヘンリー・レネットだっけ？　彼はどんな人？」

「彼のことはそれほどよく知らないわ」わたしは彼女に言わなかった。ヘンリーは腰抜けのようだし、なぜテディが彼と友だちなのかさっぱりわからないとは。「彼に興味があるの？」わたしはダブルデート――わたしとテディ、サリーとヘンリー――を思い描いたが、考えただけで胃が痛くなった。

「イリーナ」サリーはわたしの手を取り、ぎゅっと握った。「ないわ」彼女はそのままわたしの手を握り続け、わたしのなかのどこか特定できない場所で何かが花開いた。

第十三章　ツバメ

彼女は二重スパイではない――あたしはそう確信した。数か月前、フランクからイリーナを調査し、彼女の素朴さが演技でないことを確認してほしいと頼まれたのだ。演技ではないと、あたしは彼に告げた。「良かった」フランクは言った。「我々は彼女を例の本の作戦に加えたいと思っているんだ。彼女を訓練してくれ、サリー。何を教えればいいかはわかっているな」
イリーナと友だちになったのは、定められていた段取りであり、彼女の訓練をするのも仕事の一部だったに違いないが、それはすでに何か別のもの——はっきり言えないわけではないけれど、まだそうする心の準備ができていない何かに変化していた。

自分へのテストのようなものだったレオナルドのパーティーのあとの火曜日、あたしは彼女の机まで行き、今夜《絹の靴下》（一九五七年の米映画）を観にいかないかと誘った。じつは、数日前の日曜日の昼の回に誘おうと思っていたのだけれど、電話をかけている途中でおじけづき、切ってしまったのだ。

あたしたちは仕事のあとでジョージタウン劇場へ歩いていき、こっそり持ちこむキャンディーを買おうと、〈マグルーダーズ食品雑貨店〉に立ち寄ったのだが、これはイリーナの思いつきだった。あたしはチョコレート以外のお菓子はめったに食べないものの、なんとなくジュージュービー（フルーツ味のキャンディー）をひと箱買うことにした。イリーナはボストン・ベイクド・ビーンズ（飴でコーティングしたピーナッツ）をふた箱手に取り、そろって支払いのため列に並んだ。「ちょっとだけ、わたしの場所を取っておいてくれる?」イリーナが言った。

彼女は一分後に、大きなビーツの束を持って戻ってきた。

「面白いスナックを選んだこと」

「これは母に買って帰るの。月に一度、大鍋にボルシチを作る母から、東市場でビーツを買ってくるよう頼まれて。母はロシア人のおじいさんが売っているビーツのほうが、普通の店で売っているビーツよりも質がいいと思いこんでいるんだけど」イリーナは指を一本立てた。「質のいいもんを手に入れるためなら、少しぐらい高くたってそんだけの価値がある」イリーナはロシアなまりでそう言った。

あたしは笑った。「お母さんはほんとに違いがわかるの?」

「全然！　わたしはいつも〈セーフウェイ〉で買って、家に着く前に袋から出しているわ」

あたしたちは映画館へこっそり持ちこむお菓子の代金を払った。イリーナがハンドバッグにしまったビーツは、葉がはみ出していた。

映画はあたしの大好きな娯楽で、いつもはひとりで行っていた。お金に余裕があれば、週に一、二度は行く。同じ映画を二、三回観ることもあって、そんなときは二階の最前列に座り、金色の手すりにもたれかかって両手に顎をのせた。

あたしはそんな映画館のすべてが好きだった。ジョージタウン劇場のネオンサインが赤く光るのも、列に並んでガラス張りの切符売り場の人からチケットを受け取るのも、ポップコーンのにおいも、ベタベタする床も、小さな懐中電灯でどこが自分の席かを教えてくれる座席案内係も。あたしには、シャワーを浴びながら〈さあみんな、ロビーへ行こう〉（映画の本編の前に流れたアニメミュージカルコマーシャル）を歌う癖さえあった。ただ、何よりも好きなのは、照明が暗くなって映画が始まるまでのあいだ、全世界が何かを目前にしているように感じられる瞬間だった。

あたしはこうしたすべてをイリーナと共有したかった。彼女も何かを目前にしているように感じるかどうか、知りたかった。照明が暗くなり、メトロ・ゴールドウィン・メイヤー社のライオンが吠えたあとでイリーナの大きな目で見つめられたとき、彼女も同じように感じているとわかった。

映画のことはあまりよく覚えていない。けれど、映画が四分の一くらいのところにさしかかったとき、イリーナがハンドバッグをあけ、ボストン・ベイクド・ビーンズを探してビーツのまわりをごそごそやっていたことは覚えている。そのお菓子はガサガサ音を立て、ビーツが床に落ちてしまって、イリーナは悪態をついた。彼女の起こしたそのちょっとした騒ぎに、葉巻を吸っていた男が振り返ってシーッと言った。あたしはそれを微笑ましく思った。

フレッド・アステアが〈リッツ・ロール&ロック〉という曲の最後にかぶっていたシルクハットを手のひらでつぶすと、イリーナは息を呑み、あたしの手に触れた。彼女はすぐにその手を引っこめたけれど、また場内が明るくなるまで、その感触はあたしの手に残っていた。

映画館を出ると、雨が降っていた。あたしたちは雨よけの下に立ち、滝のように降る雨を眺めた。「雨が小降りになるのを待たない?」あたしは言った。「通りの向こう側まで走っていって、ホットトディを飲むとか」

「わたしは強行突破する」イリーナはハンドバッグをぽんぽんと叩いた。「母さんがビーツをお待ちかねだから」

あたしは笑ったが、同時に刺すような寂しさを感じた。「じゃ、またの機会に?」

「いいわ」

イリーナは角に停車しているターコイズと白の路面電車まで駆けていった。あたしは彼女が電車に乗り、電車が角を曲がって視界から消えるのを見送った。空に稲妻が走った。あたしは《監獄ロック》(一九五七年公開のエルビス・プレスリー主演映画)の映画ポスターに身を寄せ、雨脚はいっそう強くなった。

その映画に行ってから数週間のうちに、あたしはイリーナを自分のお気に入りの書店へ連れていき、各書店の長所や短所、自分がそこの経営者だったらどんなふうに改善するかについて語って聞かせた。あたしたちはナショナルシアターで《ウエスト・サイド物語》を観て、大声で〈すてきな気持ち〉を歌いながら帰途についた。動物園にも行ったけれど、一頭の雌ライオンが檻のなかでいつまでも行ったり来たりするため、檻の柵に沿って狭い通り道ができていることにイリーナが気づき、動物園をあとにした。「残酷だわ」と彼女は言った。

そういうとき、あたしたちがごく普通の抱擁《ほうよう》以上のものを交わすことはなかったけれど、それは問題ではなかった。あまりにも久しぶりだったので、あたしは初めそれと気づかなかった。だれかをこれほど早く、これほど近づけたのは、カンディにいたころ以来だったのだ。ジェーンという、シャーリー・テンプルのような髪と、石鹼《せっけん》のように真っ白な歯をした海軍の従軍看護婦に失恋してから、あたしは他人を寄せつけないようにしていた。

実際、あれは失恋どころではなかった。ジェーンから、あたしたちの「特別な友情」はふたたびアメリカの土を踏んだら終わりで、戦争中に起こる特殊な状況にすぎなかったと告げられたとき、あたしは胸をえぐられたようで、脚も腕も頭のてっぺんも、歯までも痛んだ。あたしはもう二度とこんなふうにだれかに傷つけられはしないと誓い、これまではおおよそうまくいっていた。

それに、行き止まりにならない道はないとわかってもいた。あたしには、ラファイエット広場での深夜の散歩の最中に連行され、留置され、名前が新聞に掲載された友人たちがいた。政府機関での職を解雇され、評判を傷つけられ、家族から縁を切られた友人たちもいた。唯一の逃げ道は縄の輪に首を入れ、椅子を蹴《け》り倒すことだけだと覚悟している友人たちがいたのだ。共産主義を排斥する赤狩りの恐怖は下火になったけれど、新たな恐怖がそれを引き継いでいた。

でも、あたしはやめなかった。〈フェランティの店〉での昼食や、ワシントン国立美術館で始まった韓国美術展や、〈リジクズ〉（ワシントンDCの婦人服ブティック）で帽子などすてきなものを試着するのに、彼女を誘い続けた。

身を引く必要が生じる前に、自分がどこまで行けるのか様子を見ていたのだ。

そんなわけで、フランクから新たな頼みごとをされたとき、この仕事はちょうどいい気晴らし、もっと言えば必要な気晴らしだと自分に言い聞かせたのだった。

次の仕事のために出発する前の晩、ファッツ・ドミノ（一九五〇年代から一九六〇年代初期にアメリカで最も売れた黒人歌手のひとり）のレコードをかけながら、ミントグリーンのスーツケース〈レディ・ボルティモア〉のなかへ荷物を入れるたびに嬉しさがこみ上げてきた。急に決まる小旅行をこれまでに幾度となく繰り返してきたおかげで、あたしはできるだけ荷物を少なくする技術を身につけていた。黒のペンシルスカート一枚、白いブラウス一枚、ベージュのブラジャーとパンティ一組、飛行機のなかで使うカシミアのショール、黒のシルクストッキング、ティファニーの煙草入れ、歯ブラシ、歯磨き粉、キャメイのローズ石鹼、クレームシモンのフェイスクリーム、デオドラント、カミソリ、タバブロン（香水）、ペンとメモ帳、お気に入りのエルメスのスカーフ、レブロンの口紅――オリジナル・レッド。その出版記念パーティーに着ていくドレスは、現地で待っていてくれる。何年かその仕事から離れていたあたしにとって、またゲームに復帰して、秘密を知り、我が身を役立てるのはいい気分だった。

次の日の晩、グランドホテル・コンチネンタルミラノに到着した。パーティーが始まるわずか数時間前だ。スイートルームに入って数分後、ドアがノックされ、ベルボーイがドレスを持ってきてくれた。あたしはそれをベッドに置くようベルボーイに示し、彼はまるで恋人を寝かせるようにやさしく置いた。あたしは、自分以外の人間が費用を支払ってくれるときにはいつもそうしているようにチップをはずみ、彼を部屋から出ていかせた。プッチの赤と黒のロングドレスを注文したのは、「ミラノ」と「パーティー」という言葉を耳にしてすぐだ。片手でシルクのドレスをなでながら、CIAから衣装用の予算を確保できたことに満足していた。入浴後、タバブロンを一滴、首の両側、両手首、胸の下につけ、自分のサイズぴったりに仕立てられたドレスを着た。

これこそ、最高のとき、別人になる瞬間だ。新しい名前、職業、経歴、学歴、きょうだい、恋人、信仰——そうしたものを身につけるのはたやすい。正体がばれるようなことは、けっしてしなかった——朝食はトーストか卵か、コーヒーはブラックかミルク入りか、道を渡っている鳩《はと》に見とれて街で足を止めるタイプか、いやそうに追い払うタイプか、眠るときは裸かネグリジェを着るかなど、どんなささいな事柄に至るまで。それは才能と、生き残りのための戦術の両方だ。正体を偽るために第三者になりきったあとは、現実の自分の生活に戻るのがだんだん難しくなる。新しい人間に完全になりきって生きていくのは、いったいどんな感じだろうかと、あたしはよく想像した。別の人間になるためには、そもそも自分自身をなくしてしまいたいと思う必要がある。

開始から二十五分後を見はからって、パーティー会場に入った。その豪華な部屋に入ると同時に、ウエイターからフルートグラスに入ったシャンパンを手渡され、すぐに主賓《しゅひん》を見つけた。主賓といっても、出版が祝われている小説の著者ではない。おそらく出席がかなわない著者の代わりに、出版社の経営者がその役割を担っていた。ジャンジャコモ・フェルトリネッリは、ミラノでもっとも洗練された服装をしている知識人、編集者、ジャーナリスト、作家、取り巻きたちの中央に立っていた。分厚い黒メガネをかけ、ひたいの生え際が深いV字で、身長のわりにやや痩せ型だ。女性全員と複数の男性が彼から目をそらせなくなっている。ジャガーというあだ名のフェルトリネッリは、確かにジャングルの豹《ひょう》のような自信と気品ある物腰をしていた。客の大部分はブラックタイを着用していたが、フェルトリネッリは白いズボンと濃紺のセーター姿で、セーターの裾《すそ》からストライプシャツの端がのぞいている。会場で最高額の預金口座を持っている男を特定するコツは、最も上等なタキシード姿の男を探すのではなく、だれよりも肩の力の抜けた男を探すことである。フェルトリネッリが煙草を一本引き出すと、彼の周囲にいるだれかがそれに火をつけた。

野心的な男には、ふた通りある。野心的であるよう生まれついた者、つまり、幼少期から世界はおまえが奪うためにあると言われて育った者と、みずから財産を生み出した者である。フェルトリネッリはこの両方の特徴を兼ね備えていた。巨大な富のもとに生まれついた男の大部分が、受け継いだ遺産を守るという重責を担っているのに対し、フェルトリネッリが出版社を始めたのは、自分の帝国の新たな足がかりとしてだけでなく、文学は世界を変えることができると心から信じているからだった。

会場奥には、ピラミッド形に本が積み上げられた大きなテーブルがあった。イタリア人たちはやり遂げていた。『ドクトル・ジバゴ』は書籍になっていた。一週間以内に、この本はイタリア中のあらゆる本屋のウィンドウに飾られ、その書名はあらゆる新聞の一面にでかでかと掲載されるだろう。そこに積まれた本のうちの一冊をみずからCIAに持ち帰るのも、あたしの仕事のひとつだ。それを翻訳し、CIAが考えたとおりの武器になるかどうかを判断するために。フランク・ウィズナーからは、フェルトリネッリに近づき、何かをつかめるかどうか探ってみるようにと指示されていた――その本の出版や流通について、フェルトリネッリとパステルナークの関係についてなどである。

あたしはイタリア版『ドクトル・ジバゴ』を手に取り、指先でそのつややかな表紙をなでた。雪におおわれた小屋へ向かっていく小さな橇《そり》の上に、白やピンクや青の文字が浮かんでいるデザインだ。

「イタリア語を読むアメリカ人かな?」本のピラミッドの向こう側に立っていた男が尋ねた。「なんと魅力的な」彼はアイボリーのタキシードに黒のポケットチーフを合わせ、大きな顔には小さすぎるべっこう縁《ぶち》のメガネをかけていた。

「違うわ」じつを言えば、あたしはイタリア語を読むことができたし、会話も流暢《りゅうちょう》にできた。子どもだったころ、苗字をフォレッリからフォレスターに変える前、我が家には祖母が同居していた。イタリア系アメリカ人一世であるおばあちゃん《ノンナ》は、英語をほとんど話せなかった——話せるのは、はい、いいえ、やめて、放っておいて、ぐらい。あたしはスコパやブリスコラといったトランプゲームを通じて、祖母との話し方を覚えたのだった。

「では、なぜ読めない本をもらうのかな？」男のしゃべり方からは、どこの出身なのかよくわからなかった。イタリア語ではあるが、訓練して身につけたイタリア語だ。男はイタリア人ではないか、実際以上に粋《いき》に見せたくてフィレンツェ風の話し方をしているかのどちらかだ。

「初版本が大好きなの」あたしは言った。「それと、すてきなパーティーが」

「なるほど。では、それを読むのに助けが必要なときは……」男がかけていたメガネを下に傾けた。その鼻梁《びりょう》に小さな赤い跡があることに、あたしは気づいた。

「ぼくが力を貸してあげられるかもしれない」

　彼は手ぶりでウエイターを呼び、自分の分は取らずに、プロセッコ（イタリアのヴェネト州産の白のスパークリングワイン）が入っているグラスをあたしに手渡した。

「あなたは乾杯しないの？」

「あいにく、もう行かなくてはならなくてね」彼はそう言って、あたしの腕に触れた。「きみがもしその美しいドレスに染みをつけてしまうようなことがあったら、ワシントンに戻ったとき、ぼくを探してくれ。ぼくはドライクリーニング店をやっていて、どんな染みでもきれいにすることができるから。インク、ワイン、血液、なんでも大丈夫」彼は踵《きびす》を返すと、小脇にイタリア版『ドクトル・ジバゴ』を抱えていなくなった。

ＫＧＢ（ソ連国家保安委員会）？　ＭＩ６（英国秘密情報部）？　それとも、うちの組織の人間？　だれかにこの奇妙な会話を聞かれなかったかとあたりを見まわしていたとき、フェルトリネッリが自分のグラスにスプーンをあてて音を鳴らした。フェルトリネッリはまるで街頭演説でもするかのように、逆さまにした木箱に上がった。そんな効果を狙って、木箱を持ってきたの？　それとも、ホテルが提供した？　いずれにせよ、その演出は彼にふさわしいものに見えた。

「少しお時間をいただいて、この極めて重要な機会のために、今夜ここにお集まりくださったみなさまにお礼を申し上げます」彼はポケットから出した紙切れを読みながら、話しはじめた。「一年以上前、運命のいたずらにより、わたしのもとへボリス・パステルナークの傑作がやってまいりました。今夜ここで、その運命のいたずらもわたしたちといっしょに祝ってくれたらと願ってやみませんが、残念ながらそれはかなわないようです」彼はにやりとしたが、客のなかに笑った者はほとんどいなかった。「初めてこの小説を手にしたとき、わたしはその一語たりとも読むことができませんでした。なにしろ、わたしの知る唯一のロシア語は、ストリチナヤ（ロシア産ウォッカの銘柄のひとつ）ですから」先ほどよりは多くの笑い声が上がった。「ですが、わたしの大切な友人ピエトロ・アントニオ・ズヴェテレミッチが――」フォルトリネッリは人々の後方でパイプをふかしているニットベスト姿の男を指さした。「――わたしにこう言ったのです。このような小説を出版せずにおくのは、文化に対する罪に相当すると。とはいえ、わたしは手に持っただけで、この友人が小説を読む前から、これは素晴らしい作品だとわかりました」彼は読んでいたその紙切れをひらひらと床へ落とした。「というわけで、一か八かやってみることにしたのです。ピエトロが翻訳を終え、わたしがようやくその内容を読めるまでには、数か月間を要するにもかかわらずです」フェルトリネッリは

『ドクトル・ジバゴ』を掲げた。「しかし、実際にそれを読んだとき、このロシアの巨匠の文章は、わたしの心に永遠に刻まれました。そして、これを読んだみなさんの心にも刻まれることを確信しています」

「いいぞ、いいぞ！」だれかが大声で言った。

「わたしはこの作品を読者に届ける最初の人間になるつもりなどありませんでした」フェルトリネッリは続けた。「それが母国で出版されたあとで、海外出版権を取得しようと思っていたのです。しかし、言うまでもないことですが、人生は常に計画どおり運ぶとはかぎりません」

フェルトリネッリの足のそばにいた女がグラスを掲げた。「乾杯《チン・チン》！」

「この作品を出版するのは、犯罪にあたると聞かされています。また、この本を出版するのは、わたしの最後を意味するとも言われました」彼は会場内を見渡した。「ですが、わたしはピエトロが初めてこの小説を読んだときに語った真実、これを出版しないのはそれ以上の犯罪だ、という言葉を信じています。言うまでもなく、ボリス・パステルナークからも出版を遅らせてくれと頼まれました。それでも、わたしは彼に、無駄にしている時間はない、大至急、彼の言葉を世界に届けなければならないのだからと言い、実際、そうしたのです」場内がどっと沸いた。「どうかグラスを持って、ボリス・パステルナークのために乾杯してください。彼とはまだ会ったことはありませんが、運命によって結びついているのを感じます。彼はソ連での体験から、人生を変えるような——いや、人生を肯定するような——作品を生み出しました。時の試練に耐え、彼をトルストイやドストエフスキーの仲間にしかと加えるような作品を。わたしよりもはるかに勇気ある男を称えて、乾杯！」

グラスが掲げられ、中身が飲み干された。フェルトリネッリは木箱から下り、取り巻きたちの輪へ戻っていった。一瞬ののち、彼はその場を離れ、お手洗いへ向かった。あたしはパーティー会場へ戻る彼が自分の前を通るよう、ロビーの電話のところへ移動した。

フェルトリネッリの動きは想定どおりで、あたしは彼がこちらの存在に気づくようタイミングを見計らい、受話器を置いた。「楽しんでもらえてるかな?」彼は言った。

「楽しんでいます。素晴らしい夜ですね」

「これ以上はないほどに」彼は芸術品を別の角度から鑑賞するかのように、一歩後ずさった。「以前に会ったことは?」

「これまで天はそれをお望みにならなかったようですわ」

「なるほど。では、天がその重大な過ちを修正してくれたことを嬉しく思うよ」フェルトリネッリはあたしの手を取り、そこに口づけをした。

「この本が出版されることになったのは、あなたがきっかけですか?」

彼は片手を胸にあてた。「その全責任はわたしが負います」

「著者はそれについて何も言わなかったのかしら?」

「ああ、これと言って。彼は何か言える状況じゃなかったのでね」

パステルナークは危機に直面しているのかと尋ねる前に、フェルトリネッリの妻——袖なしの黒いベルベットドレスと、それによく似合う宝石をあしらったチョーカー姿の黒髪美人——が近づいてきた。彼女は夫の腕をしっかりつかみ、彼をパーティー会場へ連れていってしまった。妻は一度あたしを振り返った。万が一にも、あたしが彼女の意図を呑みこめていないことがないようにと。

パーティーが終わりに近づくにつれて、赤い上着姿の給仕たちは、山と残ったムール貝の詰め物、牛肉のカルパッチョ、小エビのクロスティーニ（スライスしたパンを焼いて具をのせた前菜）や、部屋中に散らばっているおびただしい数のプロセッコの空瓶を片づけはじめた。フェルトリネッリ夫人は少し前にリムジンで帰っており、フェルトリネッリは減りつつある人々に〈バール・バッソ〉でいっしょに飲もうと声をかけていた。取り巻きたちの一群を従えてパーティー会場を出ていこうとしながら、彼はいきなりあたしのほうを振り返って言った。「きみも我々と行くだろう?」彼はすでにそうなるとわかっており、こちらの返事を立ち止まって待ちはしなかった。

銀色のアルファロメオ一台と黒のフィアットの小さな一団が、ホテルの前であたしたちを待っていた。妻が立ち去って数分後にやってきた若い金髪娘とフェルトリネッリがアルファロメオに乗りこみ、残りの人々はいっせいにフィアットに乗った。フェルトリネッリはエンジンをふかすと猛スピードで走り去り、あたしたちは女の子をヴェスパの後部座席に乗せたふたりの男たち——ミラノっ子のように車のあいだを縫っていかずにゆっくり走っていることからして、観光客——の後ろをのろのろと進む羽目になった。

やがて、次々に車から下りると、先を争って〈バール・バッソ〉に入り、白い上着姿のバーテンダーたちに大声で飲み物を注文した。あたしは鏡張りの壁沿いに空いた場所を見つけ、店内にフェルトリネッリの姿を探した。どこにもいない。ゆるめた蝶ネクタイ姿で、赤ワインで濡れた唇の背の低い男が、大ぶりのカクテルグラスを持って前を通りかかった。あたしは彼がパーティーにいたカメラマンのひとりだと気づいた。「飲み物はどう?」彼がグラスをさし出した。「ぼくのをどうぞ!」

あたしはそのまま両手を下ろしていた。「主賓はどこ?」

「いまごろはベッドのなかだろうな」

「彼もここへ来ると思ったのに」

「アメリカ人はどう言うんだっけ? 予定は再考されるためにある?」

「変更？」

「それだ！　彼はもっと個人的なお祝いをすることにしたんだろうな」カメラマンは片手をあたしの腰にまわし、腰のくびれのあたりに指先をさまよわせた。あたしはぞっとしながら自分の体から彼の手を離し、店を出た。


あたしは本の獲得には成功しており、その本は出かける前にホテルの部屋の小さな金庫に入れた。けれど、フェルトリネッリからさらなる情報を引き出すことには失敗した。彼はパステルナークをかばっているようだったが、それはなぜなのだろう？　パステルナークは我々が考える以上の危機に瀕《ひん》していたのだろうか？　フェルトリネッリがいっしょに連れていった金髪は、あたしより少なくとも十五歳は若い。もしあたしがあの年齢だったら、彼がスポーツカーに乗せて秘密を話す相手はあたしだったかもしれないと考えずにはいられなかった。

タクシーが何台も通りすぎたけれど、歩くことにした。爽やかな空気を満喫したかったから。それに、おなかもすいていた。最初に足を止めたのは、年老いたラバにつないだジェラート売りのカートの前だった。売り子の十代の少年が、ラバの名前は「威風堂々ヴィセンテ」だと教えてくれた。あたしは笑い、その少年はあなたの笑顔はその赤いドレスや赤毛と同じくらい美しいですと言った。あたしは彼に礼を言い、彼はあたしにレモンジェラートを手渡した。「店のおごりです《オッフェルト・ダラ・カーサ》」

無料のジェラートは、あたしの傷ついたエゴをなだめるのには役立ったけれど、自分はこの仕事をするには年をとりすぎたかしらという考えを消してはくれなかった。以前はあんなに簡単だったのに。いまでは、肌が輝くのは実際以上の効果を謳《うた》う高価なクリームを塗ったときだけだし、髪のつやはパリで買った高価な異国の瓶入りオイルのおかげだ。おまけに、夜にブラジャーをはずして横になると、胸は重力に負けて腋《わき》の下へと流れてしまう。

十三歳になったころ、男の子たちも大人の男もあたしに目をとめるようになった。思春期前のあたしの目立たなさは、ひと夏のあいだに消え失せてしまっていた。最初にそのことに気づいたのは、母だ。あるとき、店のウィンドウに映った自分の横顔を見ているあたしに気づいた母は足を止め、きれいな女は美しさが色あせたときに何か頼りにできるものを持っていなければ、いまに何も手元に残らなくなるのよと告げた。「そして、美しさは必ず色あせるの」と続けた。あたしには何も頼るものがなくなるの？　それを思い知らされるまでに、あとどれくらいの時間が残されている？

フェルトリネッリとは違って、あたしの野心は財力に根ざしたものではなかった。自分は特別な人間であり、世界はあたしに借りがある、だからこそ貧しい家に生まれたのだという勘違いに根ざしていた。ひょっとすると、だれしもある時点まではそのような勘違いをしているものなのかもしれない。ただ、大部分の人は思春期をすぎるとそのような勘違いを捨て去るのだが、あたしはそうしなかった。それによって、自分はなんでもできる、少なくとも当分のあいだは、という揺るぎない信念を得た。ただ、このような野心の困った点は、それが絶えず他者からの承認を必要とし、承認が得られなくなると自信を失ってしまうところだ。そして、自信を失ってしまうと、手近なところに実っている果実――自分が必要とされていて、力があると思わせてくれる人――を追い求めてしまう。けれど、その種の承認は、つかのま酒に酔うようなものだ。踊り続けるためにはそれが必要なのだが、翌日には二日酔いが待っている。

レモンジェラートは夏のような味がした。あたしは自己嫌悪はやめなさいと自分に言い聞かせた。真っすぐホテルへ戻ろうと思っていたのを変更し、スカラ広場に寄ってレオナルド・ダ・ヴィンチ像を見ることにした。

スカラ広場はまばゆく輝いていた。数人の男たちが、広場中央のダ・ヴィンチ像を取り囲む木にクリスマス用の白い電飾を吊るしている。茶色の仕事着の男が片手で梯子《はしご》を押さえながら、もう一方の手で煙草を吸っており、梯子のてっぺんにいる男は針金の結び目をほどこうとしていた。もうひとりがそのそばに立って、こみいった結び目をほどく一番いいやり方について、あれこれ講釈していた。

中年の男女がダ・ヴィンチ像の足元のコンクリート製ベンチに腰かけていた。ふたりは真剣な顔を寄せ合っていて、別れようとしているのか、口づけをしようとしているのか、あたしにはわからなかった。

イリーナのことを考えた。あたしたちは絶対にあのふたりのようにはなれない――あんなふうに公衆の面前でキスをしたり、喧嘩することもありえないと考えた。その考えがだれかの突然の訃報のように襲ってきて、あたしはなんであれ自分たちのあいだに起こっていることをすぐ終わりにし、起こらなかったことを悲しむにとどめなければならないと気づいた。

広場の端まで歩き、タクシーを停めた。

「奥さん《シニョーラ》、ご気分はよろしいですか《シ・センテ・ベネ》?」ホテルに着いたとき、タクシーの運転手からそう聞かれた。あたしは眠ってしまっており、運転手からとてもやさしく話しかけられて、目に涙がこみ上げてきたことに驚いた。運転手はひどく心配そうな顔をしていた。彼は片手をさし出し、あたしが車から降りるのを手伝ってくれた。「大丈夫ですよ《スタレイ・ベネ》」彼は言った。「スタレイ・ベネ」

いっしょに部屋まで来てほしいと彼に頼もうかと考えた――この若くして髪の薄くなった、爽やかなミントの香りの若者に。彼と寝たいわけではなかったけれど、彼が「大丈夫ですよ、スタレイ・ベネ、大丈夫ですよ」と、あたしが眠るまで何度も何度も言ってくれるなら、そうしていただろう。けれど、あたしはひとりで自分の部屋へ上がり、しわの寄ったドレスのままベッドカバーの上に横たわった。

朝になり、アルカセルツァー二錠とルームサービスのあと、金庫から『ドクトル・ジバゴ』を取り出した。それをスーツケースにしまう前に、本を開いてみた。ページをめくっていると、一枚の名刺が落ちた。名前はなく、電話番号もなく〈サラのドライクリーニング店　ワシントンDC　NWP通り二〇一〇番地〉という住所のみだ。あたしはその場所を知っていた。ずんぐりした黄色いレンガ造りの建物で、真っ青な手書きの看板がかかっており、ダレスの家の目と鼻の先だ。あたしはその名刺を半分に折り、銀色の煙草入れにしまった。

第十四章　スパイ会社員

本のことで友人に会うため、ぼくはロンドンへ向かった。十一時間の飛行機の旅だ。腰を落ち着けると、背広をかけてウィスキーを持ってきてもらおうと、スチュワーデスに合図した。もちろん、まだ昼前だとわかっているので氷入りである。キットは、パンナムの青と白の制服、頭にのせた帽子、白い手袋がよく似合っていた。中西部のどの美人コンテストでも、二位か三位には入賞するタイプだ。「お持ちしました、フレデリックスさん」彼女はそう言って片目をつぶった。

ぼくはたくさんの名前を持っている。偽名もあるし、本名もある。両親はぼくにセオドア・ヘルムズ三世と名づけた。小学校で、ぼくはテディになった。高校時代はテッドで通っていたが、大学でまたテディに戻った。

キットにとって、そしてこれから二日間、ぼくを呼ぶ者すべてにとって、ぼくの名前はハリソン・フレデリックスであり、友人たちにとってはハリーだ。二十七歳でニューヨーク州ヴァレー・ストリーム出身のハリソン・エドウィン・フレデリックスは、グラマン社（米の航空機メーカー）のアナリストで――よく聞いてくれ――なんと、飛行機嫌いなのだ。そして、必ずカーテンを閉めておくよう依頼し、隣が空席であることを好む。もしたまたまぼくのポケットのなかをのぞく人がいれば、自宅から八キロのところにあるテキサコ（米のガソリンスタンド）のレシート、半分ほど残っているジューシーフルーツガム、そしてHEFと刺繍《ししゅう》の入ったハンカチ一枚を目にすることになるだろう。

ぼくは自分の書類かばんを隣の空席に置いた。父がフィレンツェで特注して作らせたもので、上質な栗色の革に真鍮《しんちゅう》製の錠がひとつ付いている。父はぼくがジョージタウン大学を卒業したとき、つまり、父が同じ大学を卒業した二十二年後に、それをぼくにくれた。包装していないむき出しのままのそれを父がぼくに手渡してくれたのは、母もいっしょに会員制の〈ザ・ジョージタウン・クラブ〉で静かな夕食をとったあとだ。父は、いつかぼくがそれを持って上院会議場、あるいは最高裁判所、あるいはぼくの姓が冠された法律事務所へ入っていくところを思い描いていると言った。そのとき、父はまだ知らなかったのだ。大学三年のころには、ぼくはもう法学からスラヴ語へと専攻を変えていたことを。

大学二年を終えた夏、ぼくは家業の法律事務所には入りたくないとはっきりわかっていた。けれど、代わりに何をしたいのかがわからなかった。迷子になっているようなその気持ちは、兄の死とあいまってぼくを鬱《うつ》にし、日光浴をする人間の上を動いていく雲の影のように、ぼくを襲った。ぼくは家に引きこもり、ほんの少ししか食べなくなった。高校一年生のころの体重にまで落ち、肌が街の歩道さながらの色合いを帯びてしまったぼくをその状態から助け出してくれたのは、「とにかく話してみなさい」と無理強いした両親や医師ではなく、『カラマーゾフの兄弟』だ。その次が『罪と罰』、ついで『白痴』、そのあと、この著者が書いたものを片っ端から。ドストエフスキーは霧のなかでぼくに縄を投げ、引っ張り上げようとしてくれた。彼が書いた文章、「人間の存在の神秘は、単に生きていることにあるのではなく、なんのために生きるかを見つけることにある」を読んだとき、ぼくは思った。そうだ！　これだ！　ぼくは若者ならではの感覚で確信した。心の奥底に、自分はロシア人の魂を持っていると。

　ぼくは偉大な文豪たちの研究に没頭した。ドストエフスキーの次は、トルストイ、ゴーゴリ、プーシキン、チェーホフ。そうした昔の天才たちのあとは、あの強大な赤い怪物に拒絶された反体制の文学者たちであるオシプ・マンデリシュターム、マリーナ・ツヴェターエワ、ミハイル・ブルガーコフへ。秋になり、ぼくが大学へ戻るころ、件《くだん》の霧はまだ消えてはいなかったが、少しだけ晴れはじめていた。その学期、ぼくは法学部をやめ、ロシア語学科へ移った。

　それから六年後、その書類かばんに入っているのは法律関係の覚書や準備書面などではなく、ぼくの不安のおおもとである未完成の自作小説だった。

　ぼくはウィスキーをひと口飲み、書類かばんのなかへ手を入れた。飛行機が離陸するとき、自分の小説ではなく、他人の小説、ジャック・ケルアックの『路上』を取り出した。彼はこの小説を三週間で書き上げたと噂されている。ベンゼドリン（中枢神経刺激剤のアンフェタミンの商品名）の力を借りて、一枚の連続したロール紙に一気に書いたのだ。もしかすると、ぼくがまずかったのはそこなのかもしれない。ぼくに必要なのは、ドラッグとロール紙だったのかも。ぼくは勢いよくその本を開き、最初の数行を読んでから、本を閉じた。そして、ウィスキーを飲み干し、うとうとした。

　目を覚ますと、飛行機は大西洋上だった。ようやく自分の原稿を見られそうだと思った。昨夜、イリーナと早めの夕食をすませたあと、あらすじの修正に取りかかり、寝室の壁にメモカードをとめて、自分が物語をちゃんと整理できているか検討した。おおむね整理できていたので、ぼくは思った。ひょっとしたら自分は本物の作家になる道を歩みはじめたのだろうかと。あるいは、そうじゃないのかもしれない。

自分の小説のこと、いや、作家になりたいと思っていることすら、ぼくはだれにも話したことがなかった。両親にも、イリーナにも、ヘンリー・レネットにさえも。彼はグロトン高校のころからの一番親しい友人だ。ヘンリーのことを厚かましい追従者だと考える者もいたし、ただの馬鹿だと考える者もいた。ひょっとすると、彼らは正しいのかもしれない。けれど、兄が死んだとき、彼はぼくのそばにいてくれた。兄のジュリアンが死んでからロシアの風景さながらに灰色で果てしなく続くかに思えた数か月間、ヘンリーはぼくのアパートの部屋にいて、いっしょにウィスキーを飲み、何時間も話し相手になってくれたのだ。

ぼくの当初の計画は、大学卒業後一年でデビュー作を出版し、みんなをびっくりさせるというものだった。両親は一度も口に出しはしなかったけれど、ぼくが家業を継がないことに落胆しているのはわかっていた。でも、小説は両親が〈クラブ〉で友人たちに自慢できるだろうし、両親が実際に手にすることができる成果となるはずだった。

とはいえ、それは実現しなかった。卒業後の夏、ぼくはたくさんの小説を書きはじめたものの、初めの二十ページより先まで進んだものはなかった。ただ、文学への愛を職業へつなげることには、かろうじて成功した——そう、それと、ロシア語に堪能になることには。それから、コネを作ることにも。ハンフリーズ教授から声をかけられたのは、ジョージタウン大学でだった。フランク・ウィズナーのOSS時代の仲間であるハンフリーズは、戦後、スラヴ語教授としての職に復帰し、C

IA屈指のスカウトマンになっていた。ぼくはハンフリーズの声がけでCIA入りした最初の男ではなかったし、最後でもない。お偉方はぼくたちのことをハンフリーズ・ボーイズと呼んだが、それはスパイというよりアカペラグループのような響きのあだ名だった。

CIAは局内をインテリだらけにしたいと考えていた。インテリとは、人々のイデオロギーを長い時間をかけて変えていくという長期戦を支持する者ということだ。そして、彼らは文学がそれを成し遂げられると信じていた。ぼくもそれを信じていた。ぼくの仕事は、その利用に適した文学を選定し、それを秘かに拡散させる手伝いをすること。ソ連に悪い印象を与える本、たとえばソ連が禁止した本、その体制を批判した本、合衆国を輝く指針のように描いている本を、確保することだ。ぼくはソ連の人々に体制へ厳しい目を向けてもらいたかった。国家が気に入らないどんな作家も、知識人も、それどころか気象学者でさえも殺すことを認めている体制へ。確かにスターリンは死んだし、その遺体は防腐処置を施され、ガラスの下に封印されているが、大粛清の記憶はいまだに残っていた。

出版者か編集者のように、ぼくはいつも考えていた。次の大作は何か、いかにしてできるだけ素早くそれを多くの人々に届けるかを。出版者や編集者との唯一の違いは、それをなんの痕跡も残さずに実現しようとしていたことだ。

ぼくのロンドン出張は、何か一冊の本が目あてではなかった。目的は、あの本だった。我々はもう何か月も『ドクトル・ジバゴ』を追い求めていたのだ。イタリア版の初版はすでに手に入れてあり、まさに期待どおりの本だという結論に達していた。そのもともとのロシア語原稿を手に入れることが作戦上不可欠であり、「さもなくば、その潜在的な力は翻訳過程で失われてしまうだろう」と見なされていたのである。心配されている点が、ソ連国民に対する最大限の影響力を確保するためか、著者の文章の純粋さを守るためか、どちらにより重きが置かれているのかわからなかった。けれど、ぼくは後者、あるいは少なくとも、その両方だと思いたかった。

ぼくの仕事は我々の友人たるイギリスに、ロシア語版『ドクトル・ジバゴ』をこちらに譲り渡すか、さもなくば、しばらく貸してくれるよう説得することだった。仮約束は交わされていたのだが、彼らは故意にぐずぐずしていた。おそらく、自分たちで先に何かできないかを見極めるために時間稼ぎをしているのだろう。ぼくは状況に決着をつけるため、ここロンドンへ送りこまれたのだ。

気の進まない仕事だったわけではない。ぼくはあのじめじめした街から離れて、自分の頭を整理する必要があった。イリーナは心ここにあらずだったのに、ぼくは結婚間近なつもりでいたのだ。祖母の指輪をくれと母に頼んでさえいて、クリスマスにかけてその件を持ち出すつもりでいた。けれど、何度かデートがキャンセルされて、何かがおかしいと感じたぼくには、それが正しい行動かどうかわからなくなった。そして、そのことについてイリーナに尋ねると、状況はいっそうこじれたようだった。ぼくはこれまで彼女のような人に会ったことがない。それまで付き合った女の子はみんな、ぼくの祖母の指輪を手に入れることだけに執念を燃やしていた。でも、イリーナの望みはぼくの望みと同じだった。つまり、CIA内で出世し、敬意を持って扱われ、自分の仕事をきちんとこなし、それを認めてもらうことだ。彼女はぼくと対等な人間であり、ぼくに挑戦する者でもあった。大学時代に付き合っていた女の子のいずれかと結婚していたら、ぼくは最初の子が生まれる前に退屈していただろう。愛人がひとり、もしくはふたりという、ありふれたCIAの男にはなりたくなかった。

それに、彼女はロシア人なのだ！　ぼくがどれほど彼女のロシア人らしさを愛していたことか。彼女自身はぼく以上にアメリカ人らしいと主張していたけれども。彼女の古風で趣《おもむき》のある地下のアパートの部屋で、手作りのペリメニ（ひき肉とタマネギなどを小麦粉の皮で包んだロシア料理）を食べながら、お母さん――会ったその日から、ぼくにそう呼べと言い張った――は隙をとらえて、ぼくのロシア語が貴族的だとからかった。ぼくはそういうこと全部を愛していた。

イリーナが遠ざかったとき、ぼくは恥知らずにも一度か二度、彼女を家までつけたことさえあった――彼女がだれか別の男と会っていないかを確かめるために。そして、彼女はだれとも会っていなかった。だが、それでも。

というわけで、ワシントンから離れるのはいいことだったし、目的地がロンドンなのは嬉しかった。この街が大好きなのだ。〈カフェ・ド・パリ〉でくつろぐノエル・カワード（英の俳優・作家・脚本家・演出家）、レインコート、雨用の帽子、雨靴、テディボーイ、テディガール（一九五〇年代初期に英で生まれた若者たちのストリートファッション）。言うまでもなく、ぼくはこの国の文学も大好きだった。一週間ここに滞在して、H・G・ウェルズが亡くなった家や、C・S・ルイスがトールキンとビールを飲み交わしたパブを訪れることができたら、どんなに良かっただろう。けれど、もしすべてが計画どおりに運べば、ぼくはひと晩で仕事を終え、翌朝には合衆国へ帰る機上の人となるはずだった。

ぼくが会っていた友人――コードネームはチョーサー――は、本当の友人ではない。確かに、ぼくは彼を知っていたし、互いの人生は文学というテーマがらみで何度か交差したけれど。彼は中肉中背で、我々スパイがなんとかそうなろうと目標にするような目立たない男だった。唯一の例外は、歯だ。あまりにも白くて歯並びがいいので、リヴァプールではなくスカーズデール（米国ニューヨーク州の都市。高級住宅地がある）育ちだと思われるほどだった。また、彼はいっしょにすごす相手にふさわしい発音に切りかえることができた。たとえば、上流人のなかでは上流風に、労働者のなかでは労働階級らしく、赤毛に話しかけるときにはアイルランドなまりでというように。だれからも魅力的だと思われる男だが、ぼくが彼に我慢できるのは一時間かそこらだった。

チョーサーは〈ジョージ亭〉での待ち合わせに二十分遅刻した。ぼくを待たせるのは、ＭＩ６流の心理的戦略とかその手のクソだろう。彼が早く着いて、ぼくがパブに入っていくのを遠くからずっと見張っており、懐中時計を確認して——絶対に懐中時計だ——二十分待ってからやってきたと聞かされても、少しも驚かない。やつらはいつもこのようなつまらないゲームを仕掛けては、こうした技術に磨きをかけることにおいてイギリス人のほうが数百年先を行っているのだと、我々卑《いや》しきアメリカ人に思い知らせようとする。チョーサーなら、こう言うだろう。自分はきみがおむつをつけていたころから、このゲームをやっているんだと。

噂では、ＭＩ６が最初のロシア語版『ドクトル・ジバゴ』を手に入れたのは、フェルトリネッリを乗せた飛行機が、偽の緊急着陸命令でマルタ島に待機させられていたときだという。空港従業員になりすました情報部員らがフェルトリネッリを案内して飛行機から降ろし、そのあいだに別の情報部員が原稿を写真撮影したそうだ。それが真実か否かはさておき、いかにもそれらしい話であることは確かだった。

ぼくはガラスの目が入った雄鹿の頭の下にあるふたり用テーブルについて座り、アイリッシュウイスキー二杯を飲み干した——ぼくなりの心理的戦略、といってもいい。バーテンダーがぼくのフィッシュ・アンド・チップスと煮崩れた豆をガタッと置くのと同時に、雨のなかからチョーサーが店へ入ってきた。立てた黒いオーバーコートの襟《えり》が耳まで届いている。彼は帽子を取って振り、ドアの横に座っていたふたりのフランス人観光客を濡らした。そして、お詫びのしるしにお辞儀をすると、のしのしとぼくの席へやってきた。ぼくは彼の体重が、前回会ったときより少し増えたらしいと気づいた。

彼のほうは、ぼくに全身をじろじろ見られていることに気づいた。「細いままだな」彼は言った。

「それはどうも」

彼は左手を掲げた。「結婚したんだ」

「どうりで」

「悪名高いアメリカ人ならではの乾いたユーモアか。そいつがどれほど恋しかったことか」彼は席についた。「きみも婚約したそうだな」

「まだ正式には。まあ、それを祝って乾杯するつもりですが」ぼくは自分のグラスを掲げ、ウィスキーを飲み干した。

「そのアイルランド産の酒をお代わりするかい？」ぼくが答える前に、彼は立ち上がってカウンターへ行った。そして、ビールをふたつ手に戻ってくると、ぼくにひとつを手渡した。「ブッシュミルズ（アイリッシュウィスキー）は切れちまったそうだ」彼は言った。「この店にはディケンズが通ってたんだよ」彼はぼくの皿にのっているふやけたフライドポテトに手を伸ばし、それで店内の向こう端を指した。「あそこが彼のいつもの場所だった。それについて書いてさえいてね。『荒涼館』だ」

「どこかで読んだ気がします」

「もちろん、そうだろうとも。きみたちアメリカ人のモットーはなんだっけ？　備えよ？」

「それはボーイスカウトです。それに、あなたの言うディケンズの小説は『リトル・ドリット』でしょう」

「そうだ！」彼はそう言って、背もたれに体を預けた。「賢いな、きみは。こんな当意即妙のやりとりをしたかったんだ」彼はため息をついた。「だが、いまのこの店を見てみろ。我々のような観光客に、泡ばっかりのビール、ふやけたポテトだ」彼はまたポテトに手を伸ばした。「偉大な小説の話で思い出したが、きみのも進んでるかい？」

　ぼくのうまくいかない夢について彼が知っていることに、驚きはしなかった。ぼくだって彼について多くのことを知っていたのだから。たとえば、最近、本当に結婚したのだが、バミューダ諸島へ新婚旅行に行っていた二週間をのぞいて、長年の事務員であるヴァイオレットと途切れることなく関係を続けていることも。ただ、彼がぼくの大きな弱みに通じていることに困惑しただけだ。

「おかげさまで順調です」ぼくは言った。

「そいつは素晴らしい」彼は言った。「読むのが待ちきれないよ」

「必ず本にサインしてさしあげます」

　彼は片手を心臓にあてた。「家宝にするよ」

「本といえば」ぼくはさっさと仕事をすませたくなって、そう言った。「最近、何かいいのを読みましたか？」

「『００７／ダイヤモンドは永遠に』を読んだことはあるかい？　最高だよ」

「いいえ」ぼくは言った。「ぼくの趣味じゃないので」

「フィッツジェラルドが好みって感じだもんな」

「フレミングと比べますか？」

「あのデイジー（『グレート・ギャツビー』の登場人物）ときたら！　なんて娘なんだ！　わたしなど、本気で彼女のことを好きになってしまったよ」

「男たちは気づいている以上にギャツビーに惚れこんでいるようですね」

「惚れこんでるわけじゃないよ。だが、憧れてることは事実だ。そもそも、男女を問わずだれもが秘かに大いなる悲劇を待ち望んでるのさ。それは生という経験を研ぎ澄まし、より深みのある人間にしてくれる。そうは思わないか？」

「悲劇を美化することができるのは、恵まれた人間だけです」

彼は肉づきのいい腿《もも》をぴしゃりと打った。「わたしときみには相通じるものがあると思ってたよ！」

魚のフライは皿の上で冷え切ってしまっており、パン粉が油でべたっとなっていたが、ぼくはゆっくりとひと口ほど切り分け、それを飲みこんだ。「それより、国へ戻る機内用に何か持ち帰りたいと思っているんですが、このあたりにいい書店をご存じないですか？」

彼は立ち上がってビールを飲み干し、袖口で口元の泡をぬぐった。「ゲームをどうだい？」ぼくらはパブの奥へ向かった。ぼくはダーツは苦手なのだが、彼には楽勝だった。これは彼なりのビジネスをする用意があるという回答なのだろうと、ぼくは受け取った。

「さてと」もう一度ぼくに負けたあと、彼は言った。「どうも腕がなまっちまったようだな」彼が懐中時計を取り出したとき、ぼくは彼がどんな時計を選んでいるか、どんぴしゃだったことに、にやりとしてしまった。「もう行かなければ。ギャリック劇場の《ワーニャ伯父さん》を観に、女の子を連れていくんだ」

「良質なロシアの戯曲は大好きです」ぼくは言った。

「そうじゃない者がいるかい？」

「批評は好意的なんですか？」

「ロンドンでは、じきに終了だ。だが、来年、アメリカで上演されるはずだよ。どういうふうにことが進むか、知ってるだろ。我々イギリス人はきみたちに明け渡す前に、ここでいろいろ試すのが好きだからね」

ようやく、ぼくたちは本題に達しつつあった。「その初演はいつなんです？」「一月上旬だ」彼はコートを着て、帽子をかぶった。「ただ、具体的な日にちはまだ発表されてない」

「十二月だとありがたいんですが。休暇のころに、いい舞台を観たいので」

「スケジュールを組むのは、わたしじゃないんでね」彼は言った。

「では、世間の動向に気をつけておくことにします」

「きみなら抜かりあるまい」

彼は店を出ると、店の前にエンジンをふかしたまま停車している車のところへ雨のなかを急いだ。ぼくは店へ戻って、またブッシュミルズを注文し、それから勘定を支払った――チョーサーは自分の分もぼくにつけていた。まあ、そうだろう。

外へ出たとたん、雨は土砂降りになった。ずぶ濡れになってホテルへ帰り着き、部屋にはだれかからの電話も取り次がないようにとフロントに頼んだ。「だれかから電話があったら、少し時差ボケなので休養が必要なんですと伝えてくれるかな」ぼくはそう言った――ロシア語版『ドクトル・ジバゴ』は手に入ったも同然だと、ＣＩＡに知らせるための暗号なのだ。

第十五章　ツバメ

十二月が訪れると、街は新雪におおわれた。あたしがイタリア版『ドクトル・ジバゴ』を聖パトリック教会の指定された告解室に置いてきたのは、ミラノから戻ったその日で、報告のために仮オフィスへ行ったのはその翌日だった。あたしはフランクにすべてを話した。だれが出席していたか、マスコミはなんと言っていたか、どんな会話の断片を小耳にはさんだか、そして何よりもフェルトリネッリのスピーチの内容を。あらゆる事柄をこと細かく説明したが、持ち帰ってきた本にいつのまにか名刺をしのばせていた男との出会いについては黙っていた。その名刺は、家に戻ったあとで煙草入れから取り出し、洗面所のゆるんだタイルの下に隠した。ワシントンでは秘密は保険であり、女はいつだってひとつかふたつ、それが必要なのだ。

イリーナとあたしはリフレクティング・プールで会う計画を立てた。スケートをして、それからあたしのアパートでいっしょに夕食をとろうと。スキーマスクの男がステーションワゴンの荷台から持ってくるスケート靴を借りたあと、あたしたちは雪のなかをスケートリンクのほうへおぼつかない足取りで歩いていったが、結局、氷の上に立つことはなかった。リンカーン記念館の石段に座ってブーツを脱いでいるとき、不意にイリーナが言ったのだ。テディから結婚を申しこまれたと。承諾したとは言わなかったけれど、それは聞かなくてもわかった。イリーナが話しながらワシントン記念塔をじっと見つめ、一度もあたしのほうを向かなかったからだ。

そうなる可能性があることは、わかっていた。婚約し、結婚し、子どもまで作って、みずからの指向を隠し、逮捕を回避して、〝普通の〟生活を送る人々のことを、あたしは知っていた。それどころか、自分だって一、二回、それと同じことをしようかと考えたことがある。でも、イタリアから戻ってきてから、何度もイリーナとのことを終わらせようとしたのに、さらなる深みにはまってしまっていた。そうなるかもしれないとわかっていたのに――それでも。

彼女の唇からこぼれ落ちる言葉を聞きながら、あたしは心の準備ができていなかったことを知った。立っている土台からだれかに石を取りのぞかれ、いつ倒れたのかもわからずにいるような感じだった。けれど、そのとき、あたしはなんとか感情を抑えることができた。どんな状況下でもそうしろと訓練されてきたとおり、冷静さを保った。イリーナを祝福し、幸せなふたりのために婚約パーティーを開く役目は任せてと言った。彼女は呆気にとられ、そんなことはしてもらわなくていいと、蚊のなくような声で言った。なんだかスケートをする気分じゃなくなったし、頭痛がするので家に帰って休みたいとあたしが言うと、イリーナは立ち上がり、あたしを階段に残して立ち去った。あたしは彼女の赤い帽子が白い背景のなかでどんどん小さくなっていくのを見送った。

その晩、スケート用の服装のままのイリーナがあたしのアパートに現われた。石の階段にあたしを置いていってから、ずっと歩き続けていたように見えた。鼻が真っ赤で、体が震えていたからだ。イリーナは強引にあたしのアパートに入ってくると、ブーツ、帽子、スカーフ、コートを脱いだ。あたしは眠っていたし、もしかして風邪を引いたかもしれないから、あまり近寄らないほうがいいと告げると、イリーナは冷たい両手であたしの頬をはさんだ。「あのね」と彼女は言ったが、それきり口を閉じた。彼女は自分の唇であたしの唇をぴったりふさぐと、あたしに口づけをした。キスのせいで、あたしは大声で泣きたくなった。彼女が唇を離したとたん、喪失感に襲われたのだ。「あのね」イリーナはまた言った。その言葉に顔をそむけたくなったが、イリーナはそうさせてくれなかった。彼女はもっと近寄り、ストッキングに包まれた爪先であたしの爪先を押さえた。ハイヒールをはいていなくても、彼女はあたしよりひたいのぶんだけ背が高い。イリーナはまるで点検でもするかのように、あたしの顔をしっかりと押さえていた。

彼女はまたあたしに口づけをすると、冷たい両手をあたしのローブのなかへ滑りこませた。彼女の自信に満ちた態度に、あたしはどぎまぎした。彼女はだれか別人のふりをしているのだろうか、あるいは、実際に別人になっていて、あたしがそれに気づかずにいたの？

両脚に震えが走り、ピンクの絨毯《じゅうたん》の上にがっくりと膝《ひざ》をついた。彼女も膝をついた。ローブの前がはだけ、おなかに口づけをされて、あたしは思わずうめき声を漏らした。恥ずかしい声を。イリーナは笑い声をあげ、あたしもつられて笑った。「あなたはだれ？」あたしは聞いた。彼女は答えず、あたしの骨盤をひたすらなぞっていた。もしかしたら、逆だったのかもしれない。あたしのほうが、自分に気づかなかったのかもしれない。あたしはこれまで、セックスではいつも主導権を握ってきた。だから、相手の反応や動き、体勢、うめき声などに気を配っていた。でも、これは違った。彼女はあたしに何も期待していなかった。あたしは無力だった。

こんなことはやめなければという思いが頭を離れなかった。彼女は我に返るだろうし、あたしだって正気に戻る。彼女はきっと、これをなかったことにしようとするはず。そんな思いをあたしが口に出すと、彼女はもう遅いと言った。「もう後戻りできないの」

イリーナは正しかった。それは初めて天然色の映画を観るようだった。世界は一方通行だったが、そのあとすべてが変わったのだ。

あたしたちは絨毯の上で眠りに落ちた。あたしのローブがふたりの毛布代わりで、あたしの胸が彼女の枕代わりだった。あたしは一階のパン屋が開店する物音とにおいで目を覚ました。洗面所で顔を洗い、ブラシで髪をとかした。シャワーの上の小さな窓越しに射しこんでくる朝の光がきつく感じられ、鏡に映った自分の顔に心が乱れた。イリーナとテディのことを考えた。ふたりの結婚式がどんなふうか、教会の通路を歩く彼女がどんな姿かを。そのとき、あたしの天然色の世界は白黒に戻った。

洗面所から出ていくと、イリーナがキッチンで冷蔵庫のなかをのぞいていた。彼女は半パック分の卵を取り出し、どんなふうに料理した卵が好きかと尋ねた。

「テディはどういうのが好きなの？」

イリーナは何も言わなかった。あたしがもう一度尋ねると、彼女はあたしの手を握り、もっと別のことを考えましょうと言った。彼女に愛してると言われたとき、あたしは真実――自分もあなたを愛していると告げる代わりに、彼女から身を離し、おなかは空いてないし、あなたはもう帰ったほうがいいと言った。そして、彼女は帰った。

その年最後の晩は、凍えるような雨だった。キッチンに立ち、白鳥に似た形に包んであるアルミホイルをあけて、残りもののフィレミニヨンを温めた。それから、我が家専用の非常階段に面した窓を開き、ミラノでの仕事がほぼ成功したご褒美《ほうび》にフランクがくれた、一九四九年もののドンペリニヨンの瓶を部屋へ持ってきた。

背中を温めたくて、あけっ放しのオーブンの前に立ってフィレミニヨンを食べた。ドンペリニヨンはフランクが言っていたとおり、おいしかった。

この日のもっと早い時間に、あたしはひとりで《戦場にかける橋》の昼の回を観にいった。でも、映画に集中できず、途中で帰ってきた。空はすでに暗く、雨はもう降り出していて、家へ帰り着くまでに、ホワイトクリスマスは茶色のぬかるみになってしまっていた。通りの向かい側の公園にあった、どこかの子どもたちが作った雪だるまはカチカチの氷になり、ニンジンの鼻は煙草に代わっていて、スカーフもなくなっていた。あたしは大晦日《おおみそか》を憎んだ。

さらに悪いことに、あたしの部屋は凍えるほどの寒さだった。ひどく冷たい空気のなかで息が白く見え、ラジエーターはさわると冷たかった。あたしは大家を罵《ののし》った。この区画の建物の半分を所有していながら、管理人を雇う費用をケチる男のことを。

　熱い湯を入れて、髪を濡らさないように注意しながら風呂につかった。お湯がぬるくなると、爪先で蛇口をまわしてまたお湯を出し、それを二度も繰り返して、ようやく風呂から出た。冷気に身を震わせながら、ぶかぶかのタオル地のローブを羽織った。そのままベッドにもぐりこんで、ラジオから流れるガイ・ロンバード（カナダ出身のジャズミュージシャン）を聞きながら一九五八年を迎えたかった。けれど、そうはできなかった。一時間以内に、身支度をして化粧をし、パーティー会場へ送ってくれる黒い車が到着する前に何か食べておかなければならない。あたしには仕事があった。

　ミラノのあと、あたしから報告を受けたフランクは満足しているらしかったけれど、あまり話を聞いていないようにも見えた。詳細をとっくに知っていたかに思えたが、おそらく実際にそうだったのだろう。フランクは、あたしがフェルトリネッリと近づきになれなかったことを気にしていないようだった。最初は、彼もあたしと同じ結論に達しているのかもしれないと思った。あたしは引退したままでいるべきで、この仕事に必要な能力は失われてしまったのだと。けれど、礼儀正しく追い払われるかと思いきや、また手伝ってほしいことがあるとフランクが言ったのだった。

「また、きみに頼みたいことがあるんだ」

「なんなりと」

　ちょうど雨がやんだとき、黒い車が迎えにきた。あたしは白いモヘアのスイングコート（動くとふんわりと揺れるエレガントなコート）を羽織り、毛皮を見るとゾッとするとイリーナに言われてからいつもそうしているように、毛皮のコートはクローゼットに置いてきた。「かわいそうなウサギたち」彼女はそう言って、あたしの毛皮のコートの袖を片手でなでたのだ。

エナメルのバードビルキャップ（ひさしが鳥のくちばしのようになった帽子）を片手に持った運転手が、もう一方の手で車のドアを押さえていてくれた。「あなたのような女性に、大晦日のデート相手がいないんですか？」

あたしは後部座席に乗りこんだ。

街の景色が流れていく。建物のあいだの、あっという間にすぎ去っていく空間に見える銀色の月。イリーナがいまいる場所から、月が見えるだろうか。彼女はその年最後の夜を、テディやその裕福な家族とともに、グリーン山脈にある彼らの山小屋ですごしているのだ。イリーナはスキーさえできないというのに。あたしは空がどんよりと曇り、凍えるような雨がバーモントまで続いていることを願った。

大晦日のパーティーが開かれるのは、繁華街にあってワシントンDCで最高級だと言われている、ということは、さほどたいしたことはないフランス料理店〈ザ・コロニー〉だった。とあるパナマ人外交官が主催するこのパーティーは、基本的にオフィスの外でやるオフィスパーティーである。組織中枢の者たちが集まる、招待者限定の会だ。ジョージタウン友の会のメンバーたち、すなわちフランク、モーリー、メイヤー、ダレス兄弟、グラハム夫妻、オールソップ兄弟（有名なジャーナリスト兼政治アナリスト）のひとりが勢ぞろいする。ただ、あたしは彼らと話をするためにそこにいるわけではない。あたしには別の任務があった。

ダイニングルームの壁に浅く彫られた神話の登場人物にパーティーハットがかぶせられ、ラウンジには銀色のリボンや金ピカのティンセルが飾られていた。混雑したダンスフロアでは天井近くに無数の白い風船が浮かび、時計が十二時を告げるのを待っている。「一九五八年が待ちきれない！」

と書かれた大きな横断幕が、メインのバーカウンターに吊り下げてあった。ブラスバンドの演奏にあわせてサテンドレス姿の歌手が歌っている背後には、巨大な置き時計があり、時計の針は十時をさしている。着てきたコートを手荷物預かりの女性係員に手渡すと、ロケッツ（ニューヨークを拠点とする有名なダンスカンパニー）のような服装をして小さなシルクハットを頭の横にピンでとめたウエイトレスが、鳴りものやパーティーハットを並べた銀のトレイをさし出した。あたしは紫色の金属風フリンジ飾りがついた角笛を選んだが、ハットはやめておいた。

「きみのパーティー気分はどこへ行っちゃったんだい？」背後からアンダーソンに声をかけられた。彼は悪魔の角のように頭にふたつのとんがり帽子をつけており、帽子のゴムが二重顎に食いこんでいた。上着はすでに脱いでしまっていて、タキシードシャツの背中は汗で透けている。

「今夜も新年赤ちゃんの姿を見られるのかしら？」彼が腰に巻いた白いシーツ以外は全裸になり、巨大なおしゃぶりをくわえ、ラム酒入りの瓶を握り締めていたカンディでの大晦日のお祝いを思い出しながら、あたしは聞いた。

「夜はこれからさ！」

「パーティー気分と言えば、お酒はどこでもらってくればいいの？」体のなかは自宅で飲んだ三杯のドンペリニヨンですでに温もっていたけれど、あたしはいまの気分が消えてしまうのを避けたかった。イリーナのことを考えたくなかったのだ。たとえわずかなあいだであっても。

アンダーソンは飲みかけのパンチ入りのグラスをくれた。「レディファーストだよ」

あたしはそれを飲み干して、彼に向かって角笛を吹き、新たな飲み物がのったトレイを持つウエイターに手を振った。アンダーソンに踊らないかと聞かれ、あとでねと答えた。あたしは早くも、近づくようにとフランクから依頼されていた相手がダンスフロアの反対側にいるのを見つけていたのだ。
人々でいっぱいのテーブルに戻って歓声とともに迎えられるアンダーソンを見届けると、あたしはふたたび目あての男に注意を向けた。ヘンリー・レネットはステージのはす向かいに立ち、アーサー・キット（アメリカの歌手、キャバレースター）風の歌手が〈サンタ・ベイビー〉を歌うのを見つめていた。あたしはアンダーソンのいるテーブルをよけて、ダンスフロアの端を通り、ステージをはさんでヘンリーの向かい側に場所を見つけた。そして、じっと待った。ブラスバンドがその曲を演奏し終えると、歌手は気取った足取りで置き時計のところへ行き、針を十時半に進めた。人々が歓声をあげ、ヘンリーは忍び笑いを漏らしながらも、一九五七年の残り一時間半に乾杯した。それから、彼はこちらを見た。

ヘンリー・レネットについて、あたしが知っていること。イェール大学卒、ロングアイランド育ちだが、出身を問われると「シティ」（マンハッタンの愛称）と答える。CIAに入ってまだ五年三か月なのに、ソ連部内における頭角の現わし方がすさまじくて疑惑を呼んだ。アーリントンへの橋を渡ったところにある、エレベーターなしでひと間のアパートにひとり暮らしで、家賃は両親が支払っている。語学の才能があり、ロシア語、ドイツ語、フランス語に堪能。イェール大学を卒業してからCIAに入るまでの一年間、ヨーロッパ各地を「バックパックを背負って旅した」ことになっているけれど、実際は親の金で五つ星ホテルを渡り歩いていた。オレンジ色の髪、そばかす、猪首《いくび》だが、意外と女たらし。タイプ課のメンバーふたりと付き合っていたことがあり、信じられないほどずるずると関係が続いたのだが、ふたりとも自分がふた股《また》をかけられていることに気づいていなかった。テディ・ヘルムズとは親友同士だが、その理由はイリーナもわかっていない。でも、あたしにはわかる。ああいう東部名門大学《アイビーリーグ》出身の男たちは、いつだって徒党を組むのだ。

ヘンリー・レネットに関するその他の情報およびあたしがこのパーティーに出ている理由は、フランクがヘンリーを二重スパイではないかと考えていることだ。フランクから初めてその疑いについて聞かされたのは何か月も前、あたしが例の本の作戦に加わった直後で、これまでも多少の探りは入れてきた。そして、イタリアから戻ってきたとき、ヘンリーについてもう少し突っこんで探るようフランクから頼まれたのである。

まあ、ＣＩＡにいるのは自尊心が高い男ばかりだけれど、たいてい、その自尊心は仲間内で大きくなったり小さくなったりする程度だ。ところが、ヘンリーはみずからトラブルを招いてしまうような自尊心の持ち主だった。大ぼら吹きだと見られていたし、周囲に知られる酒癖の悪さは、彼を疑問視するに充分だったのだ。

あたし自身がその話を持ち出したことはなかったし、噂が事実でないことを願っていたけれど、近ごろフランクの精神状態に問題があるのではないかとの声があることは知っていた。ハンガリーでの作戦失敗以来、変わってしまったと言う者もいたし、ソ連の二重スパイを一掃しようというその執念は、彼の能力の衰えによるせいだと言う者もいた。


ステージ横でちょっとおしゃべりをして、ダンスフロアで少しいっしょに踊り、パンチを二杯飲むと、ヘンリーはどこかもっと人のいないところで話さないかとあたしを誘った。例の歌手はすでに置時計の針を十一時四十五分に動かしており、人々はクラッカーや、鳴りものや、十二時の乾杯のために注がれた酒を手に、準備万端だった。あたしたちはそこを離れ、抜け出す途中でヘンリーが銀のバケツからシャンパンの瓶を引き抜いた。「これで乾杯しよう」彼はそれをトロフィーのように掲げて言った。

「どこへ向かってるの？」

ヘンリーはそれに答えず、あたしの二歩前を歩いていた。いつもならリードするのは自分なので、足を速めようとしたら、絨毯の出っ張りにつまずいて転んでしまった。振り返ったヘンリーに助け起こされながら、あたしは頭に血がのぼるのを感じた。

「きみみたいな女が酒に飲まれたなんて言わないでくれよ」

「お酒になんて飲まれてないわ、ご心配なく」

ヘンリーはまたシャンパンの瓶を掲げた。「なら、よかった」彼は腕時計を見た。「真夜中まであと七分だ」彼はあたしの腰を抱き、親指を腰のくびれに食いこませて、出口のほうへ進んでいった。

「コートを預けたままなんだけど」あたしは言った。

「いや、外には出ない」

スツールにだらりと座り、すでにひと口かふた口飲んだように見えるドアマンの前を通りすぎた。ヘンリーはあたしの片手を取り、踊るようにステップを踏みながら隅のほうへ進んだ。彼の息はバーの床なみに酒臭く、彼が言わなくてもいいことまでしゃべってしまうほど飲みすぎているのがわかった。あたしは彼の趣味の悪い細いネクタイを真っすぐに直し、ドアマンのほうへ目をやったが、ドアマンはこちらを見ていないふりをしていた。「話をするためにどこか静かな場所へ行くんじゃなかったの？」

彼があたしの背後に手を伸ばすと、そこにあった壁がドアになった。「ほら、驚いただろう？」ヘンリーはそう言いながら、使われていないクロークルームのなかへあたしを追いこんだ。その小さな部屋には、針金のハンガーにかかった白い制服数枚と、壊れた椅子一脚と、古い掃除機しかなかった。

「あたしが思い描いていた居心地のいい場所とはちょっと違うわ」

「きみみたいな女が慣れてるのは」彼はシャンパンの瓶で壊れた椅子を示した。「もっと雰囲気のいい場所だってことは知ってる。だけど、ここは静かだ、そうだろう?」ヘンリーがコルク栓をあけると、それは空っぽの帽子棚へ飛んでいった。彼はぐびりとシャンパンを飲んだ。「それに、人目もない」

彼にシャンパンの瓶をさし出されたけれど、あたしは断った。もう一杯飲んだら、優勢を保てなくなると感じたからだ。「十二時になったら、ひと口いただくかも」

彼はまた腕時計を見ると、文字盤をとんとんと指で叩いた。「あと三分だ」

「何か新年の抱負は?」あたしは言った。

「これさ」彼は汗ばんだ手をあたしの頬に置き、キスしようと身を寄せてきた。あたしが一歩下がると、頭が背後の洋服掛けのバーをかすめた。

「その前に聞きたいことがあるの」あたしは言った。

「きみは美しい」彼はまた顔を寄せてきた。

あたしは人さし指で彼を押しとどめた。「もっとましなやり方があるでしょう」

彼のせせら笑う顔に、あたしはゾッとした。「いいね。気の強い女は大好きだ」

「何か……面白いことを話して」あたしは彼の視線を正面から受け止めた。人に話をさせるための昔ながらの方法だ。

「おれが?　おれはなんの秘密もない男だよ」彼は天井を見つめ、息を吐いた。「秘密があるのは、きみのほうだろう」

「どんな女にも秘密はあるわ」

「確かに。だが、おれはたまたまきみの秘密を知ってる」

口のなかから水分が失われたようで、舌が砂袋のように重く感じられた。「どんな秘密?」

「おれにそれを言わせたいのか?」

「言ってみて」

「きみがどうしておれとおしゃべりしてるのか、そのわけを知らないとでも?」ヘンリーは言った。「きみが何の理由もなく男に、それも十歳も年下の男に、急に興味を持つんだ? きみがどんな女か、おれが知らないとでも? きみがおれについてあれこれ探ってたのは知ってる。おれの忠誠心についてな」

あたしはドアに目をやった。

「きみは知らないだろうが、ここではきみよりおれのほうが友だちは多いんでね」

あたしはみずからこの状況を招いてしまった。気もそぞろで、酒を飲みすぎ、それが見えなかった。この場から立ち去ろうとしたが、彼に行く手をふさがれた。「大声を出すわよ」

「いいね。彼らはきみが首尾よく任務を果たしていると思うだけさ」

あたしは彼を押しのけようとしたが、押し返された。驚くほどの強さで後頭部を洋服掛けのバーにぶつけて動けずにいるところに、全力で体あたりされて、乱暴に唇を重ねられ、彼が唇を離すと血の味がした。また彼を押しのけようとしたけれど、また唇を重ねられ、無理やり舌を入れられた。膝蹴《ひざげ》りをくらわせようとしたものの、逆に足払いされてしまった。あたしは床に倒れ、彼がおおいかぶさってきた。立ち上がろうとしたが、力ずくで両手を頭の上に持ってこられ、片手で押さえつけられた。悲鳴をあげても、真夜中のカウントダウンを始めたドアの向こう側の人々の声にかき消された。三十！　ドレスの脇の引き裂かれる音が聞こえた。「これがきみの仕事なんだろ？　こんなふうに利用されてるんだろ？」二十三！　あたしは彼に向かって唾を吐きかけたが、彼がそれをぬぐいながら浮かべた冷たい笑みを見て、ここにレンガがあればと心から思った。彼はあたしのひたいに自分のひたいを押しつけた。十四！「ってことは、もうひとつの噂も本当なんだな？」彼の息は熱く、すえたような臭いがした。「きみがちょっと変わってるってのは。そんなことを知られちまって、気の毒にな」三！　二！　一！

人々が「あけましておめでとう！」と口々に言い合い、ブラスバンドが〈蛍の光《オールド・ラング・サイン》〉の演奏を始めた。あたしは目をつぶり、カンディ時代に各自のサバイバルキットに入っていた自殺薬を思い浮かべた。それは白くて、卵形で、茶色いゴムで包まれた薄いガラスの瓶に入っていた。必要なときはそれを噛み砕き、毒を放出させるのだ。毒が放出されると、数分以内に心臓は止まる。死はすぐに訪れ、苦痛はないという。戦場からこれほど遠く離れて、自分が囚われの身になるとは思ってもみなかった。

彼はあたしをクロークルームに残して出ていった。あたしは立ち上がろうと思わなかった。はい出ようとも思わなかった。助けを呼ぼうとも思わなかった。何も考えたくない。ただ眠りたかった。彼はあたしのコートを持って戻ってくると、手を取ってあたしを立たせた。あたしたちがクロークルームから出たのは、ちょうどアンダーソンと妻が帰ろうとしているときだ。ヘンリーが先を歩き、その数歩あとをあたしがよろめきながらついていったのだが、アンダーソンは近寄ってこなかったし、「あけましておめでとう」と声をかけてくるどころか、何も言わなかった。あたしの崩れた化粧や破れた服に目を向けたのに、ひと言も発しなかったのだ。

ヘンリーの言うとおりだ。あたしは彼らにとって無に等しい。アンダーソンですら、あたしと目を合わせなかった。あたしは彼らの同僚、彼らの仲間ではないし、むろん友だちでもない。彼らはみんな、あたしを利用していた。最初からずっと、あたしを利用し続けたのだ。フランクも、アンダーソンも、ヘンリーも、だれもかれも。あたしが美しくなくなるまで、利用し続けるつもりだったのだ。

ヘンリーはあたしを車に乗せると、紳士のようにあたしの頰に口づけをし、気をつけて運転してくれと運転手に言った。

運転手は玄関まであたしに付き添ってくれ、あたしは手すりにしがみつくようにして部屋まで階段を上がった。彼の感触が消えないまま。においも消えないまま。

アパートの部屋はあいかわらず寒かった。ドンペリニヨンのハーフボトルがガラスのコーヒーテーブルの上に、空になったアルミホイルの白鳥と並んでのっていた。ドレス姿ではいてみたものの、はいていかないことにしたハイヒールが、床までの鏡の足元にまだ置いてある。イリーナが送ってきたクリスマスカードが、炉棚の上に飾られていた。

あたしは靴を脱いだ。化粧を落とした。ドレスを脱いだ。それから、バスタブのなかに立ち、火傷《やけど》するほど熱い湯を浴びた。そして、ベッドに入って眠った。昼まで、さらには夜になるまで。

目を覚まして洗面所に行ったとき、冷たい床でつまずいた。壁から六つめのタイルを数え、ゆるんだタイルの下に指の爪を入れた。赤く塗った爪が割れてしまったので、はがれた分を食いちぎり、床に吐き出した。タイルをよけ、名刺を拾い上げた。〈サラのドライクリーニング店　ワシントンDC　NW　P通り二〇一〇番地〉

その名刺を引っくり返しながら、イリーナのことを考えた。あたしはすべてを覚えていたかった。

彼女との思い出の目録を作り、整理してしまっておきたかった。そうすれば、将来それを引っ張り出すこともできるし、他人の影響から守ることもできるし、残酷な時間の経過によって歪《ゆが》められることもなく、いずれそうなるとわかっている未来の自分自身からも守ることができる。

いったん電話をかけたら、もう二度と引き返すことはできない。二重生活という言葉には語弊がある。ひとりの人間はふたりにはならない。むしろ、ひとりの人間がふたつの世界を生きるために自分の一部を失い、けっしてどちらの世界にも完全に存在することはできないのだ。

〈ラルフの店〉でイリーナを見たときのことを覚えている。彼女が初めてこちらを振り返ったとき、どんなふうにボックス席の端に腰かけていて、両脚をなかば通路に投げ出していたかを。結局は閉まっていたブドウ園へ行く途中、リーズバーグのガソリンスタンドで彼女が買ったピンクの風船ガムのことを覚えている。初雪が降った夜にワシントンＤＣで一番高い位置にあるフォート・リノでいっしょに橇《そり》滑りをしたこと、テンレイタウンで待ち合わせして、彼女が職場のカフェテリアから失敬してきた豆スープの色のトレイ二枚を掲げたとき、自分が呆気にとられたことを。あたしは自分のハイヒールを指さし、滑るのは無理だと彼女に言った。けれど、一度だけやってみてとイリーナに言われて、ふっと心がなごんだことを。凍った斜面をふたりで滑り降りたとき、顔にあたる風がどんなだったかも、覚えている。

閉店十分前に〈セーフウェイ〉に駆けこんで、誕生日ケーキを探したときのことを覚えている。その日はあたしの誕生日でも、彼女の誕生日でもなかったけれど、イリーナはどうしても誕生日ケーキを買わなければと言い張り、その夜はもうエプロンをはずしていたケーキ職人に、どうかケーキの上に青いアイシングで感嘆符もつけてサリーと名前を書いていただけませんかと頼みこんだのだ。

また、グレーヴリー・ポイントからナショナル空港に飛行機が着陸するのを眺めたときのことを覚えている。遠くの空に閃光が見えたとき、一枚の毛布の下で身を寄せ合ったこと、飛行機のエンジン音がどんどん大きくなって、とうとう頭上にその姿が見えたこと、飛行機があまりに近く見えて、手を伸ばせば機体の腹に触れられそうだったことを、覚えている。

ふたりが愛し合い、すべてがセーターのほつれた毛糸のようにほぐれていったあとで、あたしのアパートで迎えたあの朝のことさえ、覚えていたかった。彼女が去ると、あたしは彼女に買ったプレゼント、アンティークのエッフェル塔の版画を隠してあったクローゼットのところへ行った。《パリの恋人》を観たあとで、イリーナはいつかいっしょにパリに行かなくちゃねと言ったのだ。その小さなエッフェル塔は、あたしの手のひらほどの大きさで、凝《こ》った線は針先をインクにひたして描かれていた。あたしはそれを額に入れ、包肉用紙でくるんで赤い紐で結わえるつもりだった。クリスマスに彼女にあげるつもりだったのに、それはまだあたしのクローゼットの奥にある。

あたしは名刺をぎゅっと握った。そして、その住所を記憶すると、マッチをすり、それが炎に包まれるのを見つめた。

第十六章　応募者
運び屋

ビショップスガーデンに人気《ひとけ》はなく、通用門に鍵はかかっていなかった。ライトアップされたワシントン大聖堂に、葉の落ちた木々の黒い影が映っている。智天使《ケルビム》をいただいた噴水は、冬のあいだ水道管の凍結を防ぐためにわずかながら水をしたたらせているほかは水を止めてあり、この庭園ご自慢のバラの茂みも、ただの棘《とげ》のある低木になっていた。

石塀に沿って延びる小道に設置されている三つのフットライトは、切れていた――前もって教えられていたとおりだ――けれど、満月と、大聖堂のライトアップが庭園もぼうっと照らしているおかげで、難なく小道を進み、石のアーチをくぐり抜けて、一番高い松の木の下にある木製ベンチにたどり着いた。

薄く積もった雪や枯れた松葉を手で払いのけ、ベンチに座った。そのとき、背後で急に何かが動き、びっくりしてうなじの毛が逆立った。あたりを見渡したが、何もない。だれかにつけられていた？　顔を上げると、ふたつの黄色い光が、そびえ立つ松の木の高いところに見えた。一羽のフクロウが、その体を支えるには細すぎるように見える枝に止まっていた。そのフクロウは首をくるりとまわし、不運なハツカネズミかシマリスはいないかと庭園内を偵察していた。王者らしい風格を漂わせ、その玉座で泰然と批判をかわし、みずから刑を執行しようとかまえている。フクロウは一介の平民であるわたしのことなど気にもとめず、獲物が姿を現わすのを辛抱強く待っていた。完全に本能によって行動することは、動物たちに与えられた恵みだ。人間もそうすることができたら、人生はどれほど簡単になるだろう。フクロウが身じろぎすると、枝の軋《きし》む音がした。フクロウは翼をパタパタと羽ばたかせ、すっと浮かび上がって、庭園の塀を越えて飛んでいった。フクロウが行ってしまうと、わたしは自分がそれまで息を止めていたことに気づいた。

赤い手袋をしっかりとはめ直し、腕時計を見た。七時五十六分。チョーサーはあと四分でやってくる。もし時間どおりに現われなければ、わたしはすぐさまこの場を去り、十番バスに乗ってデュポンサークルへ向かう。彼が時間どおりに来たら、わたしは彼から小さな包みを受け取る。それはロシア語の原本『ドクトル・ジバゴ』のマイクロフィルム二本で、わたしは二十番バスに乗り、アルバマール通りの隠れ家へ届けることになっていた。

雪が降りはじめており、わたしは大聖堂を照らすスポットライトのなかで雪が躍るのを眺めた。太腿《ふともも》がかゆくなってきていた。寒いときはいつでもそうなるのだ。わたしはロング丈《たけ》のキャメルコートのベルトをぎゅっと締めた。わたしが着ていた古い冬の上着に煙草の焼け焦げ――バスでぶつかってきた男につけられた――があるのに気づいたサリーが、無理やり買ってくれたコートだ。わたしは赤い革手袋をはずし、握った両手に温かい息を吹きかけた。握っていた指を広げると、婚約指輪が滑り落ち、舗装の丸石にあたってチャリンと鳴った。それはわたしの指には二サイズほど大きかったが、まだ自分の指に合うように直していなかった。ともあれ、なんとも美しい指輪だった。テディがまだ子どものころ、祖母がそれをくれて、いつかあなたが生涯愛する女性の指にこれをはめるのよ、と言ったそうだ。テディは祖母に、ぼくはずっと結婚しないと言ったらしい。キャプテン・アメリカみたいにナチスと戦うのに忙しくて、それどころじゃないよと。彼の祖母は孫の頭をなでた。「そのうち、わかるわ」祖母はそう言ったという。

わたしの二十五歳の誕生日の翌日、テディは実家でこの話を詳しく語ったあと、片膝《かたひざ》をついてプロポーズをした。イチゴのショートケーキが出される直前だった。わたしがテディよりも母を見ると、母はこれまで一度も目にしたことがないほど誇らしげな満面の笑みを浮かべていた。ついで、テーブルの向こう側にいるテディの両親を見ると、ふたりはまだ幼い息子が初めて歩いたときのように微笑んでいた。わたしはテディを見つめ、うなずいた。

それは美しい指輪だったが、はめるのは大嫌いだった。はめていると、だれかになりすましているような気がしたからだ。

自分の本当の望みは実現しないとわかっていた。それでも、やはりそれがほしかった。興奮、居場所、冒険、予期したもの、予期しないものを。わたしはあらゆる矛盾、あらゆる対極がほしかった。そういったものすべてを、いっぺんにほしかった。現実が自分の欲望に追いつくのを待てなかった。その欲求はいつも自分のなかにあり、内に秘めた心の状態として、わたしにあらゆる反応を過剰に分析させ、あらゆる決断を疑わせていた。それこそが、薄い寝室の壁の向こう側で母が低くいびきをかいているとき、わたしが夜眠れないまま自分の頭のなかで交わす会話を生み出していたのだ。

わたしは人がそれをなんと呼ぶか知っていた。忌まわしいもの、倒錯、逸脱、堕落、醜行、罪。でも、わたし自身はそれを、わたしたちを、なんと呼ぶべきかわからなかった。

サリーは閉じたドアの向こう側に存在していた世界を見せてくれたけれど、それはやはりわたしの世界、わたしの現実とは思えなかった。わかっていたのは、自分が二週間と三日前にサリーのアパートですごした夜から彼女と会っていないこと、そして、その二週間と三日のあいだ、わたしが彼女のことを考えずにいられたときは一時間もなかったことだ。

婚約指輪を拾い上げ、また指にはめるのと同時に、大聖堂の鐘が八回鳴った。最後の鐘が鳴ったあと、予定どおりチョーサーが現われた。それまで物音はまったくしなかったのに。門が開く音も、足音も、何も。雪のように音もなくやってきた彼は、黒のロングコートと耳あて付きの格子縞《こうしじま》の帽子という格好だった。その奇妙な帽子と表情は、バセットハウンドを連想させた。「やあ、エリオット」彼は言った。

「こんばんは、チョーサー」

「散歩にはうってつけの夜だね」彼は上流階級のロンドン市民らしい発音で明瞭に話した。

「本当に」

彼は立ったままで、わたしたちのあいだに一瞬の沈黙があった。彼はわたしに包みを手渡そうとせず、振り返って大聖堂を見上げた。「じつに見事な建造物だ。きみたちアメリカ人は新しい建物を古く見せかけるのがお得意だな」

「そうかもしれません」

「かつての祖国からこまごまとしたものを持ってきて、それを組み合わせ、仕上げに古びたアメリカのスタンプを押す。そうだろう？」

わたしは彼と議論をするつもりはなかったし、なぜ彼が議論をふっかけたがっているのかわからなかった。もしかしたら、こういう状況で会った男たちはそうするのかもしれないが、気の利いたやりとりを続けている暇など、わたしにはなかった。やり遂げるべき仕事があるのだ。

彼は返事がないことに傷ついた表情を浮かべると、コートに手を入れ、新聞紙にくるまれた小さな包みを手渡してきた。

わたしはそれをシャネルのハンドバッグにしまった。

「いつかまたの機会に」彼は帽子をひょいと手で傾け、わたしが立ち去るあいだ、そのまま立っていた。

そのスリルが色あせることはなかった。ジェットコースターが最高点に達し、一瞬そこに止まってから、重力に任せて一気に滑り下りるときのようなスリル。わたしはウィスコンシン大通りとマサチューセッツ大通りの交わる角へ歩いていった。けれど、手はずどおりに二十番バスに乗らず、アルバマール通り三八一二番地にある巨大なチューダー様式の建物まで二十分も歩き続けた。心が求めてやまないあらゆるものを手に入れることはできないにせよ、少なくともわたしにはこのひととき、この高揚感があったし、できるかぎり長くそれを味わっていたかった。

その包みを隠れ家の郵便受けに投函すると、そのままコネチカット大通りまで坂を下り続け、そこからチャイナタウン行きのバスに乗った。

むっとする温かな空気と炒めた米のにおいに迎えられ、〈ジョイ・ラック・ヌードル〉へ入った。主人が指さした奥のテーブルでは、サリーがティーライト（お茶を温めるための容器入りのロウソク）の揺らめく炎で熱せられた小さな鉄製のヤカンから熱々のお茶を自分のカップに注いでいた。サリーはわたしが入ってきたことに気づいておらず、彼女と目が合ったとき、わたしはいつもそうだったように心のなかで息を吞んだ。

二週間と三日間。最後に彼女と会ってから——テディと婚約したことを彼女に告げた日から。わたしたちが愛し合った夜から。あの晩、わたしは自分がすっかり変わったように感じていた。あらゆる行動を自信たっぷりに行なえるような人間に、自分の言動ひとつひとつに迷ったりしない人間に。けれど、いま椅子に座っている彼女の姿を見たら、洗面所に引っこんで、気持ちを落ち着かせたくなった。サリーがいつものように笑いかけてくれたので、つかのま心がやわらぎ、コートを脱いで自分の椅子の背にかけた。

サリーはいつものように美しかったけれど、目の下の隈《くま》を隠そうとして厚化粧になっていた。ブロケード織りの絹のターバンを巻いていたが、そこからのぞく赤い前髪はくしゃくしゃで洗っていないように見えた。それに、ティーカップに手を伸ばす彼女の両手が、小刻みに震えているのに気づいた。

「疲れてる？　おなか空いてる？」わたしたちだけのあいだの暗号で彼女が聞いた。

「おなかが空いた」わたしは言った。「それと、お酒が飲みたい」

わたしたちが任務の詳細を話し合ったことは一度もなかったが、「疲れた」というのはうまくことが運ばなかった、「おなかが空いた」は首尾よくことが運んだということを意味し、「お酒が飲みたい」というのは言葉どおりだった。

サリーはマイタイをふたつ持ってくるよう、ウエイターに合図した。「あなたが来る前に、鶏肉とカシューナッツ炒めとパイナップルチャーハンを注文しておいたわ」

「完璧」わたしは手袋をはずし、テーブルに置いた。サリーの視線は一瞬、わたしの左手のほうへとさまよい、すぐにそれた。彼女はあえて沈黙を破ろうとはしなかった――わたしに教えたことは忘れているであろう古い手口、彼女が戦時中に身につけたという、人に話をさせる方法だ。人って、気まずい沈黙を埋めるためならなんでもするのよ、そう彼女は言った。わたしはマイタイを少しずつ飲みながら、話さなければいけないことがあるからと、この遅い夕食に誘われたことを思い出していた。それを聞いたときにはなんとも思わなかったのに、いまはそれだけしか考えられなかった。

「何かわたしに言いたいことがあるんでしょう？」わたしは自分のグラスから青い紙の傘を抜き、小さな剣に刺したサクランボを口に入れた。

「別にたいしたことじゃないの」彼女は口紅がはげないように気をつけながら、青いストローでマイタイを飲んだ。「あなたの大晦日《おおみそか》がどんなだったか、知りたかっただけ」

「初心者用斜面を二度滑っただけで、もういいやって思っちゃって。大晦日はほとんどひとりで熱いココアを飲んですごしたわ」

「テディはさぞかしスキーがうまいんでしょうね。生まれながらにして運動神経がいいタイプなんだわ」サリーがテディについて何か言うことはめったになかったし、これまで彼を褒めたことは一度もない。

「そうかも」

「ねえ、あたしの大晦日はいつにも増してすてきだったのよ」また長々とマイタイを飲んでから、彼女は言った。「パーティーに行って、ひと晩中踊って、少しだけ飲みすぎた。どんなふうか想像できるでしょ」

彼女はわたしを罰していた。「それは楽しそう」

ウエイターがわたしたちの鶏肉とカシューナッツ炒めを持ってきた。ふたたび、わたしはつかのま話をせずにいられることに感謝した。サリーの箸《はし》使いは巧みだった。わたしはフォークに手を伸ばし、パイナップルのかけらに突き刺した。

ウエイターがわたしたちの皿を片づけたあと、サリーは深く息を吸いこんで一気にまくしたてた。自分たちはもう会わないほうがいいし、いっしょにすごした時間や友情には感謝しているけれど、それぞれの道を歩むのが双方にとって一番だし、これから自分は仕事がますます忙しくなるところで、いずれにしても人付き合いをしている暇はないと。

サリーの言葉には何度も胃を蹴《け》られる思いで、彼女が言い終えたとき、わたしは息も絶え絶えだった。「友情」という言葉が何よりも心に突き刺さった。「もちろん」彼女は締めくくった。「職場ではこれまでどおり同僚として付き合っていきましょう」サリーはもっと何か言いたそうだったが、言わなかった。

「同僚として」わたしは彼女の言葉を繰り返した。

「わかってもらえて、よかった」彼女の冷淡さは残酷だった。わたしは彼女に、わからないと言ってやりたかった。それどころか、そう叫びたかった。もういっしょにすごすことはなく、ただの同僚として扱い、これまでいっさい何もなかったふりをしなければならないと思っただけで、吐き気がした。わたしは彼女にこう言ってやりたかった。あなたとエレベーターのなかで礼儀正しく世間話をするくらいなら、裸足《はだし》で鉄条網の上を歩くほうがましだと。彼女に聞きたかった。どうしたらそんなふうに、それほど簡単に、スイッチを切ることができるのかと。

けれど、わたしは何も言わなかった。立ち上がって両膝をテーブルの裏にぶつけ、ピンクのマイタイをテーブルクロスにこぼしたまま店の出口へ向かい、彼女がウエイターに友人は具合が悪いのだと告げるのを聞きながら、店から足音高く出ていった。そして、最初は歩いていたけれど、やがて走り出してからようやく、結局はわたしの沈黙もひとつの答えだったのだと気づいた。

第十七章　タイピストたち

わたしたちはイリーナがCIAにやってきてからずっと彼女について想像をめぐらせてきた。そして、わたしたちの疑惑は、スプートニクが空へ打ち上げられた直後に、ジバゴ作戦関係のメモにイリーナの名前があるのをゲイルが見つけたことで裏付けられた。彼女が定時後にしている仕事について口にしたことはなかったし、わたしたちも尋ねたことはない。優秀な運び屋らしく、イリーナは自分が運んでいる秘密についていっさい話さなかった。それでも、わたしたちが彼女の全貌を知るのは、それほど先のことではなかった。

イリーナがタイプ課で目立っていたのは、まさに彼女がタイプ課でまるきり目立たない存在だったことだ。あたりクジを引いたような恵まれた容姿をしていたにもかかわらず、彼女には人目につかないという能力があった。ＣＩＡに就職して一年経っても、イリーナはまだわたしたちに気づかれずに行動することができた。たとえば、わたしたちが女子トイレで化粧直しをしているとき、ピンク系の口紅は春らしいわねと背後から彼女に言われてびっくりしたり、仕事を終えて〈マーティンの店〉でサービスタイムに乾杯しているとき、もう全員と乾杯をし終えたと思ったあとで、彼女がグラスを合わせてきたりした。カフェテリアでの昼食時に、イリーナが立ち上がって仕事に戻らなきゃと言ったとき、そもそもそれまで彼女がいっしょに食事をしていることにだれも気づいていなかったということもよくあった。

人から気づかれないという彼女の才能は、人に気づかれずにはすまなかった。さらに、父親が赤い怪物の手にかかって死んだこともあって、彼女は申し分のない人材だった。一定の訓練期間を終えると、一枚のメモが指揮系統を通過し、イリーナは現場に出された。そして、彼女は優秀だった。イリーナの初めのころの任務は、街のあちこちへ内部メッセージを運ぶことだったが、彼女の能力が証明されると、与えられる任務の重要性も増していった。あの寒くて雪のない一月の夜のビショップスガーデンは、ジバゴ作戦における彼女の初仕事だったのだ。

その夕方、ＣＩＡ本部を出たイリーナは、十五番バスでマサチューセッツ大通りとウィスコンシン大通りの交差点まで行き、聖オルバンズ校を迂回して大聖堂の敷地の後方入口から入り、鉄の通用門を抜けて庭園のなかへそっと忍びこんだ。

おそらく、新しい茶色の襟《えり》付きのキャメルコートに、テディからプレゼントされた赤い革手袋をしていたことだろう。その手袋をもらった翌日、イリーナはわたしたちにそれを見せてくれた。

「すてきでしょう？」彼女がそう言って、手袋をはめた指先で自分をあおぐようにしたのは、わたしたちが本部へ入るために列を作って帽子、コート、ハンドバッグが点検されるのを待っているときだった。「少し小さいんだけど、そのうちになじむでしょうし」わたしたちはみんな、とてもおしゃれな手袋ね、テディは趣味がいいわ、と口をそろえた。ただ、サリー・フォレスターだけはちらりとそれを見やり、安物だと言ったのだった。

その赤い手袋の下には、イリーナの新しいダイヤモンドの指輪がはめられていただろう。それはイリーナの二十五歳の誕生日の翌日に、テディから贈られたものだ。上品なアールデコの指輪で、びっくりするほど大きなダイヤモンドが付いていた。わたしたちはテディが裕福な家庭の出だと知っていたけれど、そんなに裕福だとは知らなかった。そのものすごい指輪はイリーナの薬指には大きすぎたが、彼女はまだそれを直していなかった。勤務時間中は机の引き出しにしまっていたからタイプ中にはずれてしまうことはなかったものの、仕事が終わってから指にはめるのを忘れてしまうことはあった。あの指輪をもらったのがわたしたちのうちのだれかだったら、その日のうちにサイズを調整してもらっていたはずだ。でも、イリーナはそんなこれ見よがしの性格ではなかった。

タイプ課でだれかが結婚するときは話題の中心になるのがつねだったけれど、イリーナは自分の結婚について話すことに興味がなさそうだった。

「仕事には復帰するの？」ゲイルが尋ねた。

「しない理由がある？」

「ウエディングドレスはタフタにするの？」キャシーが聞いた。

「そうね、いいんじゃない？」

イリーナのお母さんが盛大な結婚式を計画していて、とびきりアメリカ風の結婚式を開くことで彼女のなかに残っているロシア人っぽさを一掃しようともくろんでいることを、わたしたちは知った。「母は赤、白、青のカーネーションの花のセンターピースがいいと言うの」イリーナはわたしたちに話した。「自分でスプレーをかけて、カーネーションを青くするつもりなのよ」

　婚約を祝うために、わたしたちは一ドルずつ出し合い、ヘクツ百貨店で黒のレースのネグリジェを買った。そして、銀色の薄紙で包装し、彼女が出勤してくる前に机の上に置いておいた。席についた彼女は、その包みを手に取ってあたりを見まわしたが、わたしたちはみんな仕事をしているふりをしていた。彼女が包装紙の端っこを破ると、シルクの肩紐がのぞいた。イリーナはそれを包みのなかへ押し戻そうとしたが、包装紙がさらに破けてしまった。彼女は声をあげて泣き出した。わたしたちはどうしていいかわからず、その場に凍りついた。タイプ課の不文律に、けっして男たちに泣いているところを見せないというのがある。もちろん、だれだって泣くことはあったけれど、たいていは人目につかない女子トイレか、少なくとも階段の踊り場でだった。自分の机で？　そんなこと、ありえなかった。

　わたしたちは考えた。イリーナはビショップスガーデンでチョーサーが現われるのを待っていた夜、あの黒いネグリジェのことを思い浮かべただろうか。あれが彼女の逃げ出したい気持ちの始まりだったの？　それとも、とっくに迷っていたのだろうか――ネグリジェを贈られるずっと前、テディからプロポーズされる前、桜の木々に散り際のピンクの花びらがしがみついているころ、タイダルベイスンのほとりを歩きながら彼に愛していると言われる前から？

　それを判断することは難しい。わたしたちがすべてを知ることはできない。

　でも、わたしたちは知っている。チョーサーが定刻どおりに来て、イリーナが『ドクトル・ジバゴ』の入ったミノックス（ラトビアで創業してドイツに移転したカメラメーカー）のマイクロフィルム二本を受け取ったことを。そして、彼女が二十番バスでテンレイタウンへ行き、アルバマール通りにある隠れ家にその荷物を無事に届けたことも。

作戦の第一段階は、完了した。その一部はイリーナの功績だ。男たちは互いの背中を叩き、このような思いがけない人材を発掘したことを称え合った。でも、イリーナの才能を伸ばしたのは男ではなかった。それをしたのはサリー・フォレスターだったのだ。

サリーは表向きは非常勤の受付嬢だったけれど、それだけの存在ではないとすぐにわかった。アンダーソンが彼女を本部へ連れてきてすぐ、わたしたちは突き止めたのだ。サリーはOSS時代から活躍したツバメであり、それは内情に通じている者たちにとって常識なのだと。受付の机にいないとき、といっても、ほとんどの時間そうだったのだが、サリーは世界を旅しながら、情報収集の「才能」を使っていた。イリーナとは違い、サリーが人から見すごされることはなかった。彼女のすべてが叫んでいた。わたしを見て！　わたしを見て！　見るべき相手はわたしよ！　サリーの髪はイタリア風にカットされ、柔らかそうな赤い巻き毛がハート形の顔を縁取《ふちど》っていた。彼女のプロポーションは、ウールのタイトスカートとカーディガンという服装をいつだってやたらとセクシーに見せた。それに、彼女はつねに着飾っていた。鮮やかな赤紫色のデザイナーズブランドのトラペーズドレス（肩から裾にかけて広がったゆったりしたワンピース）、白いサテン地のケープポンチョ、ダレス本人からのプレゼントだと噂されるウサギの毛皮のコート。

男たちのひとりがイリーナに教えたのは、ラッシュアワーのK通りで通行人から荷物を受け取り、振り向かずに歩き続ける方法、中身がくり抜かれた本をメリディアンヒル公園のベンチの下に置き、「お嬢さん、本を忘れていますよ」とすぐにだれかから呼び止められずにすむ方法、ロンシャンの店で隣にいる男のポケットに一枚の紙切れを忍ばせる方法だった。でも、イリーナの訓練の仕上げをしたのはサリーだ。どのような訓練が行なわれたのか、わたしたちには知る由《よし》もないけれど、イリーナの変化には気づかざるをえなかった。彼女はどことなくたくましくなり、一目置かれる女になったように見えた。言いかえれば、よりサリーに近づいた。

　なんにせよ、イリーナは師を満足させ、やがて彼女たちは単なる仕事仲間ではなく友人同士になった。彼女たちはカフェテリアでの昼食のとき、ふたりだけで別のテーブルに座るようになった。また、定時後のサービスタイムに、〈マーティンの店〉ではなく〈オフ・ザ・レコード〉に通うようになった。月曜日、ふたりは《絹の靴下》、《パリの恋人》、《めぐり逢い》などの台詞《せりふ》を言い合いながらオフィスへ入ってくることがよくあった。サリーは旅から帰ってくると、イリーナの机にちょっとした小物、たとえばパンナムの安眠マスク、リッツホテルのラベンダーの香りのローション、アトランティックシティーのボードウォーク（カジノや娯楽で有名な海沿いの遊歩道）にあるゲームマシンのつぶれたコイン、イタリアの雪用手袋などを置くのだった。

　イリーナの二十五歳の誕生日に、サリーがディナーパーティーを開いたこともあった。一度もサリーのアパート——ジョージタウンにあるフランス人が経営するパン屋の上の、エレベーターなしのひと間のアパート——に行ったことがなかったわたしたちは、彼女が机の上に紺色の招待状を置いてくれたとき、そのチャンスに飛びついた。そこには、「わたしたちの親愛なる友イリーナの誕生日のお祝いに、ぜひともご出席ください」と銀色の手書きの飾り文字で書かれていた。

　わたしたちが交際相手を連れていってもいいかと尋ねると、これはわたしたち女性だけのパーティーなの、とサリーは言った。「そのほうが上品なパーティーになるでしょ」サリーはそう言って笑った。

　わたしたちは手持ちの一番おしゃれなカクテルドレスを着たし、このためにガーフィンケルズ百貨店で大枚をはたいた者たちもいた。「これはサリー・フォレスター主催のディナーパーティーだもの。去年のディオールのコピー衣装を着ていくわけにはいかないわ」そうジュディは言った。「それに、大晦日《おおみそか》のパーティーにも着られるんだし」

わたしたちは路面電車やバスではなくタクシーに乗ったので、大雪にもかかわらず化粧したときのまま、マスカラや口紅が完璧な状態で到着した。二階分の階段を上がると、ドアの向こう側で歌が流れているのが聞こえた。「サム・クック？（アメリカのソウル歌手、ゴスペル歌手）」ゲイルが言った。

わたしたちがノックするよりも早く、サリーがドアをあけた。ゴールドサテンのラップドレスに房飾り付きのベルト姿が、息を呑むほど美しい。「さあ、そんなところに突っ立ってないで入って！」わたしたちはサリーについて彼女のアパートに入った。黒のスティレットヒールの彼女の足元は、ピンクの豪華な絨毯《じゅうたん》の上でぐらついていた。

イリーナはエメラルドグリーンのスカートと、おそろいのボレロがよく似合っていた。わたしたちは口々に誕生日おめでとうと言いながら、ささやかなプレゼントを彼女に手渡した。

サリーがキッチンへ姿を消すと、イリーナは白い革のユニット式ソファに腰かけるよう、わたしたちに手ぶりで示した。沈黙を埋めるために、わたしたちはこの部屋のインテリアについて質問した。サリーがキッチンで忙しくしているので、代わりにイリーナが答えることになった。

「彼女はどうやってここを見つけたの？」ノーマが聞いた。「とってもすてきだわ」

「〈ポスト〉の広告を見たそうよ」

「すてきなロウソク！　どこで手に入れたのかしら？」リンダが尋ねた。

「形見の品ですって。確か、おばあさんの」

「あのピカソは本物？」と、今度はジュディ。

「ナショナルギャラリーで買った複製よ」

「誕生日にはテディから何をもらったの？」ゲイルが言った。

「〈リジクズ〉で何か気に入ったものを見つけておいでと言ってくれて」イリーナは着ていたボレロをちょっと整えた。「今日、サリーといっしょに行ってきたの」

サリーがクリスタルガラスのパンチボウルを持って、キッチンから出てきた。絨毯と似合いのピンクの泡立つ液体がなみなみと入っている。「彼女、すごくすてきでしょ？」

わたしたちはうなずいた。

パンチを二杯飲むと、わたしたちはダイニングスペースへ移動した。そこには長いテーブルが置かれ、飾り文字で書かれたネームプレート、純白のカラーリリー、扇形にたたまれた布のナプキンが設えてあった。

「見事な演出ね！」ノーマがささやいた。

食事、チョコレートケーキ、プレゼント、そしてまた数杯のパンチのあと、サリーの部屋をあとにしたわたしたちが思ったのは、この会は誕生日パーティーにしてはちょっと凝《こ》りすぎだけれど、彼女は本当にパーティーの開き方を心得ているということだった。

いまでは異を唱える者もいるかもしれないが、わたしたちは一度もサリーに違和感を抱いたことがなかった。確かに、彼女があまりに異性から注目を集めるせいで悪意ある発言が耳に入ることもあったけれど、わたしたちはみんな彼女に敬意を払っていた。サリーはけっして「ごめんなさい」とか「お願いします」とか「ちょっと思っただけ」などとは言わなかった。彼女は男たちと変わらない話し方をし、男たちは彼女に耳を傾けた。それだけではない。サリーは数人の男たちを死ぬほど怖がらせてもいた。サリーが持っていると認識されていた力は、スカートのタイトさからきていたかもしれないが、その真の力は、彼女がけっして男たちから割りあてられた女というものの役割を引き受けようとしないことにあったのだ。彼らはサリーにただ美しく、口をつぐんでいてほしいと思っていたかもしれないが、彼女には彼女の考えがあったのである。

　ややあって、サリーの名前があらゆる書類、通話記録、報告書から削除されたとき、わたしたちが思い出そうとしたのは、これまで彼女が実際には何者だったのかを示すなんらかの手がかりがあったかどうかだった。だが、わたしたちが断片的な情報を総合して事情を理解したのは、それからずっとあとになってからのことだ。

第十八章　~~応募者~~　運び屋

　一週間がすぎた。それから一か月、そして二か月がすぎ、結婚式の計画は進んだ。テディとわたしは十月に聖スティーヴン教会で結婚式を挙げ、その後、〈チェビーチェイス・カントリークラブ〉でささやかな披露宴を行なう。人目を欺《あざむ》く手段が、実際の人生になるのだ。

　テディの両親はすべての費用を払ってくれただろうが、母さんは花、ケーキ、娘のドレスは自分がまかなうと言い張った。まだ婚約もしないうちから、母はウエディングドレス用のアイボリーのレースとサテンを購入していたのだ。

　テディに結婚を申しこまれた翌日、母は料理用コンロの前で朝食を作っているわたしの採寸をした。母が最高傑作にするというそのドレスは、二月には半分でき上がっていた。ところが、三月になるころ、母はウエディングドレス作りを中断し、おまえが一月からこれまでに痩せた七キロを戻してくれなければ、最初からやり直しだと言い出した。わたしはそんな馬鹿な、七キロも痩せていないし、痩せたとしてもせいぜい二キロほどで、それは胃腸風邪を引いたせいにすぎないと母に言った――サリーとの例の夕食後、一週間もベッドから起きられなかったとき、胃腸風邪を口実にしたのだ。

わたしは母から何も隠すことができなかった。セーターを重ね着し、分厚いウールのタイツをはいていても、母はわたしの体が細くなっていることに気づいた。わたしはスカートが尻からずり落ちてしまわないよう、安全ピンでウエストをとめておかなければならなかったし、鎖骨が飛び出しているのを隠すために分厚いタートルネックセーターを着た。

それに対する母の対応は、シチー（ロシア料理で、キャベツをベースにした野菜スープ）、ボルシチ、ペリメニ、ビーフストロガノフ、ブリヌイ（ロシア風パンケーキ）、オムレツなど、あらゆるものにベーコンの油脂を加えることだった。母がわたしの朝食のオートミールにフライパンから油をたらしているところを見たこともある。母はあらゆる料理をお代わりしなさいと言ってきかず、わたしが子どものころのように、食事を残さないよう見張っていた。

週末になると、母はさまざまなケーキを焼き、結婚式用にどれを焼くことにするか試作しているのだと言った――蜂蜜ケーキ、ウォツカ漬けチェリーケーキ、ナポリタンケーキ（チョコレート、バニラ、ストロベリーといった味の三層になったケーキ）、小鳥のミルクケーキ（チョコレートガナッシュがかかったムース状のケーキ）、さらには二層になったヴァーシャフスキー・トルテ（サクサクした食感の生地をバタークリーム、ナッツ、ドライフルーツなどで飾ったケーキ）などなど。そして、それぞれ何切れも食べるよう無理強いし、上にバニラアイスクリームをのせることもよくあった。

わたしがどんどん痩せていくのに気づいたのは、母だけではない。テディがあまりに何度も大丈夫かと尋ねるので、そんなふうに聞かれなければ大丈夫になるなどと答えてしまった。彼は、もう二度と言わないようにするけど、極端なダイエットを試すのをやめてもらえたら嬉しいと言った。きみはいまのままで完璧なんだからと言うテディの真剣さに、わたしは説明のできない怒りでいっぱいになった。

タイプ課のみんなも気づいていた。ジュディからはこう言われた。あなたのウエストときたら《ホワイト・クリスマス》のヴェラ＝エレンよりも細いわ、どうしたらそんなふうになれるのか教えてと。タイプ課の残りのメンバーは母と同じような行動をとり、〈ラルフの店〉のドーナツをわたしの机に置いた。

食べたくなかったというのではない。ただ意欲がなかったのだ。食べ物に対しても、何に対しても。映画が終わるまでじっと座っていることも難しかった。大勢の人々のなかにいるのも苦痛だったので、ひとりになるため、バスに乗るのをやめて徒歩で仕事へ行くようになった。パーティーでは、失礼にならない程度の会話をする努力さえしなかった。かつては知的な議論や内部情報を得ているという感覚を楽しんでいた日曜日の職場関連の集まりですら、テディよりもほかの男性の奥さんたちの隣に立っているほうを選んだ、そこにいれば、パーティーのカラフルなディップが気に入ったわなどと言うだけですむからだ。

テディはなんとかわたしを現状から引きずり出そうとした。彼は本当に一生懸命で、わたしはそこまで努力してくれる彼を愛しそうにさえなった。わたしは彼を愛そうとしたのだ、心から。彼はこれまで出会っただれよりもわたしを愛してくれた。なのに、なぜそれではだめだったの？

わたしはこの時期、サリーを二度見かけた。彼女はわたしのために、あまり会わないようにしてくれたの？　一分でも、わたしのことを考えてくれた？　一度めのとき、わたしは職場を出るところで、エレベーターの扉が開くと、彼女が玄関ホールに立っていた。エレベーターから降りたわたしは、彼女と危うくぶつかるところだった。わたしは右によけ、それから左によけた。彼女も鏡に映ったように同じほうへ動き、それからお互いぎこちなく位置をずらした。彼女はこんにちはと言って微笑んだが、わたしの頭から爪先まで視線を走らせているのがわかったし、その表情から、自分がかなりひどいありさまであることが察せられた。

二度めのとき、サリーはわたしに気づかなかった。わたしが目にしたのは、彼女が〈ラルフの店〉でヘンリー・レネットとボックス席にいて、しかも、窓際の一番前のボックス席で、火曜の昼間に、世間よどうぞ見るがいいとばかりに向かい合って座っているところだった。実際、世間はそれを見逃さなかった。わたしがオフィスに戻ってみると、タイプ課はその話題でもちきりだった。

「あのふたり、付き合ってると思う？」キャシーが聞いた。

「ロニーの考えでは、あのふたり、大晦日《おおみそか》のパーティーから付き合ってるんじゃないかって。何かのパーティーでいっしょのところを見たそうよ。だれか彼女に、あの男がどれほどろくでなしか教えてあげるべきだわ」

「その役目、あたしがやろうかしら」ノーマが言った。

「本当なの、イリーナ？」リンダが聞いてきた。

「わからない」

「あのね、記録課のフローレンスが、階段吹き抜けのところでささやき合ってるふたりを見たって」ゲイルが言った。

「いつ？」

「さあ。一、二週間前とか？」

では、そういうことだったのだ。彼女は最初からずっとヘンリーに興味があったのだ。わたしはせいぜい一時の気まぐれの相手だったのだろう。そう思うと、自己嫌悪にさいなまれた。彼女といっしょにいないことには耐えられるけれど、あのふたりがいっしょにいるところを見るのはとても耐えられなかった。

テディにも母にもだれにも内緒で、わたしはその日、外国への異動が可能かどうかをアンダーソンに打診した。「きみは結婚するんじゃないのか?」彼はわたしの薬指を見た。

「これは仮定の質問です」

「仮定か。まあ、それはきみ個人の問題だな。ただ、新しい勤務地は見つけてあげられるよ」

「この件はわたしたちだけの秘密にしてもらえますか?」

アンダーソンは唇を縫い合わせる仕草をした。

その晩、太陽がE通りをオレンジ色の夕焼けに染めるころ、来年のいまごろはブエノスアイレスとかアムステルダムとかカイロの街なんかを歩いているかもしれないと思った。わたしは現在の自分、何もかもを脱ぎ捨てて、まったく新しいだれかになるという想像を楽しんだ。それはうっとりするような感覚で、ずいぶん久しぶりに笑みが浮かんだ。

家に帰り着いたとき、玄関でベーコンの油脂のにおいに迎えられはしなかった。母は縫物をせずにミシンの前にぽつんと座っていた。前にはカップになみなみと入った紅茶が置かれていたが、ティーバッグを取り出し忘れて色が黒くなっている。「どうしたの、母さん?」

「ボビンに糸を巻けないんだよ」

「それだけ?」

「何時間も巻こうとしてるのに」

「また故障したの？」

「いいや、故障したのは母さんの目さ」

「どういう意味？」

「左の目が見えないんだ」

わたしは母の傍《かたわ》らに行った。母の目をのぞきこんだけれど、おかしなところは何も見つからない。

「どういうこと？　いつそうなったの？」

「朝起きたときから」

「どうして何も言わなかったの？」

「自分で治せると思ったから」

「何を使って？」

「ニンニクさ」

「明日の朝一番にいっしょに医者に行きましょ」母の手を取ると、それが小刻みに震えているのに気づいた。「きっとたいしたことはないわ」わたしはそう言いながら、自分にそう信じこませようとした。

翌日、わたしは母を眼科に連れていったが、あの医者はロシア人ではないから偏見を抱いてるよと母は不平を口にした。「どんな偏見？」わたしは母に言った。「マーフィー先生はアイルランド人よ」

「じきにわかるさ！」

看護婦が母の名を呼び、わたしはいつものように、母に付き添おうと立ち上がった。通訳が必要になったときのためだ。けれど、母はわたしに付き添わなくていい、自分ひとりで診察を受けたいと言った。わたしは逆らわずにふたたび椅子に座り、〈タイムズ〉をめくって一時間をすごした。

母は医師に採血された腕をさすりながら出てきた。医師になんと言われたかを尋ねると、先生はなんにもわからなかったと返事をした。「だから言ったじゃないか。あの先生はロシア人に偏見があるんだよ」

「先生は何も言わなかったの？」

「わたしの血を採って、レントゲンを撮った。はっきりしたら電話をくれるって」

「何がはっきりするの？」

「さてね」

二日後、騒ぎはなく、緊急に病院へ担ぎこまれることも、倒れることも、救急車を呼ぶことも、非常事態もなかった。ただ、マーフィー先生が電話をしてきて、母の目を小さな懐中電灯で照らしたときから疑っていた内容を母に告げただけだ。塊《かたまり》があるということらしいので、確認するためにわたしが電話に出ると、お母さんにはできるだけ早く検査のために再来院してもらい、「治療の進め方」について相談しなければならない、と先生は言った。

「進め方？」わたしが電話を切ると、母が聞いた。「なんの進め方さ？」

「治療よ、母さん」

「治療なんて必要ない。仕事に戻らなきゃ」

母はその日、何も変わっていないかのように、いつもどおりにすごした。診療の予約をしなければと母に催促すると、自分は大丈夫だから心配しなくていいと言われたが、わたしは母のことが心配でたまらなかった。

それからの数週間、テディは速やかに行動を開始し、職場での仕事に対処するように、念入りかつ持続的かつ冷静に、母の健康を回復するという任務に取りかかった。テディが母の診察の予約をしたのは、最初はワシントン一、次にボルティモア一、続いてニューヨーク一と言われる専門医たちだった。

それなのに、医者から医者、専門医から専門医――母の舌を見ただけで、ほかの医者たちと同じ診察を下した漢方医もいた――を渡り歩いたあと、母はあらゆる治療をやめたいとわたしに告げた。「物事はなるようにしかならないんだから」ある夜、近所の人が持ってきてくれたツナキャセロールを取り分けているわたしに、母は言った。

わたしは母がフォークでひと口か、ふた口ぐらいの食欲しかないとわかっていながら、三すくい分のツナキャセロールをよそった。「なるようにしかならないって、どういう意味？」

「そのままの意味だよ。母さんはもう終わりなんだ」

「もう終わり？」

「もう終わりさ」

わたしが力任せにパイレックスのキャセロール鍋を置いたので、ガラスにひびが入ってしまった。母はわたしの手を取ろうとしたけれど、わたしはそれをはねのけ、足音高く家を出ていった。その夜遅く家に戻ると、テディは帰ったあとで、母はキッチンテーブルに向かっていた。わたしは何も言わずに寝室へ行った。母に、世間に、すべてに、あまりにも腹を立てていたのだ。

いま振り返ると、あの夜キッチンで母の手を取り、本当に残念だと伝えていれば良かったと、悔やんでも悔やみきれない。まだ時間があると思っていたのだ。自分の行ないの埋め合わせをする時間、母がどのような決断をしてもそれを応援すると伝える時間、自分がどれだけ母を愛しているかを伝える時間、幼い少女ではなくなったころからしていなかった、母をぎゅっと抱き締めるための時間が。けれど、そんな時間は残されていなかった。時間はまったく足りなかった。

洗礼者ヨハネ正教会は、わたしがそれまで存在を知らなかった母の友人や知人たちでいっぱいだった。人が次々とお悔やみを述べ、母の生きているあいだに知りたかったと思わずにはいられない母の話をわたしに語った。

わたしたちが明らかにするのは他者に知ってもらいたい自分のごく一部だけであり、それはとても身近な人間に対してであっても同じだ。わたしたちはだれでもそれぞれの秘密を抱えている。母の秘密は、あまりにも寛大すぎたことだった。母が近所のほとんどの人たちに無料で服を与えていたことを、わたしは知った。母は〈ピープルズ・ドラッグストア〉のレジ係の面接を受けにいく失業中の退役軍人に、中古のスーツを仕立て直してやり、救世軍のバザーで片方の肩紐が破れていて身ごろにワインの染みのあるウエディングドレスしか買えなかった女性のために、そのドレスを着られるよう手入れしてやり、瓶詰工場の作業員の作業着につぎをあててやり、単に話し相手をほしがっている年老いた未亡人のために、たくさんの靴下を繕《つくろ》ってやっていた。

そして、わたしが一年前に母のビーズ付けを手伝った、高校のダンスパーティー用の黄色いドレスは？　あれは頼まれものではなく、贈りものだったのである。ハルパーン夫人の十代の娘さんはそれを着て葬式に参列してくれた。ドレスを見せるために彼女がくるりとまわる姿を見て、わたしは母の人となりがわかって頭がくらくらした。

母はといえば、透けるほど薄い袖に沿って凝《こ》った花のビーズ飾りがしてある黒いワンピース姿だった。このドレスも母のもうひとつの秘密だ。どれくらい前から母がこのワンピース作りを始めたのかは、知らない。ただ、母がこれを自分の葬式用に作ったことは、わかった。なぜかといえば、わたしが初めてそれを目にしたのは、母が起きてこなかった朝のことで、わたしの目にとまるように、きちんとアイロンがかけられて母の寝室の安楽椅子に置かれていたからだ。

教会のなかでは、正教会の司祭が母の棺《ひつぎ》の周囲をまわりながら香炉を振った。その香の煙が司祭の金色の法衣の上にもうもうと立ちこめ、頭上へと消えていった。

つかのま司祭から顔をそらしたとき、彼女が目に入った。サリーが来ていたのだ。彼女は後ろのほうに立ち、短い黒のヴェールをかぶっていた。わたしがまた司祭のほうを向くと、司祭はまだ香炉を振っており、わたしは母ではなくサリーのことを思った。彼女が通路を歩いてきて、テディの代わりに隣に立ってわたしの手を握ってくれたらと願った。でも、サリーは後方にいて、わたしの横にはテディがいた。

葬式が終わり、わたしは母の棺について教会から出た。サリーの横を通りすぎるとき、彼女はわたしの腕に触れた。彼女のヴェールがずれて、涙を浮かべた目が見えた。わたしは立ち止まらなかった。その行進はオークヒル墓地まで続いた。ロッククリーク国立公園を望む感じのいい区画に母が埋葬されるよう、テディが手配してくれていたのだ。母の墓の横に立って、参列者のなかにサリーの姿を探したけれど、彼女はいなかった。

その後、テディはわたしをなんとか慰《なぐさ》めようとしてくれたけれど、その努力は無駄に終わった。数日がすぎ、数週間がすぎた。ある夜、眠れなかったわたしは、サリーに電話してみようと思い立った。彼女の番号をまわすとき、両手が震えていた。でも、呼び出し音がただ鳴り続けるばかりだった。

東

1958年5月

第十九章　使者《ミューズ》　母親

夢のない眠りから目を覚ますと、ミーチャがそこに立ってわたしを見下ろしていた。「だれかが外にいる」ミーチャが小声で言った。

「ボーリャ？　あの人、また鍵をなくしたの？」

「違う」

わたしは両足をベッドから下ろし、爪先で床の上を探ってスリッパを見つけた。「自分の部屋へ戻りなさい」

ミーチャは動かず、わたしはローブを手探りした。

「ミーチャ、ベッドに戻りなさいって言ったのよ。お姉ちゃんを起こさないようにね」

「先に物音を聞いたのは姉さんだもん」

何が聞こえたのかと質問する前に、バタンという音がした。「ただの枝の音よ」わたしは言った。できるだけ低くしっかりした声で。「あのポプラはこないだの冬から枯れたままだから。ボーリャには切らなくちゃと言っていたんだけど……」外からまた音が聞こえてきて、わたしは話をやめた。それはもっと静かな、抑えたような音だった。枝が落ちる音などではない。

玄関の扉の開く音がして、わたしたちはふたりとも入口に向かって駆け出した。イーラが戸口に裸足《はだし》で立っており、着ている白のネグリジェが月光に照らされて青白く輝いていた。その娘の姿に、わたしはぎょっとした。まるで女の亡霊のようだったのだ。「イーラ」わたしはやさしく言った。

「ドアを閉めて」

わたしを無視して、イーラは外へ足を踏み出した。「出てきなさいよ！」娘は叫んだ。ミーチャはわたしを押しのけて、姉のもとへ行った。わたしは息子の寝間着をつかんだが、振り払われた。

「姿を見せろ！」そう怒鳴るミーチャの声はしゃがれていた。家の横にある薪《まき》の山の後ろで何かが動いたのを見て、子どもたちは互いにつまずくように家へ入った。わたしは子どもたちが家に入るとすぐに扉をぴしゃりと閉め、ドアノブを動かして錠がかかっているか確かめた。

「あいつらよ」イーラが言った。「あたしにはわかる」自分の身を抱き締めるようにして壁にもたれている娘は、もう美しい亡霊には見えなかった。娘はまた幼い少女になったように見えた。

「だれ？」わたしは聞いた。

「昨日、駅から家まであたしをつけてきた男」

「それは確かなの？　どんな男だった？」

「ほかのやつらと同じよ。母さんを連れてったやつらと同じ」

「ぼくもやつらを見た」ミーチャが言った。「やつらは学校のフェンス越しにぼくを見張ってる。ふたりだったり、三人のこともある。あんなやつら、怖くないけど」

「馬鹿なこと言わないで」わたしはそう口にしたものの、自分の言葉を信じてはいなかった。ミーチャはものごとを大げさに言う癖があり、ボーリャに言わせると、「極めて健全な想像力」ということなのだが、それはほら話を生み出した。たとえば、ミーチャは森でスプートニク号のかけらを見つけたと言ったり、校庭にさまよい出てきた狼からクラスの小柄な女子を助けたと言ったり、トロリーバスよりも高く飛べるパワーを与えてくれる魔法の植物を食べたと言ったりした。

でも、この話のことをわたしは疑わなかった。

『ドクトル・ジバゴ』はイタリアで半年前に出版されており、フランス、スウェーデン、ノルウェー、スペイン、西ドイツなど新たな国がその本を出版するたびに、わたしはますます監視が強まるのを感じた。各国で翻訳版が出版されるのにともない、この本はなぜ母国で出版されていないのかという疑問が生じていたのだ。いまのところ、政府はこの小説について公《おおやけ》に発言していなかった。その手は動いていなかったが、震えは増していた。彼らがなんらかの行動を起こすのは、時間の問題だ。

車道の奥に停まった黒い車に乗っている男たちや、モスクワに行ったわたしを必ず尾行する男たちについて、わたしはこれまで一度も子どもたちに話したことがなかった。わたしはただ、避けがたい事態だと見なしていることが起こるのを待っていた。彼らがわたしを連行しにくるのを待っていたのだ。

わたしは子どもたちを怖がらせないよう、自分なりの最善をつくしていた。頭痛がするからという口実で、カーテンを閉めた。ドアに鍵をかけて、近所の家にどこかの若者たちが泥棒に入ったのだと言った。コーカシアン・シェパードを譲り受けようと犬の繁殖所を訪ね、犬を飼うことで息子に責任感というものを身につけさせたいのだと、そこの男に語った。

だが、子どもたちはだまされなかった。そんなごまかしが通用する年齢ではなかったのだ。ふたりはわたしの作り笑いや言葉ではなく、震える両手や目の下の隈《くま》に真実があることを知っていた。

ボーリャには増すばかりの不安を訴えたが、彼は支持者から殺到する手紙、こっそり国内へ持ちこまれた外国の新聞の切り抜きに掲載された小説への激賞、インタビューの依頼などに、心を奪われていた。彼は人気者であった――いまやわたしは、彼を妻ばかりでなく全世界と分け合わなければならなくなっていた。前回、わたしがそのことについて口にしたとき、わたしたちはイスマルコヴォ湖沿いの小道を歩いていた。ボーリャは『ドクトル・ジバゴ』を英語に翻訳するしかるべき人物を見つけることで、頭がいっぱいだった。番犬を飼うことをどう思うかというわたしの質問に、英語版には小説の最後に出てくる詩を含めるべきだと思うかという質問を返してきた。「韻がその意味から注意をそらしてしまうという声があるんだよ」と言って。

肝心なのは本ばかり。本以上に大事なものはなかった――翻訳版が彼にもたらした世界的名声も、政府からの迫りくる脅威も、彼の家族も、わたしの家族も、彼にとってはみずからの命さえ二の次だった。自分の本が第一だったし、これからもずっとそうだ。もっと早くそのことに気づかなかったわたしが、大馬鹿者に思えた。

涙をこらえるイーラと強がるミーチャを前にして、わたしは自分たちだけしかいないという状況の途方のなさに圧倒された。勇気を振りしぼって窓から外を見たが、ポプラの木々のやさしげな揺れと、砂利の小道に躍るその黒い影が見えただけだった。

そのとき、何かが動いた。

子どもたちは飛び上がるようにして後ずさったが、わたしはじっとしていた。そして、勢いよくカーテンをあけた。

「母さん！」ミーチャが叫んだ。

「おいで」わたしは言った。「見てごらん」

子どもたちはわたしの肩越しに外をじっと見た。外では、二匹のアカギツネが薪の山から崩した一本の薪の上に立っていた。その金色の目がわたしの目と合ったとたん、アカギツネたちは森のなかへ逃げていった。

わたしたちは涙が出て、おなかが痛くなるまで大笑いした。もうそれほど面白く思えなくなるまで笑った。

「外にはほかに何もいない？」ミーチャが聞いた。

「いないわ」わたしはカーテンを閉め、子どもたちが小さかったころにしていたように、ふたりの頬にキスをした。「さあ、ベッドに戻って」

ふたりは子ども部屋のドアを閉めたが、わたしは自分が眠れそうにないとわかっていた。暗いキッチンで、ヤカンを火にかけた。子どもたちを起こしたくないので、ロウソクを灯し、新聞を手に取った。

その記事に写真はなかったけれど、押しつぶされた白と黄褐色の体、からみあった蹄《ひづめ》、焦げた産毛の生えている折れた枝角が、ありありと脳裏に浮かんだ。「トナカイ二百頭、プトラナ台地で落雷により死亡」わたしはそのページをロウソクに近づけ、自分の読んだ数字が正しいかどうかを確認した。正しかった。二百頭が一瞬にして死んだのだ。稲妻が空を切り裂き、そして――。

ヤカンのささやきが吠え声に変わり、わたしはそれをコンロから下ろした。もう一度、記事を見た。トナカイは外敵に備えて身を寄せ合っていたので、これだけ大量に死んだということだった。ノリリスクの羊飼いがその現場の第一発見者だったという。羊飼いによれば、死んだトナカイたちはバックギャモンのサイコロみたいに、よく振ってから雪の積もった山頂にばらまかれたように見えたそうだ。なんとも詩的な表現をする羊飼いではないか。

トナカイたちの体が土にかえり、その骨が白くなるには、いったい何年かかるのだろう？　村人たちはトナカイの枝角を拾い集め、それを労せずに得た記念品として、家の壁に飾るのだろうか？　なぜトナカイは群れから離れ、もっと低いところを目ざさなかったの？　いや、数千年もやってきたことを続けていただけなのかもしれない。いつ雷が落ちるかなど、だれにも予測できないのだから。

もし我が家の玄関前にいたのが男たちだったなら、わたしは彼らが入ってこられないようにバリケードを築いただろうか？　それとも、ドアをあけ、みずからをさし出しただろうか？　ボーリャには聞こえないと知りつつ、その名前を叫んだだろうか？

「何か食べるものある？」背後からミーチャが声をかけてきた。

「起こしちゃった？」

「どうせ眠れないもん」彼は食器棚のところへ行った。去年、ミーチャはいつも何か食べているように見え、半年で五センチほども背が伸びた。ミーチャが以前に棚の一番上のものを取るために使っていた踏み台は、いまや花台になっていた。ミーチャがしけたスーシュカ（ロシアのティータイムに出す伝統的な甘いパン）の袋を引っ張り出し、わたしはカップにお茶を注いでやった。息子はスーシュカを紅茶にちょっとひたすと、ふた口で平らげた。

「本当に学校の前で男たちを見たの？」わたしは息子に小さな声で聞いた。

「ぼくたち、ピストルを手に入れるべきじゃないかな」ミーチャはそう答えた。

「ピストルなんかあっても、わたしたちの役には立たないわ」

「じゃあ、ピストルを二丁」イーラがキッチンに入ってきて、テーブルにつきながら言った。娘はミーチャのカップに入っている紅茶をひと口飲んだ。

「二丁だろうが十丁だろうが、わたしたちの役には立たないわ」

「ぼく、ピストルの使い方を習うよ」ミーチャが言った。息子は手を銃に見立て、それを姉に向けた。

わたしは息子の手に自分の手を重ね、息子の指先を折った。「やめて」

「なぜいけないの？　だれがぼくたちを守ってくれるの？　黙って手をこまねいてるわけにはいかないよ。この家に男はぼくだけなんだから」

イーラは笑ったが、わたしは胸が締めつけられた。わたしの息子。

「ミーチャ、キャンプは楽しみ？」わたしはなんとか話題を変えたくて、そう尋ねた。息子は翌週から少年団《ピオネール》の夏期講習が始まることになっていた。これまでの四年間の夏、ミーチャは森ですごす時間をとても楽しんでいた。わたしがポチマから戻った夏、ミーチャはそばから離れたらまたわたしが連れていかれるのではないかと心配で、行きたがらなかった。わたしに白いシャツを着せられ、赤のネッカチーフを結わえられ、バスに乗せられるあいだ、ずっとシクシク泣いていた。わたしが見送りの親たちといっしょに立ってバスが走り去るのを見送るあいだ、ミーチャはこちらに手を振ることさえしなかった。でも、家に帰ってくると、ミーチャは新しくできた友だちのこと、『鵞鳥《がちょう》白鳥』（ロシア民話）の劇をしたこと、赤い旗を揚げたこと、朝と午後の柔軟体操のこと、行進したことについて、次々と話してくれた。行進さえも気に入ったのだ。何週間もピオネールの歌を歌い、穀物の割りあてについて学んだ事実を復唱していた。

ミーチャは顔を上げた。「たぶん」

「今年は行きたくないの？」

「ああいう歌には、もううんざりなんだ」ミーチャは言った。「少年技師キャンプに申しこんでくれたらよかったのに。行進よりも何かを建てるほうがいいな」

「そんなふうに思っているなんて知らなくて――」

「費用が高いんだよ」ミーチャがさえぎった。

「それならそれで、なんとかできたと思うわ」

ミーチャはまたスーシュカに手を伸ばした。「あの人に頼んだってこと?」

「何か方法を考えたってこと」

「どうしてあの人は母さんと結婚しないの?」

「ミーチャ!」イーラが弟の腕を叩いた。

「姉さんだって、そっくり同じことを聞いたじゃないか」ミーチャが言った。「相手が母さんじゃなかっただけで。学校でみんなにいろいろ言われるんだよ」

「何を言われるの?」わたしは尋ねた。

ミーチャは黙っていた。

「母さんは前に二度結婚したから、もう結婚はしたくないの」わたしはそう言ったけれど、子どもたちに本心を見抜かれていることはわかっていた。いまでは、子どもたちはなんでもお見通しなのだ。

「だけど、母さんはあの人を愛してる」イーラは言った。「そうなんでしょ?」

「ときとして、愛だけでは充分じゃないのよ」わたしは応じた。

「あとは何が必要なの?」イーラが聞いた。

「わからないわ」

ミーチャとイーラがちらりと互いを見た。わたしは子どもたちの暗黙の了解がせつなかった。

家のなかが静かになり、わたしはふたたび眠りこんだ子どもたちの顔をのぞいた。そして、レインコートを着て、家を出た。彼のところへ行くことはできない。いまはまだ眠っているだろうから。わたしは本道脇の緑のフェンスに沿って歩いた。歩きながら、小さな男の子だったころの、キャンプへ向かうバスに乗る前にわたしの手を放そうとしなかったミーチャの姿を思い浮かべた。それから、ピストルが必要だ、自分はこの家でたったひとりの男なんだからと言ういまのミーチャを思い浮かべた。イーラのことも考えた。わたしが男たちに連れていかれた日から、娘がどれだけ成長したかを。子どもたちがあれほど幼くして、ときとして愛だけでは充分ではないと知っていることを思った。遠くに一台のトラックのヘッドライトが現われた。あのトラックが急に道からそれ、わたしがよけなかったらどうなるだろうと考えた。空が炸裂し、そして――

西

1958年8月～9月

第二十章　タイピストたち

ＣＩＡの動きは素早かった。イリーナがビショップスガーデンでの任務を無事に終えたその夜のあと、ロシア語の原稿を手に入れた我々には無駄にしている時間などなかった。そのあいだに季節は冬から春になり、桜が咲いて散り、ワシントンはじっとりと湿った空気に包まれ、ロシア語版『ドクトル・ジバゴ』の校正刷りがニューヨークで用意され、オランダで印刷され、木目調のステーションワゴンの後部に積まれて、ハーグにある隠れ家へ輸送された。この小説が三百六十五部印刷され、青いリネンの装丁が完了したのは、ブリュッセルで開催されている万国博覧会の最後の最後にかろうじて間に合うというタイミングであり、この禁書はそこを訪れるソ連人たちに配布されることになっていた。

とはいえ、これらはみんないくつかの問題を乗り越えて実現したことだった。

当初の計画は、ＣＩＡと深いつながりのあるニューヨークの出版社経営者フェリックス・モロー氏と契約を結び、アメリカが関与した痕跡が残らないように原稿の割り付けやデザインを手配し、校正刷りを用意してもらうというものだった。ついで、その原稿をこれから選定するヨーロッパの出版社へ送って印刷にかける――これもＣＩＡ関与の痕跡を完全に消し去るための安全対策だった。あるメモなど、アメリカ製の紙やインクを使用しないことが明記してあったほどだ。

テディ・ヘルムズとヘンリー・レネットがアメリカン航空のニューヨーク行きの便に乗り、そのあと列車でグレートネックへ向かったのは、そのロシア語の原稿と高級ウィスキー一本、そしてモロー氏の大好きな銘柄のチョコレートひと箱を手渡し、契約を結ぶためだった。

だが、フェリックス・モローは結果的にお荷物となった。トロツキー主義者になった元共産主義者ながら、いまは正真正銘のアメリカ人を自称するこのニューヨークの知識人は、おしゃべりで、じつに口が軽かった。契約書のインクがまだ乾かぬうちから、自分が所持する偉大な本について、だれかれとなく話していたのである。

ノーマなど、ニューヨーク時代の文学関連の知り合いから、モローがロシア文学者数名に連絡してあの原稿に目を通してくれないかと頼んだせいで、ここアメリカの地でロシア語版が製作中であることを早くもみんなが噂していると聞かされたほどだった。ノーマはすぐさまアンダーソンにその旨《むね》を報告し、アンダーソンはこちらで対処すると言ったという。「なんのねぎらいもないのよ」ノーマはわたしたちに言った。「ありがとうのひと言さえも」

さらに悪いことに、モローはミシガン大学出版局の友人にも連絡を取り、この小説をアメリカ国内で出版する可能性について探っていた――翻訳出版の独占権はイタリアの出版社経営者ジャンジャコモ・フェルトリネッリが所有しており、少なくない額を要求されることが見こまれるにもかかわらず。「わたしはどこでも自分の好きなところで出版できるんだ」テディに問いただされると、モローはそう言ったのだった。

テディとヘンリーがふたたびグレートネックへ送りこまれた。前回よりもさらに高級なウィスキーの瓶とさらに大きなチョコレートの箱でモローを黙らせ、ミシガン大学出版局との取引を中止させるために。モローは抗議したものの、最終的には今回の作戦からはずれることに同意した。それはウィスキーやチョコレートが功を奏したおかげではなく、当初に提示されていたよりもはるかに多くの報酬が支払われると約束されたためであった。

モローに関する問題が落着したあと、テディとヘンリーはミシガンの動きを止めるためにアナーバーまで出向いた。ふたりはミシガン大学の学長に出版計画を中止するよう懇願《こんがん》した。アメリカのプロパガンダとして片づけられることなく、ソ連の読者たちに最大限の効果を与えるために、最初のロシア語版はヨーロッパから出版されなくてはならないのですと学長に説明したのだ。彼らはまた、その本がアメリカの流通と結びついたら、著者ボリス・パステルナークの命が危うくなりかねないと強調した。しばらくやりとりがあり、ミシガン大学出版局はＣＩＡが手配した本がヨーロッパで出版されるまで待つことに同意したのだった。

次に、ＣＩＡはオランダ情報局と連携して仕事の仕上げにかかった。すでにフェルトリネッリとオランダ語版を製本する契約を交わしていたムートン社を相手に取引が行なわれ、ＣＩＡ用に少部数のロシア語版を製本してもらうことが決まったのだ。

こうした紆余曲折を経て、『ドクトル・ジバゴ』はついにブリュッセルの万国博覧会へ向かった。すべてが計画どおりに運べば、ハロウィーンまでにソ連市民の手に渡るだろう。

ワシントンに帰り着いたテディとヘンリーは、祝杯をあげようと〈ジャングル亭〉へ行き、シャーリー・ホーン（米国のジャズピアニスト）の二度めの演奏にちょうど間に合った。ふたりはステージから一番離れた赤いビニール張りのボックス席に座った。

シャーリーを眺めながら、テディはウィスキーをオンザロックで、ヘンリーはダーティマティーニを飲んだ。ふたりともシャーリーに釘づけで、キャシーとノーマが隣のボックス席にいることに気づかなかった。あるいは、女たちの存在には気づいていたが、タイプライターやメモ用紙がないので彼女たちがだれか気づかなかったのかもしれない。

「彼女はいいな、そうじゃないか？」ヘンリーは店内の騒音に負けじと大きな声で言った。「言ったとおりだろ。本物の逸材だよ」

「まさに」テディはそう言い、ウエイトレスを呼ぼうと手を振った。

「本物の逸材だよ。掛け値なしの。今夜、ここへ来て良かったろう?」

「ウエイトレスはどうしたんだ?」テディはそう言って、ネクタイをゆるめた。「やっぱり、いったん帰って着がえてくるべきだったよ。ふたりともどう見ても政府職員だ」

「勝手に言ってろ」ヘンリーはそう言いながら、何か目に見えないものを自分の紺の上着から払い落とした。「いったん家に帰ったら出たくなくなることは、おまえ自身がよくわかってるだろ。最近いったいどうしたんだよ、テディボーイ?」

それには答えず、テディはお代わりを取ってこようと立ち上がり、マティーニをふたつ手にして戻ってきた。自分の分には追加のオリーブ入りである。

「乾杯は?」ヘンリーが言った。

「何に?」

「もちろん、例の本にさ。大量破壊をもたらす我らの文学兵器が、あの怪物に悲鳴をあげさせますように」

テディはグラスを中途半端に掲げた。「あなたの健康に《ザ・ズダロヴィエ》」

キャシーとノーマはあいかわらず彼らから気づかれないまま、勝利を祝してグラスを合わせた。テディとヘンリーはシャーリーが鍵盤に没頭し、天井を見上げ、前方の小さな丸テーブルについている、黒のステットソン帽にクジャクの羽を飾っている男のほうへ視線をさまよわせるのを見つめていた。

「あれにはどういう事情があると思う?」ヘンリーはそう言いながら、丸テーブルの男を顎で示した。

「そういう気分じゃないんだ」

「しけたこと言うなよ！　おれとおまえの仲じゃないか」

「夫かな」テディは言った。「妻のショーは必ず見にきているとか。それとも……恋人かな？」

「はずれ」ヘンリーが言った。「元夫だね。演奏を眺めるのが、何より女の近くにいられるときなんだろう」

「それはいいな。なるほどね」

「仲直りのチャンスはあると思うか？」

「ないね」

テディとヘンリーはそれから数分間、ただ黙って座っていた。

「なあ、本当に大丈夫か、テッド？」

テディはふた口で自分の酒を飲み干した。

「イリーナの様子はどうだ？」

「彼女なら元気だ」

「いざとなると逃げ出したくなるのは、よくあることさ。おれだって、いま逃げ出したくなってる。だれとも付き合っちゃいないのに」

「そういうんじゃないんだ。彼女はただ……最近、あまりに口数が少なくて」

「だれにだって、しゃべりたくないときはある」

「いや、それとは違う。それに、なぜそんなに黙りこんでいるのかって聞くと、怒り出すんだ」テディはあたりを見まわした。「くそっ、ウエイトレスはどこだ？」

「なら……話題を変えよう――」

「ありがとう」

「噂話を聞きたいかい？」ヘンリーが持ちかけた。

キャシーとノーマはもっとよく聞こうと座席の背に体を預けた。

「聞きたくなかったら、こんな仕事をしていると思うか？」

「赤毛のこと、聞いてるか？」

「サリー・フォレスター？」

ノーマとキャシーは互いをぱっと見た。

「あたり」ヘンリーが言った。

「それで？」

「じき、クビになる。ひどい話さ。おれは彼女がやってきたときは手放しで嬉しかったがね、いなくなると聞いてそれ以上に喜んでる」

「どうして？」

「昔から、イカしたケツの持ち主が好きなんだ」

ノーマはあきれた顔をした。

「そうじゃなくて、なぜ彼女がクビになる？」

「そこが一番面白いところなんだよ。おまえには想像もつかないだろうな」

「いいから話せ」

ヘンリーはボックス席にもたれかかった。「同性愛者さ」

「ええっ？」こらえきれずに、ノーマが声をあげた。男たちは気づかなかったが、ノーマとキャシーはさらに数センチ、ボックス席で縮こまった。

「なんだって？」テディが言った。

「つまりな、テッド、彼女は女といるほうが好きだってことさ」

「そうじゃなくて、いつそんなことになったんだ？　おまえと彼女は互いに気があるのかと思っていたのに」

ヘンリーは自分の酒をひと口飲んだ。「どうもどっかの男が彼女を捨てたんだが、彼女はまったく意に介さなかったってことなんだ」

「なんてこった」テディは声をひそめた。「だけど、おまえはどうやってそれを知ったんだ？」

「おれが情報源を明かすわけないだろ」

「彼女はイリーナの親友なんだ」テディが言った。「まあ、最近は以前ほどいっしょにはいないけど――」

「ひょっとしたら、そのせいかもな。イリーナもサリーのささやかな秘密に気づいたのかもしれない」

「彼女は一度もぼくにそんなことを言わなかったよ」

「人間関係はすべてちょっとした省略の上に成り立ってるのさ」

シャーリーは〈もしもあなたを失ったなら〉を弾き終え、観客に向かって言った。「みなさん、まだ席はお立ちにならず、心を温める飲み物のお代わりを頼んでください。わたしはまたすぐに戻ってまいります」彼女はピアノの前から立ち上がり、黒いステットソン帽の男の隣に座った。男はシャーリーにキスをし、シャーリーは男を押しのけたものの、男の手首をつかんでくるりとまわし、手首の内側に唇をつけた。

「間違いなく恋人だな」テディが言った。

八月下旬、激しい雷雨に襲われ、ワシントンＤＣの半分が停電した。朝の通勤通学は壊滅的で、バスや路面電車は遅れているか運行していないかのどちらかだった。イリーナは普段、バス通勤だったが、その日はテディが車で迎えにきてくれたのだろう。というのも、休憩室で朝のコーヒーをいれていたわたしたちは、テディの青と白のダッジランサーの座席にふたりが座ったままでいるのに気づいたからだ。じろじろ見ないようにしようとしたけれど、それは難しかった。休憩室の窓は東側の駐車場に面していたからだ。

すでに九時半になっていたが、ふたりとも急いで入ってくる様子はなかった。ふたりはただ座っており、わたしたちはガラスが曇るまで顔を窓に押しつけた。九時四十五分には、わたしたちは窓をあけた。何か聞こえないかと期待したものの、顔に強い雨が吹きつけてきたので、また閉めざるをえなかった。

わたしたちは、まるで銃で撃たれたかのようにテディがハンドルに突っ伏し、イリーナが助手席の窓から外を眺めているのを見た。十時ごろ、イリーナは車から降り、オフィスへ駆けこんできた。濡れた歩道でハイヒールを滑らせながら。

その一、二分後、テディが車で走り去った。Ｅ通りに入るときに車の後部が横滑りしたのを見たあと、わたしたちは自分の席に戻った。

イリーナは入ってくると、レインコートを脱ぎ、席についた。彼女は赤くなった目をこすり、嵐について文句を言った。

「大丈夫？」キャシーが聞いた。

「もちろん」イリーナが言った。

「ちょっと気が動転しているみたいだけど」ゲイルが言った。

イリーナは指先をなめ、前日のメモをめくりはじめた。「今朝はちょっと疲れてしまって。天気とかいろいろ」

「心配しなくていいよ」ゲイルが言った。「アンダーソンにはトイレに行ったって言っておいたから」

「アンダーソンがわたしを探してたの？　どんな用か言ってた？」

「ううん」

「良かった」イリーナはハンドバッグをあけ、誕生日プレゼントにサリーからもらったイニシャル入りの金属製煙草入れを取り出した。煙草をくわえて火をつけたものの、その両手はまだ赤くて震えていた。イリーナが煙草を吸うのを見るのは初めてだったが、わたしたちが最初に気づいたのはそのことではない。彼女の婚約指輪がないことだった。「あの、ほら、遅刻したのを知られたくないから」イリーナは話を続けた。「うまくごまかしてくれて、ありがとう」

わたしたちはテディと車について聞きたかった。婚約指輪がないことについても聞きたかった。サリーをめぐる噂のことが耳に入っているかどうかも聞きたかった。でも、わたしたちはそうしなかった。いまはそっとしておいて、細かいことは次の日に聞いてみようと思ったのだ。

けれど、次の朝、イリーナはアンダーソンのオフィスに呼ばれていった。

わたしたちはイリーナが呼ばれてアンダーソンのオフィスにいることを知っていた。また、彼のオフィスから出てきた彼女が女子トイレに駆けこみ、ずいぶん長いあいだ出てこなかったことも知っていた。そして、トイレから出てくると、腹痛を訴えて早退したことも知っていた。

それ以外のことは、アンダーソンの秘書へレン・オブライエンが教えてくれた。

「アンダーソンがＣＩＡは高い評価を維持しなくてはならないと言ったら、彼女は、はい、もちろんですって答えたわ。そして、オフィスと自宅での品位がどうのこうのっていう話があって、彼女は、はい、おっしゃるとおりですっていうような返事をしてたの。アンダーソンはそれから、個人的な不適切行為があったという噂があるんだがって続けて、長いあいだ沈黙があったあと、それはわたしのことですかって彼女が聞いて、わたしはＣＩＡの最高規準を知るかぎり守っていますって答えたの。そうしたらアンダーソンは、みんなが言っているんだよ、きみが例の意味で、ちょっと変わっている気がするってね、もしそれが真実なら、我々にとって損失なんだ、みたいなことを言ってたわ。彼女はそのすべてを否定したわよ。そのとき、彼女は泣き出していたみたいだけど、ドア越しだったからよくはわからなかった。アンダーソンは彼女に、それを聞いて安心したし、先ごろ解雇しなければならなかった別の女性のように、こんな噂がまた自分に報告される日が訪れないことを願っていると言ったわ。その女性とはだれのことですかって彼女が尋ねると、アンダーソンは一瞬ためらってから口にしたの。サリーだって」

その週、イリーナはもうオフィスには現われず、わたしたちが彼女に事情を聞くチャンスは訪れなかった。その週の土曜日、彼女はブリュッセル、つまり万国博覧会行きの飛行機に乗ったのだ。

次の月曜日は、テディもオフィスに姿を見せなかった。その週の残りの日も、ずっと出勤しなかった。

わたしたちはみんなで〈マーティンの店〉のサービスタイムに行き、そのことを話し合った。

「ひょっとして、彼はイリーナの愛を取り戻そうとブリュッセルに行ったんじゃない？」キャシーが言い出した。

ノーマがほかのより二倍は大きい牡蠣《かき》を持ち上げた。ノーマはそれを一瞬じっと見つめ、その中身を口につるりと滑りこませた。「あなたって救いがたいロマンチストね」ノーマは言った。「彼は鍵をかけたアパートの部屋に閉じこもって、身支度をしようともしないし、ドアもあけようとしないって聞いたわよ」

「そんなの、どこで聞いたの？」とジュディ。

「信頼できる筋から」

「単に何かの仕事で不在なのに決まってるわ」リンダはそう言うと、牡蠣用のフォークでマティーニのグラスに入っているオリーブを突き刺した。

「あなたって面白くないわね」ノーマが言った。そして、ウエイトレスを手招きすると、マティーニのお代わりを頼んだ。「あと、この人にも、もう一杯」ノーマはそう言って、リンダを指さした。

リンダは逆らわなかった。「ひょっとしたら、彼は亡命したのかも。ひょっとしたら、イリーナが傷つけたのは彼の心だけではなかったのかも」

「よく言った！」ノーマが言った。

「それとも、彼はサリーといるとか」リンダは続けた。

「でも、それだと彼女のほら」キャシーは声をひそめた。「例のあれはどうなるの？」

「だけど、タイミングは合うわ。最初にサリーが去り、次にイリーナが去り」さっきのウエイトレスがやってきて、わたしたちの前にマティーニのグラスを置いた。「もしかすると、サリーとヘンリーではなく、最初からサリーとテディが関係を持っていて、イリーナがそれを知って……」

ノーマがリンダの酒を彼女の手から取り上げた。「やっぱり、あなたはもう飲みすぎよ」

その週、出勤してこなかったあいだにテディが何をしていたか、わたしたちが知るすべはなかったけれど、オフィスにやってきた日、カフェテリアでグリルドチキンステーキと即席マッシュポテトの昼食の列に並ぶヘンリー・レネットに、テディが背後から歩み寄ったことは知っている。

テディに肩を叩かれ、ヘンリーは振り向こうとした。そのとたん、テディはひと言も発することなく友人の顔めがけてパンチをお見舞いしたのだ。ヘンリーは一瞬よろめき、その場に倒れた。彼が持っていた緑色のプラスチックトレイがまず床に落ち、すでに盛りつけられていたひとすくいのコーンが散らばった。ヘンリーの体がそれに続き、落ちているコーンと白黒のタイル敷きの床に顔から倒れこんだのだった。

テディは上からヘンリーを見下ろすと、カフェテリアの向こう側まで彼のトレイを蹴《け》飛《と》ばし、給氷器まで歩いていくと、片手にいっぱいの氷を取り、立ち去った。

チキンスープ入りのカップを持って列から出ようとしていたジュディは、ヘンリーの顔が床に激突するときの、生肉が大理石の調理台にぶつかるような音を聞いた。彼女は一瞬ののち、床に散らばって自分のエナメルのキトンヒールから数センチのところで止まった小型キーボードのキーのようなものふたつが、じつはヘンリーの前歯だということに気づいた。隣にいた女は悲鳴をあげたが、ジュディは気を利かせて黙ってかがみ、その歯を拾って自分のカーディガンのポケットにしまった。

「もしかしたら、歯を元に戻すことができるかもしれないでしょ」ジュディはそのときのことを詳しく語りながら、わたしたちにそう言った。

テディの拳がヘンリーの口にあたったところを見ていなかった者たちは、ヘンリーが気を失ったのだと思った。「医者を呼べ！」だれかが叫んだ。ヘンリーが上半身を起こし、放心状態でいたとき、ターナー先生――本物の医師ではなく、いつも吸いかけの煙草をくわえたカフェテリアの老料理人――が、凍ったステーキ肉を手に厨房から出てきた。「ほらよ、これを使いな」彼はそう言うと、凍ったステーキ肉をヘンリーに渡した。

ヘンリーの口から、白いシャツの前へと血が垂れていた。彼はそのステーキ肉を片目に、それからもう一方の目に、続いて鼻にあてた。そのあと、何か金属っぽい味がするのに気づいて、自分の前歯が二本なくなっていることをようやく知った。彼は新たにできた穴を舌で探った。

ターナー先生が手を貸して、ヘンリーを立たせた。「何か良からぬことをしたんだな?」

「だれがやった?」ヘンリーが聞いた。彼は自分のまわりに半円状に集まっている人々を見つめた。

「わしはその瞬間を見てない」ターナー先生は言った。

「テディ・ヘルムズよ」ジュディが言った。「やったのはテディ」

ヘンリーは口元から血まみれのコーンの塊《かたまり》をぬぐうと、人々のあいだを突っ切って歩き去った。

ノーマによれば、たまたま病院に寄ってから出勤したとき、ヘンリーがCIA本部から出ていくのを見かけたそうだ。「ヘンリーの目の下に、テディのジョージタウン大学卒業記念のカレッジリングの跡がついてたわ」ノーマはそう言って冷たく笑った。「あたしじゃ、あれほど見事にはやってのけられなかったでしょうね」

翌日、わたしたちは昼休みの喧嘩のその後がどうなったかを確かめたくて、いつもより数分早めに出勤した。「彼、クビになると思う?」キャシーが聞いた。

「それはないでしょ。ここらへんじゃ、あれが男たちの決着のつけ方なんだから。ダレスがそうするようけしかけていたとしても、少しも驚かないわ。あっという間にふたりとも元どおりになるわよ」リンダが言った。

わたしたちは仕事に取りかかりながら、テディが親友を歯医者送りにした原因はなんだろうと考えた。「過去にさかのぼって考えてみましょうよ」ある朝、〈ラルフの店〉でノーマが提案した。「テディがヘンリーを殴り、イリーナがテディのもとを去り、サリーがクビになった」

「どういうつながり?」とリンダ。

「まったくわからない」ノーマが言った。

そして、その翌日、テディは指の関節に絆創膏二枚を貼ってオフィスにやってきたが、ヘンリーが姿を見せることはなかった。ノーマはヘンリーの居所についてささやかな情報を手に入れたのだけれど、それでも、わたしたちはそれについてだれかに聞くような真似はしなかった。ただ、ノーマは彼の居所をわたしたちのうち何人かに教えた。いつかその情報が役に立つかもしれないと思って。

二週間後、ジュディはカーディガンのポケットに手を入れ、ティッシュペーパーが入っているとばかり思っていたのに、ヘンリーの歯を見つけてぎょっとした。

三週間後、わたしたちはテディとイリーナのために購入していた結婚祝いを返品した。領収書を取っておいてよかったと思いながら。

一か月後、アンダーソンが新しいタイピストを連れてきたとき、わたしたちはイリーナがもう戻ってこないことを知った。

第二十一章　応募者
運び屋
修道女

濡れた前髪越しに、黒い水が渦《うず》を描いて排水口へ吸いこまれていくのを見つめた。薬剤のせいでくらくらしたが、水のしたたる頭を持ち上げたとき、わたしを別人にするためにやってきた女が窓をあけてくれた。

わたしの頭に白いタオルを巻くと、女はその部屋のコーヒーテーブル代わりでもある古いスーツケースに腰かけるよう指示した。女が濃いピンクの化粧箱をさっと開くと、紫のベルベットケースから、ハサミ、さまざまな毛染め剤、巻き尺二個、スポンジ状の詰め物、化粧ブラシ、黒と白の生地見本、黄色のゴム手袋がのぞいた。

女はわたしの髪のもつれを丹念にほぐしながら、とかして滑《なめ》らかにし、後ろでひとまとめにした。そこにハサミを入れ、ばっさり切り落としたポニーテールをわたしに渡した。わたしがそれを手にすると、女は髪に使った黒い毛染め剤入りの瓶を振り、小さなブラシを使って丹念にわたしの眉にそれを塗った。女からは多少チクチクすると聞いていたが、それどころかヒリヒリした。

それをぬぐったあと、女は立って服を脱ぐようわたしに指示した。わたしはためらった。「心配しないでいいのよ」女は言った。「もうちゃんとわかってるから」わたしはサリーとの別れのあと失った体重を少しは取り戻していたけれど、とても充分とはいえなかった。女はスポンジをわたしの胸と尻にあてた。「こうやって少しかさ増ししなきゃならないわね」

わたしの採寸をしながら、女は話をした。ワーナー・ブラザーズ社の衣装部門で働いていたときに、気分屋のジョーン・クロフォードにつけまつげをつけたこと、ハンフリー・ボガートの靴に身長を高く見せるための中敷きを入れたこと、ドリス・デイにぴったりのブロンドのカラー剤を探してハリウッド中の美容室をまわったことを。さらには、フランク・シナトラの楽屋に入っていったら、彼がある女優の脚のあいだに顔をうずめていた――それも、帽子をかぶったままよ！――ということを、とりとめもなく話した。もっとも、その女優の名前は頑として教えてくれなかったけれど。「彼は顔を上げさえしなかったの」と女は言った。「お相手のアソコに向かって、二十分後にまた来てくれって、もごもご言っただけよ。あの我らが青い瞳（シナトラのこと）は絶対に品のある人なんかじゃないわ」

女がさまざまな話をするあいだ、わたしは何も言わなかった。普段だったらその話をとても面白いと思っただろうが、そういう気分ではなかったし、女は相手が眠りこんでいることにも気づかずに小一時間だって話し続けられるタイプだった。

八時間前に飛行機でやってきたわたしは、疲れきっていた。それはわたしにとって初めての飛行機で、滑走路に降り立ったときはまだ外見をがらりと変える前だったけれど、わたしは単なる運び屋以上の存在になっていた――まったくの別人に。

それこそわたしの求めたもので、それがいまここにある。任務と、片道切符のほかに、なんの経歴もない別人になる機会が。だから、わたしはそれを我がものとした。傷心からも解放されるだろう――心は軽くなり、傷つける者も傷つけられる者もいない。少なくとも、わたしはそう自分に言い聞かせたのだった。

女はハサミ、毛染め剤、手袋をしまった。それから、床に落ちているわたしの髪を掃き集めて小さなビニール袋に入れ、それをかばんに入れた。帰り際に、花屋が茎付きのバラ用の長箱に詰めて修道女の服を届けてくれるわと言った。そして、ドアをあけ、わたしを振り返った。「あなたに会えて楽しかったわ」

「こちらこそ」わたしも言った。お互い、自分の名前さえ教えようとしなかったけれど。

女が出ていくとすぐにドアに鍵をかけて洗面所へ行き、洗面台の上にかかっているひび割れた鏡に映る見知らぬ女の姿を見た。それから、わずか数センチになった髪を手ですいた。指先をなめ、こめかみについている黒い毛染め剤の飛沫《しぶき》をこすりながら、わたしはいまやだれにだってなれるのだと思った。

服を着ているうちに、高揚感は消えていった。わたしの変身を、サリーはどう思うだろう。母なら、どう思っただろう。わたしは片方の手のひらをうなじにあてた。母は絶対に気に入らなかったはずだ。サリーは、これはこれでひとつの主張ねと言うだろう。テディだったら、すごくいいよと言うだろう、たとえ実際は気に入らなかったとしても。

母の葬儀のあと、わたしはひとりになりたくなかった。だから、テディがうちに泊まってソファで寝てくれた。夜、わたしが眠れないときにはテディが朗読をしてくれた——〈ニューヨーカー〉に掲載されたE・B・ホワイトやジョゼフ・ミッチェルのエッセー、名前は忘れたけれど男性作家の短編などを。わたしが結婚できないと告げることになった夜には、書類かばんから取り出した原稿を読んでくれた。自分が書いたものだと黙っていた彼は、読み終えてから、これは長年、書こうとしている小説の第一章なのだと打ち明けてくれた。わたしはとてもいい話だから、ぜひ完成させてほしいと言った。「本当にそう思うかい？」テディは言った。あなたには嘘をつかないと言うと、それは確かかいと尋ねられた。

彼の視線を受け止めるのは怖かったけれど、わたしは無理にそうした。「あなたとは結婚できないわ」

「急がなくていい。きみが必要とする時間、いくらでも待つ。きみはまだ悲しみが癒《い》えていないんだ」

「ううん、そのせいじゃないの」

「じゃあ、どうして？」

「わからない」

彼が思っていることを口に出さずにいるのがわかった。わたしたち双方の頭に浮かんでいる言葉を言わずにいることが。「わかっているはずだ」

「わからないわ」

「サリーが理由なのか？」

「えっ？　そうじゃないの……わたしは友だちを作るのが苦手でね。そう、本当の友だちを作るのは。でも、彼女はわたしにとっていい友だちだったわ」

「何も変える必要はないよ。ぼくにはわかっている――」

「あなたが考えているほど、あなたはわたしのことをわかってない」

「問題はそこなんだ。わかっているんだよ」

「いったい何を言っているの？」わたしは聞いた。

「ぼくが言っているのは、ただきみといっしょにいたいということだ――それがきみにとってどうけれど、わたしはわからなかった。わかりたくなかったのだ。「それがあなたにとって、何になるの？　あなたは何が望みなの？」

「妻だよ」彼は言った。「そして、友人だ」彼はあふれる涙をこらえて言った。「きみなんだ」

「あなたはわたしをどんな人間だと思っているの？」

彼は頭を垂れた。「ぼくに嘘はつかないでくれ」

わたしは嘘なんかついていないと言った。すると、彼はすぐに結論を出さずに今夜はもう寝ようと言った。わたしはそれに賛成したが、そんな状態の彼をそれ以上見たくなかったというのが主な理由だった。そして、彼はソファへ、わたしは自分のベッドへ行き、その夜、別の部屋で彼が眠れずに何度も寝返りを打つ音を聞いていた。


翌日、嵐の影響でワシントンＤＣの半分が停電した。テディの車でオフィスへ向かうあいだ、わたしたちは何も話さず、ラジオもつけなかった。唯一の音は、叩きつける雨に対抗するワイパーだけ。車が駐車場に入ったとき、わたしは彼の祖母の指輪をはずし、それをダッシュボードに置いた。彼はハンドルに突っ伏し、わたしはそのまま車から降りた。言うべきことは何もなかった。もし何か言えば、彼をさらに傷つけるか、自分が車から降りられなくなる気がして、怖かったのだ。別れを切り出したのはわたしのほうだったけれど、心が引き裂かれるようだった――サリーのときと同じではないが、いっそう根なし草になった気がした。それまで地面につなぎとめてくれていた綱を切断してしまったかのような。

その日、テディはオフィスに現われず、わたしは帰宅する前に彼を見かけなかった。彼はスーツケースを取りにきたらしく、わたしがアパートへ帰る前にいなくなっていた。その翌日、わたしはアンダーソンのオフィスに呼ばれ、サリーとの関係について問いただされた。サリーが解雇されたことを知らされたうえで、彼女との関係を疑問視されていることを告げられたわたしは、説得力たっぷりにそれを否定し、きみを信じるよとアンダーソンに言わせた。そもそも、別人になる方法や実際の自分を偽るやり方をわたしに教えてくれたのは、彼らだ。新たに身につけた力を使って彼らにやり返すのは、いい気分だった。

考えることがありすぎた。ここブリュッセルの、世界を半周したところにある鏡で自分の姿を見つめながらも、わたしはまだそれらを心から追い出せずにいた。でも、そうしなければならなかった。もう引き返すことはできない。任務はすでに始まっていた。

わたしはスカーフで髪をおおい、待ち合わせ場所へ向かった。ブリュッセルは賑わっており、夜空には半円の月が浮かんでいる。通りは世界中から博覧会を見にきた人々であふれ返っていた。混雑したカフェの前を通りかかると、人々が話すフランス語、英語、スペイン語、イタリア語、オランダ語が聞こえた。グランプラス（ブリュッセルの中心地にある大広場）を通り抜けるとき、中国人の男女の一団が広場の中央に立ち、市庁舎のてっぺんを眺めながらチョコレートの箱をまわしていた。ロシア人の男ふたりがわたしのすぐそばを通ろうとして、片方がわたしの肩をかすめた。毛皮の帽子をかぶっていたほうが、わたしのことをわずかに長く見つめていた？　わたしは振り返りもせず、歩調を速めもしなかった。ただ真っすぐ前を見つめ、そのまま歩き続けた。

やがて、イクセル池からちょっと行ったところにあるランフレ通り沿いの、管理者《ハンドラー》から指示された場所に着いた。立派なアールヌーヴォー建築の前に立ち、五階建ての凝《こ》った象眼模様の木材と、その前面をツタのようにはいのぼるミントグリーンの鉄に息を呑んだ。その建物は、丸ごと美術館のなかにあってしかるべき見事さだった。曲線を描くセメントの階段を上って両開きの玄関扉まで行くと、わたし、というか新しいわたしは、ここの人間なのだと自分に言い聞かせた。金色の呼び鈴を一度押し、十六数えてからもう一度押した。うなじにどっと汗が噴き出てくるのを感じた。司祭の服装をした男が扉をあけた。「ピョートル神父？」わたしはロシア語で尋ねた。

「アリョーナ修道女、ようこそ」自分の新たな名前の響きに、思わず緊張がやわらいだ。

わたしはサリーから教わったとおり、彼の手をしっかりと握った。「どうぞよろしく」

「きみ抜きで始めていたところだよ」わたしはピョートル神父の本名も知らなければ、カトリック教徒なのかどうかさえ知らない。彼はカラーをつけてはいたが、まるでゴルフから戻ったばかりのように、アイボリーのカシミアセーターを肩からかけていた。三十代前半らしいピョートル神父は落ち着いた端整な顔立ちで、薄くなりかけた金髪、空色の目、赤みがかった顎髭《ひげ》をしている。招き入れられたわたしは、彼について上の階へ行った。

そのアパートの内装は豪華だったけれど、成金が趣味のいいところを見せようとしてだれかを雇ってそろえたらしく、さまざまな装飾様式の折衷《せっちゅう》だった。現代デンマークの家具や、十七世紀のタペストリーや、民芸品の陶器などが混然一体となり、スノードームのなかでさんざん振られた美術館に迷いこんだような印象を受けた。

わたしは一分と違わず時間どおりに到着したのだけれど、ほかのメンバーはすでにそろっていた。男ひとりと女ひとりがソラマメ形のソファに座り、火の消えかけた暖炉の前でコニャックを飲んでいた。ダヴィト神父として知られている男のほうが、作戦のリーダーたる諜報員だ。女のほうはイヴァンナと言い——彼女の本名だ——その父親は亡命したロシア正教の神学者にして、宗教関連書を扱うベルギーの出版社を経営してもいる。イヴァンナは、ソ連で禁書となっている宗教関連書を密輸する地下組織〈神との生活〉の設立者でもあった。この組織は万国博覧会が始まってからヴァチカンと連携して仕事にあたっており、わたしたちは効率的に『ドクトル・ジバゴ』を配布するため、イヴァンナの指示に従うことになっていた。

イヴァンナとダヴィト神父はわたしたちが入っていくと顔を上げたが、にこりともしなければ、立ち上がりもしなかった。紹介の必要はないのだ。わたしが彼らを知っているように、彼らもわたしが何者か知っている。わたしはホワイトリネンのラウンジチェアの端に腰かけ、彼らも座ったままでいた。

彼らの前の光沢のある黒いコーヒーテーブルには、一九五八年万国博覧会の精密模型があり、噴水や池に見立てた青く染めてある鏡、ミニチュアの木、彫刻、万国旗、ヴァチカンパビリオン——我々の任務を実行する場所——のスキー場の斜面のような白い建物などが備わっていた。

博覧会をプロパガンダの手段に利用するというのはイヴァンナの思いつきだが、それを採用してCIAの作戦としたのはダヴィト神父だった。彼は確信したのだ。一九五八年万国博覧会は、例の本をソ連に逆輸入させ、それによって、なぜこれが禁書になっているのかという国際的非難を巻き起こすのに完璧な舞台であると。

ダヴィト神父は穏やかな語り口ながら、夜のニュースのチェット・ハントリーのように注目を集め、落ち着いていて、自信に満ちたタイプだった。また、ピョートル神父よりも司祭らしく見える彼は、ボーイスカウトのような髪型、優美なピンクの口元、聖体を掲げるさまが目に浮かぶ長い指の持ち主だった。

ダヴィト神父は模型を示しながら、わたしたちが毎日出入りするそれぞれの経路を指示した。だれかにつけられている気がした場合は、アトミウム——この博覧会会場の中央に建てられている、鉄の結晶構造を一六五〇億倍に拡大して模した建造物で、百メートルの高さがある——のなかにさっと身を隠すことになっていた。そこでエレベーターに乗り、そのアルミニウム建造物の最上階へ行くと、ブリュッセル市街が見渡せるという触れこみのレストランがあり、手助けしてくれるウエイターがいるのだ。

わたしたちに上からの全景を見せたあと、ダヴィト神父は模型を床に移動し、ヴァチカンパビリオンの見取り図を広げて、ロダンの〈考える人〉像がある場所を指さした。「ピョートル神父はここに立ち、通りかかる人たちと世間話をしながら、ターゲットになりそうなソ連市民を探す」彼は言った。「そして、ターゲットが見つかったら、左手で顎をかいてイヴァンナに合図する」彼はその見取り図上で、〈考える人〉から静寂の礼拝堂へのルートを長い指でなぞった。「次に、イヴァンナは彼らを静寂の礼拝堂へ案内し、そこで彼らがプロパガンダの対象としてふさわしいかどうかを探る。ターゲットが望ましい相手であれば——」彼の指は礼拝堂の祭壇をまわり、名前のない四角い小部屋へと動いた。「——彼らをこの書庫へと連れていく。ここにはわたしとアリョーナ修道女が待機している」彼はわたしを見ると、話を続けた。「最終的な判断のあと、受け渡しを行なう」彼は見取り図に置いていた片手を引っこめた。「それともうひとつ。これより我々は『ドクトル・ジバゴ』を聖書とのみ呼ぶ」彼は椅子の背にもたれかかり、足を組んだ。「何か質問は？」だれも口を開かなかったので、彼はもう一度、最初から最後まで計画を説明した。そのあと、さらにもう一度、説明を繰り返した。

計画が全員の頭に定着すると、わたしたちは腰を落ち着けて話をしながら、ティーカップで赤ワインを飲んだり、煙草を吸ったりした。そのとき初めて、わたしは尋ねた。「その聖書は——ここに？」イヴァンナはダヴィト神父を見つめ、ダヴィト神父がうなずいた。「それは今日の早い時間に直接、博覧会へ運びこまれたんだけど、ここに一冊あるわ」イヴァンナは玄関のクローゼットまで歩いていき、古い敷物をのせた小さな木箱を引っ張り出した。それから、敷物を取りのぞき、一冊の本を取り出した。「これよ」彼女はそう言って、わたしにその本を手渡した。

わたしは違法な感じを受けるのではないかと思っていた。反体制というものに指がむずがゆくなるとか。けれど、何も感じなかった。その禁じられた小説は、見た目も感触も普通の小説と同じだった。わたしはそれを開き、ロシア語で朗読した。「ふたりが愛し合ったのは、そうせざるを得なかったからではなく、よく愛のなせるわざだと誤解されているように〝情熱の炎〟に突き動かされたからでもなかった。ふたりが愛し合ったのは、ふたりを取り巻くすべてのものが、樹々が、雲が、頭上の空が、足元の大地が、そう願ったからであった」わたしは本を閉じた。彼女のことを考えたくなかった。考えられなかった。

「みんなは読んだの？」わたしは聞いた。

「まだよ」イヴァンナは言った。ダヴィト神父とピョートル神父もかぶりを振った。

ふたたび小説を開いてタイトルページをめくると、誤りに気づいた。「彼の名前」

「それがどうした？」ダヴィト神父が聞いた。

「ボリス・レオニドヴィッチ・パステルナークと書くのは誤りよ。ロシア人は父方の名前を書かないの。普通はボリス・パステルナークとなるわ」

ピョートル神父はキューバ葉巻をふかした。「もう遅い」彼はそう言い、両手を祈るように組み合わせた。

翌朝、わたしは詰め物をしたブラジャーとショーツを注意深く身につけ、だぼっとした黒い修道服を着ると、ひたいを縁取《ふちど》る硬い白頭巾の上から黒のヴェールをかぶった。いかなる化粧品の使用も禁じられていた。ハリウッドで仕事をしていたあの女性には、つやを出すために頬骨の上と唇に少量のワセリンを塗らなくてはならないだろうと言われた。でも、わたしはそれさえしなかった。鏡をのぞきこみ、その顔が気に入った。化粧っ気がなく、青白く、たぶん少し年上に見える。全身をよく見ようと後ろへ下がりながら、わたしは男でも女でもなく——たくましくなったような気がした。

六時三十分きっかりに、万国博覧会での第一日めのため、アパートの部屋を出た。わたしたちが任務を正確に遂行すれば、三百六十五部の『ドクトル・ジバゴ』の最後の一冊は、三日めの終わりまでに配布し終えるはずだ。

博覧会の来場者を街の中心部からヘイゼル宮まで運ぶためにつくられた路面電車から、アトミウムを見つけた。模型から想像していたよりも、はるかに大きい。アトミウムはこの博覧会の公式なシンボルで——あらゆるポスターとパンフレット、そしてほぼすべてのポストカードと土産物に印刷されている——九つの球体からなり、新たな原子力時代の象徴とされていた。けれど、わたしにとって、それは《地球が静止する日》の使い終わったセットのように見えた。

博覧会の開場まであと一時間あるというのに、大勢の人々がもう大きな鉄門前に列を作っていた。しびれを切らした子どもたちが、母親のハンドバッグを引っ張っている。アメリカ人の高校生たちがフェンスに手や頭を突っこんでおり、ひとりなどほとんど抜けなくなっていた。若いフランス人カップルが人の視線を気にすることなく公衆の面前でいちゃつき、年配のドイツ人女性が、黒いスカート、黒い上着、黒いネクタイ、黒い帽子姿の博覧会ガイドの隣に立つ夫の写真を撮っていた。

だれからも注目されずにこれほど多くの人々に囲まれているのは、いい気分だった。修道女に注目する者などだれもいない。

わたしは真っすぐ国際セクションへ行ける公園口門《ポルト・デュ・パルク》の博覧会従業員たちの列に並んだ。守衛に近づきながら深く息を吸いこみ、一九五八年万国博覧会のバッジを取り出した。守衛はろくにわたしを見もせず、通れと手ぶりで示した。

驚くべき光景だった。あの模型は、ここにあるものすべての巨大さを少しも写し取っていなかった。これは第二次世界大戦後初めての万国博覧会で、世界各地から推定四千万人の観光客の来場が見こまれている。

自分の持ち場へ急ぐ博覧会従業員たちや、通りのゴミを掃き集める箒《ほうき》を持った女たちの集団をのぞき、その大通りにいるのはわたしだけだった。輝く白い大理石の階段の上に建つ、屋根が寺のような多層構造のタイパビリオンの前を通りすぎた。イギリスパビリオンは、教皇の白い帽子を三つ並べたよう。フランスパビリオンは、スチールとガラスで編んだ巨大な最新のバスケットそっくり。西ドイツのパビリオンはモダンかつシンプルで、フランク・ロイド・ライト（米国の建築家）が思い描きそうな建築だ。イタリアのパビリオンはトスカーナ地方の美しい大邸宅《ヴィラ》に似ている。

素早くアメリカパビリオンを見つけたわたしは、国旗に囲まれたその建物が引っくり返した荷馬車の車輪に似ているのか、ＵＦＯに似ているのか、決めかねた。すぐ左手には、途方もなく大きな、国際セクションでいまのところ最大のソ連パビリオンがある。それはアメリカパビリオンをぱっくりと飲みこんでしまいそうに見えた。そのなかには、わたしが見たいと思っているスプートニク一号と二号の複製が展示されている。口に出して認めるつもりはないけれど、スプートニクが発射されたとき、わたしは内心、誇らしさを抑えきれなかった。母なる国に立ったことはないが、人工衛星が打ち上げられた夜空を見上げながら、両親の祖国にこれまで抱いたことのない結びつきを感じたものだ。その夜のワシントンDCは曇っており、裸眼で見えないことはわかっていたけれど、それでもわたしは空を仰ぎながら、そこを横切るひと筋の銀色の光が見えはしないかと期待した。だから、いまここで、それ――というか、少なくともその複製――のすぐそばに立っているわたしは、ソ連パビリオンに入ってそれを眺め、触りたいと、心から思った。

とはいえ、ダヴィト神父の計画から逸脱するわけにはいかない。

アメリカパビリオンの向こう側がわたしの目的地、神の都《シティ・オブ・ゴッド》だった。ヴァチカンパビリオンの傾斜したシンプルな白い建物は、ソ連パビリオンのロビー内におさまりそうなほど小さく見えた。わたしは安物の黒い革靴が大理石の床を歩くコツコツという足音を響かせながら、その静かな建物のなかへ入っていった。そこの従業員たちはオープン準備であちこちへ動きまわっていた。床にモップをかけたり、パンフレットを用意したり、容器に聖水を注いだり。わたしが通りかかると、彼らは「こんにちは、シスター」と声をかけてくれる。わたしは修道女らしい微笑み、口角を上げるだけの微笑みを返した。

ピョートル神父はすでに持ち場についていた――〈考える人〉の横に立ち、両手を後ろで組み、体を揺らしている。わたしが通りすぎても、彼の視線はその有名な彫刻から離れなかった。

アーチ形天井の廊下を進んで静寂の礼拝堂へ入っていくと、ふたりの修道女が座席に面した小さな祭壇の準備をしているところだった。ふたりはわたしのほうへ目を向けたが、またロウソクに火を灯す作業を続けた。わたしはちゃんと修道女に見えたかしら？　そうでなかったとしても、修道女たちが何かに気づいた様子はなかった。わたしが祭壇をまわって、その背後にある青の分厚いカーテンのあいだに入っていったときも、彼女たちはなんの反応も見せなかった。

「来たな」秘密の書庫に入っていくと、ダヴィト神父から声をかけられた。彼は腕時計を見た。「一般入場口が開いたよ。準備はいいかね？」

わたしはさらりとした青いリネンの表紙の聖書がぎっしり詰まった本棚の前にある、木製スツールに腰かけた。我ながら冷静だったけれど、狭い部屋のなかを歩きまわるダヴィト神父には緊張感がみなぎっていた。右に四歩、後ろへ四歩。これはあとで知ったことだが、ダヴィト神父は現場に出るようになってまだ二年で、前回の現場のハンガリーでは、ソ連の占領軍に対して市民が反乱を起こす手助けをしたのだった。

神の都に入ってくる最初の来場者の静かな足音と、ささやき声が聞こえた。わたしはゆっくり呼吸をして、人々がどこの国の言葉を話しているのか聞き取ろうとした。あれはロシア語かしら？ダヴィト神父も聞き耳を立てているらしく、カーテンの隙間のほうへ頭を傾けていた。

わたしたちはじりじりしながら最初のターゲットが来るのを待っていた。わたしは肩甲骨のあいだが凝っているのを感じた。

イヴァンナがカーテンをあけた。その背後にはロシア人の男女が立っており、《オズの魔法使》のカーテンが開いたら、そこにはレバーを引く男ではなく、司祭と修道女がひとりずついるだけだったというような表情をしていた。わたしはためらったが、ダヴィト神父は違った。彼はモスクワ市民風の完璧なロシア語で愛想よく挨拶をした。先ほどまでの緊張感は消え去り、上流階級の教区民たちが日曜の夕食に招きたくなるような非の打ちどころのない司祭――魅力と威厳を兼ね備えている司祭――に変身していた。

ダヴィト神父は、この博覧会を訪れたことについてふたりに質問した。楽しんでいらっしゃいますか？これまで何をご覧になりました？ロダンの作品を見にきたのですか？原子力砕氷船の模型は見にいかれましたか？　驚くべき科学の偉業ですよ。それを見るためには並ばなければなりませんが、それだけの価値はあります。ワッフルは食べてみましたか？

あっという間に、ダヴィト神父はふたりの背景を探り出した。女のほうはエカテリーナといって、毎晩、ソ連パビリオンのボリショイ・バレエ団公演で踊っているバレリーナであり、年長の男エドゥアールトは単に「芸術の後援者」だと言った。エドゥアールトは前の晩のエカテリーナの踊りについて、得々と語った。「彼女の出来栄えに、観衆は息をするのも忘れるほどだったんですよ。同じバレエ団の者さえもね」

ダヴィト神父はこの話題に飛びつき、ロンドンでガリーナ・セルゲーエヴナ・ウラノワの踊りを観たことがあるとふたりに語った。「あれを観たときは、生きていて良かったと思いましたよ」彼は言った。「聖母マリア本人が、ガリーナのトウシューズの底に口づけをしたようでした。まさに肉体を持った詩です」ふたりは心の底からその言葉に賛成し、ダヴィト神父は絶妙なタイミングで、芸術や美、そしてそれを分かち合うことの重要性に関する、より一般的な話題へと流れるように導いた。

「ほんとうにおっしゃるとおりですわ」エカテリーナは言った。頬がほんのりとバラ色に染まっている様子から、彼女がこの若き司祭とその情熱的な言葉に魅了されているのは明らかだった。

「詩はお好きですか？」彼はエカテリーナに尋ねた。

「我々はロシア人だ、もちろんだよ」エドゥアールトはそう答えた。

そのカップルは数分前に書庫へやってきたばかりだったが、ダヴィト神父は聖書を渡してくれと早くもわたしを振り返っていた。そして、彼はそれをエドゥアールトにさし出した。「美は称えられるべきです」彼は聖人のように微笑みながら言った。エドゥアールトは本を受け取ると、その背表紙を見つめ、それが何であるかをただちに理解した。『ドクトル・ジバゴ』をダヴィト神父に返さず、唇をなめてから、本をエカテリーナに手渡した。彼女は怪訝《けげん》な顔をしたが、エドゥアールトがうなずくのを見て、その本をハンドバッグにしまった。「あなたのおっしゃるとおりですよ、神父さま」エドゥアールトは言った。

無事に終わったとき、ロシア人の男女は例の本を受け取っており、エドゥアールトはエカテリーナの夜公演を自分のボックス席でいっしょにご覧になりませんかとダヴィト神父を招待していた。ダヴィト神父はご好意に添えるよう最善をつくしますと返事した。

「うまくいったわね」彼らが立ち去ると、わたしは言った。

「もちろんだよ」ダヴィト神父は落ち着いた声で応じた。

その後、わたしたちのターゲットは次々にやってきた。赤軍聖歌隊のアコーディオン奏者は、空の楽器ケースに本を隠した。モスクワ国立サーカスの道化師は、化粧箱のなかにしまった。母親がパステルナークの初期の詩を暗唱するのを聞いて育ったというある機械技師は、それをどうしても読みたいが、おそらく読むのはこの博覧会にいるあいだだけだろうと言った。ソ連パビリオンの多言語で書かれたパンフレットの仕事をした翻訳者は、こう語った。自分は昔からパステルナークの翻訳、特にシェイクスピアの戯曲の翻訳が素晴らしいと思っており、彼に会うのが夢だった。前に一度〈ツェントラリニ・ドム・リテラトロフ〉でパステルナークが食事をしているのを見かけたものの、そのときは恥ずかしくて声をかけられなかった。「わたしは絶好の機会を逃してしまったんですよ。でも、これを手に入れることで、あのときの臆病の埋め合わせをします」彼はそう言って、『ドクトル・ジバゴ』を掲げた。帰り際に、彼はわたしに自分が翻訳したソ連のパンフレットを一部くれた。そのなかには、二ページにわたる博覧会場全体の地図があったが、わたしはアメリカとヴァチカンのパビリオンが故意に省かれているのに気づいて笑った。

ロシア語を話していると、わたしの心には母のことが浮かび、ほんの少しでも母を思い起こさせてくれるような人に会いたいと願った。けれど、ここを訪れるソ連人の大部分は知識人で、教養があり、上品な話し方をし、国家に優遇されている人々だった。さもなければ、若くて初めて国外に出た音楽家、ダンサー、博覧会で公演をする芸術家たちだ。みんな都会の人間で、手は柔らかく、タコなどない。彼らには旅をする金銭的余裕があったし、そもそもそれを許可されていた。身なりはヨーロッパ人のようで、仕立てのいい背広やフランスのオートクチュールの日常着、イタリア製の靴という格好だ。これまで一度も母なる国に行ったことのないわたしではあったが、彼らはわたしの知らないロシア人だった。彼らはあまりにも母と違っており、そう思うとせつなさを感じた。

午後になり、イヴァンナが書庫へ来て、〈考える人〉を見物するロシア人が殺到しており、噂が広まっているのだと思うと、わたしたちに告げた。「少しペースを落とす?」彼女が尋ねた。

「むしろ上げるべきだわ」わたしは言った。「噂が広まっているなら、もうあまり時間はなさそうだもの」

「彼女の言うとおりだ」ダヴィト神父が言った。「どんどん連れてきてくれ」

わたしたちが百部を配布し終えたとき、イヴァンナがカーテンのあいだから顔を出して、本から破り取られた青いリネンの表紙を掲げた。「階段にこれが散らかっているの」

「なぜ?」わたしが言った。

「小さくするためだよ」ダヴィト神父が言った。「隠すためさ」

わたしたちは一九五八年万国博覧会に三日間滞在する計画だったが、二日めの途中で最後の聖書を配り終えた。

青いリネンの表紙が博覧会会場のゴミとなっていた。ある著名な経済学者は、博覧会の記念パンフレットの中身を取りはずして『ドクトル・ジバゴ』を入れた。宇宙航空技師の妻は、それを空のタンポンケースのなかに隠した。有名なフレンチホルン奏者は、楽器の開口部内に詰めこんだ。ボリショイ・バレエ団のトップバレリーナは、タイツでくるんだ。

わたしたちの仕事は終わった。『ドクトル・ジバゴ』を送り出したのだ。パステルナーク氏の小説が最終的に祖国へ帰りつけることを期待し、それを読んだ人々がなぜこの本が禁書になっているのか疑問を抱くことを期待して——不満分子の種を密輸本のなかに仕込んで送り出したのだ。

ダヴィト神父、イヴァンナ、ピョートル神父、そしてわたしは、計画どおりに解散した。イヴァンナは翌日またやってきて、博覧会で自分の宗教関連資料を配布する。けれど、残りの者たちは博覧会会場を去り、もう戻ってこないことになっていた。大げさに別れの挨拶をすることも、互いをねぎらうことも、「見事な仕事ぶりだった」とか「任務完了だ」と言うこともなかった。ただ互いにうなずき合うと、わたしたちはひとりずつ神の都をあとにした。今後連絡を取り合うことは、許されていない。ふたりの神父がどこへ向かうのかも知らなかった。ただ、わたしは翌日ハーグ行きの列車に乗り、ハーグで管理者《ハンドラー》と会って、次の任務の説明を受けることになっていた。

東

1958年9月〜10月

第二十二章　雲に住む者
受賞者

丸太を割って横材にした柵の内側でボリスがせっせと世話をしている畑には、冬ジャガイモ、ニンニク、ニラネギが植えてある。ひとりの訪問者がやってきて、ボリスは鍬《くわ》を白樺《しらかば》の木に立てかける。

「友よ」訪問者はそう言い、柵越しにボリスに片手をさし出す。

「我が手に？」ボリスが尋ねる。

訪問者はうなずき、ボリスに続いて家へ入る。

ふたりはダイニングルームのテーブルに向かい合って座る。訪問者はリュックサックをあけ、青いリネン装丁のままの本をその作者の前に置く。ボリスは自分の小説に手を伸ばす。それは二年前に外国人の手に託した手綴《てと》じ原稿よりもずっと軽く、ヨーロッパ各国でベストセラーとなった、つややかな、彼が写真でしか見たことのない翻訳本ともずいぶん様子が違っている。ボリスはその表紙を汚れた爪の先でなでた。目に涙があふれる。「我が手に」彼はまた言う。

訪問者はふたつめの土産を取り出す――ウォツカの瓶だ。「乾杯するかね？」

「これを本にしたのは？」ボリスが尋ねる。

訪問者は自分用に酒を注ぐ。「アメリカ人たちだと聞いている」

ボリスは朝の散歩に出かける。雨降りなので、白樺の森の枝におおわれた小道を通って家へ戻ることにし、墓地を抜け小川を渡って丘を上るいつもの経路は通らない。とはいえ、森の天蓋《てんがい》にいまだしがみついている枯れ葉はほとんどなく、雨よけの役目はあまり果たしていない。ボリスはこの天候にふさわしい、レインコートと帽子、黒のゴム長靴という格好だが、家へ近づくにつれて、寒さが骨までしみこんでくるように感じる。

ボリスは彼らの物音を聞きつけ、やがて彼らの姿を目にする。森のなかから姿を現わしたボリスは、細い通り沿いに停まっている車の列、自分の畑にいる黒い傘をさした人々を見る。朽ちた板で作った柵の上には、ひとりの若者が腰かけている。ボリスは若者にそこからどけと怒鳴りたくなるが、狩人に見つかる前に狩人を見つめる鹿のように静かにその場に立っている。

彼は森のなかへ引き返そうかと考える。だが、だれかが彼の名前を大声で呼び、そこに集まっていた人々が大型の哺乳動物さながらこちらへ向かってくる。柵に座っていた若者が飛び下り、真っ先に彼のところへやってくる。そして、メモ帳を取り出し、ペンを持ってかまえる。「あなたの受賞が決まりました」若者が言う。「あなたのノーベル文学賞受賞が決まったんです。〈プラウダ〉にいまのお気持ちを」

ボリスは雲を仰ぎ、冷たい雨が顔に落ちてくるに任せる。〝我が手に〟彼はそう考える。まるで宴《うたげ》のごちそうのようだ。黄金に刻まれるみずからの遺産。けれど、流れる雨といっしょに頬を伝う喜びの涙は、出てこない。その代わり、凍てつく朝の水浴びのように急な不安に襲われる。

ボリスは畑の奥に目をやる。そこにあった門は二十年前に取り壊した。近所に住んでいたボリス・ピリニャークがそこから入ってきて、収穫したタマネギを喜んで分けてくれたり、彼の小説の最新の章について話してくれたことを思い出す。その後、ピリニャークの小説が禁書扱いとなって、海外出版を画策したとして告発されたあとで、朝の散歩のときにこの友人の家を通りかかると、窓から外を眺めて待っている彼の姿を目にしたことも思い出す。「彼らはいつかわたしを連れにやってくる」ピリニャークはそう言っていた。そして、そのとおりになった。

写真撮影用のフラッシュが光る。ボリスは目を瞬《しばたた》く。彼は人々のなかに見知った顔――だれか頼れる相手――を探すが、そんな者はひとりもいない。

「お受けになりますか？」別の記者が尋ねる。

ボリスは長靴の爪先で水たまりを踏む。「わたしはこんなことを、このような騒ぎを望んではいなかった。わたしの胸は大きな喜びで満たされている。しかし、今日のわたしの喜びは孤独な喜びだ」

記者たちがさらに質問をするよりも早く、ボリスはふたたび帽子をかぶった。「わたしは歩いているときに、一番頭が冴えるんだ。だから、もう少し歩いてくる」ボリスは人々のあいだを通り抜け、また森へ戻っていく。

彼女はきっと来る、とボリスは思う。彼女は待っている。

ボリスは遠くからオリガの赤いスカーフに気づき、心が軽くなる。彼女は墓地のなかのまだ手つかずの草深い小山の上にいて、そこに見えない墓があるかのように、腕組みをしてそのあたりを行ったり来たりしている。ボリスはいまも彼女の姿を見るたびに、目を奪われる。彼女は年をとった。目尻から放射線状に小じわがあり、金髪はごわついている。矯正収容所にいるあいだに失った体重は戻ったものの、尻や太腿《ふともも》ではなく、顔や腹に落ち着いた。『ドクトル・ジバゴ』が外国で出版されてからというもの、髪を巻いたり、宝石を身につけたりもしない。おそらく、もう目立ちたくないのだ。それとも、身なりにかまっていられないほど疲れているのかもしれない。それでも、ボリスは彼女を以前にも増して美しいと思う。

オリガは走って彼のもとへやってくる。ふたりは抱擁《ほうよう》し、ボリスは彼女に包まれる。彼の腕のなかにすっぽりとおさまるのは、彼女のほうであるにもかかわらず。彼女に触れるのは癒《いや》しの効果がある。

ボリスはオリガが息を止めていることに気づき、息を吐くのを促すように彼女の背をさする。彼女は体を離すと、その体が告げていたとおりの心配ごとを口にする。「こうなったら、彼らはわたしたちに何をするかしら？」彼女は言う。

「これはいいことだよ」ボリスは言う。「我々は祝うべきだ。彼らは我々に手出しできないだろう。世界中から注目されることになるのだから」

「そうね」オリガはそう言い、墓地を見渡す。「みんなが見張っているわ」

ボリスは彼女のひたいに口づけをする。「これはいいことなんだ」彼は自分に言い聞かせるように、そう繰り返す。そして、自分の家の方向を見つめる。「ハゲタカどもが待っている。彼らと向き合わなくては」

「じゃあ、賞は受けるの？」

「わからない」ボリスは彼女に言う。とはいえ、受け取らないなど想像もできない。人生はこの断崖絶壁へと続いているのだ。たとえ地獄に落ちるとしても、どうしてその最後の一歩を踏み出さずにいられようか？　いまここで引き返したら、愛する人が微笑むたびに、収容所時代に欠けてしまった歯を目にして、すべてが無駄だったと思わずにはいられないだろう。

オリガは彼の上着をきちんと整え、片手を彼の心臓の上に置く。「来られるうちに、うちへ来てくれる？」

ボリスは彼女の手に自分の手を重ね、しっかりと心臓に押しあてる。

雨は止んでおり、人だかりは増えている。記者たちだけでなく近所の人々まで加わって、彼のジャガイモ、ニンニク、ニラネギを踏みつけている。黒革のダスターコート姿の男が数人、うろついている。ジナイダが家の横側のポーチに、ニーナ・タビゼとともに立っている。ニーナはグルジアから来ているのだ。ジナイダとニーナは二脚の木の椅子を階段の一番下に置いて、人が入ってこられないようにしており、ボリスの愛犬トビクがその椅子の下で番をしている。

ジナイダはボリスが通れるように一脚の椅子を動かすが、ボリスは記者たちと話すために立ち止まる。オリガと会って話してから、彼の心はかなり明るくなっており、彼女に言ったことを心の底から信じているわけではないにせよ、その言葉に慰《なぐさ》められている。人々が口々に叫んでいる祝いの言葉もまた、不安をやわらげてくれる。ひとりのカメラマンから写真を撮らせてくれと頼まれ、ボリスはポートレート用にポーズをとり、本物の笑みを浮かべる。

ジナイダは微笑んでいない。濃く描いてある眉のせいで驚いているように見えるが、不機嫌そのものの表情からして、そうではないとわかる。「こんなことになって、いいことは何もないわ」彼女は階段を上ってくる夫に言う。

「モスクワの街なかの人たちは、もうこのことを話題にしてるのよ」ニーナはそう言いながら、また木の椅子で階段をふさぐ。「友だちのひとりは、その知らせを〈自由放送〉で聞いたって」

「なかに入ろう」ボリスが言う。

なかに入るとプラムパイのにおいに迎えられ、ボリスは今日がジナイダの聖名祝日（自分の洗礼名の由来となっている聖人の祝日）であることを思い出す。「なんということだ」彼は言う。「本当にすまない。この騒ぎで忘れてしまっていたようだ」

「いまさら、どうでもいいわよ」ジナイダは言う。

ニーナはジナイダの肩に触れ、オーブンからパイを取り出しにキッチンへ行く。

夫婦はそのまま廊下にふたりきりで立っている。「きみはわたしのため、わたしたちのために喜んでくれないのかい、ジーナ？」

「わたしたち、どうなるの？」

「馬鹿な。お祝いをするべきことじゃないか。ニーナ！」ボリスはキッチンへ声をかける。「ワインの瓶を持ってきてくれ」

「お祝いなんかしてる場合じゃないでしょう」ジナイダが言う。「やつらは今回の件であなたの首を狙うはずよ。まず、あなたは原稿を外国人に渡した。この国で出版されてもいないのに。そして、今度はこれよ。注目の的になり、騒ぎになっている。その結果がいいものであるはずがないわ」

「きみが祝う気になれないのなら、せめてきみの聖名祝日のために一杯やろう」

「それほど大事に思ってくれているの？　去年も忘れていたくせに」

ニーナがワインの瓶とグラス三つを持ってキッチンから戻ってくるが、ジナイダは手ぶりで友人を追い払い、寝室へ引っこむ。ニーナはジナイダを慰めにいき、ボリスはひとり瓶をあける。

翌日、近所に住む作家のコンスタンティン・アレクサンドロヴィッチ・フェージンにノックされ、ジナイダがドアをあける。「彼はどこだ？」フェージンは言う。そして、返事を待たずにジナイダの横を通り抜け、階段を一段抜かしで上がり、ボリスの書斎へ向かう。

ボリスは電報の束から目を上げる。「コースチャか」ボリスは友人に声をかける。「どういうわけでわざわざ来てくれたのかな？」

「お祝いを言うためにここへ来たわけじゃない。隣人や友人として来たわけでもない。公用があって来た。たったいまポリカルポフがうちに来ていて、答えを待っている」

「なんの答えを？」

フェージンはもじゃもじゃの白い眉毛をかく。「きみが例の賞を辞退するかどうかだ」

ボリスは持っていた電報を投げ捨てる。「いかなる状況においても否だ」

「きみが自分からそうしないのなら、彼らが無理やりそうさせるよ。わかっているはずだ」

「わたしは何をされようがかまわない」

フェージンは庭を見下ろせる窓のところへ歩いていく。また記者が数人来ている。フェージンは片手で髪の生え際をなぞる。「彼らがどんなことをするか知っているだろう……わたしも生き抜いてきた。友人として――」

「いや、忘れるな、きみは友人としてここに来たわけじゃない」ボリスがさえぎる。「ならば、何者としてここにいる？」

「作家仲間、一市民として」

ボリスはゆっくりとベッドに体を横たえ、その重みで簡素なパイプベッドが軋《きし》む。「そのどっちだ？　作家なのか、それとも市民なのか？」

「両方だよ。きみだってそうだろう」

フェージンがソ連作家同盟の次期書記長候補であることは広く知られていたので、ボリスは考えに考え抜いてこう答える。「インウェンタス・ウィタム・イウワト・エクスコルイッセ・ペ・ラルテス」

「ウェルギリウス（古代ローマの叙事詩人）だな」フェージンが言う。「〝見出された技術を通じて生活をより良きものとしたことが喜びとなる〟」

「ノーベル賞のメダルにそう刻まれているんだ」

「きみはあの小説によって、だれの生活をより良きものとした？　きみの家族のか？」フェージンは声をひそめた。「きみの愛人のか？　それとも、単にきみ自身のか？」

ボリスは目をつぶる。「時間をくれ」

「時間などない。ポリカルポフはわたしが戻ると同時に返事を聞くつもりなんだ」

「だったら、長い散歩をしてから家に帰ってくれ。わたしには時間が必要だ」

「二時間だぞ」フェージンが戸口から言う。「二時間待とう」

けれど、フェージンが出ていくとすぐ、ボリスはベッドから起き上がる。彼は机に向かい、スウェーデン・アカデミーへ送る電文を考える。

フカクカンシャシ　カンゲキシ　ホコラシクオモイ　オドロキ、トウワクシテイマス
パステルナーク

西

1958年10月〜12月

第二十三章　ツバメ　情報提供者

彼だ。すっかり葉の落ちた木の前に立ち、帽子とベルト付きの上着姿で、右腕を体に交差させて手を心臓の下あたりに置いている。その写真付きの記事はフランス語だったけれど、ノーベルという単語はわかった。「これ、なんて書いてあるの？」あたしはパン・オ・ショコラを持ってきた、英語を話すウエイターに聞いた。

「ボリス・パステルナークがノーベル文学賞を受賞と」

「なら、本の売り上げが急増するわね」あたしは言った。「あなたは読んだ？」

「もちろん！」

だれもがそれを読んでいた。あたしの元雇い主のおかげで『ドクトル・ジバゴ』は秘かに国境を渡り、それが書かれた国へ帰ることができたのだ。ノーベル文学賞受賞はＣＩＡの計画の一部ではなかった——あたしの知るかぎり——けれど、彼らがそれを自分たちの手柄と見なすのは確実だった。彼らの姿が脳裏に浮かんだ。円になって立ち、大きな笑みを浮かべ、ショットグラスに入ったウォツカで祝っているところが。その円のなかにいるところを思い描かなかった唯一の人間が、ヘンリー・レネットだった。彼がすでにワシントンにいないことを知っていたからだ。実際、あたしは彼の正確な居場所を知っていた。

パリに到着したその日、あたしはホテル・ルテシアにチェックインした——サリー・フォレスターやサリー・フォレッツリ、あるいはこれまでに使ったことのあるどの名前でもなく、レノーア・ミラーという新しい名前で。それから、〈サラのドライクリーニング店〉宛ての手紙をまばゆい黄色の郵便ポストに投函した。その手紙には、ベイルートでのヘンリーの居所と、西欧諸国に好意的でシハーブ（レバノン共和国の政治家）支持のメッセージを放送するラジオ局設立に協力するという、彼の新しい任務に関する詳細が含まれていた。

ヘンリーをさし出すことはあたしの当初の計画ではなかった。ヘンリーは二重スパイではないかというフランクの考えが正しければ、正規のルートで彼をつぶせるだけの情報を手に入れられると思っていたのだ。ＯＳＳの男連中から、ただ髪を指先でもてあそび、彼らのくだらない冗談に何も考えずにくすくす笑っているだけだと思われていたあの数年間ずっと、あたしが本当にやっていたのは耳をそばだてることだった。けれど、あたしが身辺を探りまわっているという噂を聞きつけたとき、ヘンリーはすみやかにあたしのＣＩＡでの日々を終わらせた。へえ、やってくれるじゃないの。だったら、こっちにだって考えがあるわ。

ベヴだけには、あたしが国外に出ることを知らせた。彼女はどこへ行くのかと聞かなかったが、あたしが片道切符を買うつもりだと伝えると、ＯＳＳ時代からのこの古い友だちは静かに立ち上がってキッチンから出ていき、数分後に分厚い札束の入った封筒を持って戻ってきた。「夫のジンラミー（簡単なカードゲーム）用のお金よ」ベヴはそう言って、封筒をあたしの手に押しつけた。「あの人にとっては、あってもなくてもどうってことないお金だから」あたしはそんなのとても受け取れないと言ったのだけれど、馬鹿なことを言うもんじゃないとベヴにたしなめられた。さらに、ベヴは夫からもらったダイヤモンドのブレスレットをはずした——これも浮気の謝罪品だ。「質《しち》に入れて」

ワシントンですごす最後の晩、あたしはレコードをかけ、スーツケースを取り出しながら、まだ行く先を決めかねていた。とにかくここを去って、だれも知り合いのいない場所へ行かなければならないことはわかっていた——これからしようとしていることをしたあとは、二度と戻ってこられない。クローゼットの奥の引き出しからベージュのカシミアセーターを取り出し、イリーナにあげようと思っていたエッフェル塔の版画が、まだ包肉用紙に包まれて赤い紐で結わえてあるままなのを見つけて、ようやく、心が決まった。

彼らはバラを使ってメッセージを送ってきた。和平の贈りもののような真っ白なバラが二ダース分、あたしの不在中に化粧台に置かれていたのだ。あたしは花束から小さなカードを取り出した。「連絡に感謝する」イタリア語でそう書かれている。あたしはカードを裏返した。何も書かれていない。

彼らが部屋に入って、あたしのものをあさったのかと思うと、ゾッとした。いまや、この部屋には盗聴器が仕掛けられているはずだ。それは日中に一匹のクモがいるのを見かけ、真夜中にそれが自分の上をはいまわっている気がするのと似ていた。とはいえ、ヘンリーに関する機密情報を渡した以上、監視されることは覚悟の上だ。あたしに話し相手はいなかったから、蚤《のみ》の市で買ったチェット・ベーカーのレコードを聴いているのを盗聴している彼らのことを考えると、笑えた。ひょっとしたら、いずれ〈マイ・ファニー・ヴァレンタイン〉を聴き飽きて、だれか別の人間の盗聴を始めるかもしれない。

数週間がすぎた。白いバラは枯れ、萎《しな》びた花びらが化粧台に積み重なった。光の都の新鮮さは薄れ、ベヴからもらったお金はつきかけていた。しかも、ヘンリーがどうなったのか知らずにいることが、深刻な悪影響をもたらしはじめていた。彼のことを思い浮かべるとき——それは四六時中だった——あたしは体に冷たくて真っ黒な煙が充満しているような気がした。眠れないときは仰向けに寝そべり、黒い煙が自分の口から出てゆらゆらと天井へ立ちのぼっていくさまを想像した。

毎日に規則正しいリズムを与えるため、あたしは『ドクトル・ジバゴ』を探してセーヌ川沿いのあらゆる書店、本を扱う露店、図書館、古本屋に足を運びはじめた。読みたいと思いながら、あたしはまだ実行に移していなかった。それは彼らに、彼女に結びついているので、読んだら、忘れていたい記憶——目を覚まして自分が世界の反対側にひとりでいることに気づいたときに、胸が苦しくなるあれこれ——を呼び戻してしまうとわかっていたからだ。それでも、パリ中まわってそれを探し、その本を小さな山になるほど集めるのに残りの資金を使った。

これ以上、本を買うお金がなくなったとき、あたしは新たな日課を作った。一日中、自分の部屋でレコードを聴き、お風呂に入り、昼寝をするのである。あたしは硬くなったバゲット、アプリコットジャム、ぬるいペリエで命をつなぐようになった。カーテンを閉めたままにし、窓から外を見ることさえなく毎日がすぎていった。

やがてお金がなくなり、あたしは『ドクトル・ジバゴ』を一冊ずつ返品しはじめた。そんなとき、ル・ミストラル書店で列に並んでいると、だれかに軽く肩を叩かれた。「ボンソワール」そう声をかけてきたのは、フィンガーウェーブヘア（濡らした頭髪に指とブラシだけでウェーブをつくる髪型）に、ペールピンクの細身のワンピース、黒いベルベットのピルボックス帽の小柄な女だった。彼女は『ロリータ』を一冊手に取り、あたしのことを知っているかのように笑みを浮かべた。

「旅行コーナーはどこかご存じ?」女は英語に切りかえて聞いてきた。

「ごめんなさい、知らないわ」

「本を探しているの。ベイルートについての。どこにありそうかわかる?

それだけ言うと、彼女は踵《きびす》を返してその場を去った。あたしは『ドクトル・ジバゴ』をハンドバッグに戻しながら、女のあとを追って外へ出た。そのまま、女についてルネ・ヴィヴィアニ公園を通りすぎた。立ち止まり、幸運をもたらしてくれるという有名なハリエンジュの木に触りたかったけれど、そのままプティ・ポン通りを渡り、サン・セヴラン教会のゴシック様式のガーゴイルに見下ろされながら、その前を通りすぎた。サン＝シュルピス教会を通りかかったとき、イリーナのことを考えた――修道女の服を着た彼女は、どんな様子だっただろう。

女を追ってリュクサンブール公園に入り、八角形の池のまわりを一周しているとき、女が口を開いた。その声は低く、噴水の音のせいで聞き取りにくかった。

「彼はベイルートのホテルにウィンストンという名前でチェックインしたわ。あなたが言っていたとおりに。それから一時間以内に、彼はまたそのホテルからチェックアウトした――我々のベルボーイふたりが手を貸して」女はちょっと間を置いた。「わたしたち、あなたが知りたいんじゃないかと思って」

ドアをノックする音を聞いたとき、ヘンリーは何を思っただろうか? 何が起こるか薄々感じていた? 体がいうことを聞かなかった? 悲鳴をあげた? もしそうなら、だれか彼の声を聞いた? あたしはどれほど願ったことか――そんな望みはないだろうとわかっていたけれど、願った――捕まったとき、あたしのことが彼の脳裏をよぎっていればいいと。

「それだけ」女は話し終えた。そして、立ち止まってあたしに向き合い、あたしの両頬に口づけをした。

「それだけ」女が去ってから、あたしも声に出して言った。

ホテルの部屋に戻ると、枯れたバラが真新しい花束と交換されていた。あたしは水で顔を洗い、赤い口紅を塗った。黒のスラックス、黒のブレザーに着がえ、黒革のキトンヒールをはいた。カーテンをあけ、よぶんな口紅をぬぐい、鏡のなかの自分を見つめた。

あたしは二重スパイを見つけ出すよう訓練された。脅迫を受けても冷静さを保ち、諜報活動においてはすぐれた能力を持ち、流れ者で、すぐに退屈する。野心はあるものの、対象は短期的な目標のみ。永続的な人間関係を築くことができない。二重スパイは、自身の利益——金、権力、イデオロギー、復讐のために、しばしば裏切る。あたしはこうした素質に通じているし、それを見抜くよう訓練された。ならば、自分にそうした素質があることに気づくのに、なぜこれほど時間がかかったのだろう？

東

1958年10月～12月

第二十四章　~~ミューズ~~

~~矯正収容された女~~

~~使者~~

~~母親~~

使者

彼は受賞した、彼は受賞した、彼は受賞した。わたしの思考は、ボーリャが来るのを待って小さな家のなかを歩きまわる自分の足取りと一致していた。ノーベル文学賞は彼のものだ。トルストイでも、ゴーリキーでも、ドストエフスキーでもない。ボリス・レオニドヴィッチ・パステルナークは、ノーベル文学賞を受賞したふたりめのロシア人なのだ。彼の名は歴史に刻まれ、彼の功績は揺るぎないものとなるだろう。

それでも、ボーリャがその賞を受け取ったら、次にどんなことが起こるのか、わたしは怖かった。ノーベル文学賞受賞それ自体がすでに国家にとっては不名誉なのだから、ボーリャが賞を受け取ることはさらなる侮辱と見なされるだろう。政府は侮辱されることを良しとしない。とりわけ、西側から侮辱されるのは。だとすれば、世界がよそ見をし、それがトップニュースでなくなったらどうなる？　だれがわたしたちを守ってくれる？　だれがわたしを守ってくれる？

神経を落ち着かせるため、わたしはボーリャが植えつけを手伝ってくれた小さな畑へ出た。朝の雨は止んでおり、雲の切れ目からすべてを改めて照らし出す光がのぞいていた。すべて——互いを呼び合うカササギ、整然と並ぶキャベツの列を温める太陽の光、むき出しの手首や足首にあたる風の感触などのすべて、あらゆるささやかなものたちが、自分の知っていた世界が変わろうとしているときのように、それまでとは違って感じられた。

ボーリャが帽子を手に近づいてきた。わたしたちは小道のなかほどで会い、彼はわたしに口づけをした。「ストックホルムに電報を出したよ」彼は言った。

「なんて送ったの？」わたしは尋ねた。

「ノーベル文学賞とそれに伴うあらゆるものを受け取ったと」

「じゃあ、あなたは行くの？」わたしは言った。「ストックホルムへ？」しばし、わたしは馬鹿げた夢にひたった――肌のように体にぴったり添うパリ仕立ての黒いドレス姿のわたしと、父親から譲られたお気に入りの灰色の背広姿のボリス。わたしは彼が立ってノーベル文学賞を受け取るのを見守る。そして、彼が演壇に立っているあいだ、聴衆からの歓声が波のように押し寄せるのを味わう。晩餐会では、彼とともに青の間で舌平目のブルゴーニュ風に舌鼓《したつづみ》を打ち、彼がわたしをラーラに息を吹きこんだ女、彼が恋に落ちたように世界中が恋に落ちた女だと紹介するのだ。

「それは無理だ」ボーリャはそう言って首を横に振り、わたしの手を取った。それ以上は何も言わず、わたしたちは家のなかへ入り、わたしの寝室に行って、慣れてきたようにゆっくりと静かに愛し合った。

彼はその晩の大部分をわたしとすごし、朝の薄青い光がカーテンのあいだからのぞくまで、わたしのベッドから出なかった。その光のなかで、彼の背中の見慣れないホクロと黒い毛と黄色い斑点《はんてん》に気づいたわたしは、自分の肌を見た。凍える川に飛びこんだように、ふたりの年齢に衝撃を受け、これから来たるべきすべてのことに耐えるだけの力が自分たちに残っているのだろうかと考えた。

彼がベッドから出るのを見つめながら、まだ失ってはいないけれど、遠からずそうなるとわかっているものへの深い恋しさにとらわれた。

ボリスがストックホルムへ電報を送ったあと、クレムリンはスウェーデン・アカデミーに対する公式回答を出した。「貴財団およびこの決定を下した人々が、例の小説の文学性または芸術性を重視していないことは、当該小説にそれらが皆無である点から明らかであり、その代わりに重視されているのは政治的側面である。理由は、パステルナークの小説はソ連の現実を歪《ゆが》んだ形で描き、社会主義革命、社会主義、ソ連国民を誹謗《ひぼう》中傷しているからである」

彼らの言わんとしていることは明らかだった。ボリスの反抗は許さない。そんなことをしたら、必ず罰を与える。

ペレデルキノからモスクワまで、特使があらゆる詩人、戯曲家、小説家、翻訳家たちの各家をまわり、ノーベル文学賞問題に対応するため、作家同盟の緊急集会へ招集していると、わたしたちは聞かされた。出席は義務だという。

一部の作家たちが大喜びしたことは、疑いようがなかった。これで、あのうぬぼれ屋で過大評価された丘の上の詩人がとうとう捕まることになると。とっくの昔に法の裁きが下されているべきだったし、なぜボリスが恐怖政治時代にスターリン自身の手によって生かされたのかという疑問は、いまも解消されていないと言う者さえいたらしい。ほかの作家たちは、明らかに落ち着きを失った。それは自分たちの仲間、友人、先輩を非難しなければならない羽目になるとわかっていて——招集されたときにその非難が本心からのものに聞こえますようにと願ったからだ。

ボーリャは新聞を読まなかったけれど、わたしは読んだ。

彼らはボーリャをユダと呼んだ。三十枚の銀貨でみずからを売った裏切り者で、自分たちの国を憎む者たちの味方で、その芸術的価値はごくささやかでしかない悪辣《あくらつ》な俗物だと。彼らは『ドクトル・ジバゴ』を国家の敵によってふるわれた武器であり、ノーベル文学賞は西側からの褒美《ほうび》だと考えていた。

だれもが大声で意見を述べたわけではなく、ほとんどはただ沈黙を守っていた。かつて小さな家を訪れて、ボーリャが『ドクトル・ジバゴ』を朗読するのにうっとりと耳を傾けていた友人たちも、顔を出さなくなった。彼らは応援の手紙を送ることも、わたしたちのもとを訪れることもなく、大部分は質問されたときにボーリャと親交があることを認めさえしなかった。こうした沈黙、何も言おうとしない友人たちの態度に、わたしたちはもっとも深く傷ついた。

ある日、学校から帰ってきたイーラが、モスクワで学生デモがあったと告げた。ボーリャがいつもの赤い椅子に座っている前を行ったり来たりしながら、コートとリスの毛皮の帽子姿のままのイーラが言った。「教授たちが、参加は義務だって学生たちに言ったの」

ボーリャは立ち上がると、ストーブに薪《まき》をくべた。そして、火のほうを向き、少しのあいだ両手を炎にあてて温めてから、金属製の扉を閉めた。

「大学側は学生が持つためのプラカードを配ったんだけど、あたしは友だちといっしょに彼らがいなくなるまでトイレに隠れていたのよ」イーラは承認のしるしを求めてボーリャの目を見たが、ボーリャはイーラと目を合わせなかった。

「プラカードにはなんと書いてあったんだい?」ボーリャが聞いた。

イーラは帽子を脱ぐと、両手でそれを握り締めた。「見てないわ。近くでは」

その翌日、「自発的な抗議活動」の写真が〈文芸新聞《リテラトウールナヤ・ガゼータ》〉に掲載された。ある学生が掲げているプラカードには、アメリカ紙幣が入った袋をわしづかみしようとするボーリャの漫画が描かれていた。別のプラカードには、黒の太字でこう書かれていた。「裏切り者をソ連から放り出せ！」その記事には、『ドクトル・ジバゴ』を非難する手紙に署名した学生のリストも掲載されていた。

イーラはその新聞を掲げた。「ここに書いてある学生の半分は、署名してないそうよ。少なくとも、してないってあたしには言ったわ」

その晩の夕食のとき、いまではボーリャはもっとも強欲なアメリカ人よりも金持ちだというのは本当かとミーチャが聞いた。「学校で先生がそう言ったんだ。じゃあ、ぼくらも金持ちなの？」

「そんなことないわ」わたしは息子に言った。

ミーチャは親指で自分の皿にのっているインゲン豆を転がした。「なんで？」

「どうしてわたしたちが金持ちになるの？」

「ボーリャがうちの家賃を払ってるし、ぼくらにお金をくれるんでしょ。だから、ボーリャがたくさんお金を持ってるなら、ぼくらにもたくさんくれるはずだもん」

「いったいどこでそんな考えを吹きこまれたの？」

イーラが弟にさっと視線を向けると、ミーチャは肩をすくめた。

「でも、もっともだと思うのよ、母さん」イーラが言った。「ボーリャに言ってみたら？」

「その件についてはもう聞かないわ」わたしは娘にそう言ったけれど、同じように考えたことがないふりはできなかった。「さっさと食べてしまいなさい」

作家同盟の白の大広間に彼らが集合したとき、モスクワは五日間も雨が降り続いていた。すべての座席が埋まっており、壁際にも作家たちがずらりと並んでいた。ボーリャも出席を求められたが、わたしは家にいてと彼に懇願《こんがん》した。「処刑場に行くようなものよ」とわたしは言った。ボーリャは自分が出席してもなんの意味もないと認め、読み上げてもらうための手紙を書いた。

これだけ騒がれ、マスコミにあれだけ書き立てられてもなお、ソ連国民として『ドクトル・ジバゴ』を書くことは可能だったと信じています。わたしはたまたまソ連の作家としての権利や可能性についてよく知っていますが、自分がいかなる形でもソ連の作家たちの尊厳を傷つけたとは思いません。わたしはみずからを文学的寄生虫とは呼びません。率直に言って、わたしは文学的に何か重要なことを成し遂げたと信じています。また、ノーベル文学賞に関してですが、わたしがこの名誉をまがいものと見なしたり、無礼な態度でそれに応えることはありえません。かといって、みなさんを責めるつもりもないことを、あらかじめ申し上げておきます。

大広間に集まった人々からの嘲《あざけ》りの声が響き渡った。それから、作家がひとりずつ演台にのぼり『ドクトル・ジバゴ』を糾弾した。その集会は何時間も続き、すべての人間がボーリャを非難した。議決事項は満場一致で支持され、懲罰は即時有効となった。ボリス・レオニドヴィッチ・パステルナークはソビエト連邦作家同盟から除名されたのだ。

翌日、わたしはモスクワのアパートにあるすべての本、メモ、手紙、初期の原稿を集めた。ミーチャとわたしはそれを燃やすため、小さな家へ持ち帰った。「二度と彼らにわたしのものを没収させるもんですか」森で小枝を拾い集めながら、わたしは息子に言った。「それぐらいなら、自分ですべて燃やしてやるわ」

「本当にそんなことができるの？」ミーチャが言った。

「もっと薪を集めないと」わたしは小さな丸太を拾いながらそう言った。

ボーリャが来たのは、わたしたちが小川から集めてきた石を丸く置いているときだった。「すべては無駄だったのか？」彼は挨拶代わりにそう言った。

「もちろん違うわ」わたしはそう言うと、バケツに入れてあった枯れ葉を薪の上にあけた。「あなたは大勢の人たちの心や感情を動かしたんだもの」わたしは枯れ葉の上からガソリンをかけた。

ボーリャは薪台のまわりをまわった。「そもそも、わたしはなぜあれを書いたんだ？」

「そうせずにはいられなかったからじゃないの？」わたしは言った。「あなたはそう言ったでしょう。天命なんだよって。覚えていないの？」

「馬鹿げている。まったくのたわ言だ」

「でも、あなたは言ったのよ――」

「そのころわたしが何を言ったかなど、どうでもいい」

「あれをイタリア人たちに渡したとき、あなたはそれを読んでもらいたいと言ったの。そう、それは成し遂げたでしょう」

「わたしは何も成し遂げていない。我々を危機にさらす以外は」

「あなたはノーベル文学賞がわたしたちを守ってくれると言ったわ。もうそれを信じていないの？世界中がわたしたちを見ているって。覚えていない？」

「間違っていた。世界中が見ることになるのは、わたしの処刑だ」ボーリャは両手で髪をすいた。

「わたしは彼らが言うとおりの人間なのか？　うぬぼれ屋で、自分のことをこの仕事のために選ばれたと思って――いや、信じて――確信しているのか？　人間の内面を表現することに生涯を賭けるべく運命づけられた人間だと？」ボーリャは夢中で歩きまわった。「空が落ちてくるっていうときに、わたしは自分と愛する者たちを守ってくれる屋根を作らず、小説を書こうとしていたのだ。この身勝手さには際限がないのか？　わたしはひどく長いあいだ机に向かっていた。わたしが世間から取り残されているというのは、真実なのか？　そもそもわたしは、同胞たちの心の内がわかっていたのか？　どうしてこれほど何もかも間違ってしまったんだ？　なぜ生き続ける？」

「わたしたちが生き続けるのは、そうしなければならないからよ」わたしは言った。ボーリャを落ち着かせようとさらに口を開くより早く、彼は計画を話しはじめた。

「もう耐えられない。やつらが捕まえにくるのを待ちたくない。黒い車がやってくるのを待ちたくない。やつらに通りへ引きずり出されるのを待ちたくない。やつらがオシプやティツィアンにしたことをわたしにするのを――」

「わたしにもよ」わたしは口をはさんだ。

「そうだ、愛しいきみ。絶対にそんなことをさせはしない。我々はこの世から去るべきころあいなんだ」

わたしは彼から一歩後ずさった。

「あれをとってある。あの薬を。前回、入院したときにもらったネンブタールを。二十二錠ある。わたしときみに十一錠ずつだ」

わたしは彼を信じるべきなのかどうか、わからなかった。彼は以前にも自殺すると脅したことがある。何十年も前、まだ結婚前の妻から拒絶されたとき、実際にヨードチンキをひと瓶飲んでしまったという。のちに、ボーリャはわたしに打ち明けた。妻の反応を試したかっただけで、本気で死のうとしたわけではなかったと。けれど、今回は彼の口調や、冷静さを保っていることから、ひょっとしたら本気かもしれないと感じた。

ボーリャはわたしの手を取ろうとした。「今夜、いっしょにそれを飲もう。それはやつらに大きな打撃を与えるはずだ。やつらの面目《めんぼく》は丸つぶれになる」

ミーチャが立ち上がった。いまやミーチャはわたしよりも背が高く、ほとんどボーリャと同じくらいだった。ミーチャ、やさしいミーチャはボーリャの目を見すえた。「いったいなんの話？」ミーチャはわたしを見た。「母さん、この人、何を言ってるんだ？」

「ふたりきりにして、ミーチャ」わたしは言った。

「いやだ！」ミーチャはボーリャに殴りかかろうとするかのように、さっと後ろへ下がって身構えた。

わたしは初めて、息子の手がもはや男の子ではなく、若い男のものであることに気づいた。わたしは罪悪感でいっぱいになった。これまでずっと、わたしはボーリャを優先してきたのだ。

「何も起きないわ」わたしはボーリャの手を離して息子の手を取った。「約束する」わたしはポケットからひと握りの白銅貨《コペイカ》を取り出し、焚火《たきび》用のガソリンをもっと買ってきてとミーチャに頼んだ。

ミーチャはそのお金を受け取ろうとしなかった。「いったいどうしたんだよ？　母さんとあんたは」

「これを受け取って、ミーチャ。ガソリンを買ってきて。わたしもすぐに行くわ」

ミーチャはお金を引ったくるようにして歩き去った。ボーリャを振り返り、燃えるような目で警告しながら。

「苦痛はない」ミーチャが行ってしまうと、ボーリャは言った。「わたしたちはいっしょだ」これまでずっと、ボーリャは非難の嵐に心を乱されていないふりをしていた――家のどこかに仕掛けられているのではないかと疑っている盗聴器を冗談のネタにし、否定的な評価など気にする価値はないとしてきた。でも、彼がずっと見つめてきたトンネルの終わりの白い光は、今回の作家同盟からの仕打ちで闇のなかに消えてしまったのだ。

そして、ボーリャはわたしが従うものと信じていた――わたしは薬を飲むだろうし、ひとり残される強さを備えていないと。かつてのわたしなら、あるいはそうだったかもしれない。それどころか、それをほのめかすのはわたしのほうだったかもしれない。でも、いまは違う。いまのわたしは生き続けることができるし、生き続ける。彼らはボーリャを葬《ほうむ》ることができるかもしれないけれど、わたしは違う。

わたしはボーリャに告げた。そんなことをしたら、彼らの思うつぼだ――それは弱い者のすることだと。彼らは死んだ詩人、スターリンが始末しなかった雲に住む者に勝ってほくそ笑むだろうと。ボーリャは、こんな苦しみが終わるなら、そんなことはどうでもいいと言った。「闇が降ってくるのを待つなど、耐えられない。闇に突き落とされるよりは、自分でそこへ踏み出すほうがいい」そう彼は言った。

「スターリンが死んだいまでは、状況は変わったのよ。彼らは通りであなたを撃ったりしないわ」

「きみはわたしと同じ経験をしていない。きみは友だちがひとりずつ連れていかれるのを見たわけじゃないんだ。友だちが殺されて生き残ったときにどんな気持ちがするか、きみにわかるか？　あとに残される気持ちが？　彼らは必ずわたしを連行しにやってくる。それは確かだ。彼らは必ずわたしたちを連行しにくる」

わたしは彼にあと一日待ってほしいと頼んだ。イーラや母さんに別れを告げたいし、もう一度日の出を見たいからと。実際には、わたしには最後の計画があった――そして、その計画がうまくいかなかったとしても、なんとか彼を冷静にできるかもしれないとわかっていた。そう、それがうまくいかなかったとしても、日はまた昇るし、わたしは生き続けるのだと。それがロシアの女なのだ。そういう血が流れているのである。

ミーチャは横にガソリン入りの小さな缶を置いて、駅のそばの酒場にいた。わたしは息子に、あなたを置いていくようなことは絶対にしないと言った。けれど、その目を見ると、ミーチャがわたしの言うことを信じていないのがわかった。わたしはむせび泣きながら心から詫び、ミーチャはわたしを許すと言った。だが、息子がそう言ったのは単にわたしを泣きやませるためだとわかっていた。

わたしはミーチャにフェージンの家へいっしょに行ってくれないかと頼んだ――わたしの計画の第一歩である。ミーチャはしぶしぶながら同意してくれた。わたしたちは酒場を出て、泥だらけの丘をとぼとぼ上っていった。

新たに任命された作家同盟の書記長の、大きな丸太を積み重ねて建てられた立派な家の玄関を、わたしはノックした。だれも出てこなかったので、もう一度ノックした。フェージンの若い娘が出てきた。家に招じ入れられるのも待たずに、わたしは強引になかへ入った。ミーチャは外で待った。街で行なわれた文学関係のイベントで会ったことのある愛らしい娘のカーチャが、父は留守ですと言ったが、その言葉が終わらぬうちに彼が姿を現わした。

「お茶をいれておくれ、カーチャ」フェージンが娘に言った。

「お茶はいりません」わたしは言った。

フェージンは肩をすくめてから、下ろした。「来たまえ」彼について書斎へ入ると、彼はそこで革の椅子に座ってくるりとこちらを向いた。白い髪、深く切れこんだ生え際、アーチを描く眉――止まり木に止まっている真っ白なフクロウのようだった。そして、彼は向かい側に座るよう手ぶりで示した。

「立ったままでけっこうです」わたしは言った。男たちと向かい合って座るのには、もううんざりしていたのだ。ただちに本題に入った。「何か手を打たなければ、今夜、彼は自殺します」

「そんなことを言ってはいけない」

「彼は薬を持っているんです。わたしがなんとか時間稼ぎをしましたが、これ以上できるか自信がありません」

「彼を思いとどまらせるんだ」

「どうやって？　こんなことをしたのはあなたと中央委員会の人たちじゃありませんか」

フェージンは両目をこすり、背中を伸ばした。「こうなることは彼に警告したはずだ」

「警告ですって？」わたしは叫んだ。「いつ警告したって言うんです？」

「彼が受賞した翌日だ。彼の家へ行き、賞を受け取れば国家を追いこむことになると、じかに言った。わたしは友人として、ノーベル文学賞を辞退してその結果に向き合うべきだと告げたんだ。このことは彼から聞いているはずだよ」

わたしは聞いていなかった。彼はまた隠しごとをしていたのだ。

「ボリスがいまいる地獄は、彼が自分で作り出したものなんだ」フェージンは続けた。「彼がみずから命を絶てば、それは国家にとって悲劇だし、彼がすでにつけた傷よりもさらに深い傷となるだろう」

「何かできることはないんですか？」

フェージンの答えは、ボリスとわたしがポリカルポフと面談できるよう取り計らってくれるというものだった。ポリカルポフというのは、ボリスがイタリア人たちに原稿を渡したあとで、わたしが泣きついた例の共産党中央委員会文化部長である。ボーリャが自分の行ないを謝罪するという了解のもとに、直接ポリカルポフに自分たちの考えを述べてはどうかというのだ。わたしはそれに同意したし、ボーリャにも同意させるためにあらゆることをするつもりだった。あなたは身勝手だと彼に言おう。ポチマでの収容所の日々を持ち出そう。政府はまたわたしを捕まえるだろうと言ってやろう。あなたはこれまでわたしがもっとも望んだこと、そう、あなたの妻になってあなたの子を産むことをかなえてはくれなかったと言ってやろう。

とはいえ、その必要はなかった。

わたしが頼む前に、すでに事態を収拾したとボーリャから告げられたのだ。彼は電報を二通送っていた。一通はストックホルムにノーベル文学賞を辞退する電報、もう一通はクレムリンにそのことを知らせる電報を。ノーベル文学賞はボーリャのものにはならない。

「オリガ、彼らはわたしを捕まえにやってくる。感じるんだ。書斎で執筆をしているときでさえ、彼らに見張られているのを感じる。もうまもなくだろう。きみがいくら待っても、わたしが永久に姿を現わさない日が来るのは」

西

1958年12月

第二十五章　ツバメ　情報提供者　亡命者

元雇い主によれば、人間の動機はすべてＭＩＣＥ——金（Money）、イデオロギー（Ideology）、妥協（Compromise）、エゴ（Ego）に集約できるという。あちら側はあたしをどのように評価したのだろう？　彼らには彼ら独自のやり方があったのだろうか？　そういうことについて、もっと感覚的に考えていたのだろうか？

ヘンリーについて教えてくれた女性は、いまのところあれきり姿を見せていなかったけれど、そのうち現われるとわかっていた。それまで、あたしはお気に入りのエルメスのスカーフ二枚と、残りの『ドクトル・ジバゴ』を売り払った。ただ、ル・ミストラル書店で返品しそびれた英語版一冊はとっておき、ベッド横のナイトテーブルの、アメリカのホテルであれば聖書がしまってある場所に入れた。

あたしはもう毎日、部屋にこもってはいなかった。もうかつての自分を思い出して悲しみはしなかった。朝にはチュイルリー庭園へ行き、美しく刈りこまれた木々のあいだの砂利道を歩いて、池のアヒルや白鳥に餌をやり、日なたに緑の椅子を置いて読書をした。日が次第に短くなる午後には、ユシェット通りにあるすべてのテラスに腰を落ち着け、それぞれのカフェのホットワインをあれこれ試した。〈ル・カヴォー〉のバーテンダーと友だちになったので、赤いビロードのソファに座り、毎晩サッシャ・ディステルの感傷的な歌声に耳を傾けることができた。

　どこにいても、あたしの心から彼女が消えることはなかった。朝起きて、まず最初に彼女のことを考えなくなる日が訪れるのを待ち続けていた。最悪なのは、彼女の夢を見たときだ。彼女といっしょにいたはずなのに、目が覚めたとたん、また喪失感を味わわなければならないのだから。たまに体に火花が走るような感じがすると、ちょうどそのときイリーナがあたしのことを考えていたに違いないと思った。馬鹿な自分。

　彼女の誕生日には、電話をしたかった。彼女が電話に出る声を聞くだけでいいからと。でも、しなかった。その代わり、ナイトテーブルの引き出しをあけて本を取り出し、とうとうそれを読みはじめた。


歩き、歩いて、〈永遠《とわ》の記憶〉（正教会における祈禱文）を歌った。歌が途切れたときにはいつでも、足音や、馬の蹄《ひづめ》や、にわかに吹く風によって、その歌が変わりなく続いているように思えた。


　彼の文章には、ぐいっと手首をつかまれる思いだった。歌が終わったあともその場に漂う感情というものが、よくわかった。本を閉じ、バルコニーへ出た。そこには椅子一脚がやっと置ける場所がある。あたしは腰を下ろし、また本を開いた。

　ユーリーがラーラと野戦病院で再会するところを読んだとき、この本――彼らが武器と見なしたこの小説――が正真正銘の恋愛小説だとわかって、また閉じてしまいたくなった。でも、閉じなかった。あたしは太陽が建物の上にかかる紫の光輪のなかへ消えていくまで読んだ。街灯がつき、文字を読むのに目をすがめなければならなくなるまで読んだ。あたりが暗くなりすぎると、部屋に入った。ローブを羽織り、寝そべって読み続けた——片手が自然としおり代わりになって、眠ってしまうまで。

目を覚ますと、真夜中近くで、空腹だった。服を着て、本をハンドバッグに入れた。

ホテルのロビーを横切るとき、書店で会った女がフローベール（フランスの小説家）の肖像画の下の長椅子に座っているのに気づいた。シャネルのツイードスーツを完璧に着こなし、髪はあいかわらず優美なフィンガーウェーブだったが、その色はヘンリーのことを教えてくれたときよりも二段階ほど明るくなっている。女はあたしに気づくと立ち上がり、目を合わせることなく出ていった。

二十分ほどそのまま歩くあいだ、女がこちらを振り返ることはなかった。やがて、あたしたちはサンジェルマン大通りにある〈カフェ・ド・フロール〉で立ち止まった。カフェの日よけが白いクリスマス用ライトで飾られている。テラスはがらんとしていて、雪の降り積もった籐椅子は白い毛皮のコートを着ているように見えた。「ド・ゴール万歳」と書かれた赤、白、青のぼろぼろの横断幕が、二階の錬鉄のバルコニーに吊るされている。

なかに入ると、女はまたあたしの両頬に口づけをしてから立ち去ったが、いなくなる前に奥のテーブルを指さした。そこには見覚えのある男が待っていた。

彼らが来ることはわかっていたが、それがこの男だとは予想していなかった。

彼は立ち上がって、あたしを出迎えた。フェルトリネッリのパーティーのときにかけていた小さすぎるべっこう縁《ぶち》のメガネはない。「チャオ、かわい子ちゃん！」そう言う彼からはイタリアなまりが消え、ロシア語なまりになっていた。彼はあたしの手を取って口づけをした。「また会えて光栄だよ。きみはドレスをクリーニングするために来たんだろうね？」

「そうかも」

あたしたちは腰を下ろし、彼はあたしにメニューを渡してよこした。「なんでも好きなものを頼むといい」彼は指を一本立てた。「人はパン・オ・ショコラだけを食べて生きることはできないよ」彼はすでに白ワインのボトルをあけており、まだ手つかずのエスカルゴののった銀のトレイが前に置かれていたので、あたしは糊《のり》がパリッときいた襟《えり》のウエイターにクロックムッシュを注文し、彼が話すのを待った。

彼は残りのワインを飲み干すと、ウエイターにもうひと瓶持ってくるよう合図した。「ぼくは男性よりも女性が好きだし、それ以上にワインが好きなんだ」男はそう冗談を言った。共産主義者だろうが資本主義者だろうが、男はやはり男なのだ。「我々はきみに直接お礼が言いたくてね」男は続けた。「きみの親切に」

「あれはお役に立ったのかしら」

「もちろんだよ。おしゃべりだな、あいつは。ずいぶん……なんと言うか……」

「社交的？」

「そう、まさしく！　社交的で」

あたしはヘンリー・レネットの身に何があったのかは尋ねなかったし、知りたくなかった。一年間、あたしは何よりも復讐を望んでいた。ヘンリーのせいで解雇に追いこまれてからというもの、あいつを破滅させたかったばかりか、何もかも焼きつくしたかった。でも、結局は、ヘンリーの破滅を確認してかすかに慰《なぐさ》められたにすぎない。怒りのあとに虚《むな》しく残るのは、悲しみなのだ。綿あめのように、復讐の甘さはただちに消滅する。そして、それが消えてしまったいま、あたしに前へ進むためのどんな理由が残されている？

先ほどのウエイターがあたしの料理を持ってきた。新しい友人はエスカルゴを食べながら、できるかぎり少ない言葉ですべてを説明してくれた。

「パリにはいつまでいるのかな？」男が聞いた。

「帰りのチケットは持ってないの」

男はエスカルゴをひとつ、溶かしバターの皿につけた。「そりゃあ、いい！　きみは旅に出るべきだよ。世界を見るんだ。きみのような女性にできることはたくさんある。世界はきみのものだ」

「限られた資金では、なかなかそうもいかないわ」

「ふむ」男はエスカルゴを音を立てて飲みこむと、あたしにふた股《また》のフォークを向けた。「しかし、きみが才覚ある女性だということはわかる。そして、求めるものを与えられてしかるべき女性だということも」

「いまではもう、そう言えるかどうか」

「絶対にそんなことはない。きみは自分を過小評価しているんだ。それほど鋭敏ではない者にはわからないかもしれないが、ぼくにはわかる。エマーソンが言ったように、人は〝扉を開く者〟でなくては」

パリに来てから、あたしはホテル・デストレ（当時、ソ連の大使館だった建物）の高いセメント壁の向こうの大きな黒いドアの前を何度か通りかかっていた。そのたびに、金の槌《つち》と鎌の模様の赤い旗を見上げては、こう考えていた。ある人間としてあのなかに入っていって、別人として出ていくのは、どんな気持ちがするだろう。これはそれを突き止めるための招待状だ。

レストランのロビーであたしと踊るようにステップを踏み、あたしの背後でクロークルームのドアをあけたヘンリー・レネットのことを思った。その後、あたしにひと言もかけずに通りすぎ――それから大きなマホガニー材の机についていて、きみはもう望ましい人材ではないし、こんなことを言いたくはないけれど、きみはこのまま働いてもらうにはあまりにも大きなリスクになってしまったと告げた、アンダーソンを思い浮かべた。さらには、最後にＣＩＡ本部を出ていくときに廊下で会っても握手さえすることなく通りすぎていった、フランクのことを考えた。

イリーナのことも頭に浮かんだ——最初に会ったときと、最後に会ったときの彼女。彼女の母親の葬儀のとき、あたしはイリーナと話し、彼女を慰め、抱き締め、すべてを話すつもりだった。なのに、墓地へは行かず、ジョージタウンへ行き、ひとりで《静かなアメリカ人》の後半を終わりまで観た。

あたしのポケットには、葬儀のあとで彼女に渡すつもりだったメモがいまも入っている。あたしが書いた文字は、パリの街を歩きながらいつも指先でそれに触れていたせいで、すっかり消えてしまっていた。でも、あたしは自分が書いた言葉を覚えていた。一度も彼女に伝えなかった言葉、あたししか知らない真実を。

いや、あたしには自分自身からも隠していた真実があった。あたしはほかに取るべき道はないと思いこんで、パリ行きの飛行機に乗った。でも、その最初の晩、もしもこうしていたらという思いが、ブヨの群れのようにあたしに付きまとった。イリーナとともに移り住めたかもしれないニューイングランド地方の白漆喰《しろしっくい》塗りの家——その黄色の玄関、ポーチブランコ、大西洋をのぞむ出窓を、あたしは思い描いた。毎朝、コーヒーとドーナツのために街へ行くあたしたち。そんなふたりをルームメイトと考える町の住民たちのことを想像した。選ばなかったあらゆる道のことを考えていると、喪失感が鉛《なまり》のようにのしかかってきた。

あたしは隣に置いたハンドバッグに入っているあの本のことを考えた。あの物語はどんな終わり方なの？　ユーリーとラーラは結ばれて終わるの？　それとも、それぞれひとりぼっちで寂しく亡くなる?

ウエイターがあたしたちの皿を下げにきて、ほかにご注文はと尋ねた。

「シャンパンのボトルはどう?」新しい友人はウエイターではなく、あたしを見つめて言った。

あたしはグラスを掲げた。「パリにいるんだものね」

東

1959年1月

第二十六章　ミューズ
矯正収容された女
使者
母親
使者
女郵便局長

最初に印刷された幾冊かの本は、モスクワの知識階級の居間で手から手へと渡されていった。ボーリャがノーベル文学賞を受賞し、それを辞退してからは、その本の複製が作られた。さらには、複製の複製も作られた。『ドクトル・ジバゴ』はレニングラードの地下鉄の深いところで噂され、収容所内で労働者から労働者へとまわされ、闇市で売られた。「あれ、もう読んだ?」母なる国の至るところで、人々がささやくように尋ね合っていた。「わたしたちはなぜあれを禁じられたんだろう?」あれの名前を言う必要などまったくなかった。やがて、闇市にそれが大量に流入し、禁じられていたその小説をだれもが読めるようになった。


イーラがそれを一冊持ち帰ってきたとき、わたしは家に置くのを禁じた。「わからないの?」わたしはそう叫びながらその本を破き、ゴミ箱に投げ入れた。「これは弾をこめたピストルなのよ」

「弾を買ったのはそっちでしょ。母さんが家族より彼を優先したんじゃないの」

「彼はわたしたちの家族よ」

「あたしは母さんがここに何を隠してるか知ってるんだから。知らないなんて思わないでよ！」娘はわたしが何か言う前に足音高く出ていった。

そのお金は、わたしのクローゼットのロングドレスの後ろに置いてある、真鍮《しんちゅう》の錠が付いている赤褐色の革のスーツケースにしまわれていた。札束はビニールにくるみ、二本のズボンの下にきちんと並べて積んである。

その送金を手配したのは、ディアンジェロだ。まずはフェルトリネッリからリヒテンシュタインの口座へ、それからモスクワ在住のあるイタリア人夫婦へ。そのイタリア人夫婦がわたしのアパートに電話し、パステルナークへのお届け物が郵便局で待っていますと告げる。わたしがそのスーツケースを取りにいき、ペレデルキノまで列車で持ってきて、小さな家に保管する。

ボーリャはそれをほしがらなかった。初めは。作品の発表や翻訳を通じて生計を立てるすべを国によって絶たれたボーリャは、暮らしを支える方法を探さなければと言った。わたしは、これはあなたが当然受け取るべき報酬のごく一部なのだと彼を説得した。フェルトリネッリはこれまでに莫大な部数を売り上げ、イタリア語版は十二回も版を重ねていたし、アメリカでもベストセラーになっていた。ハリウッドに映画化権さえ売られていたのである。西側にいれば、ボーリャはとても裕福になっていたはずだ。彼が手持ちのものでなんとかするしかないし、我々はお互いがいることに感謝しなければならないと言ったとき、あなたがいなくなってしまったらわたしと家族はどうなるか考えてみてと、わたしは言い返した。

やがて、ボーリャは考えを変えた。

わたしが海外での印税を受け取るよう彼に勧めたと言ったら、それは控えめな表現になるだろう。家族の生活を守ること以外に何も考えていなかったと言えば、それは嘘になるだろう。でも、わたしだって得るものがあってもいいのでは？　それのどこがいけない？　あれだけのことをしてきたし、あれだけの目にあってきたのだから。

けれど、そのお金があることで、いっそう監視が強化された。彼らはまだ見張っていた。だれの姿も見なかったものの、彼らの目はいつも感じた。わたしは窓を閉め、カーテンを引き、くどいほど小さな家の戸締りを確認した。夜になると、枝の折れる音がしたり、強い風が吹いてドアが鳴ったり、どこか遠くを走る車がタイヤを軋《きし》らせる音がしたりするたびに、ぎょっとして飛び上がった。眠ることなど論外だった。

慰《なぐさ》めを求めて、わたしは小さな家を出てモスクワのアパートですごした。ボーリャからは離れがたかったけれど、五階分の階段や、タマネギの皮のように薄い壁や、別の人の上で暮らしている多くの隣人たちの存在が、人生で初めて嬉しかった。何かが起こったら、だれかがそれを聞きつけてわたしを助けにきてくれるに決まっている。そうよね？

わたしはまた家族とともにいられることを喜んだ。わたしは子どもたちのそばにいなければという思いに駆られていた。ふたりが幼かったころ以来、久しく抱いたことのなかった思いだ。けれど、ミーチャやイーラは友だちや学校を理由に、ほとんどアパートにいなかった。そして、家にいるときの子どもたちは、わたしには払おうとしない敬意を祖母には払った。かつてあれほど聞き分けのいい子だったミーチャが、感情をあらわにするようになった。帰ってくると言った時間になっても帰宅せず、酒の臭いをさせていることもたびたびだ。イーラはほとんどの時間を新しい恋人とすごしていた。

ボーリャは、都会のほうが安全だからペレデルキノを出るようにと、友人たちから警告されていたのだけれど、それを聞き入れようとしなかった。「やつらがわたしに石を投げにくるのなら、それでもかまわない。わたしは田舎で死ぬことのほうを選ぶ」

わたしがモスクワに戻った最初の晩、ある隣人がうちの玄関をノックし、ウラジーミル・エフィモヴィッチ・セミチャストヌイがテレビでボリスについてのスピーチをしていると教えてくれた。イーラとわたしはその隣人のあとについて彼女の家まで行き、冷えたラジエーターの上にのせられた小さなテレビのまわりに、彼女の家族とともに立った。その白黒の画像はちらちらと映ったり消えたりしたけれど、共産青年同盟のリーダーの声ははっきりと聞こえた。「この男はよりによって国民の顔に唾を吐きかけたんだ」セミチャストヌイは罵《ののし》った。「パステルナークを豚と比べてみようじゃないか。豚はけっしてあの男のような真似はしない。豚は自分が食事をするところではけっして糞をしないからだ」カメラがぐるっとまわって、無数の群衆を映し出した。「わたしは確信する。社会も政府も、彼の行く手を阻むことはないと。だが、逆に、彼がわたしたちのなかから立ち去れば、この国の空気はより爽やかなものになるという意見に同意しよう」群衆から拍手喝采が沸き起こった。演壇上で席についていたフルシチョフも立ち上がって拍手した。イーラは恐怖のこもった目でわたしを見つめた。わたしは娘の手を取り、アパートに連れ帰った。

その夜遅く、ミーチャに起こされた。酒に酔った一団がこの建物の前に集まっているという。わたしは肩にショールを巻きつけ、バルコニーに出て下を見た。ソ連国家保安委員会から送りこまれてきたと思しきドレス姿の男三人が踊りながら、わたしが昔から大嫌いな古い酒飲み歌〈黒いカラス〉を歌っていた。

黒いカラス、おまえはなぜ飛んでいる?
おれの頭上を低くまわって。

それじゃ獲物はつかまらないぞ。
黒いカラスよ、おれはおまえの獲物じゃないぞ！

その騒音は近所の人々も起こしてしまっており、みんなはわたしと同じく外のバルコニーに出てきて、静かにするよう男たちに叫んでいた。女装した男たちはこちらを見上げ、大声で笑った。ひとりがわたしのほうを指さした。そのあと、男たちは腕を組み、いっそう大声で歌った。

おまえはなぜかぎづめを広げる？
おれの頭上を低くまわって。
下に獲物がいるとわかるのか？
黒いカラスよ、おれはおまえの獲物じゃないぞ！

「上からじゃよくわからないけど」ミーチャがささやいた。「あいつらカツラをかぶってるよ。安物のカツラだ。ひとりは道化師みたいに口よりも大きく口紅を塗ってる」

おれの肩かけを持っていけ、いまじゃ血の染みがついてるが。
おれの愛しい、愛する人のもとへ。
あの子に伝えてくれ、きみはもう自由だと。
おれは別の子と結婚するんだ。

「最低の酔っ払いども」イーラが言った。イーラはわたしの肩に手を置いた。「なかに入って、母さん」

「何をしたって、やつらは満足しないよ」何があったかをわたしから聞いて、ボーリャはそう言った。「墓に入るまで、わたしに安息は訪れないだろう。わたしはすでにクレムリンに手紙を書いたよ。きみがわたしと国外へ移住する許可を求めるために」

「わたしに相談もしないで、彼らに手紙を？　わたしが行きたくないと言ったら、どうするつもり？」

「行きたくないのかい？」

「そういうことを言ってるんじゃないわ」

「手紙はまだ出していないが」

「わたしが聞いたのは、そういうことじゃないの」

「きみを置いては行けないよ。それなら、収容所に送られたほうがましだ」

「わたしの家族はどうなるの？　家族はどうすればいいの？」

ボーリャはなんとかいい方法を考えようと言った。わたしが知らなかったのは、彼がこの件についてとっくに妻と話し合っていたことだ。妻にしたのと同じ質問をボーリャがわたしにしたのは、そのあとだった。妻はすでに、自分はこの国を絶対に離れないし、あなたが行くのは自由だけれど、あなたが行ったあとは自分も息子もあなたを公然と非難しなければならない、と言ったという。「わかるわよね」あの人は自分の夫にそう言ったのだ。

翌日、ボーリャはクレムリン宛ての手紙は破り捨てたとわたしに言った。「どこか外国で、知らない窓から外を眺めて、いつもの白樺《しらかば》の木が見えないのに耐えられるはずがないだろう？」彼は言った。

それは彼の決意表明だった――やつらのせいで自分の家から逃げ出したりはしない。

彼が真剣に亡命を考えるはずがないことぐらい、わかっているべきだった。どんな目にあわされようと、ボーリャは絶対に祖国を離れることなどできない。木々や、雪の積もった散歩道から、離れることなどできない。アカリス、カササギ、自分の家、畑、日課を捨てることなど、できっこない。彼は外国で自由な身となるよりも、ロシアの地で裏切り者として死ぬほうを選ぶだろう。

政府はボーリャに手紙の受け取りを禁じ、彼にとっての命綱のひとつを切断した。そのすぐあと、わたしのアパートのドアの下に手紙が入れられるようになった。切手が貼られているものもあれば、そうでないものもある。差出人住所が記載されているものもあれば、そうでないものもある。毎朝、イーラとわたしはその手紙をひとつにまとめ、肉の切り身のように包肉用紙で包んだ。わたしたちが列車に乗って小さな家へ行くと、ボーリャが手紙を読むためにそこで待っていた。わたしはいつのまにか彼専属の郵便局長になっていた。

ボーリャはアルベール・カミュ、ジョン・スタインベック、ネルー首相から手紙を受け取った。パリの学生たち、モロッコの画家、キューバの兵士、トロントの主婦から手紙を受け取った。そうした手紙をあけるたびに、彼の表情は明るくなった。

彼が宝物のように大切にしている手紙に、オクラホマに住む若者からのものがあった。若者は最近、胸が張り裂けるような思いをしたことに触れ、『ドクトル・ジバゴ』がどれほど心に響いたかを綴《つづ》っていた。そして、手紙の宛先を「ロシア、モスクワ郊外の小さな町に住むボリス・パステルナークさま」としていた。

ボーリャは時間をかけて、その一通一通に返事を書き、紫のインクの軽やかな手書き文字で何枚もの便箋を埋めていった。手が痛くなり、背中が痛くなるまで手紙を書き、わたしが手伝うと言っても、返事を口述筆記しようとしなかった。「自分の手や文字で相手の心に触れたいんだ」そう彼は言った。

けれど、彼は別の手紙も受け取った。そんな手紙には返事を書かなかった。中傷者たちからの手紙、国からの手紙、脅迫を目的とした手紙である。ノーベル文学賞を辞退したにもかかわらず、彼らは雲に住む人が地上に引きずり下ろされるところを見たがっていた。ボーリャをひざまずかせたがっていた。彼がひれ伏し、頭《こうべ》を垂れるのを望んでいたのだ。ボーリャはそんなことをしようとはしなかったけれど、彼らと対決しようともしなかった。そして、何もしようとしない彼の態度は、遠くからなりゆきを見守っている者たちからも、わたしからも、弱さと見なされた。

ボーリャが何もしようとしなかったにせよ、わたしは違う。彼らが我が家に来るのをただ待っているなんて、まっぴらだった。

そこで、ソ連作家同盟著作権部門のトップであり、〈新世界〉時代の古いコネクションであるグリゴリー・ケージンと会った。

彼はボーリャの置かれた状況を訴えるわたしの話をろくに聞かず、わたしが話し終えると、打つべき手は何もないと言った。「ボリス・レオニドヴィッチはすでに作家同盟の一員ではないし、それゆえ、守られるべき権利もない」グリゴリーのオフィスから足音高く出たわたしは、別の解決法を提案するひとりの男にすぐさま声をかけられた。

この男、イシドール・グリンゴルツとはかなり前に顔を合わせたことがあった。ある詩の朗読会で見かけたことを思い出したものの、彼のことはほとんど何も知らない。若くハンサムなイシドールは金髪の巻き毛で、ヨーロッパ人のような服装をしていた。なぜかはわからないが、ボリスを助けるためできることはなんでもやると言った彼に、わたしはうなずいてしまっていた。

その足でふたりしてわたしのアパートへ行き、そこで計画を立てた。イーラ、ミーチャ、そしてごく親しい友人たちと数時間におよぶ議論をしたあとでイシドールがわたしたちに告げたのは、ボリスからフルシチョフへ、祖国から追放しないよう許しを求める公開書簡をしたためるしかないというものだった。わたしはためらった。ボーリャは絶対そんなものに署名しないだろうし、ろくに知らないこの他人から言うべき言葉を押しつけられるのを許しはしないだろうと思ったからだ。けれど、イシドールは自信に満ちており、最終的にわたしたちもそれしかないという結論に至った。

イシドール自身が原案を書き、わたしがそれをよりボーリャらしい口調に修正した。その手紙はイーラがペレデルキノへ持っていった。すっかり消耗していたボーリャは、署名してもらえるかとイーラに聞かれると、もう声を出すことさえできず、できたのはペンを持つことだけだった。「さっさと終わらせよう」ボーリャは娘にそう言ったという。

ボーリャが申し出たのは、ちょっとした訂正だけだった。「オーリャ、すべてこのように頼む」彼からわたしへのメモにはそうあった。「わたしが生まれたのはソ連ではなく、ロシアだと書く」次の文章を手紙の最後に付け加えたとき、彼の手は震えていたとイーラは言った。「我が手を胸に置き、わたしはこう言うことができる。自分はソ連文学のために何ごとかを成し遂げたのであり、いまもまだその役に立っているかもしれない」

翌日、イーラと学校の友だちは修正された手紙をスターラヤ広場四番地へ届けにいった。中央委員会ビルの門の前に立っていた衛兵が、近づいてくるふたりに気づいた。煙草をくわえながら、衛兵はふたりをじろじろ見て、どんな用かと聞いた。

「フルシチョフ宛ての手紙を持ってきました」イーラが言った。

衛兵は笑い、煙草を吐き出しそうになった。「だれからの？　あんたからかい？」

「パステルナークからです」

衛兵は笑うのをやめた。


二日後にポリカルポフから電話があり、フルシチョフがボーリャの手紙を受け取ったこと、ボーリャにただちに来てもらいたいことを告げられた。「コートを着たまえ、通りで会おう。雲に住む人を迎えにいくから、きみも来るんだ」

十分後、黒いジル（ソ連の要人用高級車）がわたしのアパートの前にエンジンをかけたまま停まっていた。車のなかではポリカルポフが待っていた。とっくにコートを着ていたわたしは窓から外を見て、それから時計を見た。わたしは十五分待ってから、アパートを出た。

近づいていくと、ポリカルポフが車から出てきた。彼は踵《かかと》まで届く分厚い黒の上着を着ていた。シルエットは外国風で、ずしりと重そうなウールは高級品だった。「ずいぶん待たせるんだな」

わたしは詫びなかった。怒りのおかげで自分にない勇気をまとうことができた。ポリカルポフはわたしを車の後部座席に招き入れた。彼は運転手とともに前に乗り、運転手の視線は道路から離れなかった。車は政府車両専用の中央車線を進んだ。高速でほかの車を追い抜いていくなか、民間車両は脇へよけた。

「これ以上、彼に何を望むの？」わたしは言った。

ポリカルポフは振り返ってわたしを見た。「この事態はすべて彼がみずから招いたものであり、まだ終わっていないんだ」
「彼はノーベル文学賞を辞退したわ。『ドクトル・ジバゴ』の出版も断念した。許しも請《こ》うた。これ以上、何が望み？　この試練は彼から何年もの月日を奪った。いまや彼は老人よ。たまに、彼だとわからないときさえ――」わたしは口をつぐんだ。ポリカルポフにこんなことを知らせる必要はない。

彼はまたこちらを向いた。「それはそうと、パステルナークが手紙に署名するのにご協力いただき感謝する。我々はこのことを忘れないだろう」
「あれはボリスの手紙であって、わたしのではないわ」
「わたしの友人イシドール・グリンゴルツのことは知っているだろう？　あの手紙の大部分はきみが書いたものだと、彼からじかに聞いている。本件に対する彼の尽力もまた、我々の認めるところだ」

なるほど、グリンゴルツは彼らの手先だったのだ。わたしはなんと愚かだったのだろう。
「本件を過去のものとするため、きみを頼りにしているよ」ポリカルポフは言った。

大きな家は暗かった。ボーリャの書斎についている明かり以外は。車が停まり、わたしは窓に映った彼の影を見た。書斎の明かりが消え、一階の明かりがついた。わたしは彼のところへ行きたかったが、車を離れる勇気がなかった。もっと背が低く、背中の曲がった別の人影が、行ったり来たりしているのが見えたからだ。ジナイダはわたしが彼女の家のポーチに立つことすら絶対に許さないだろう。

帽子と上着姿のボーリャが姿を現わした。休暇旅行に出発するかのような奇妙な笑みを浮かべている。運転手が車から降り、ボーリャのためにドアをあけた。彼は後部座席にわたしがいるのを見ても、驚いた様子をまったく見せなかった。また、ポリカルポフがこれから我々は実際にフルシチョフに会いにいくのだと言っても、ボーリャは少しも不安そうではなかった。ボーリャが困惑していることを伝える唯一のものは、場にふさわしいズボンをはいていないということだった。「家に戻って、着がえるべきだろうか？」ボーリャがそう言ったのは、車がすでに道路を走り出したときだ。ポリカルポフは高笑いをした。奇妙なことに、ボーリャも彼と同じくヒステリックに笑った。笑い声にかっとしたわたしは鋭い目つきでボーリャを見たが、それに気づかないふりをされ、怒りがいっそう増した。停止信号でドアをあけて車から降り、男たちだけで現状に対処させたくなった。

　わたしたちは中央委員会ビルの第五入口に着き、ポリカルポフに続いて門を通った。ボーリャは衛兵のすぐ後ろで立ち止まった。「身分証を」衛兵が言った。

「わたしが所持していた唯一の身分証は作家同盟の会員証だが、それは無効にされたばかりだ」ボリスは言った。「従って、わたしに身分証と呼べるようなものはない。それどころか、この場にふさわしいズボンさえはいていない」ふっくらとした唇と両頰にそばかすの散ったまだ若い衛兵は、関わり合いにならないことを選び、通っていいと手ぶりで示した。

　ポリカルポフはわたしたちを小さな待合所に残して去り、わたしたちはそこに座って一時間も待った。ボーリャは三年前の年始にプレゼントしてくれた、わたしの金のブレスレットに触れた。

「これをつけているべきかな？」彼は言った。そして、わたしの髪を耳の後ろへすいた。「それに、真珠のイヤリング？　口紅？　彼らに間違った印象を与えてしまうかもしれない」

　わたしはハンドバッグを開いた。アクセサリーをはずして化粧をぬぐうためではない。緊張をしずめるためにヴァレリアンチンキ剤（カノコソウの根を乾燥させた神経鎮静剤）入りの小瓶を取り出し、それを飲んだ。

とうとうボーリャの名前が呼ばれ、わたしたちは立った。「おまえは必要ない」衛兵がわたしに言った。わたしは衛兵の言葉を無視してボーリャの腕を取り、ふたりで長い廊下を歩いていって、ポリカルポフが座って待っているオフィスに入った。アフターシェーブローションの強烈な香りが、わたしたちを出迎えた。ポリカルポフはシャワーを浴び、髭《ひげ》を剃《そ》り、新しい背広を着たようだった。おまけに、まるで一日中わたしたちを待っていたような態度をとった。これもまた、わたしたちを威嚇《いかく》するためのやり方だ。フルシチョフがわたしたちと会うというのは、嘘だったのである。彼はスピーチでもするように咳払いをした。「おまえがこのまま母なるロシアで暮らすことを許可する、ボリス・レオニドヴィッチ」彼は言った。

「一時間前に言えばいいものを、なぜわたしたちはここに来なければならなかったの？」

ポリカルポフはわたしを無視し、指を一本立てた。「話はまだある」彼はふたつの椅子を指さした。「座れ」

ボーリャが特注の入れ歯をかみしめる音が聞こえた。「話などない！」彼は怒鳴った。わたしがずっと聞きたくてたまらなかった怒声が、ようやく。彼はついに自分のために立ち上がったのだ。

「おまえはどれほど国民の怒りをかき立ててきたことか、ボリス・レオニドヴィッチ。それをしずめるためにわたしにできることは、ほとんどない。おまえに国民の口をふさぐ権利はない。彼らには自分の気持ちを表現する権利があるんだ。明日、〈文芸新聞〉にそういう意見がいくつか掲載される。我々がそれについてできることは何もない。国民には国民の権利があるんだよ。この国にとどまる許可を与えられる前に、おまえはまず人々と和解しなければならない。もちろん、正式にだ。大至急、新たな手紙を書いてもらいたい」

「きみには恥というものがないのか？」あいかわらず怒りをあらわにしたまま、ボーリャが言った。

「さあ」ポリカルポフはまた椅子のほうを示した。「腰かけて、紳士同士らしく話し合おう」

「ここに紳士はひとりしかいないわ」わたしは言った。

ポリカルポフが含み笑いを漏らした。「偉大な詩人の妻も同じ意見かな？」

「わたしは座らない」ボーリャが言った。「この会見は終わりだ。国民、国民と言うが、きみに国民の何がわかる？」

「いいかね、ボリス・レオニドヴィッチ、今回の件すべてがもう少しで終わるんだ。おまえはわたしや国民との関係を修復するための機会を手にしている。わたしがおまえをここに連れてきたのは、こちらに協力さえすれば遠からず何もかもが丸くおさまると伝えるためだ」ポリカルポフは机から立って出てくると、ボーリャとわたしとのあいだに立った。彼はボーリャの肩に片手を置き、行儀のいい犬にするように彼をぽんぽんと叩いた。「まったくまあ、きみときたら。我々をなんと面倒な事態に巻きこんでくれたことか」

ボリスは肩をくねらせて彼の手を振り払った。「わたしはきみの手下ではない。きみが牧場に追いやれる羊じゃないんだ」

「我が国の背にナイフを突き立てたのは、わたしではないよ」

「わたしが書いた言葉はすべて真実だ。その一字一句まで。恥じるところは何もない」

「おまえの真実は我々の真実ではない。わたしは状況改善の手助けをしようとしているだけだ」

ボーリャはオフィスのドアめざして歩き出した。

「彼を止めろ、オリガ・フセーヴォロドヴナ！」ポリカルポフの虚勢は消えていた。彼は哀れっぽく、焦っているように見えた。今回の事態を秘かに収束させるよう指示されていたのに、まずは自分の胸の内を明かしたいと考えた彼が、与えられた任務に失敗しつつあることは明らかだった。

「まずは彼に対してあんな口をきいたことを謝るべきよ」わたしは言った。
「お詫びする」ポリカルポフは言った。「心から。頼む」
「これで最後にしてくれ」戸口に立ったままボーリャが言った。「お願いだ」

翌日「正真正銘の」ロシア民衆が書いたという二十二通の手紙が「ソ連国民B・パステルナークの行ないを非難」という見出しで〈文芸新聞〉に掲載された。どの手紙も共通の見解「裏切り者！売国奴！　インチキ野郎！」を繰り返していた。レニングラードのある土木作業員は、自分はこれまでこのパステルナークなどという人間のことを聞いたこともなく、なぜ我々はその男のことを気にかけなければならないのかと書いていた。トムスク出身のある衣料業界労働者は、パステルナークは西側からの賄賂《わいろ》を受け取っている、資本主義のスパイたちから資金提供を受けて大金持ちになっていると書いていた。

ポリカルポフは「国民」に宛てた最後の謝罪の手紙が必要であると、法的に命じた。わたしは最初の原案を書き、それをポリカルポフの指示どおりに編集したうえで、署名するようボーリャを説得した。

その最終的な手紙が〈プラウダ〉に掲載された晩、ボーリャは愛の営みを求めて小さな家へやってきた。とはいえ、輝かしく勇ましい詩人は消えていた。代わりに立っていたのは、老人だった。彼は流しに立ってジャガイモの皮をむいているわたしの腰に触れた。けれど、わたしは初めてその手から逃れた。

西

1959年夏

第二十七章　応募者
運び屋
修道女
学生

待つことが、大半を占めていた。情報を待ち、仕事を割り振られるのを待ち、任務の開始を待つ。わたしはホテルの部屋、アパート、階段吹き抜け、駅、バー、レストラン、図書館、美術館、コインランドリーで待った。公園のベンチや映画館でも待った。アムステルダムの公営プールで日がな一日メッセージを待ち、ひどい日焼けで肩まわりや太腿《ふともも》の付け根にアロエをひたしたガーゼパックをしなければならなかったこともある。

あの万国博覧会から九か月がすぎ、わたしはまた待っていた――ウィーンのある宿泊所《ホステル》で、第七回世界青年学生祭典が始まるのを。

七月下旬に予定されたその祭典では、十日間にわたって、集会、マーチ、交流会、展示会、講演会、セミナー、スポーツ行事が行なわれることになっていた。参加各国のパレードや、無数の白鳩《しろばと》の放鳥があり、最後には大舞踏会も開催される――いずれも未来のリーダーたちの「平和と友情」の推進を目的としていた。その会期中、サウジアラビアやセイロン、ケンブリッジやフレズノといった世界中の大学から集まるだろうと見こまれている二万人の学生たちは、連盟主催の発電所見学ツアーに参加したり、社会奉仕活動組織のリーダーたちの発表を聞いたり、原子力の平和的利用に関する講演会に出ることができる。

　クレムリンは世界青年学生祭典参加者への影響力を永続的かつ確実なものとするため、推定一億ドルをつぎこんでいた。

　だが、ＣＩＡには別の計画があった。

　ソ連のあちこちに『ドクトル・ジバゴ』の本が現われ、パステルナークの知名度が急上昇してからというもの、ソ連政府は海外から母なる国へ戻ってきた国民の荷物のなかに、この禁書がないかを捜索するようになっていた。ＣＩＡにとって、それはプロパガンダ戦略だったので、当然ながら、さらにこの戦略を推し進める——同書を増刷して広く行き渡らせることに決めた。しかも、今度はオランダで印刷製本した青いリネン装丁のものではなく、我々自身の手で小型版を作った。これは薄い聖書用紙に印刷されたもので、ポケットにおさまるほど小さい。

　わたしは早めにウィーンへ行き、その小型本二千部の到着を待つことになっていた。『動物農場』、『神は躓《つまず》く』（アンドレ・ジイド作）、『一九八四年』（ジョージ・オーウェル作）も配布されることが決まっており、わたしたち数十名がこれらの到着を待っていた。こうした本はウィーン中の〝案内所〟に用意され、観光を楽しむ学生参加者たちに手渡しされる手はずになっている。これがＣＩＡ流の〝平和と友情〟の促進だったのだ。

　わたしの髪はブリュッセルのときより少しだけ伸びていて、以前と同じ真鍮《しんちゅう》のような金髪に染め戻されていた。また、わたしは詩の朗読会に行くような黒いタートルネック、黒い七分丈《たけ》ズボン、黒いバレエシューズという格好だった。ふたたび学生になるのだ。

　最初の持ち場は、プラーター遊園地になる予定だ。世界青年学生祭典に先がけてこの遊園地を偵察し、だれかに立ち去るように言われる前に、できるだけたくさんの本を配布できそうなもっとも人の往来の多い場所を特定することになっていた。

幽霊列車、メリーゴーラウンド、バンプカー、射的場、ビアガーデンを通りすぎたわたしは、大観覧車前がどこよりも都合のいい場所だと判断した。学生観光客ならだれでも、世界一高い観覧車に乗りたいに違いないと思ったからだ。さらには、大好きな映画《第三の男》に出てくる乗り物のこんな近くに立っていることに、ささやかなスリルを覚えたからでもあった。

持ち場が決まったところで、次なる使命は、トゥーフラウベン通りにあるドライクリーニング店を訪れ、そこの店員にワーナー・フォイクト氏の背広を引き取りにきましたと告げて、スイスフランで支払えますかと尋ねることだった。そうすると、第一便の小型版『ドクトル・ジバゴ』の所在地が書かれたタグ付きの袋に入っている背広を渡されることになっていた。配布は翌日から開始する。

だがその前に、わたしは空腹だった。遊園地を出る前に足を止め、皿ほどの大きさのポテトパンケーキを二枚買うことにした――一枚は夕食用で、もう一枚は朝食用だ。そのスタンドは意図的に大観覧車の隣に配置されており、大観覧車の列に並んでいる客を集めていた。そこで明らかに窮屈そうなレーダーホーゼン（ドイツ・バイエルン地方の伝統的な肩紐付きの革製半ズボン）姿のアメリカ人観光客の後ろに並んでいるとき、彼女を見た。

彼女はそこ、観覧車に乗る列に、わたしのほうへ背を向けて立っていた。

サリーは緑のロングコートに白い手袋をして、赤い髪をわたしが最後に見たときよりも少し短くカットしていた。後ろ姿であっても、美しかった。〈ラルフの店〉で最初に彼女を見たときのことを思い出した。わたしが振り返ったときに初めて目に入ったのが、彼女の髪だったことを。

こんなふうに彼女の姿を見るのは、妙な気分だった。わたしがもはや以前のわたしではなく、彼女がもはや以前の彼女ではない場所で。状況はすでに変わったのだ。それに、多くの時間が流れていた。この一年間で、わたしは彼女のことを乗り越えたと信じるようになっていた。いや、もしかしたら、乗り越えなければならないようなことは何も起きなかったと、幾度となく自分に言い聞かせてきたのかもしれない。

けれど、彼女がそこにいた。ようやく、わたしに会いにきてくれたのだ。

サリーは首をかしげた。まるでわたしの視線に気づいたかのように。サリーは振り返って、わたしが見ているかどうか確認はしなかったけれど、その必要はなかった。彼女はわたしが気づくとわかっていたから。もちろん、わたしは気づくに決まっている。列に並んでいる彼女のところへ行くべき? 背後から駆け寄って、彼女に抱きつく? それとも、彼女がこっちへ来るのを待つべき?

食べ物を買う列から抜けて、観覧車の列のほうへ数歩移動し、わたしにまったく注意を払わずフランス語を話している学生たちの前に割りこんだ。

じりじりと前へ進み、サリーまであと数人というところまで来た。チケット売り場に達した彼女は、ハンドバッグから財布を取り出した。ところが、彼女がチケット売り場の女にお金を渡そうとしたとき、白髪交じりの長身の男が近寄ってきて、そのお金を彼女の手から取った。男は支払い、彼女は男の頬に口づけをした。

彼女がすっかりこちらを振り返らなくても、わかった。

わたしは白髪交じりの男が閉鎖型の赤いゴンドラのドアを、サリーではない人のためにあけてやるのを見つめた。それでも、わたしはチケットを一枚買い、観覧車に乗った。自分の頭上どこかに浮かんでいる、サリーにそっくりな女性をもう一度見られないかと上を仰いだ。見えなかった。地上を離れるとき、ゴンドラが揺れた。わたしはあいている窓から身を乗り出し、眼下の世界が静かに、小さくなっていくのを見つめた。

わたしは何度も何度も彼女を見た。ウィーンで最後の『ドクトル・ジバゴ』を配り、次の任務、そのまた次の任務を遂行したずっとあとまで。わたしたちがともにすごした時は短かったけれど、それは問題ではなかった。この先何年間も、わたしは彼女の姿を見続けるだろう。カイロの埃っぽい街角で輪タクを止める赤いマニキュアの彼女、デリーで最終列車に乗り、似合いの旅行かばんを倍ほどの年齢の男に持たせている彼女、ニューヨークの雑貨店に積んであるシリアルの箱のてっぺんにいる猫をなでる彼女、リスボンのホテルのバーで氷多めのトムコリンズを注文する彼女を。

月日が流れても、彼女の年齢はまったく変わらず、その美しさは琥珀《こはく》のなかに閉じこめられていた。デトロイトである看護婦に出会い、自分が鍵をかけていたことに気づかなかった心の扉を開いてもらったあとでさえ。そのときになってもまだ、わたしは食堂のカウンターでコーヒーを飲んでいるサリー、試着室から別のサイズを持ってきてと片腕を突き出しているサリー、映画館の二階席でひとり映画を観るサリーを目にしていた。そしてそのたびに、わたしはあのときと同じように心のなかで息を呑み、あのときと同じように甘美な期待を抱く――照明が暗くなって映画が始まるその瞬間、そのわずか数秒間、全世界がいまにも目覚めるかのように感じられるときと同じように。

東

1960年〜1961年

第二十八章　ミューズ

矯正収容された女
使者
母親
使者
女郵便局長
未亡人のようなもの

小さな家に遅れてやってきた彼は、ひたすら謝った。「あなたの誕生日に免《めん》じて水に流すわ」わたしはそう言いながら、彼がコートを脱ぐのを手伝った。

ボーリャは居間にいた友人たちのところへ行き、わたしは闇市で買っておいたシャトーマルゴーをもう一本取り出した。彼の七十歳の誕生日は赤褐色のスーツケースをあけるのにふさわしいと自分に言い聞かせたのだ。わたしは赤いハイネックのシルクドレスも買っていた。これまで着たこともないほど上質なドレスだ。

わたしたちは食べたり飲んだりし、ボーリャは昔のようにみんなにちやほやされた。彼は上機嫌だった。ボーリャはまた執筆を始めており、みんなにその新しい仕事、彼が『盲目の美女』と仮題をつけた戯曲について話した。彼は世界中の支持者たちからの電報やプレゼントをあけては、笑ったり微笑んだりした。わたしは部屋の向かい側から彼を眺め、彼が放っている光、わたしたちふたりの上に垂れこめていた闇のなかで苦しんだ歳月を経てようやくよみがえった光に、温められていた。それはずっと昔、初めて彼に惹かれたのと同じ柔らかな輝きだった。

わたしたちの客はその夜遅くまで腰を落ち着けていた。ようやく彼らが帰ろうとすると、ボーリャは必死で彼らを引き止めるふりをした。「あともう一杯だけ」彼はそう言って、コートかけの前に立ちふさがった。

ふたりきりになると、ボーリャはネルー首相からのプレゼントの目覚まし時計を持ち、お気に入りの赤い大きな椅子にゆったりともたれた。ネルー首相は以前から『ドクトル・ジバゴ』への支持を公言してくれていた。「すべてがわたしを認めてくれるまでに、どれほど時間がかかったことか」ボーリャは言った。彼は時計を置くと、わたしに手を伸ばした。「わたしたちがいつまでもこんなふうに暮らせさえしたら」

わたしはその夜にすがりついた。誕生日に彼がどれほど健康そうで、幸せそうに見えたことか。けれど、彼の光は戻ってきたときと同じくらいあっという間に薄れていった。

最初になくなったのは食欲だ。小さな家へ夕食にやってきたとき、彼はお茶やスープしか受けつけなくなった。また、夜に足がつってすぐ目が覚めてしまうことや、腰の下のほうが痺《しび》れて座っていることがつらいと訴えた。

疲れきって、戯曲に集中することが難しくなった彼は、いまだに送られてくるたくさんの手紙に返事を書くことができなかった。彼の日焼けした顔は青みがかった灰色になり、胸の痛みもいっそう頻繁《ひんぱん》になってきた。

ある夜、わたしがキノコのスープを作っていると、未完成の戯曲を持った彼が小さな家にやってきて、それをどうしても預かってほしいと頼んだ。あまりに具合が悪そうなので、わたしはすぐ医師に診てもらうべきだと言った。「明日すぐによ、ボーリャ。朝一番に。奥さんはどうしてこんなになるまで……」

「わたしにはもっと大事なことがあるんだ」彼は戯曲の原稿を掲げた。「何かが起こるようなことがあれば……これがきみの保険になるだろう。わたしがいなくなったとき、きみの家族を支えてくれる」

ずいぶん芝居がかっているのねと言うわたしの手に、彼はその原稿を押しつけた。わたしがそれを受け取ることを拒むと、彼はその場に泣き崩れた。わたしは彼を落ち着かせようと、その背をなで、彼の背骨の感触に衝撃を受けた。ぞっとするとともに、それまでに感じたことのなかったいたわりがこみ上げてきた。病身の親に抱くようないたわりが。わたしはその原稿を預かると約束した。彼は身を起こしてわたしを抱き締め、頬や首に口づけをした。わたしたちは寝室へ行き、服を脱ぐのももどかしく、互いの肌の感触を確かめ合った。わたしの肉と彼の骨と皮を重ねて。彼と愛し合うようになったころ、わたしはいつも明かりをつけっぱなしにしたものだ。わたしの体につきることなく驚き続けるような彼が、嬉しかったから。でも、それから長い年月を経たいま、明かりは消した。

それがふたりの最後のときになるとは、わからなかった。わかっていたら、わたしは絶対に急がなかっただろう。コンロにかけているスープが沸騰《ふっとう》しているのが寝室まで聞こえたので、わたしは彼が終わるよう腰を使ったのだった。

彼が服を着て家へ帰ると、わたしはひとりきりで食事をした。生きている彼を見たのは、その日のほかに、もう一度だけだ。

その最後のときは、危うく彼だと気づかないところだった。墓地での待ち合わせに一時間遅刻してきた彼を見たとき、知らない人だと思ったのだ。彼の歩みはあまりにも遅く、足取りはおぼつかず、腰は曲がり、髪はとかされておらず、顔色はいちだんと悪くなっていた。門から入ってくるこの老人は、だれ？　近づいてくる彼を見ながら、わたしは彼を抱き締めるのをためらった。触れてしまうと彼を傷つけてしまうのではないかという不安もあったけれど、恥を忍んで告白すれば、わたしの恋人はもういないとその瞬間に悟ったからだ。この人は彼ではない。彼であるはずないわよね？

わたしの躊躇《ちゅうちょ》を感じ取って、彼は身を引いた。「きみがわたしを愛していることはわかっている。わたしはそう信じているよ」彼は言った。

「愛しているわ」わたしは彼を安心させるように言った。そして、それを証明するかのように、彼の荒れた唇に口づけをした。

「わたしたちの生活を変えるようなことは何もしないでくれ、お願いだ。わたしにはとても耐えられない。どうかモスクワには戻らないでくれ」

「戻らないわ」わたしはそう言って、彼の手を強く握った。「わたしはここにいる」

わたしたちはその晩、小さな家で会う約束をして別れた。けれど、彼は現われなかった。

心臓が原因だった。ユーリー・ジバゴと同じく、最後には心臓が彼の命を奪った。一生を通じて、病に直面したときのボーリャはいつも、自分の死期は近いと思いこんで大げさに騒ぎ立てた。けれど、このときの彼は、目下の病に命を奪われることになるとは信じていなかったと思う。寝たきりの彼は、今回の体調不良はやがて治り、近いうちに起きられるようになって戯曲を完成できるだろうと、わたしに手紙を寄こした。

彼はその翌日また手紙を書いてきて、看病がしやすいようにベッドを一階に移されたのだが、自分の書きもの机から遠く離れているのは非常につらいと訴えていた。心配しなくていい、看護婦が大きな家に住みこんでくれているし、大切な友だちのニーナが毎日見舞ってくれているから、と彼は書いていた。また、うちには来ないでくれとも書いていた。妻に念押しされたからと。「愚かにも、Zにはわたしを思いやって気配りをするつもりがないのだ。でも、状況が悪化するようなことがあれば、きみを呼びにやるからね」

何日かすぎても次の手紙が届かなかったとき、わたしはミーチャとイーラを大きな家へ偵察に行かせた。ふたりは若い看護婦が出たり入ったりするのを見たものの、カーテンが閉まっていたので、わたしに報告できるようなことはほとんどなかった。

また一日がすぎた。あいかわらず彼からの便りはなく、わたしは大きな家へ出かけていった。ジナイダがわたしへの手紙を取り上げているのだと思ったからだ。夕方になったばかりで、彼の書斎には明かりがついていた。上にいるのはだれだろう？　奥さん？　息子のひとり？　もうボーリャの本や書類を調べているの？　本に隠してあるわたしからの手紙や、ページのあいだにはさんであるわたしが摘んだ花を見つけるだろうか？　彼が死んだら、わたしたちがともにすごした時間が刻まれたものは何か残るのだろうか？　書斎の明かりが消え、わたしは泣きはじめた。

若い看護婦が家から出てきた。かわいらしい娘だ。この娘が彼のベッドのそばで看病をし、さじでスープを食べさせたり、手を握ったり、大丈夫ですよと声をかけたりするのだと思うと、突き刺すような嫉妬の痛みを感じた。門の向こう側にわたしが立っているのに気づいた彼女は、ぎょっとしたようだった。「オリガ・フセーヴォロドヴナさんですね」看護婦は言った。「あなたが来るだろうと彼が言ってました」

「奥さんには、わたしを彼に会わせてやろうという思いやりがないの?」わたしは言った。「それとも、わたしが来るのをいやがっているのは彼のほう?」

「そうじゃありません」彼女は家のほうを見た。「彼はあなたに姿を見られるのが耐えられないって」

わたしは看護婦の顔をまじまじと見返した。

「彼の容態は悪い、とても悪いです。骨と皮のような状態だし、もう入れ歯もしていません。こんな状態の自分を見たら、もうあなたが愛してくれないのではないかと恐れています」

「馬鹿なことを。わたしをそんなに薄情な女だと?」わたしは看護婦と家に背を向けた。

「彼はどれほどあなたのことを愛しているか話してくれました。あまりに延々とその話をするので、気まずいくらいです」看護婦は声をひそめた。「隣の部屋に奥さんがいるのに」

看護婦は、モスクワ行きの列車に乗らなければならないけれど、彼の病状が良くなったらあなたに教えますと約束してくれた。わたしはそのままその場に残った。真夜中近くになってもわたしが帰ってこないので、イーラとミーチャがお茶と分厚い毛布を持ってきてくれた。

大きな家の前に立つわたしの姿は、人目についた。ジナイダはカーテンの隙間からこちらをのぞいては、さっとカーテンを閉じるのだった。

わたしは何日も門の前で寝ずの番を続けながら、看護婦から様子を聞いていた。彼は心臓発作に見舞われており、できることは彼を快適に保つことだけだった。わたしは自分が外にいて、どうしても別れを告げたがっていることをボーリャに伝えてほしいと看護婦に頼みこんだ。彼女はわたしの言葉を伝えると言ってくれた。

新聞記者やカメラマンたちを乗せた車が、わたしの立つ場所に次々とやってきたとき、自分の寝ずの番は臨終のみとりとなったことを知った。わたしはその場を去り、黒いワンピースとヴェールをつけて戻った。何時間もすぎていった。わたしがあまりに何度も行ったり来たりするので、新しい春の草のなかに小道ができた。

それでも、彼はわたしを入れてくれようとしなかった。


彼が亡くなってようやく、わたしは大きな家に入ることを許された。ジナイダが無言のまま玄関をあけると、わたしは彼女の横を駆け抜け、まだ温かい彼のもとへ行った。彼は体を清められ、シーツは取りかえられたばかりだったけれど、部屋のなかはまだ消毒剤と排泄物の臭いがした。わたしたちだけになったのは、これが最後だった。わたしは彼の手を握った。彼の顔は彫刻のようで、わたしはまもなく彼の顔から作られるであろうデスマスクのことを思った。この数週間、わたしはそのときのために心の準備をしようとしていた。でも、実際は思い描いていたのとはまったく違っていた。空気に変化はなく、わたしの心臓は鼓動し続け、地球はまわり続けていた。すべては変わらずに続く、世界はずっと続くのだという気づきが、馬の脚で蹴《け》られたようにわたしの胸を打った。

彼の手を握っているわたしの耳には、隣の部屋で葬儀の手配について話す声が聞こえてきた。わたしたちがふたりきりになれるのは、これが最後なのだ。わたしは彼の頬に口づけをして、白いシーツのしわを伸ばし、そこから立ち去った。

わたしには気を配るべき遺体も、葬儀の手配もなく、撃退すべき記者たちもいなかった。わたしができるのは思い出にひたることだけだった。

彼が初めてわたしの手を取ろうとしたときのことを思い浮かべた。我ながら、体があれほど震え

ると は思ってもいなかった。初めのころ、『ドクトル・ジバゴ』を読んで聞かせてくれて、わたしの反応を見ようと段落が終わるたびにひと呼吸おいていた彼の姿を思い浮かべた。モスクワの大通りをふたりで歩いた午後、彼がわたしのほうを見るたびに世界が広がるような気がしたことを思い出した。彼と愛し合ったたくさんの午後や、彼がわたしのベッドから出たくないと言ったたくさんの夜を思い出した。

行かないでと懇願《こんがん》するわたしを置いてベッドを出る彼の姿も思い浮かべた。ポチマで三年間すごしたあとで駅へ入っていったとき、彼がそこに来ていないのを知って、くるりと向きを変えて来た道を引き返したくなったことを思い出した。彼から幾度となく別れようと告げられ、幾度となくひどい言葉を返したことを思い出した。全盛期の彼の肥大したエゴや、『ドクトル・ジバゴ』を書いたあとの弱々しくなってしまった彼のことを考えた。

彼はお気に入りの背広を着せられ、原生林の松材で作られた棺《ひつぎ》におさめられていた。わたしはパニヒダ（正教会で永眠した人のために行なわれる祈りの儀式）が行なわれているあいだ、彼の家の前で待っていた。偉大なピアニストのスヴャトスラフ・テオフィーロヴィッチ・リヒテルがボリスの音楽室で演奏し、その音色が開いている窓から漏れ聞こえてきた。

音楽が終わると、棺が運び出され、ボリスが大好きだった畑の近くで止まった。わたしはボーリャの横に立った。ジナイダの反対側である。彼の未亡人と、わたし——彼の未亡人のようなもの。わたしはむせび泣き、イーラとミーチャが両側からわたしの腕を持って支えた。けれど、ジナイダはしゃんと立っていた。静かに、品位ある態度で。

その行列は丘を下り、墓地のなかの、ボーリャが自分のために選んでいた墓所へ上っていった

——三本の高い松の木の根元へと。彼の死は新聞の死亡欄にほんの一、二行ほど載っただけだったが、それでも人々はやってきた。数百人、ひょっとしたら数千人が棺に従った。老いも若きも、隣人も見知らぬ人も、労働者も学生も、同志も敵対者も、工場労働者も、工場労働者に扮《ふん》した秘密警察も、外国人特派員もモスクワの記者たちもいた。その全員が、ボーリャの最後の安息の地のまわりに集まっていた。その人々の唯一の共通点は、みんな彼の言葉によって変化を経験したことだった。

人々はスピーチをしたり、祈りの言葉を復唱したりしており、わたしは花輪やライラックやリンゴの木の枝でおおわれている開いた棺を見つめていた。後ろのほうから、ひとりの若者がボーリャの詩、「ハムレット」の最後の一節を大声で朗唱した。

だが、芝居の順序はすでに決まり、
行路の結末は防ぎようもなし。
我はひとり、ほかはみな偽善に溺《おぼ》る。
人生を生きるは野歩きにあらず。

最後の一行までには、ほかの者たちも加わっていた。そのあと、だれかが偉そうな大声で、葬儀は終わりだと告げた。「こんなこれ見よがしの行動は好ましくない」彼はそう言い、ふたりの男に棺の蓋《ふた》を持ってくるよう合図した。わたしは人だかりを押し分けて最前列へ行き、最後にもう一度ボーリャの顔に口づけをした。わたしが脇にどくと、蓋が固定された。人々は突然の終了に抗議の声をあげたが、棺に釘《くぎ》を打ちつける金槌《かなづち》の音で静かになった。金槌の音がするたび体に寒気が走り、わたしはコートをきつく体に巻きつけた。

棺が土のなかへ下ろされるのに合わせて、「パステルナークに栄光を！」というシュプレヒコールが人々から起こり、全体に広がった。わたしはずっと前に朗読している彼を初めて見たときのことを思い出していた。彼よりも先に、ファンたちが詩の最後の言葉を口にせずにはいられなかったことを。バルコニーに座ったわたしが、まばゆい光を浴びた自分を彼に見てもらいたいとどれほど願っていたかを。そして実際、彼がわたしを見て、そのためにわたしの世界がどれほど変わったかを。


この葬儀のあと、わたしがジナイダと会うことは二度となかった。ジナイダは彼の歴史からわたしを消すことに全力を注ぎ、その死後も彼女の家族が同じ方針を受け継いだ。わたしは長年それと闘った。けれど、わたしは彼らを責められるだろうか？　わたしは彼らになんと呼ばれ、人々になんと噂され続けているかを知っていた。それでも、たとえ姦婦《かんぷ》、誘惑者、金と権力目あての女、家庭破壊者、スパイというレッテルを永遠に貼られようと、少なくとも自分亡きあともラーラがずっと生き残っていくことを知っていたので、満ち足りていた。


彼らが二度めにやってきた朝、それはボーリャの死から二か月半後で、わたしは薄暗いキッチンでお茶を飲んでいた。三日連続で濃くいれすぎてしまったお茶を。

ゆっくりと進むタイヤで砂利が軋《きし》む音が聞こえたとき、立ち上がらなくても、それがうちの私道に入ってくる黒い車だとわかった。

わたしはお茶を飲み終え、カップとソーサーをキッチンのシンクに置いた。そして、まだ寝室で眠っているイーラのことを考えた——あとから茶色いお茶の跡が残ったティーカップを洗わなければばならず、それは母親の使ったものであり、母親は行ってしまったことを知る娘のことを。

車のドアが開いて閉まる音に、わたしは腰を上げた。まずミーチャの部屋へ行き、息子のベッドが空なのを見た。「昨夜は帰ってきてないわ」背後からイーラの声がして、わたしはぎょっとした。イーラはミーチャの机の前の窓辺へ行った。「車が二台、停まってる」

車に寄りかかって、まるで恋人でも待っているかのように気楽な感じで煙草を吸ったり、しゃべったりしている四人の男たちを、わたしは眺めた。なかのひとりが、うちの植木鉢を灰皿代わりにし、別の男が小鳥用の水浴び水盤で手を洗った。わたしはカーテンを閉め、電話のところへ行った。

「服を着て」わたしが言うと、イーラは部屋から出ていった。

母に電話をかけながら、わたしの手はひどく震えていた。「母さん?」

「やつら、そこにいるのかい?」

「ええ。そっちにも?」

「ああ」

「やつらはまたわたしたちを脅《おびや》かそうとしているのよ。何も心配しなくていいわ」

イーラが手持ちのなかで一番控えめな服装——ベージュのロングスカートと、そろいのジャケット姿で現われた。「ミーチャはおばあちゃんのところ?」イーラが聞いた。

「ミーチャはそこにいる?」わたしは母に尋ねた。

「昨夜、来たよ。また酔っ払って。まだ子どもなのに、あんなに飲んで——」

「母さん」

「いまは目を覚ましてるよ。家でじっとしてるように言っておいたから」

「良かった。そのまま家にいさせておいて」

玄関を三度強くノックする音が、床板を震わせた。イーラがわたしの片腕をつかんだ。「もう切るわね、母さん」

小さな子どものようにわたしの腕をつかんでいるイーラといっしょに、玄関へ行った。高価そうなトレンチコートを着た男が、安物の黒い背広姿の四人の男たちのあいだを通り抜けてきて、わたしの祖父のアゼルバイジャン絨毯《じゅうたん》いちめんに泥の靴跡を残した。「ようやく会えたな」

「ようこそ」わたしは女主人の物腰で言った。

「なるほど、我々が来るのを予期していたわけだ」男はにやりとしながら言った。「違うかね？よもやきみのしていることが我々の注意を引かないとは思わなかっただろう？」

わたしは無理やり彼と同じような笑みを浮かべた。「お茶でもいかが？」

「勝手にやるので、おかまいなく」

わたしは彼らが何を探しているのか、わかっていた――そして、それが小さな家でも、わたしのモスクワのアパートでも、絶対に見つからないことも。

ボーリャが埋葬された翌日、そのお金――わたしが国家反逆罪を犯している証《あかし》である海外の印税は、赤褐色のスーツケースの中身が何なのか尋ねもしなかったある隣人に預けていた。

数時間が経過した。やがて、男たちのひとり、下唇の真ん中に小さな傷のある男が、ダイニングルームの椅子を一脚、イーラとわたしが待っている私道へ持ってきた。彼はわたしたちに座りたいかと聞いた。イーラがいいえと答えると、男は肩をすくめてその椅子に座り、煙草に火をつけた。その場に立ったまま、ほかの者たちが家のなかを引っかきまわしているのを眺めているわたしたちのことは、ろくに見もしなかった。

自転車の近づいてくる音が聞こえた。私道の途中でミーチャが自転車から飛び降り、自転車はそのまま音を立てて地面に倒れた。「おまえらになんの権利があるんだ」ミーチャは叫んだが、その声はかすれていた。

傷のある男は煙草を吸い続けた。わたしはミーチャのところへ行き、息子の手を取って言った。「静かに」ミーチャのすえたような臭いに気づいた。そのシャツに嘔吐《おうと》の染みがついているのがわかった。「おばあちゃんはどこ？ あなたを家から出さないでと言ったのに」

ミーチャとイーラとわたしはその場で身を寄せ合い、男たちが小さな家からわたしたちのものを満載した箱を運び出すのを見つめていた。彼らがイーラの日記の束――学校や、男の子や、壊れた友情について、とりとめのない思いが書かれていると思われる――を持って出てきたとき、娘はわたしの横で身を硬くしたが、ひと言も発しなかった。そして、トレンチコートの男が出てきて、ゆるんだ床板でつまずいたとき、イーラは笑わず、わたしの手をぎゅっと握った。つまずいたこの男の姿は、その後もわたしの記憶から消えなかった、男がわたしの尋問者となったあとでも。

わたしはおとなしく――抵抗したり文句を言ったりすることなく、連行された。トレンチコートの男はわたしに命じる必要すらなかった。男はただ二番めの黒い車を指さした。わたしは子どもたちに別れの口づけをし、車に乗った。

子どもたちは車で連れ去られるわたしを見ていなかった。イーラは戸口に立って、男たちによる被害の跡を眺めていた。ミーチャは石段の最上段に座り、両膝《りょうひざ》に顎をのせていた。わたしは目を閉じ、車が大きな黄色い建物に到着するまで、そのままあけずにいた。

「モスクワで一番高い建物は？」車が止まったとき、運転手がわたしに尋ねた。

「この女は前にもそれを聞いている」トレンチコートの男が、わたしの側のドアを開きながら言った。「違うか？」

それには答えず、わたしは車から降りてスカートのしわを伸ばし、男たちに連れられていった。

アナトリさま

わたしは娘が苦しそうに息をする音で目を覚ましました。わたしの大切なイーラ。娘はわたしが外貨を隠す手伝いをしたと言われ、いま、わたしの向かいの寝台で眠っています。娘は体調が悪く、熱があるのです。彼らは娘の具合が良くなるまで、わたしが付き添うことを許可してくれました。でも、アナトリ、どうぞご心配なく。娘は大丈夫ですし、わたしも大丈夫です。それに、息子のミーチャに手出しせずにいてくれたことを神に感謝します。少なくとも、それだけは嬉しいことです。

最後にあなたに手紙を書いたのは、もうずいぶん前のことですが、わたしは手紙をしたためるのをやめたことはありません。入浴しながら頭のなかで書き、眠れないときにも書きました。どこか心の奥底で書いていたのです。ですが、これ以上あふれ出る言葉を抑えておくことはできません。

わたしは毛糸の靴下と引きかえに、このペンと紙を手に入れました。心の澱《おり》を吐き出したいのです。ええと、どこまで書いたんでしたっけ？

あなたはいまどこにいるのでしょう。ルビャンカでわたしを出迎え、深夜の会話を続ける相手は、なぜあなたではなかったのですか？　あなたは別の人と交代させられたのですか？　それとも、わたしが別の人と交代させられたのかしら？　あなたはわたしを思い浮かべることがありますか？　わたしの名前を口にしたことは？　おそらく、あなたが姿を見せないのは、いまのわたしが以前より年を重ねているからなのでしょう。わたしの相手をするのは、あのころのほうが楽しかったかもしれませんね。

一度めのとき、わたしは妊娠していました。そして、流産しました。いまのわたしは年を重ね、生殖能力を失いかけています。わたしの生まれなかった子の父親だった人は、埋葬されました。時は残酷です。

わたしは以前もここにいました。そして、ある意味では、ここを離れませんでした。

わたしの判決文のインクはもう乾いています。わたしはこれから八年間をここですごすことになりました――しかも、最初の三年間は、無実の娘もいっしょに。彼らが例のお金を見つけること、あるいは、少なくとも見つけたと言うであろうことは、最初からわかっていた気がします。

有罪宣告から三か月めである一九六一年三月、いまだに周囲はいちめんの雪景色で、地平線は灰色です。いまは夜で、ごくかすかに灯されているガス灯の下でこれを書いているわたしには、目の前の紙と、二枚のウールの毛糸をかけて（そのうち一枚はわたしのです）横向きで寝ている娘の痩せた背中の影しか見えません。

最初のころ、イーラとわたしは新しい便所穴を掘る作業をさせられました。娘の両手にはマメができてひび割れ、ろくにつるはしを持ち上げることさえできないので、わたしが懸命に勢いよく掘っています。口に出して人に言いはしませんが、わたしはどこかこの作業を懐かしんでいます――シャベルを地面に食いこませ、それが土中深く入るよう両足をのせて、下にある土が白い雪に黒々と映えるのを。

わたしは疲れてくたくたですが、この話を語り終えるまでは眠りたくありません。いま、ペンの先に力をこめています。インクがなくなりかけているのです。わたしの靴下をはいている女は、取引のときに嘘をついていたのでしょう。このペンにインクはほとんど残っていません。書きたいことは山ほどあるのに。ひょっとしたら、この手紙の続きはペンの先が紙につける跡で書くことになるかもしれません。ひょっとしたら、あなたは点字のように読まなければならないかもしれませんね。

じつは、わたしの物語はもはやわたしのものではありません。人々の想像のなかで、わたしは別人――物語の女主人公、ひとりの登場人物になってしまいました。わたしはラーラになったのです。とはいえ、探してみても、彼女はここにいません。わたしが死んだとき、人々はわたしのことを女主人公、ひとりの登場人物と考えるのでしょうか？　彼らの記憶に刻まれるのは、あの恋愛小説なのでしょうか？

わたしはボーリャが創造した女主人公の最後を思い出します。

ある日、ラーラは家を出たきり、もう二度と戻らなかった。その当時よくあったように、街頭で逮捕されたに違いない。そして、北部に無数にある男女混合の、あるいは女だけの収容所のひとつで、リストにのっている名前のないひとつの番号として、亡くなったか、どこかへ消えたかして、忘れ去られ、やがてはそのリストも失われてしまったのである。

でも、アナトリ、わたしは名前のない番号ではありません。わたしはどこかに消えたりはしません。

エピローグ　タイピストたち

一九六五年の冬、映画版《ドクトル・ジバゴ》が公開された。わたしたちはそろって観にいった。わたしたちのなかにはまだＣＩＡで働いている者もいたけれど、大部分はすでに辞めていた。タイピストとしての寿命はあまり長くない。新しいタイピストたちが入っては去っていった。多くの男たちは昇進しており、わたしたちのなかにも昇進した者がいた。ゲイルなど、かつてのアンダーソンの役職についている。それは彼がコロシアムで行なわれるビートルズのコンサートに十代の娘の付き添いで行き、心臓発作で亡くなったのがきっかけだった。

わたしたちは既婚だったり、そうじゃなかったり、子どもがいたり、いなかったりした。みんな少し年を重ねていた――微笑んだり顔をしかめたりすると小じわができたし、体型はかつて机に向かっていたときのように若々しくしなやかではなかった。

互いの顔が見られたのは嬉しかった。一九六三年の結婚式以来だったからだ。『ドクトル・ジバゴ』作戦のあと、ノーマはタイプ課を辞めて文芸創作で修士号を取るためにアイオワへ行き、それと同じころテディは遠方にいるノーマを追いかけはじめた。ふたりはノーマが卒業すると結婚し、テディはラングレーの目と鼻の先にある、やはり職員に秘密保持を誓約させている企業、マース社に入るため、ＣＩＡを去った。結婚式は形にとらわれず、グレート・フォールズ・パーク（バージニア州の国立公園）内の屋外ダンスホールで行なわれた。ごちそうはバーベキューと、テディの新しい雇い主から贈られたチョコレートフォンデュ・ファウンテンだった。彼の両親は仰天していたようだったが、わたしたちはとても楽しい時をすごした。ヘンリー・レネットはその場にいなかったけれど、彼の不在を残念がる者はだれもいなかった。ノーマが持っていたブーケを放り投げると――ジュディは飛んでくるブーケから巧みに身をかわした――フランク・ウィズナーが幸せそうな新郎新婦に乾杯した。わたしたちがかつての上司の姿を見たのは、それが最後になった。フランクはその二年後である一九六五年の秋、みずから命を絶ったのだ。そのすぐあと、映画《ドクトル・ジバゴ》が封切られた。

　ジョージタウン劇場前では抱擁《ほうよう》や挨拶のキスが交わされ、劇場のネオンサインがわたしたちを赤い輝きで包んだ。鑑賞券を購入し、映画を観ながら食べるスナックを買おうと列に並んでいるとき、リンダはわたしたちにウッディズ（高級デパートのウッドワード・アンド・ロスロップの愛称）でサンタの膝《ひざ》の上に座っている双子の息子たちの写真を見せ、キャシーはハワイへの新婚旅行のときのスナップ写真を取り出した。わたしたちはジュディも来られたらどんなに良かったかと残念がった。彼女は女優になりたいとカリフォルニアへ引っ越しており、まだ成功をおさめてはいなかったけれど、《ディック・ヴァン・ダイク・ショー》（米国のコメディ番組）で大きな役を獲得していた。

　わたしたちはジョージタウン劇場の三列めと四列めの席を独占した。明かりが薄暗くなり、みんなでポップコーンとチョコレートがけレーズンをまわし食べしているとき、スクリーンにはベトナムにおけるアメリカ軍の戦況の深刻化についてのニュース映像が映し出された。わたしたちのうち、いまもＣＩＡに勤務している者は、墜落する飛行機、燃える田畑、倒壊した家々の映像を冷静に眺めていた。彼女たちはＣＩＡを退職した者よりも多くを知っていたけれど、すでに外部の人間となった者は彼女たちに何か尋ねたりはしなかった。

場内が暗くなって音楽が始まると、わたしたちのうち数名は目を見交わしたり、手をぎゅっと握り合ったりした。そして、白いブラウスに黒タイ姿で机に向かうラーラがスクリーンに登場すると、わたしたちはみんな同じことを考えた。イリーナだ。実際にはジュリー・クリスティだったのだけど、それでも——イリーナの髪で、イリーナの目だった。スクリーンにはわたしたちのイリーナがいた。

　ユーリーが朗読会の会場の奥から初めてラーラを見る場面には、ぞくぞくした。ユーリーがラーラに最初の別れを告げる姿には、必死で涙をこらえた。わたしたちは最後まで、映画が原作から離れ、ユーリーとラーラが死を迎えるまで田舎の家でいっしょに暮らすという結末になりはしないかと期待をかけていた。そして、結果がわかっていてもなお、ふたりが最後に別れを告げる場面では涙を流した。

　エンドロールが画面を流れていくあいだ、わたしたちはハンカチで目をぬぐった。《ドクトル・ジバゴ》は戦争の物語であり、愛の物語である。とはいえ、長い年月を経て、わたしたちの記憶に強く残るのは愛の物語のほうだ。

　クレムリンがソヴィエトの槌《つち》と鎌を下ろしてロシアの三色旗に取りかえる三年前、『ドクトル・ジバゴ』は初めて母なる国へやってきた——合法的に、ということである。ゲイルはモスクワ旅行に行き、わたしたちに絵葉書を送ってくれた。その絵葉書はサザビーズの〈一九八八年情報公開政策《グラスノスチ》のためのオークション〉の広告で、ゲイルはわたしたちの小説がそこらじゅうにあったと書き添えていた。そして、その翌年、パステルナークの息子が亡き父に代わってノーベル文学賞を受け取った。

これを打ち明けるのは恥ずかしいのだが、わたしたちのなかには、この時点でまだこの小説をちゃんと読んでいない者がいた。この小説が初めて出版されたときにそれを読んだのは、わたしたちのうちイタリア語がわかる者だけだった。そのあとは、例の作戦が終わってから読んだり、映画版を観てから読みはじめたりした。とはいえ、全員が読む機会を得られたわけではなかった。ようやくみんなが『ドクトル・ジバゴ』を読むことができたときには——ＣＩＡが武器と見なした言葉を読むことができたときには——わたしたちは世界がどれほど変化したか、どれほど変化していないかに、深く心を打たれたのだった。

同じころ、ノーマがテディに捧げたスパイ小説を上梓した。それはノーマにとって初めて出版された小説で、世間の反応は微妙だったけれど、それでもわたしたちは買った本にサインしてもらおうとポリティクス＆プローズ書店に並んだ。ＣＩＡは、おとり役の女スパイが二重スパイを倒すというこの小説の内容と当局は無関係だという声明を出したものの、わたしたちが思うに、その物語にはかなりの真実味があった。

わたしたちのうち、いまも生き残っている者はコンピュータを使うようになった。デスクトップパソコンやノートパソコン、そしてスマートフォンを誕生日やクリスマスのプレゼントに子どもたちが買ってくれて、その使い方を孫たちが教えてくれたのだ。

「指をこんなふうに動かすんだよ、おばあちゃん」

「シフトボタンを押したままにして」

「それはキャプスロックになってるからだよ」

「そのボタンのことは気にしないで」

「セルフィーってのは、自分の写真を撮ることさ」

いまやキーはパチパチ鳴らすものではなく、軽く押すものだ。チーンという音はしない。わたしたちが一分間に打てる語数はかつてにはおよばないけれど、こうしたコンピュータを使えば、びっくりするようなことができる。何より素晴らしいのは、互いに連絡を取り合えることだ。いまやわたしたちは、メモや報告書ではなく、冗談や祈りの言葉、孫の写真、人によってはひ孫の写真を送り合う。

だれが最初にそれを見つけたかは、はっきりしない――わたしたちはみんな同時にそれを見たようだったから。それは〈ワシントン・ポスト〉に掲載された、ロンドンでアメリカ人女性がスパイ容疑で捕まり、アメリカ合衆国へ送還されるのを待っているという記事だった。それがこれほどの大騒ぎを引き起こしたのは、その女性が八十九歳で、罪状が何十年も前にソ連へ情報を漏洩《ろうえい》したというものだったからだ。解説者やコメンテーターたちは、こんな場合にはどうすべきかについて議論していた。

けれど、わたしたちがその記事に関心を抱いた理由は、写真にある。

女の顔は手錠をかけられた両手で隠されていたけれど、わたしたちは一瞥《いちべつ》しただけでそれがだれかわかったのだ。

「驚いたなんてもんじゃないわよ」

「彼女よね」

「疑いの余地はないわ」

「昔のままね」

「あれはダレスから贈られたという毛皮のコート?」

その記事によれば、女はこの五十年間イギリスで暮らしていたという――その女が三十年のあいだ経営していた、稀覯本《きこうぼん》を扱う古本屋の上で、二〇〇〇年代初めに亡くなった名もなき女性といっしょに。

わたしたちはほかの記事のなかにもうひとりの女性の名前がないか探したけれど、いまだ見つけられずにいる。

『ドクトル・ジバゴ』作戦の成功は、その後ＣＩＡの伝説となったものの、イリーナの仕事の記録は一九五八年の万国博覧会のあと、まばらになっていて、彼女に関するファイルは一九八〇年代に退職した旨《むね》を記した短い報告だけで終わっていた。

わたしたちの指は飛ぶようにキーボードを打つ。

「これ、彼女だったの？」

「これって、あのふたり？」

「そんなこと、ありえる？」

そうであることを、わたしたちは秘かに願っている。

謝辞

この物語を書くことができたのは、たくさんの本のおかげです。とりわけ、ボリス・パステルナークの『ドクトル・ジバゴ』は、初めてジャンジャコモ・フェルトリネッリによって出版されたときと同様、今日なお少しも古びず重要な作品であり続けています。ボリス・パステルナークが世界へ与えたこの勇気ある贈り物に、永遠に感謝いたします。

調べものをする際、ピーター・フィンとペトラ・クヴェの *The Zhivago Affair* は、わたしにとってかけがえのない資料になりました。フィンとクヴェによる申請のおかげで、二〇一四年にCIAは機密扱いだった『ドクトル・ジバゴ』作戦に関する覚書と報告書、合計九十九点を公開したのです。その機密解除された書類――名前や詳細が黒塗りされたり編集されたりしたもの――を見たことが、フィクションでその空白を埋めたいと考えるきっかけとなりました。

本書には全編を通して、当事者がみずから記述して残した会話の抜粋や描写や引用が無数にあります。オリガ・イヴィンスカヤの自伝 *A Captive of Time*、およびセルジオ・ディアンジェロの回顧録 *The Pasternak Affair* は、本書に描かれているさまざまな出来事に対峙して生き抜くのがどういうことかを教えてくれました。

また、エリザベス・〝ベティ〟・ピート・マッキントッシュの著書 *Sisterhood of Spies* にも感謝しています。この本のおかげで、著者マッキントッシュを含む実在の女スパイたちの世界に触れることができました。こうした女性たちに敬意を表し、記念碑が建てられるべきです。デイヴィッド・K・ジョンソンの *The Lavender Scare* は、アメリカ合衆国が冷戦時代に性的マイノリティの人々を迫害していたという、あまり知られていない史実を伝えています。無数の人々が仕事を奪われ、社会的評判をおとしめられ、多くの命が失われました。彼らの物語はけっして忘れられてはなりません。

以下は、ほかに参考にさせてもらった本の一部です。パオロ・マンコスの *Inside the Zhivago Storm* と *Zhivago's Secret Journey*、ティム・ワイナーの『CIA秘録——その誕生から今日まで』（上下巻、文藝春秋）、ジョン・ラネラの *The Agency*、フランシス・ストーナー・サンダースの *The Cultural Cold War*、グレッグ・ハーケンの *The Georgetown Set*、エヴァン・トーマスの *The Very Best Men*、アルフレッド・A・ライシュの *Hot Books in the Cold War*、キャロル・シニの *The Spy and His CIA Brat*、ジョエル・ホイットニーの *Finks*、ジャック・レイトとリー・モーティマーの『ワシントン秘密情報』（文藝春秋新社）、ジョナサン・コーの *Expo 58*、カルロ・フェルトリネッリの『フェルトリネッリ——イタリアの革命的出版社』（晶文社）、アンナ・パステルナークの *Lara*、ボリス・パステルナークの *Safe Conduct*、リディア・パステルナーク・スレイター訳 *Poems of Boris Pasternak*、エフゲニー・パステルナークの *The Tragic Years, 1930-60*、ラザール・フライシュマンの *Boris Pasternak: The Poet and His Politics*、クリストファー・バーンズの *Boris Pasternak: A Literary Biography*、ニコラス・パステルナーク・スレイターとマヤ・スレイター共訳の *Boris Pasternak: Family Correspondence*、アンディ・マクスミスの *Fear and the Muse Kept Watch*、ユーリー・クロトコフの『ノーベル賞』（新潮社）、キャロルとジョン・ガラードの *Inside the Soviet Writers' Union*。

書籍のほか、多くの人々や研究機関の助けなくして、わたしがこの小説を書き上げることはできなかったでしょう。キーン学生文学賞、ファニア・クルーガー・フェローシップ、クレイジーホース賞からのご支援に、心よりお礼を申し上げます。わたしに小説執筆の時間と財源、完成させるための助言を下さったミッチェナー・センター・フォー・ライターズに感謝します。とくに、ミッチェナー・センターのディレクターであるジム・マグヌスンとブレット・アンソニー・ジョンストンには、わたしたちのような変人に今後ずっと家と呼べる場所を与えてくれたことにお礼を申し上げます。そして、わたしが沈没してしまわないよう力になってくれた、マーラ・エイキン、デビー・ドウィーズ、ビリー・ファッジンガー、ホリー・ドイルにも感謝します。さらに、デブ・オリン・アンファース、ベン・ファウンテン、H・W・ブランズ、エドワード・ケアリー、オスカー・カサーレス、リサ・オルスタインをはじめとする、わたしの指導者であり、注意深い読者であり、相談相手である人たちにも、心からの感謝を。エリザベス・マクラッケン、本当にありがとう。あなたの導き、ペンでの添削、助言はかけがえのないものでした。そしてもちろん、わたしの友人でありクラスメイトである方たちにも感謝しています。なかでも、ヴェロニカ・マーティン、マリア・レヴァ、オリガ・ヴィルコツカヤ、ジェシカ・トパシオ・ロング、ノーリ・ザーラフは、わたしの作品を読み、より良い作品にするよう励まし、わたしを笑わせてくれました。

　ソニー・メータ、ガブリエル・ブルックス、アビー・エンドラー、キム・ソーントン・インジェニート、エミリー・マーフィー、アンドリュー・ドルコ、ダニエル・ノヴァク、アンナ・カウフマン、ルアン・ワルサー、エミリー・デハフ、ニコラス・トンプソン、ケリー・ブレア、ニコラス・ラティマー、サラ・イーグル、ポール・ボガーズ、キャサリン・バーンズなど、わたしの小説を信じ、実を結ぶまで導いてくださったクノップ社とヴィンテージ・ブックス社のみなさん、とくに、注意深い助言と励ましで全ページをより力強いものにしてくれた、わたしのすばらしい編集者ジョーダン・パヴリンには、いくら感謝してもしきれません。

さらに、ハッチンソン社とウィンドミル社のみなさんの熱意、慧眼《けいがん》、創造力にも、感謝を捧げます。ジョカスタ・ハミルトン、ナジマ・フィンレー、シャーロット・ブッシュ、エマ・フィニガン、ルーシー・ミドルトン、シャーロット・クレイ、ローリー・イプ・ファン・チュン、スーザン・サンドン、レベッカ・アイキン、サラ・リドリー、アンバー・ベネット・フォード、マット・ワッタースン、クレア・シモンズ、グレン・オニール、そして我が偉大なイギリス版編集者セリーナ・ウォーカーも、ありがとう。

わたしの凄腕エージェントであるジェフ・クラインマンとジェイミー・チャンブリスにも、感謝します。彼らはわたしの小説が完成する何年も前に、冒頭二十五ページを読み、良い作品になると信じてくれました。あなたたちのおかげで、わたしの人生は変わりました。また、わたしの小説が世に出る手伝いをしてくれた、メリッサ・サーヴァー・ホワイト、キャサリン・オドム＝トムチン、ロレッラ・ベリにも感謝しています。

グリーンズバーグ（モトリー・クルー（アメリカのヘヴィメタル・バンド）！）から、ワシントンDC、ノーフォーク、オースティンまで、そして、その先の各地にいるわたしの友だち全員にも、ありがとう。あなたたちがいなかったら、わたしはどうしたらいいのかわかりません。

わたしの家族——サラ、ネイサン、サム、オーウェン、おばあちゃん、ロンおじさん、ほかのおばさんやおじさんたち、いとこたち、ジャネット、ヒラリー、ブルース、パーカー、ノア、スカウト、クレメンタイン——いつもそばにいてくれてありがとう。

両親のボブとパッティにも。ラーラと名付けてくれたこと、愛とはどういうことかを教えてくれたことに感謝します。

それから、とりわけ、わたしの最初で最後の読者であるマットに感謝を。あなたはわたしにペンをとるよう励ましてくれたばかりか、この小説のすべてのページをより良いものにしてくれました。何もかも、あなたのおかげです。

そして、アンナ・パステルナークに最大の感謝を捧げます。オリガ・フセーヴォロドヴナの生涯の調査、研究に十年以上を費やし、名著 *Lara: The Untold Love Story That Inspired Doctor Zhivago* を書き上げたパステルナークは、オリガをボリス・パステルナークの話の表舞台へ連れ戻した人物です。同じことを試みたわたしにとって、同書は素晴らしい知識の供給源となってくれました。

訳者あとがき

『あの本は読まれているか』は、アメリカの作家ラーラ・プレスコットのデビュー作です。アメリカやイギリスの出版界では、ある作品を刊行する際、原稿がオークションにかけられる場合があります。この作品は、発売が決まる前から本国で大きな話題を呼び、二十三社による熾烈《しれつ》なオークションとなりました。そして、老舗《しにせ》のクノップ社が二百万ドル、日本円にしてなんと約二億円で出版権を獲得し、二〇一九年九月に二十万部を初版として刊行したのです。さらに、本作品は世界各国で次々と翻訳出版され、その数は三十か国語以上におよぶ予定で、映像化の企画も進んでいるそうです。二〇二〇年三月現在、アメリカ探偵作家クラブ主催のエドガー賞最優秀新人賞の最終候補作にもなっており、四月末に出る結果を楽しみに待っているところです。

本書の舞台は、一九五〇年代後半の冷戦時代。アメリカのＣＩＡ（中央情報局）にタイピストの職を求めてやってきた女性が、思いがけずスパイの才能を見こまれます。そして、タイピストとして働きながら秘かに訓練を受け、ある特殊作戦の一員に抜擢《ばってき》されました。その作戦とは、共産国であるソ連で出版禁止となっている小説をソ連国民の手に渡し、ソ連政府がどれほど非道な言論統制や検閲を行なっているかを知らせ、政治体制への批判の芽を植えつけようというものです。特殊作戦の武器となったのは、ソ連の有名な詩人であり小説家のボリス・パステルナークの渾身《こんしん》作、『ドクトル・ジバゴ』でした。のちにノーベル文学賞を彼にもたらすこの作品は、ロシア革命の混乱に翻弄《ほんろう》されつつ生きる主人公ジバゴと、恋人ラーラの愛を描いています。ドクトル・ジバゴ作戦はCIAが実際に行なった戦略のひとつで、ペンの力、文学の力を信じた人たちの物語であることが、本書の大きな魅力となっています。

こうした歴史的事実を踏まえつつ、歴史の陰に埋もれていた人々やオリジナルの登場人物が生き生きと臨場感たっぷりに描写され、見事なフィクションに仕上がっている点も、本書の魅力です。西側と東側の物語が交互に語られるのですが、西側では、CIAで働くタイピストたちの日常を追いながら、豊かな自由社会にも存在する女性差別やハラスメントが浮き彫りにされます。東側では、『ドクトル・ジバゴ』の著者パステルナークと、愛人オリガの関係を通じて、愛のせつなさばかりか、ソ連の秘密警察の恐ろしさや矯正収容所の悲惨さが描かれます。歴史の陰のそのまた陰に生きた、本書では名前もない人たちの生き方にも、胸を打たれることと思います。読み応えたっぷりの本書を、お楽しみいただければ幸いです。

そもそも、わたしがこのような素晴らしい本と出会えたのは、エリザベス・ウェイン著の『コードネーム・ヴェリティ』と『ローズ・アンダーファイア』という、戦争に翻弄される女性たちの絆と闘いを描いた作品を東京創元社さんに持ちこんで訳させていただき、結果として、これらの作品が読者のみなさんから好評をもって受け入れられたことがきっかけであるように思います。担当の編集者さんから、本書を翻訳しませんかというお話をいただいたとき、わたしはあらすじを聞いただけですっかり気に入りました。登場人物たちと自分が一体化するほどに、のめりこめそうな気がしたからです。主人公が女性であれ男性であれ、圧倒的な力を持つ作品に恵まれるのは、翻訳者にとってとても幸運なことです。

まさしく、わたしは物語の冒頭からストーリーに引きこまれました。文学が人の心を変え、世界を変えられる、ペンが武器になるという信念に命をかける人たちに魅了されたのです。作家のパステルナークがどれほど純粋であったか、彼を愛したオリガがどれほど一途であったかに感動したのです。わたしはひとりひとりの人物に愛情を抱きながら、その姿を想像しながら、読者の方々の心に届くかしらと確認しながら、言葉を選んでいきました。翻訳作業は長く続き、苦しいときもありましたが、こうしてお手元に届けることができてほっとしています。

著者のラーラ・プレスコットはアメリカのペンシルベニア州グリーンズバーグ出身で、ワシントンDCのアメリカン大学で政治学を、ナミビアと南アフリカで国際開発を学んだあと、政治キャンペーンのコンサルタントをしていました。このとき、言葉が心を変え、人々に影響を与えることを実感したといいます。本書を執筆したきっかけは、二〇一四年に父親が送ってくれたワシントンポストの記事で、そこにはこうあったそうです。「冷戦中、CIAはソ連を崩壊させる道具として『ドクトル・ジバゴ』を使用した」と。その年、CIAはドクトル・ジバゴ作戦に関する九十九の書類を機密解除したのでした。ラーラ・プレスコットは『ドクトル・ジバゴ』が世に出るまでの話を読んで興味を持ち、機密解除された書類に目を通しました。ところが、それらの書類は人物名に手を加えられていたり詳細の一部が黒塗りされていたりで、すべてが明るみに出されたわけではありませんでした。そこで、彼女は不足している部分をフィクションで埋めることにし、膨大な文献を読み、執筆にかかったのです。

ラーラがテキサス大学オースティン校のミッチェナーセンター・フォー・ライターズで三年間の創作奨励金を受け、本書を書き始めたのは、二〇一五年です。はじめのころ、「だれもロシアには興味を持たない」と言われたそうです。ラーラは悩みましたが、信念を曲げずに、ＣＩＡの極秘文書をタイプしながら秘密を守った女性たちを主人公として、書き進めました。そして、二〇一七年、ミッチェナーセンターのアドバイザーであるエリザベス・マクラッケンに褒められるまでになり、二〇一八年、三年の創作奨励期間が終了した二週間後に、冒頭に書いたオークションが行なわれたのです。

このデビュー作をめぐって、大西洋両岸の出版社が競り合いました。いくらほしいかと尋ねられたラーラは、さらに三年間フルタイムで執筆するあいだの生活費として、十万ドル（日本円で約一千万円）いただければ嬉しいと答えたそうです。これほどの話題作なのに、謙虚ですね。作品の素晴らしさのおかげで、結局は二百万ドルで売れたわけですが、これがオークションの最高額だったというわけではないというから、驚きです。「将来、縛りのある厳しい契約に苦しみながら仕事をしたくない」ので、クノップ社に決めたそうです。作家志望の人たちに向けてラーラはこう述べています。「書く本当の理由を常に忘れないこと。宣伝やレビューやお金のために書かないでください。（中略）あなたを愛し、支えてくれる人、泣くための肩を貸してくれる人を大切にしてください」と。

さて、本書をお読みになったみなさんのなかには、「ラーラ・プレスコットって本名なの？」と疑問を持たれる方がいらっしゃるかもしれませんね。はい、そのとおり、ラーラ・プレスコットは本名です。母親が映画《ドクトル・ジバゴ》のファンだったので、ヒロインの名にちなんで「ラーラ」とつけたとのことです。ラーラは子どものころ、お母さんの宝石箱のオルゴールのネジを何度も巻いて、〈ラーラのテーマ〉を聴いたそうです。ラーラ自身、映画も好きでしたが、本を読んで初めて強いつながりを感じたといい、「冬の夜、窓に置いたロウソクのように、それは時空を超えてわたしのほうへ手を伸ばしてきました」と書いています。本書に登場するパステルナークの愛人オリガは、『ドクトル・ジバゴ』のラーラのモデルだと言われていますから、ここには三人のラーラがいるのですね。ついでながら、訳者のわたしも、大学生のころに映画館で《ドクトル・ジバゴ》を観て感動した覚えがあります。それからウン十年経ったいま、ラーラに再び出会えて、とても幸せです。

現在、ラーラ・プレスコットはテキサス州オースティンにある二十世紀なかばに建てられたランチハウス様式の家に、夫、猫二匹、保護犬の子犬と住んでいます。ゆったりした快適な環境で、すでに次のテーマを見つけているかもしれません。事実をもとにフィクションを膨らませて登場人物を生き生きと描き、立体的・重層的なスケールで作品にできる作家ですから、これからも楽しみです。

最後になりましたが、こうして本書が形になるまでに力を貸してくださった方々に、心からお礼を申しあげたいと思います。どうもありがとうございました。

二〇二〇年三月

本書はフィクションであり、名前、登場人物、場所、出来事は、著者の想像の産物か、架空のものとして使用されています。生死を問わず実在の人物、出来事、場所に似ているとしても、すべて偶然の一致です。

あの本は読まれているか

著　者　ラーラ・プレスコット
訳　者　吉澤康子

2020 年 4 月 24 日　初版
2020 年 8 月 7 日　3 版

発行者　渋谷健太郎
発行所　(株)東京創元社
〒 162-0814　東京都新宿区新小川町 1-5
電話　03-3268-8231(代)
URL　http://www.tsogen.co.jp
装　画　M!DOR!
装　幀　藤田知子
ＤＴＰ　キャップス
印　刷　理想社
製　本　加藤製本

乱丁・落丁本は、ご面倒ですが小社までご送付ください。
送料小社負担にてお取替えいたします。

ISBN978-4-488-01102-4 C0097